JN095590

毒入り火刑法廷

榊林 銘

The Poisoned Burning Court

Mei Sakakibayashi

光文社

毒入り火刑法廷

装画　夜汽車
装幀　bookwall
図版　デザインプレイス・デマンド

I

流れる雲の海の上。

淡い三日月の弧を、雲間に佇《たたず》む魔女が見上げている。

魔女の足元には、地上から天空まで彼女を連れてきた細い箒《ほうき》が浮いている。箒の柄は今にも折れそうなほど摩耗していて、これ以上の飛行には耐えられそうにない。擦《す》り切れた黒衣が風にはためき、腿《もも》の擦り傷からは血が滲《にじ》んでいる。

途方もない疲労感が、白い吐息となって魔女の口から零《こぼ》れる。それでも、まっすぐに三日月を見上げる魔女の瞳は光を失ってはいない。

雲の下から、低いエンジン音が聞こえてきた。この付近に国軍の飛行場があることを魔女は確かに知っていた。この国の夜空が、魔女だけのものではないことも。

魔女がはっと我に返った時には、もう間に合わなかった。

矢庭にエンジン音が大きくなり、小型の航空機が雲海を割って現れる。そのプロペラが魔女の箒を巻き込み、ばらばらに分解した。

魔女の体は雲間に投げ出され、風に揉《も》まれながら遥《はる》か大地へと落ちていく。

「おーい！」

耳元での大声に、魔女はようやく意識を取り戻した。目を開けるより先に、人肌の温もりを右腕に感じる。

「よかった、無事なんだね」

靄《もや》のかかった視界の中に見えたのは、異様にレンズの大きい眼鏡《めがね》をかけた、黒髪の少女の笑顔だった。

「びっくりしちゃった。雲の上から女の子が落ちてくるんだもん。ねぇ、君って、もしかして魔女？」

眼鏡の少女は、その大きな瞳を好奇心に輝かせて尋ねた。

◆

規則正しい靴音が、鉄格子の並ぶ石廊に反響する。

靴音の主たちは、この警察署で現在唯一使用されている牢《ろう》の前で足を止めた。青帽の警官が鍵束を取り出し、鉄格子の錠に鍵を差し込む。

扉が開かれ、警官が声を張り上げた。

「アクトン・ベル・カラー！」

暗い部屋の奥で蹲《うずくま》っていた痩せぎすの少女が、名を呼ばれてのっそりと頭をもたげる。

「来い！　本日正午より、貴様の審判が執り行われる！」

厳重に拘束されたまま、カラーは男たちのなすがままに連行され、署の裏口で厳《いか》めしい護送車へと押し込まれた。平素なら乗客を裁判所や刑務所へ移送するための車は、街外れへと向かった。

車両内は重々しい沈黙に支配されていた。格子入りの車窓から、カラーは前方を覗《のぞ》き見る。護送車は、街の棟々の向こうに見える黒々とした建造物へと向かっていた。それはまるで大地にできた巨大な腫瘍のようで、聳《そび》え立つというより蹲ると形容するのが相応《ふさわ》しい異形の建物だった。

カラーはその建物の名を知っている。

火刑法廷――魔女を裁くための特別法廷。

魔女が初めて人々の前に出現したのは、今よりほんの十数年前のことだった。

多くの国々を巻き込んだ悲惨な戦乱の嵐が過ぎ去り、新しい開明の時代が始まるという予感を誰もが抱いていた時代。魔女裁判や異端審問などは歴史上の出来事でしかないと考える者が大半になった頃、魔女は突如として人類の前に出現した。

それまで普通に生活していた人々の中に、箒一つで空を飛び、異能を操る者たちが現れ始めたのだ。その様は、説話の中で語られてきた魔女そのものだった。魔女という言葉は、異能の発現という現象を指すこともあった。

新たな人類の出現だとか、はたまた某国の超能力研究機関の被験者が逃げ出したのだとか、あらゆる憶測が巷間《こうかん》を飛び交ったが、結局のところ魔女の力の正体は不明のままだった。人々の意見が一致を見たのは、魔女の能力――魔法の仕組みを解き明かすには、現代物理学では力不足であるという点だけだった。

この超越的で寓話的な能力者たちにどう向き合えばいいか大衆が決めかねているうちに、一つの魔女犯罪が発生した。

動機はごくありふれた、男女間の痴情のもつれだったという。犯人の魔女は航海中の客船に突如箒に乗って飛来し、甲板にいた一人の船客を短銃で撃ち殺した。魔女は港に飛んで戻ったところを殺人罪で逮捕された。ところが魔女は、刑事たちを前に居直るような態度で供述した。

——私は魔法を用いて殺人を果たした。この国の法が魔法の存在を認めない以上、私を裁くことはできない。

魔女は狡猾だった。二百年以上前に制定された魔法や魔女術を禁ずる法律が、時代にそぐわないとして廃止された直後の犯行だったのだ。

〈客船の魔女〉事件——モーリスリンク事件とも呼ばれるこの殺人事件にどのような裁きが下されるのか、多くの国民が注目した。被告人は空を飛ばなければ現場の客船に到達できず、科学的見地からするとそれは不可能であるから、これは不能犯にあたり罪に問うことはできない、と弁護側は主張した。魔女の存在は周知の事実であると検察側は反論したが、下された判決は無罪だった。

魔法を用いた犯罪は、法で裁くことができない。

この判決は、犯罪そのものよりも人々を震え上がらせた。各都市では魔女排斥を叫ぶ集会が開かれ、魔女を公言する者はいなくなった。だが、行動派の市民たちは市井に潜む魔女を見つけ出そうと過激な行為に走るようになり、この国の秩序が揺らぎ始めた。魔女狩りという概念が、文字通りの意味で復活したのだ。

王国議会は、刑法に特例を設けて魔女犯罪に立ち向かった。

火刑法廷とは魔女を取り締まる司法組織の名称であり、魔女の現れた街にサーカス小屋のように突如出現する特別法廷の呼称でもある。重大な犯罪が起こり、検死審問にて魔女の関与が疑われるという判断が下された場合、容疑者は検察局ではなく火刑法廷に送致され、すぐさま魔女を裁くための特殊な審判が執り行われる。

そして火刑法廷において魔女と断定された者は、法廷内で直ちに火炙《ひあぶ》りに処される。

暴力的で前時代的なこのシステムによって、どういうわけか社会は冷静さを取り戻した。得体の知れない存在と渡り合うためには、結局のところ暴力を用いるのが最善であることを人類は学んだのだ、と某紙の社説は論じた。

今また、新たな火刑法廷が開かれようとしている。

「歩け」

護送車から降ろされたカラーは、前後左右を革服に囲まれながら暗い廊下を歩いていた。行く先には明るい空間が広がっている。

「あれがお前を裁く法廷だ」

背後の男が威圧的な声で言う。

「これから開かれるのは、現代司法に倣った公正な裁判だ。お前が魔女でないのなら臆することはない。早く歩け」

男は、カラーの重い足取りを怯《おび》えと捉えたようだ。

違う、とカラーは心中で呟《つぶや》いた。彼女は臆しているのではなく、絶望しているのだ。

彼女は最早、火刑から逃れることなどできない。

何故なら、アクトン・ベル・カラーは本当に魔女なのだから。

◆

年明けより何日も経《た》たない、よく晴れた冬の朝。

コンバーチブルの扉を開け、オペラ・ガストールは石畳に降り立った。艶《あで》やかな金色の巻き毛が、煤《すす》の混じった寒風を受けて翻る。やや装飾過多なドレススーツは、彼女の人目を惹《ひ》く派手な美貌と相まって、舞踏会へ向かう有閑階級のような雰囲気を醸し出している。

だがオペラの眼前にあるのは城でも宮殿でもなく、火刑法廷と呼ばれる異形の巨大建築物だった。一見すると壁面は大理石のようだが、不自然なほど光沢がない。まるで大理石を撮影した写真を貼り付けたようだ、とオペラは思った。あちこちに扉や窓があるが、よく見ると階層や柱の辻褄《つじつま》が合っていない。

「まったく、気持ちの悪い建物ね。大きな虫が建築物に擬態しているみたい」

「言い得て妙ですね、お嬢様」

オペラのぼやきに、運転席から降りた女性が同意する。オペラの付き人は人前でも彼女をお嬢様と呼んで憚《はばか》らない。

「私も同感です。正直、不気味でなりません」

「ミチルは見慣れているのではなくて？」

ミチルと呼ばれた付き人は首を横に振る。彼女はこの国では珍しい東洋人だった。短く切り揃えた黒い髪の下で、黒い瞳が僅《わず》かに震えている。顔立ちには幼さが残るが、オペラとミチルは同い年だった。

「何度見ても、生理的に受け付けません」

火刑法廷は、魔女裁判のために臨時で建築される法廷と思われているが、実際には違う。火刑法廷が魔女裁判の開廷を決めた後、この法廷は事件現場の近隣にひとりでに出現する。そして審理が終わると、瞬く間に消えてしまう。まるで魔法のように。

法廷の周囲を取り巻く人だかりの中から、数人の記者がオペラのもとへ駆け寄ってきた。カメラフラッシュを浴びつつ、オペラは彼らの質問に朗々と答えていく。

「えぇ、例の転落死事件の魔女裁判ですわ。被告人はアクトン・ベル・カラー。いいえ、被告人が魔女であることをわたくしは確信しています」

記者の一人が、貴官は火刑審問官として今日が初任官となるが、不安はないかと尋ねてきた。オペラはぎろりと記者を睨《にら》みつける。

「わたくしの検察官としての輝かしい成績をご存じないのかしら。たとえ被告人が魔女であっても、これまでとやることは変わりありませんわ。法と秩序の番人として、彼女の罪を立証してご覧に入れましょう」

オペラは肩で風を切って記者たちの群れを離れ、付き人を引き連れて正門の前に立った。門扉が軋《きし》りを上げながらひとりでに開く。法廷内へと足を踏み入れる二人の背後で、カメラフラッシュが焚《た》かれた。

法廷に入ると、傍聴席を埋める人々の視線が一斉にオペラへと注がれた。

そこは法廷というより、円形劇場を思わせる空間だった。高いドーム天井の下に、被告人席、弁護人席、審問官席が等間隔に並び、その周囲を傍聴席がぐるりと囲んでいる。火刑法廷では裁判官や書記官がいないため、法壇にあたる物もない。椅子や机は必要以上に簡素な造形で、現代前衛演劇の舞台道具めいていた。

傍聴席に座っているのは警察官や廷吏、被害者の家族といった関係者、それに事前に抽選で選ばれた一般聴衆だ。証人のための控室は用意されておらず、裁判で証言する予定の者も傍聴席に座っている。審問側と弁護側にはそれぞれ控室が用意されているはずだが、傍聴席の奥に見える扉がそれだろうか。

頭上には暗い回廊が巡っている。ここが円形劇場なら二階席に相当するその回廊には、十二の窓が等間隔に口を開けていた。窓の手前には駅の発車案内表示機のような反転フラップ式のパネルが掲げられている。あれが陪審席——被告人の命運を決する審判たちの座る席だろうとオペラは見当をつけた。窓奥には暗闇が広がるばかりで、陪審員の姿は見えそうになかったが。

「ふぅ……」

オペラは小さく身震いする。火刑法廷を傍聴したことは何度かあったが、審問官としてこの場に立つのは初めてだった。両肩に重い空気がのしかかる。

オペラが審問官席についたとき、被告人の少女が廷吏と共に法廷に現れた。傍聴席のざわめきがすっと引き、緊張を孕《はら》んだ沈黙が訪れる。当の被告人は席に座ると、項垂《うなだ》れて微動だにしなくなった。何もかも諦めているのか、恐怖に震えているのか、オペラの位置からでは見て取れない。

「弁護人の姿が見えませんね」

隣に座ったミチルがオペラに囁《ささや》いた。

「通例では被告人と共に入廷するはずだけれど」

オペラは腕時計を一瞥《いちべつ》した。開廷の時間まであと数分もない。

「ミチル、事務局に確認してもらえる?」

付き人は机に備え付けられている受話器を取った。二言三言通話し、「お嬢様」と困惑顔をオペラに向ける。

「弁護人と連絡が取れず、事務局も困惑しているとのことです。単なる遅刻かもしれませんが」

オペラは眉根を寄せる。火刑法廷では弁護側と審問側の事前打合せが制度化されていない。そのため、往々にして法廷で対峙《たいじ》して初めて相手側の主張を知ることになる。

「今回の弁護人は、被告人が個人的に依頼した人物だったはずよね。本名だか通り名だかわからない、妙な名前の。何と言ったかしら」

「ええと、確か……」

そのとき、どこからか低い鐘の音が法廷内に鳴り響いた。開廷時刻を告げる鳴鐘のようだった。

「おっ。ようやく始まりかー」

背後から呑気《のんき》な呟きが聞こえた。振り返ると、傍聴席に座るブロンドの少女が紙袋に手を突っ込では揚げ物を口に放り込んでいた。

オペラは短くため息をつくと、立ち上がって法廷の中央へ歩み出た。

「紳士淑女の皆様。本日は当法廷へお集まりくださり、大変ありがたく存じます。これより、被告人アクトン・ベル・カラーの審理を始めます。本審理の進行はわたくし、オペラ・ガストール火刑審問官が務めさせていただきます。どうぞお見知りおきを。なお法廷内は飲食厳禁ですので、ご留意ください」

空《から》の弁護人席を振り返る。

「本日は弁護人が遅刻しているようですが、火刑法廷は一般の刑事裁判と違い、必ずしも弁護人を必要としません。これからわたくしが証拠に基づいて述べる主張を、陪審員がお認めになるかどうか。それだけが肝要ですわ。それと、係官?」

オペラはカラーを連れてきた廷吏の顔を傍聴席に見つけ、手で被告人席を指示した。

「被告人の拘束を外すように。規則でそう定められているはずですわ」

廷吏は「し、しかし」と躊躇《ためら》い、傍聴人がざわついた。重大な犯罪を犯した魔女の拘束を解くことに、抵抗を覚えるのは当然だろう。オペラは「皆様、ご安心を」と口調を和らげた。

「魔女がこの場で魔法を使おうものなら、即座に魔女判決が下されて自動的に火刑が執行されます。それに、拘束を解いても彼女はこの法廷から逃げることはできません」

というより、一度火刑法廷へ足を踏み入れた者は、警察関係者だろうが証人だろうが、判決が下されるまで退出できない。法廷の門扉は、入ろうとする者には開かれるが、出ようとする者には固く閉ざされるらしい。オペラが実際に試したわけではないが、火刑法廷事務局がそう言うのだから、間違いないのだろう。

「それでは初めに、罪状認否を行います。昨年の年の瀬、十二月二十九日の晩に被告人は箒に乗って空を飛行し、ハロルド・ヴェナブルズ邸に窓から侵入しました。言うまでもなく箒による飛行など人間には不可能。わたくしはこの一件をもって被告人が魔女であると主張しますわ。被告人、お認めになりまして？」

被告人席に座る少女は、黙したまま顔を上げもしなかった。

「被告人、あなたは魔女なのかとお尋ねしているのですわ。お答えくださいます？」

語気を強めて再度促しても、カラーは何ら反応を返さなかった。「ふん」とオペラは鼻を鳴らす。

「黙秘なさるならそれもよろしい。わたくしは事実を立証するまでですわ。それでは早速、検察側の証人を喚問します」

うっかり検察という言葉を使ってしまったことに気付き、オペラは心の中で舌打ちした。しっかりしなければ。ここは法廷であって法廷ではない。判事はおらず、審理は審問官たる自分が主導しなければならない。

オペラが自戒しているうちに、係官が傍聴席の奥から中年男性を連れてきて、中央の証言台に立たせた。

「お名前とご職業を教えてください」

「パトリック・ウィルソンと申します。この街で運送会社を営んでおりまして、はい」

運送業者にしては小柄でひ弱そうなウィルソンは、慇懃《いんぎん》な物腰で自己紹介した。

「本件の被害者、ハロルド・ヴェナブルズ氏とのご関係は？」

「はぁ、ヴェナブルズ氏は当社のお客様です。先日、お引越しの家財運搬のご依頼を賜りました。去る十二月二十九日、つまり事件当日、部下二名と共に氏のフラットで仕事をしている最中に、あの恐ろしい事件に立ち会うことになった次第でして、はい」

「なるほど」オペラはぐるりを見回した。「皆様、まずはこちらのウィルソン氏から事件のあらましを客観的にご説明いただきたく思います」

ウィルソンはせこせこと頷《うなず》いた。

「えぇ、承知いたしました。ヴェナブルズ氏のご自宅は、モンマス川沿いに建つプラッツ・マンションの三階にあります。ご依頼は、そちらへ家具一式を搬入するというものでした。何でも、カーソン夫人というお方とそのお嬢様がヴェナブルズ邸にお引越しなさるということで。我々は搬入作業を夕刻から始めたのですが、思いのほか長引いてしまいました。ようやく作業が一段落したところで、使わない家具を空き部屋に移動するようカーソン夫人に仰《おお》せつかりました」

「空き部屋というのは、事件現場のことですわね?」

「はい。しかし、夫人のご案内で空き部屋に入ってみると、内装が古く非常に汚れており、家具を搬入するには適切でないと感じました。しかも小窓が開けっぱなしで、さび付いていてうまく閉まらないものですから、寒いのなんのって。私は夫人と廊下に出て、今日はもう遅いので、家具の配置は後日改めて行いたい、とご提案しました。ちょうどそのとき、夜九時の鳴鐘が聞こえたのを覚えています。そのまま十分ほど廊下でご相談していたのですが、空き部屋の扉が突然ぎぃと音を立てたのです。そちらへ目を向けると、開いた扉の陰から箒の先端が出てくるところでした。はて、と思ったのを覚えております。つい今しがた私が空き部屋を出たとき、室内には誰もいなかったものですから」

ウィルソンは被告人席の少女を一瞥した。

「扉が開いた直後に、『おい、そこで何をしている!』とヴェナブルズ氏が怒鳴るのが聞こえました。大声に驚いたかのように、扉はばたんと閉じました。すぐと食堂の方からヴェナブルズ氏が駆けつけ、謎の人物を追って空き部屋に入っていきました」

「お話の途中すみません」とオペラが遮《さえぎ》る。「侵入者を目撃されたときの正確な立ち位置を教えてくださるかしら」

オペラは振り返り、「現場の見取り図をここへ」とミチルに指示を出した。付き人が鞄《かばん》から見取り図を取り出そうとしたとき、突然オペラの足元の床がずずっと動き、舞台装置のように左右に開いた。

「うぉっと!?」

慌てて法廷の隅に逃れたオペラと入れ違いに、床下から巨大な黒檀の机がせり上がってきた。机の上には事件現場となった三階フラットの模型があり、被害者や被告人を模した人形まで置かれていた。

「こ……これを使えと?」

オペラの言葉に返事をする者はいない。そういえば、審理に必要な道具は火刑法廷が過不足なく用意してくれるという話を事務局から聞いていた。

「えー、ともかく」オペラは居住まいを正す。「謎の人物が出てきた空き部屋というのはここですわね。そして証人とカーソン夫人は、廊下でそれを目撃された、と」

説明しながらオペラは人形を配置していく。

「えぇ、えぇ、まさしくその通りです」

「ヴェナブルズ氏が空き部屋へ入っていったあと、どうなりました?」

「私とカーソン夫人はしばらく廊下で様子を窺《うかが》っていたのですが、やがて空き部屋から悲鳴が聞こえてきたのです。何か重い物がどさりと落ちる音も。これはただ事ではないと思い、私は空き部屋に駆けつけました」

ウィルソンはわざとらしく両腕を抱いて身震いした。

「空き部屋には、見知らぬ少女が――つまり被告人が立ち尽くしているだけで、ヴェナブルズ氏の姿はどこにもありません。ベランダの戸が開いているのを見て、怖気《おぞけ》が走ったのを覚えております。こ

ヴェナブルズ邸

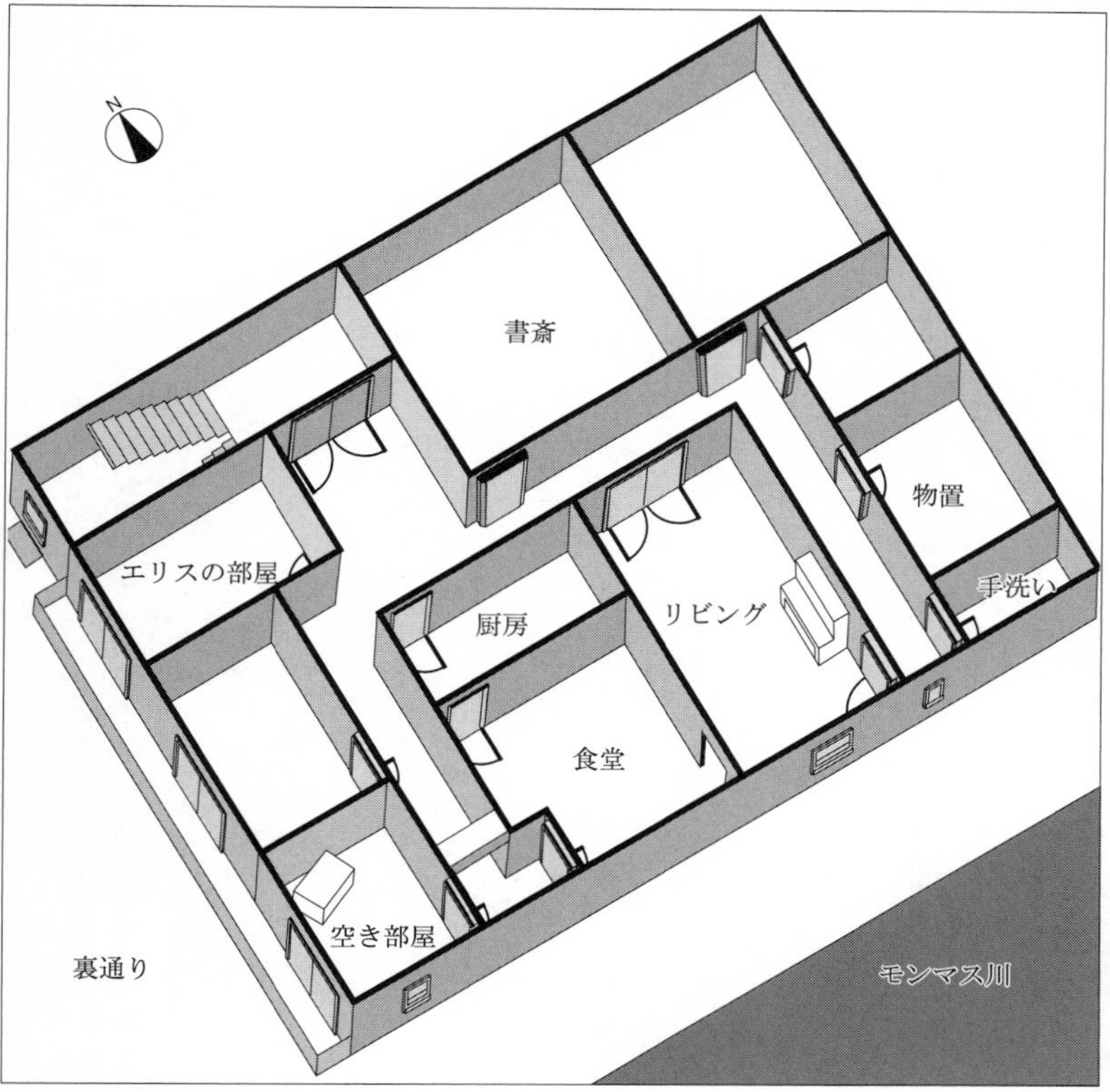
書斎
物置
手洗い
エリスの部屋
厨房
リビング
食堂
空き部屋
裏通り
モンマス川

のベランダは柵が壊れていて、大変危険なのです。恐る恐るベランダに出て地面を覗き込むと、おぉ、なんということでしょう。裏通りの石畳の上に、ヴェナブルズ氏の変わり果てた姿が……！」

熱が入ってきたところで、オペラが「結構ですわ」と話を引き継ぐ。

「この裏通りには深夜まで営業しているパブがあり、ヴェナブルズ氏が落下する様を酔客たちが目撃していました。パブの店員からの通報を受けて駆けつけた警官たちは、ウィルソン氏らに話を聞き、被告人を拘束しました。ヴェナブルズ氏が空き部屋から落下したとき、被告人は同じ部屋の中にいたにもかかわらず、証言を一切拒んだためです」

法廷内の視線が被告人席に集まる。カラーは相変わらず項垂れていた。

「しかし本法廷で議論すべきなのは、空き部屋の中でヴェナブルズ氏の身に何が起きたのか、ではありません。それ以前の状況について——つまり、被告人がどうやって空き部屋に出現したのか、ですわ。証人、ベランダや川沿いの窓から人間が侵入することは可能でしょうか？」

「いやぁ、難しいのではないでしょうか。私が最初に部屋に入った際、ベランダの戸が少し開いていたので、しっかり閉じて施錠したのです。そこそこ頑丈な錠前でしたので、ベランダからの侵入は難しいかと。南の窓は開けっ放しではありましたが、外壁を三階までよじ上って侵入など、人間技ではありません」

オペラは満足げに頷く。

「大変結構ですわ。さて、次の証人をお呼びしたいと思います」

続いて、ふくよかな中年婦人が証言台に立った。オペラに名前と職業を聞かれると、早口で答える。

「グラディス・ミドルトンと申します。お仕事ですか？　公会堂の清掃員と言えばいいんでしょうかねぇ。建物の周りをお掃除したり、掲示物を交換したり、そういった雑務をやっております」

「公会堂とは、事件現場にほど近いアルマジャック記念公会堂のことですわね？」

「えぇ、えぇ、それはもう」

ミドルトン夫人は素早く頷き、手袋をした両手を寒そうに擦《こす》り合わせた。

「事件の夜、あなたが目撃したことをお話しくださいますかしら」

「はい。検事様が仰《おつしや》りたいのは、被告人席のお嬢さんのことですね」

検事ではなく審問官だとオペラは訂正したかったが、ミドルトン夫人が矢継ぎ早に話すため機を逸した。

「あの日は早くお仕事を切り上げて、急いで家に向かっていたところでした。うちの人が風邪で寝込んでたもんですから、早く帰らないといけなくってね。公会堂を出て、路地を早足で歩いていたら、曲がり角の向こうから走ってきた女の子とぶつかったんです。私、転んで腰を打ってしまって、もう痛いのなんの。だのにその子はこちらを見もせず、路地の奥へ走り去っていきました」

「その少女はこの場にいますか？」

「はい」ミドルトン夫人は被告人席を指さした。「あちらのお嬢さんです」

「間違いありませんか？」

「えぇ、そりゃあもう。というのもですねぇ。近頃、公会堂の近くであの子をよく見かけるようになったんですよ。まさか魔女だったなんて……。翌朝新聞で事件のことを知って、私もう驚くやら恐ろしいやら、そりゃあもう」

「あなたと被告人がぶつかった時刻は覚えていますか？」

「えぇ、ちょうどそのとき九時の鐘が鳴ったのを覚えています。本当に、なんとまぁ……」

夫人は両手を頻《しき》りに擦り合わせていたが、突然「あいてっ！」と飛び跳ねた。

「ん？　どうかしまして？」

「いえね、手を怪我《けが》してるんです。今朝公会堂に行ったら、掲示板のカバーガラスが粉々に割られていたんですよぉ。片付けているうちに、指を切ってしまって。いたた……。魔女裁判も結構ですけど、街の治安も取り締まってくださいよ、検事様」

警察に言え、とオペラは心中で毒づいた。

「えぇ、善処いたしますわ。傍聴席へお戻りください」

寒さに震えながらミドルトン夫人が引き下がるのを見送ると、オペラは「さて皆様」と声を張り上げた。

「事実はお聞きになった通りですわ。被告人は事件当夜の午後九時、公会堂の路地で目撃されました。そのおよそ十分後、今度はヴェナブルズ邸の空き部屋に突如現れました。実に不可解な移動と言わざるを得ません」

ううむ、と唸《うな》る声が傍聴席の方々《ほうぼう》から聞こえる。

「被告人。反対尋問を行いますか?」

オペラは念のためカラーに声をかけたが、案の定、被告人は黙り込んだままだった。

「まぁ、いいでしょう。続いて、事件に立ち会ったもう一人の目撃者をお呼びします。メリダ・カーソン夫人、証言をお願いできますかしら?」

オペラは、傍聴席の最前列に彫像のように座っている、黒いドレスの婦人に目を向けた。

「大人しくしているのよ」

メリダ・カーソンは立ち上がりながら、隣に座る娘にそう声をかけた。脅しつけるような低い声だった。

母親が証言台に立ち、審問官に求められるままに証言する姿を、エリス・カーソンはどんよりとした眼差《まなざ》しで眺めていた。

着々と、被告人が魔女であるという事実が固められていく。

エリスの無二の友人は、無気力な目で被告人席の下の床を見つめながら、火刑の刻《とき》を待ち続けている……。

◆

雲間から薄《うっす》らと日が差し込む、この街にしては明るい冬の早朝。街路や屋根に降り積もった雪が、久しぶりの朝日に輝いている。

右手に大きなバスケット、左手に学生鞄を抱えながら、エリスは複雑な裏路地を走り抜けていく。表通りは綺麗《きれい》に除雪されているが、裏路地は積もった雪が凍り付いており、エリスは何度か足を滑らせた。人目を憚って裏道を選んだが、この悪路は想定外だった。

アルマジャック記念公会堂の裏手に着くと、エリスは裏口脇の倉庫から梯子《はしご》を持ち出し、外壁に立てかけた。公会堂の二階テラスに降り立ち、鍵の壊れた扉をそっと開け、薄暗い廊下へ身を滑り込ませる。

前世紀末に建造されて以来、公会堂はこの街のシンボルとして市民に親しまれてきた。築半世紀を経てもなお毎週のように催事や集会に利用されており、併設のレストランはいつも客で賑《にぎ》わっている。だが、古く巨大な建物の通例として、滅多に人の立ち入らない区画もある。

そんな場所の一つ、二階の物置部屋のドアノブをエリスはそっと回した。

扉の向こうで、はっと息を呑《の》む気配がした。既に目を覚ましていたようだ。彼女を怯《おび》えさせないように、エリスはゆっくりと物置部屋に入る。

大きな丸窓から差し込む寒光の中、金属製の粗末なベッドの上で、一人の少女がこちらへ目を向けていた。齢《とし》の頃はエリスと同じく十代半ばだろうか。癖っ毛の黒髪はエリスと似ているが、ひどく痩せており、怯えた眼《め》をしている。それでも昨晩風雪の中で見たときに比べれば、少女の顔にはいくらか生気が戻っていた。エリスが着替えさせた白い肌着も、少女が着ていた真っ黒な襤褸《ぼろ》布に比べたら健康的に見える。

「よかった、顔色は良さそうだね。昨日は熱があったみたいだけど、今はどう?」

少女はひどく戸惑ったような顔で、

「え、えっと……」

と言葉を探している様子だった。

エリスは床に雑然と置かれた木箱や書類の山を避けながらベッドに近づいた。その足元に埃《ほこり》が舞う。

「大丈夫? 何が起きたか、覚えてる?」

黙りこくったままの少女の顔を覗き込んで、エリスは少し心配になった。少女はしばらくぼんやりとしていたが、ふと何かに思い至って顔を上げた。

「空から、落ちて……君が、助けてくれた?」

うんうん、とエリスは頷く。

「よさそうだね。お腹空《なかす》いてない? これ、よかったら食べて」

エリスはバスケットをサイドテーブルに置き、サンドウィッチと水筒を取り出した。食べ物を目にした途端、少女の目の色が変わる。俄《にわ》かに空腹を自覚したようだ。

「……いいの?」

「もちろん。そのために持ってきたんだから」

少女は遠慮がちにサンドウィッチに手を延ばしたが、

「うっ！」

苦痛に顔を歪《ゆが》めて、足を手で押さえた。

「だっ、大丈夫!?」

エリスは少女に近寄り、ごめんと断ってから少女の裾を捲《めく》った。少女の腿には不器用に包帯が巻かれていた。包帯の一部に黒い染みがあったが、傷口は開いていないようだ。

「ごめん、昨日は慌てて、それくらいしかできなくて。病院に連れて行った方が良かった？」

少女は首を横に振る。空から落ちてきた時点で、尋常でない事情があることは間違いない。

「一応、包帯を替えておこうか。ちょっと待ってて。地下の救護室に包帯や薬が置いてあるんだ。盗むのはよくないけど、事情が事情だもんね」

扉を開けて廊下に出るが、まだ名乗ってすらいないことを思い出し、物置部屋に戻る。

「私、エリス。よろしくね」

少女はベッドの上でサンドウィッチにかぶりついていた。慌ててサンドウィッチから口を離し、

「ぼくは……カラー」

再び咀嚼《そしゃく》し、嚥下《えんげ》した。

ヴェナブルズ邸の食堂に、フォークとナイフの音が響く。

エリスは大人の前で愛想よく振る舞うのが得意な子供だった。だが週に一度、母親のメリダに連れられてヴェナブルズ邸を訪れるときは、ほとんど一言も喋《しゃべ》らずに大人しくしていた。ハロルド・ヴェナブルズはメリダとは大変親しいものの、エリスにとっては赤の他人だった。少なくとも、今はまだ。

「今年に入ってから、つまり私がヘッドライナーに就任してから、《デイリー・レコード》紙は部数

を増やしている。これからもどんどん伸びていくだろう。やはり私の方針は間違っていなかったというわけだ」

「まぁ、素晴らしいですわ」

ハロルドは食事の後によく仕事の話をする。メリダは新聞を取っていなかったが、恋人の話に相槌《あいづち》を打つのが上手《うま》かった。

「前任者は魔女の話題を避けていてね。宗教的信条らしいが、そんなものは今の時代流行《はや》らない。今じゃ、どこで魔女が出た、こんな魔法を使った、なんてニュースにみんな夢中だ」

だらだらと続くハロルドの話を、エリスはわざとゆっくり食事することで聞き流していた。端的に言って、エリスはハロルドが苦手だった。遠からずハロルドが父親になるという事実が憂鬱極まりなかった。だが少なくともハロルドとメリダは互いに深く思い合っているし、ハロルドはエリスの学費を負担するなど母娘を金銭的に援助してくれている。エリスにできることは、空気を乱さないよう大人しくしていることだけだった。

「特に〈ウィッチフォードの魔女〉の話題性はすごい。あの騒動があった日、うちの若手の派遣員が偶然ウィッチフォードに出向いていてね。決定的な瞬間を写真に収めたんだ。これがまた傑作でね」

ハロルドは立ち上がり、壁の棚から新聞を一部抜き出すと、一面に掲載された写真を掲げて見せた。黒っぽい服装の小さな魔女が、箒に跨《またが》って今にも飛び立とうとしている。その箒の穂先を、大勢の男たちが逃がすまいと摑《つか》んでいた。何人かの男は足が宙に浮いている。何としても魔女を捕らえんとする気迫は伝わるが、ひどく滑稽な写真だった。

「魔女は空に逃亡したんだが、箒を摑んでいた者たちは落ちて怪我をしたらしい。喜劇の一幕のようだったと派遣員は言っていたよ」

「まぁ怖い」メリダは口元を覆う。「この魔女、捕まったんですの?」

「いや。この大立ち回りが演じられた先々週の金曜以降、目撃情報がないんだ」

どきりとエリスの心臓がはねた。先々週の金曜。カラーがこの街へ現れたのは、その頃ではなかったか。写真の中の魔女は帽子を目深《まぶか》に被《かぶ》っていて顔が見えないが、体つきはカラーに似ている気がした。

「世間の関心があるうちに捕まってほしいが、どこへ逃げたのやら。ウィッチフォードはこの街からもそう遠くはないから、案外、この辺りに潜伏しているかもしれないな」

ハロルドは冗談めかして笑った。


エリスの通うプリンス・ジョン・カレッジでは、学生への援助の一環として余った学食の料理を無料で配布していた。配給食のようだと評判は悪かったが、学資に余裕のない学生や、エリスのように事情を抱える者にとってはありがたい限りだった。

その日もエリスは、学校からの帰りに物置部屋に立ち寄った。カラーは丸窓から夕刻の通りをぼんやりと見下ろしていた。ここしばらくは好天が続いていたが、日陰に溶け残った積雪が冬の深まりを示している。

室内は肌寒く、カラーは羊毛のセーターの上に濃紺の外套《がいとう》を羽織っている。エリスと出会ったときに身に纏《まと》っていた襤褸布は、畳んで枕元に置かれていた。

戸口に現れたエリスの姿を見ると、

「おかえりなさい」

カラーは小さな掠《かす》れた声で言った。

「うん。はいこれ」

エリスは学校で仕入れたパンと牛乳をバスケットから取り出し、サイドテーブルに並べる。

「ごめんね、今日も少なくて」

「そんな、十分すぎるよ。見ず知らずの魔女にこんなによくしてくれて、本当に感謝してる。こんな立派な服まで」

カラーは腕を広げ、エリスと揃いの外套を眺めた。左胸には雄牛を象《かたど》った学校の紋章が縫い付けられている。

「気にしなくていいよ。予備の学生服なんて滅多に使わないんだから」

「エリスがいなかったら、ぼくはとっくに野垂れ死んでた」

ふふ、とエリスは楽しげに笑う。初めのうちはカラーのことを寡黙な少女だと思っていたが、極めて臆病で遠慮がちなだけだったらしく、日が経つにつれてカラーの口数は増えた。打ち解けたというほどではないが、エリスに対する警戒心は薄らいでいた。

カラーはベッドに腰掛け、パンに手を延ばした。

「あ、そうだ」とエリス。「今週末、この公会堂で市長のパーティがあるんだって。食べ物がいっぱい出されるから、ちょっとずつ盗み食いするだけで満腹になれるよ」

「パーティ……？」

カラーは食事の手を止める。その顔が不安げに曇った。

「あはは、大丈夫だって、見つかったりしないから。この部屋ってさ、私の秘密基地なんだ。裏から誰にも見られずに出入りできるし、居心地はまぁまぁだし。学校に行くのが嫌になったとき、よくこの部屋で時間をつぶすんだ」

エリスはゆるゆるとベッドの周りを歩き回る。学生鞄に足を引っかけてしまい、床に倒してしまったが、埃が舞うことはなかった。よく見ると棚や窓も綺麗になっている。カラーが一通り掃除したらしい。

「あのさ。何度か聞いたけど」

カラーが遠慮がちに尋ねる。

「どうして、こんなにしてくれるの？　ぼくなんかのために」

「いや、まー、その」

エリスは気恥ずかしそうに言葉を濁す。カラーのまっすぐな視線に耐えきれなくなり、照れ隠しに丸窓の外を見る。

「ちょっとした冒険、みたいな？　こんなことを言うのも変だけど、私、空から落ちてくるカラーを見つけたとき、ちょっとわくわくしたんだ。こんなに劇的なこと、そうそうないから。助けてみたら悪い子じゃなさそうだったし、それなら秘密基地を貸してあげようって。詳しい事情は知らないけど、すごく困ってそうだったし」

背後のカラーから反応はない。食事を続けている気配もなかった。そっと振り向くと、カラーはエリスの学生鞄に視線を向けていた。倒れた鞄の中から、ノートとともに新聞記事の切り抜きが覗いていた。

「あっ……」

エリスは身を硬くする。新聞記事には「魔女、ウィッチフォードから逃亡」と題字が躍っている。その下に大きく掲載された〈ウィッチフォードの魔女〉の写真を、カラーは静かな眼差しで見つめていた。

「こんなに注目しなくてもいいのにね」

すっとカラーの目が細くなる。

「ぼくのことだ。〈ウィッチフォードの魔女〉だってさ。語呂の良い二つ名がついちゃったな」

何と言葉を返せばいいのかわからず、エリスは唾を呑んだ。

◆

「メリダ・カーソンと申します」

証言台に立ったメリダは、暗澹《あんたん》たる声色で名乗った。頬はやつれ、両目は落ち窪《くぼ》んでおり、彼女が立っているだけで法廷が葬儀場に見える。

「被害者とのご関係は？」

「私はハロルドの妻です。……いいえ、妻となる予定でした。あんなことが起きなければ……っ」

メリダは声を震わせながら、ハンカチで目元を覆った。証言台に手をつき、さめざめと洟《はな》をすする。

「ご心痛お察しします」気遣わしげにオペラが話しかける。「お辛《つら》いところ恐れ入りますけれど、あなたと被害者のご関係を証言していただけますかしら。事件の全容を明らかにするために――」

「最初から全ては明らかです！」突如メリダは大声を張り上げ、被告人席の少女を指さした。「あの魔女が、ハロルドを殺したのです！」

「わかります、わかります。どうか落ち着いて」

メリダは興奮に肩を上下させていたが、やがて落ち着きを取り戻し、証言に取り掛かった。

「私は半年ほど前に夫を亡くしました。先夫はオセアニアのどこかの国へ兵役で赴任しておりまして、何年もの間これといった連絡はありませんでした。そこへ突然、殉死したと軍部からお達しがあったのです。私は娘のエリスと二人で途方に暮れてしまいました。遺族年金はそれなりにいただけたのですけれど、それだけでは何かと不自由なものですから」

どこか他人事《ひとごと》めいた口調だった。彼女は前夫の死に際してもあれほど悲嘆に暮れたのだろうか、とオペラは思った。

「そこに手を差し伸べてくださったのがハロルドでした。彼は《デイリー・レコード》紙のヘッドライナーで、軍人遺族の取材を通して私と知り合いました。彼はとても優しくて、私の境遇に大変同情してくださいました。やがて私たちは深い仲となり、年明けには家族となって新たな道を共に歩もうと約束していました。エリスにとっても、きっといい父親になったと思います。そうよね、エリス？」

メリダは傍聴席の娘に目を向けた。エリスは同意とも否定とも取れない曖昧《あいまい》な表情を浮かべる。

「証人は被害者と大変親しかったということですが、被害者は魔女について何かお話しになっていませんでしたか？」

「ジャーナリストとして強い興味を抱いていたようです。〈ウィッチフォードの魔女〉を取り上げた記事が大変評判になったとかで。それにハロルドは、〈ウィッチフォードの魔女〉に関する特ダネを摑んでいるとも話していました。まだ事実確認中だが、うまくすっぱ抜けば大変な騒ぎになる、とも」

「なるほど」

オペラは〈ウィッチフォードの魔女〉について聴衆に説明した。

「被告人と〈ウィッチフォードの魔女〉が同一人物かどうかは不明ですが、もしそうであるなら、動機に関する仮説が立てられますわね。例えば被告人は、報道してほしくない秘密を抱えていて、その証拠をもみ消すためにヴェナブルズ邸へ侵入したのかもしれませんわ。ことによると、最初から被害者の殺害が目的だった可能性すら——」

オペラははっとして言葉を呑む。証言台に立つメリダは顔面蒼白となり、今にも気を失いそうな形相でがたがたと震えていた。

「し、失礼いたしました。ヴェナブルズ邸へ侵入した動機がどうであれ、当法廷では被告人が魔女かどうかを論じなくてはなりません。証人もエリスさんも、事件当夜は現場にいらっしゃったのでしたね。ウィルソン氏の証言に間違いはありませんか？」

メリダは少しの間深く息をして気を落ち着けていたが、「ええ」と低い声で返事をした。

「私もウィルソンさんと一緒に、あの魔女が空き部屋から出てくるところを目撃しました」

「そのときエリスさんはどちらに？」

「自室にいました。しばらくしてから騒ぎを聞きつけて廊下へ出て来たのですが、すぐに追い返しました。大変な騒ぎになるから、自分の部屋で大人しくしているようにと」

オペラはエリスの人形を角部屋に配置した。

「他に何か付け加えることはありますか？」

メリダは決然と首を振る。

「何も。今はただ、一刻も早く正義が執行されることを望むのみです」

オペラはメリダを傍聴席へ戻るよう丁重に促した。これが刑事裁判であれば、メリダの涙ながらの訴えは量刑を左右したかもしれないが、火刑法廷では情状が一切酌量されない。感情的な証人はあまり証言台に立たせない方がよさそうだ、とオペラは感じていた。

次に証言台に呼ばれたのは、がっしりとした体軀《たいく》の女性だった。

「市警犯罪捜査課所属、ステラ・バイコーン警部だ」

バイコーン警部はこの国では数えるほどしかいない女性警部として知られる警察官だった。陰気でじめっとした雰囲気の持ち主だが、不思議とよく通る低い声をしている。

「本件の捜査指揮を拝命して、十二月三十日に現場に出向いた。事件発生はその前日の夜だが、私が到着するまで巡査らが現場をよく保存していた。それなら捜査もやってくれればよかったのだが、近頃の警官は気が利かなくていかんな」

「なるほど。警部の所見はいかがでしょうか？」

「事故死か被告人に突き落とされたか、尋常なら判断に難儀するところだが、火刑法廷では被害者の死に方などどうでもいいのでね。重要なのは被告人が箒で飛行したかどうかだ。現場の空き部屋には箒が落ちていたので、押収して調べさせた。おい、持ってこい」

部下らしき制服警官が箒を警部に手渡した。箒はかなり大型で、穂の部分は警部の身体よりも太い。警部は箒を黒檀机の模型の隣に置いた。

「空き部屋で見つかった品はこれだけだ。ちなみに、被告人の指紋は検出されなかったと申し添えておこう」

「確保されたとき、被告人は黒い手袋をしていました。本件では指紋は手掛かりになりませんわ」

バイコーン警部は「そうだな」と淡白に同意した。

「被告人が現場に侵入した経路について、証人はどのようにお考えでしょうか？」

「窓から入ったのではないのか。そう答えてほしいのだろう」

「いえ、そういうことではなくて」オペラは語気を強める。「それ以外の可能性がないと言えるかどうか、捜査官としての見解をお聞かせください」

「まず、このフラットの正規の入り口は玄関だけだが、玄関から入った可能性はない。運送業者が家具を搬入する際は逐一施錠するようにしていたというし、事件前後は使用人が玄関を掃除していた。正規でない入り口となると、ベランダからの侵入が最も容易《たやす》いだろう。普段はベランダの戸を施錠していないそうだし、ベランダまでの侵入経路はいくらでもある。とはいえ、事件時はベランダが施錠されていたというのは本当のようだ。ウィルソン氏が施錠するのをカーソン夫人も見ているし、錠にウィルソン氏の指紋が付着していた」

バイコーン警部は分厚い調書の束を捲りながら、淡々と証言した。

「外部から解錠して部屋に入ることは可能でしょうか？」

「ウィルソン氏の見解に同意する。ベランダの施錠が破られた痕跡は見当たらなかったし、南側の川沿いの窓については、外壁を上ったような跡は確認できなかった」

「窓から侵入することもまず無理ということですわね。空を飛びでもしない限り」

「判断するのは貴官の仕事だ」

「えぇ。さて皆様、信頼できるバイコーン警部の証言により、空き部屋に侵入する方法は飛行に限られることがおわかりいただけたかと思います。これをもって、被告人が魔女であることが立証されたものとわたくしは考えます」

そのとき、カタ、カタとタイプライターを叩《たた》くような機械音が聞こえた。二階席を見上げると、壁に設《しつら》えられた十二枚のパネルがぱたぱたとひっくり返り、『アクトン・ベル・カラーは魔女』の文字が現れた。

法廷内がざわめいたが、オペラは「静粛に」と声を張る。

「火刑法廷では、つどつど陪審員の判断が下ります。議論終了時に『魔女』判定が過半数を占めれば、被告人は直ちに火刑に処されます。見たところ、わたくしの立証に概《おおむ》ねご同意いただけたようですわね」

陪審席のパネルは、十二枚中九枚が『魔女』を示していた。

被告人席を一瞥すると、カラーは青ざめた顔で九枚の『魔女』を見上げていた。

「被告人。バイコーン警部に対して、何かご質問はありますかしら？」

聞くまでもないと思ったが、形式通りオペラはカラーに問いかけた。反応がないことを確かめ、警部に頷きかける。

「それじゃ、もうお戻りになって――」

「ありますとも」

法廷内に、聞き慣れない女の声が響き渡った。

「証人への質問？　えぇ、ありますとも」

オペラは法廷内に視線を巡らせ、声の主を捜す。

「今の発言はどなた？　審理の邪魔をなさるのなら――」

言い終わらないうちに、オペラの耳元で女が囁いた。

「小職ならばここに」

ひぇっと悲鳴を上げてオペラは飛び退《の》いた。オペラの背後に立っていたのは、燕尾服と黒ハットで男装した、オペラより更に長身の女だった。夜会服じみたフォーマルな出立ちながら、襟元にはタイの代わりに小さな鈴を下げている。帽子の鍔《つば》には羊の角を象った飾りが施され、素顔を覆い隠すほどの派手な厚化粧と相まって、喜劇役者のような印象を振りまいている。

「かっ、係官！　この女をつまみ出しなさい！」

女を指さしてオペラが叫ぶと、呆気《あっけ》に取られていた廷吏らがはっと我に返り、女に駆け寄った。だが女はひょいひょいとおどけた身のこなしでかわし、「いやはや」と肩を竦《すく》めた。

「ご無体な。てっきりオペラ殿は小職を待ち焦がれておいでかと」

拡声器でも使っているのかと思うほどよく通る声だった。どこか外国語話者ふうの訛《なま》りが感じられたが、それすら演技かと思えるほど堂に入った役者のような口ぶりだった。

「それとも貴邦の法曹界では、こういった手荒な歓迎を伝統としているのでありますか？　伝統は非合理なりとは至言でありますな」

「何をごちゃごちゃと！　あなた一体何者ですの⁉」

「小職、名を毒羊《どくひつじ》と申します。御目文字大変光栄であります、審問官殿」

奇妙な名前の女は、帽子の鍔を摘まんで目礼した。

「毒羊……？」

オペラはその名に覚えがあった。火刑法廷から事前に通達された資料に、アクトン・ベル・カラーの弁護人としてその名が記されていた。

「まさか、弁護人？」

「いかにも。小職、魔女裁判専門の弁護士でありまして、当審理の弁護人を拝命仕《つかまつ》りました故、皆様どうぞお見知りおきを。些末《さまつ》な野暮用で遅参申し上げたこと、まことに不調法の致すところであります。しかしかようにして臨席叶《かな》いましたからには、カラー嬢の弁護に全力を尽くす所存であります。これよりはどうぞお気軽に、羊、とお呼びくださいますよう」

両手で頭の横に角の形を作り、「Ｂａａ―Ｂａａ」と羊の鳴き真似《まね》をする。

「なっ、何をふざけたことを！　あなたのような不審者が弁護などと、認められるはずがありませんわ！」

「火刑法廷の弁護には資格など不要、ただ被告人に認められればよいと伺っております。なれば話は単純明快、被告人にお尋ねすればよろしい。カラー嬢、小職に弁護をお任せいただけますか？」

カラーはおずおずと頷いた。彼女の態度からすると、少なくとも二人は顔見知りではあるらしかった。羊は満足げに喉を鳴らすと、書類鞄をカラーに預け、オペラに向き直った。

「よろしいですかな、オペラ殿。もう始めても？」

オペラは苛立《いらだ》ちを隠さず「何を？」と返す。

「無論、反対尋問をであります。警部殿の証言は不完全極まりない。あれだけで被告人が空を飛んだなどとは、論理の飛躍も甚《はなは》だしいと言わざるを得ません」

羊の挑発に、オペラより先にバイコーン警部が反応する。

「不完全だったかね、それは失敬。参考までに、どこがご不満か伺っても？」

「いいですとも」

羊はつかつかと模型に歩み寄ると、縮小された住宅をしげしげと眺めた。

「外壁を上って窓から入った痕跡はないと仰っていましたが、カラー嬢が屋根の上からロープを伝って下りてきた可能性は否定できますまい」

警部は一瞬言葉を切り、オペラに視線を送った。実際のところ、この事件にはロープが登場する。だが、カラーの侵入とは無関係であることは既に判明している。ここでロープの話を持ち出す必要はない。

「屋根の上には事件前日に降った雪が積もっており、誰かが足を踏み入れた痕跡はなかった」

「屋根が無理なら、上階の部屋の窓から下りてきた可能性はいかがですかな？　プラッツ・マンションは四階建てであります。カラー嬢はまず四階フラットに侵入し、それから三階へ下りてきたのであります」

ふむ、と警部は一呼吸置いた。

「物理的には可能だが、状況的にはあり得ないことを我々は確認している。少々事情が込み入っているため触れなかったが、弁護人が求めるのであれば致し方ない。審問官？」

急に話を振られ、オペラは「えっ？」と気の抜けた声を上げる。

「証人に話を聞くべきだ。四階の住人、ケアリー夫人に」

「あっ、えぇ、そうですわね」

オペラの指示で、身形《みなり》のいい若い女性が証言台に立った。女性はエルザ・ケアリーと名乗り、プラッツ・マンションの四階に家族と居を構えていると話した。

「事件現場の真上は、ケアリー邸では子供部屋にあたるそうですわね。当然、誰かが家に入ってきて、窓から出ていったなんてことは？」

ケアリー夫人は「勿論《もちろん》、ありません」と強く否定した。

夫人を傍聴席へ下がらせると、オペラは羊に挑戦的な視線を送る。

「さぁ、いかがです？」

「大変結構。ではやはり、被告人はベランダから侵入したのでしょうな」

羊の声色は尚も自信に満ち溢《あふ》れていた。

「話を聞いていましたの？　ベランダは施錠したとウィルソン氏が――」

「いやいや、氏が施錠したのは事件の直前であります。それ以前は開けっ放し、侵入し放題だったわけでありまして。例えば、階段の踊り場の窓から三階のベランダに飛び移れば、空き部屋へは簡単に到達できます、このように」

羊は二本指で足の形を作り、模型の上に走らせた。

「はん！　何を言い出すかと思えば」オペラは馬鹿にし切った声で反論する。「ウィルソン氏が施錠したとき、空き部屋には誰もいなかったはずですわ」

「そんなものは隠れてやり過ごせばよろしい。と例えば、この机」

羊は模型の空き部屋に置かれた机を手に取った。

「これなど、少女が身を隠すにはおあつらえ向きであります。ウィルソン氏、貴兄はこの机の下に誰もいないか、ちゃんと確認しましたか？」

「……い、いえ。そこまでは」

渋々そう認めた。

「だとしても侵入は不可能ですわ！　ウィルソン氏がベランダの戸を施錠したのは午後九時より前のこと。午後九時に公会堂の路地でミドルトン夫人に目撃された被告人が、ベランダから侵入できるわけが――」

「おやぁ？　小職がいつ、被告人が侵入したなどと申しましたか？」

羊は机の模型をオペラの前に突き出した。

「午後九時にこいつの中にいた人物は、事件とは無関係な第三者であります。その人物はウィルソン氏がベランダを施錠した後、机の下から這《は》い出して、ベランダの鍵を開けて逃げ出した。カラー嬢はその人物と入れ違いにベランダから空き部屋へ侵入したのであります。ほら、何の矛盾もない」

「馬鹿おっしゃい！　だったらその第三者を連れてきなさい！」

「えぇ勿論連れてまいりました。それではご登壇いただきましょう」

羊はぱちんと指を鳴らした。法廷内がざわめき立つ中、暗い傍聴席から、小柄な人影がもそもそと歩み出る。おっかなびっくりといった足取りで証言台に立った少女に、羊は恭《うやうや》しく一礼した。

「それでは証人。お名前とご職業をお教えください」

「……ダレカ。ダレカ・ド・バルザック。プリンス・ジョン・カレッジの学生です」

少女はわざと押しつぶしたような変な声で名乗った。その長いブロンドに、オペラは見覚えがあった。開廷前、傍聴席で揚げ物を口に放り込んでいた少女だ。だが今は何故か揚げ物の紙袋をすっぽりと頭から被っている。

「……誰ですって？」

「ダレカです」

紙袋に開けられた穴から覗く両目が瞬きした。

「その紙袋は？」

「小粋なお洒落《しゃれ》です」

何を言ってるんだこいつは、とオペラは思った。

「えー、こちらのダレカ嬢は」にまにまと笑いながら、羊はダレカの背後からその両肩に手をかけた。「カレッジに通う学生でありながら、もう一つ裏の顔をお持ちであります。さて証人、昨晩から今朝までどこで過ごしたか、お話しいただけますかな？」

「えと……その……」

ダレカは言葉に詰まり、逃げ道を探すように視線を周囲に彷徨《さまよ》わせた。羊の指がぎゅっとダレカの肩に食い込む。

「しょ、う、に、ん？」

ダレカは心底うんざりした声で答える。

「警察署です。パン屋で万引きをして捕まって、さっきまで警察署で絞られてました」

「結構であります」羊はダレカの肩をぽんぽんと叩いた。「こちらの証人、どこへ出しても恥ずかしくない正真正銘のコソ泥であります。証人は事件当夜も一仕事してやろうと企み、目を付けたのが渦中のヴェナブルズ邸でありました。首尾よく空き部屋に侵入したはいいが、何故かウィルソン氏のような家外の人間がうろついている。これはたまらんと、何も盗《と》らずにベランダから逃げ出した、と。こういう次第であります。ね？」

「そ……その通りです」

羊は満足そうに頷くと、ダレカの肩をぐいと押して彼女の身体をオペラに向けた。

「さて審問官。反対尋問を行いますかな？」

「あ……」怒りのあまり、オペラは審問官席の机を両手で勢いよく叩いた。「あったり前ですわ！事件当日、しかも被告人が侵入するその直前にコソ泥が侵入していた？　そんな偶然、起きてたまるものですか！」

「それが起きたのでありますねぇ。この街では魔女は珍しくとも、泥棒など掃いて捨てるほどおりますからな」

「詭弁《きべん》ですわ！　そもそも、何故わざわざ三階に侵入したのです！　答えなさい、証人！」

オペラに正面から指さされ、ダレカは「え、えと……」とたじろいだ。そこへすかさず羊が割り込む。

「一階には〈大通り雑貨店〉なる店舗が入っておりますが、さして繁盛はしていない様子、盗みに入る価値はありますまい。四階のベランダには上部を覆うものが何もなく、雪が降り積もっておりました。足跡が残るのを泥棒が恐れるのは当然であります。二階は何とかいう若い男の住居でありますが、事件当夜は仲間を招いて夜っぴてパーティに興じていたそうな。消去法で三階に目を付けたのでありますな」

流れるような羊の答えに、ダレカは首振り人形のようにこくこくと頷いた。

「ぐっ……」

オペラは奥歯を噛みしめる。このまま尋問を続けても、上手く羊のペースに乗せられて時間を浪費するだけだ。冷静に考えれば、このような詭弁が陪審員の信頼を勝ち得るはずがない。

「審問官」

バイコーン警部が話に割って入る。

「今、部下から話を聞いた。ダレカという娘は、近隣の界隈《かいわい》で有名な非行娘だそうだ。非行といっても飲酒や夜歩き程度で、窃盗で捕まったのは先日が初めてらしいが」

「……なるほど」

オペラは険しい視線を羊に向ける。

「これが弁護人のやり口ということですのね。飛行以外の侵入経路を確保するために、手ごろな不良娘を脅しつけるか金を握らせるかして、ありもしない証言をでっちあげるつもりなのでしょう」

「ほう、偽証だと仰るのでありますか？」

「この証人が嫌々偽証させられているのは一目瞭然ですわ」

「つまり」羊はにたりと嘲笑《あざわら》った。「オペラ殿はご自身の主観に基づいて審理を執り行うと。おぉ、これはいけない。火刑法廷とはいえ、法廷と名の付く場において客観的事実を蔑《ないがし》ろになさるとは。よろしい！」

羊は楽し気に指を鳴らした。

「ここは一つ、小職が手ほどきをして差し上げましょう」

「はぁ？」

羊はダレカを下がらせ、ゆっくりと弁護人席の前を歩き出した。

「ときにオペラ殿。ヴィクトゴー・ルールはご存じでありますか？」

オペラは勿論知っていたが、聴衆のために丁寧に説明する。

「魔女の出現を受けて、本邦の王立学会は科学的アプローチから魔女の研究調査を行いました。魔法の源泉を明らかにすることはできなかったものの、魔法の限界の明確化には成功しました。魔女には何ができて、何ができないのか。それを簡潔に明文化したものこそ、ヴィクトゴー・ルールと呼ばれる文書です」

「然《しか》り。たった三頁の短い文書ながら、そこには魔法の全てが記されている。現代のグリモワールと呼ばれる所以《ゆえん》であります。火刑審問官ならば当然頭に入っておいででしょうな？」

当然、とオペラはルールを諳《そら》んじる。

「一頁目、飛行について——『魔女は箒に乗って飛行することができる』。二頁目、変身について

――『魔女は猫に変身することができる』。三頁目、感応について――『魔女は他者の感情を操ることができる』」

ぱちぱちと羊が拍手した。

「お見事、お見事。さて、変身と感応については今回顧慮せずともよろしい。問題は飛行について。箒に乗って飛行する、とルールには明記されている。つまり魔女といえども、箒なくして飛行することは不可能なのであります」

「そんなことは常識ですわ。事件発生時、被告人の近くには箒が落ちていました。その箒に乗って飛んできたのでしょう」

ふむふむ、と羊は意味深に頷いた。ひらりと傍聴席を見回し、メリダ・カーソンの後ろに座る若い女性に目を留める。

「新たな証人をお呼びしたく存じます。アネット嬢、どうぞこちらへ」

証言台へ立った質素な服装の女性は、アネット・スミスと名乗った。齢は二十前後、血色が良く髪も艶やかだったが、どこか幸の薄そうな顔立ちをしていた。

「ヴェナブルズ家の使用人です。その、先日から」

「先日からというと?」

「実は、その……私の家は資産家で、以前は比較的余裕のある暮らしをしていました。けれど最近がっくりと景気が悪化して、私も働きに出なくてはならなくなったのです。折しも父の古い知り合いであるというヴェナブルズ様が、新たな使用人を探しているという話を聞きまして。何でも近々ご家族が増えるので、使用人を増やす必要があるとか。それで私は父を通して頼み込み、ヴェナブルズ家にご厄介になることになったのです」

アネットはため息をついた。悲しみより当惑の思いに満ちた表情だった。

「波乱の人生でありますな。使用人として働いてみたご感想は?」

「散々です。それまで掃除なんてしたこともなかったのに、あれをやれ、これをやれと指図されて……。おまけに、お仕事の初日にヴェナブルズ様が亡くなってしまって。警察の捜査のために二日間もヴェナブルズ邸に入れてもらえませんでした」

「それはそれは。ところで証人がヴェナブルズ邸に復帰した際、何か変わったことはありませんでしたか?」

「あ、そうそう。箒が一本なくなっていたんですよ」

「え」とオペラは口を開けた。嫌な予感がした。

「お前がなくしたんじゃないかと、先輩の使用人から大層叱られました。私、確かに物置に戻したはずなんですが……」

「その箒とは」羊は黒檀の机に歩み寄り、証拠品の箒を手に取った。「これのことでありますか?」

「はい。多分」

「ちょっ」慌ててオペラが介入する。事件現場で見つかった箒がヴェナブルズ家の箒だとすると、面倒なことになる。「お待ちなさい! あれはヴェナブルズ家の箒ではなく、被告人が飛行に使った箒ですわ! ほらよく見るのです!」

「え? そうなんですか?」

アネットはのんびりと首をひねった。

「証人、この箒はどこで購入したものかご存じでして?」

「〈大通り雑貨店〉です。プラッツ・マンションの一階の。この辺りの人は、みんなあの店で生活雑貨を買うと聞きました」

「あぁ、そういうことですのね。話は簡単ですわ。被告人が飛行に用いたこの箒と、ヴェナブルズ家からなくなった箒は、同じ店で買った別の箒なのです」

「えぇ？　でも、よく似てるけどなぁ……」

アネットが眉根を寄せて箒を見つめる後ろで、羊は黒い革の鞄を持ち出し、その中から白手袋を取り出した。

「まぁ実際、同じ店で買った箒を見分けるのは困難でしょうな。ここは一つ、科学的に確かめてみるといたしましょう」

羊は手袋をすると、カラーに預けた書類鞄から手のひら大のガラス板を取り出した。片面を布で拭うと、「お手を拝借」と恭しくアネットの手を取り、ガラス板に押し付ける。

「さぁご注目！」

羊は大仰な身振りで鞄から小瓶を取り出した。小瓶の蓋を開け、白い粉末をガラス板にまぶす。刷《は》毛《け》で軽く粉を落とし、ガラス板を照明にかざす。

「ふむ。素人《しろうと》仕事にしては上出来ですな。さて、警部殿」

証言台で成り行きを見守っていたバイコーン警部に、羊はガラス板を差し出した。

「箒の指紋をお調べになったと仰っておりましたな。そこにアネット嬢の指紋が含まれていたかどうか、ご確認いただきたい」

バイコーン警部は怪訝《けげん》そうな目で羊を一睨みしたが、ガラス板を受け取り、調書の一頁と丹念に見比べた。その両目が僅かに見開かれ、次いで不可解そうに細められる。

「……どういうことだ。確かに一致している」

「馬鹿な！」

オペラは証言台に駆け寄り、警部の手元の調書を覗き込んだ。警部から拡大鏡を借り、ガラス板の指紋と箒から採取された指紋の写真を見比べる。

オペラは言葉を失った。

「この事実が何を意味するか、おわかりでありますねぇ？」

羊は勝ち誇った声を張り上げる。

「この箒は事件当日、アネット嬢がうっかり空き部屋に置き忘れたものであり、ずっと邸内にあったのであります。従って、カラー嬢が飛行に使用したのは別の箒でなくてはなりません。ところが！　カラー嬢の周辺には他に箒らしきものなど一つも存在しなかったのであります！　仮にカラー嬢が魔女であったとしても、空を飛んでヴェナブルズ邸に侵入することなど不可能であります！」

「うっ……」

オペラは一瞬たじろいだが、すぐにバイコーン警部に向き直る。

「バイコーン警部、現場から他の箒が持ち去られた可能性はありますの？」

警部は忌々《いまいま》しげに首を振った。

「……いや。ウィルソン氏は警官が駆けつけるまで部屋から出なかったと言っているし、捜査が始まるまで二人の警官が現場を保存している」

「それなら、アネットさんの指紋が付着した箒がもともと邸外にあって、被告人はそれに乗ってきたのですわ。アネットさんは箒をちゃんと物置に戻したのに、警察が引き上げた後何者かに盗まれたとかで――」

「お忘れですかな？　アネット嬢は掃除などしたこともないそうで、しかも事件当日が初仕事とのこと。その日初めて掃除した際に使用した箒を除いては、箒に指紋が付着する機会は皆無であります」

羊の言葉に、アネットはこくこくと頷いた。

「うぐ……。そ、それではこういうことですわ。被告人は別の箒に乗って飛んできた、けれどヴェナブルズ氏ともみ合っているうちに、ベランダから箒を落としてしまった。そして誰かがその箒を持ち去った。警察はアネットさんが置き忘れた箒を、魔女が使ったものと勘違いしてしまった……」

「まったく柔軟な発想をお持ちでありますな。感心感心。そういえば、裏通りのパブの客たちがヴェナブルズ氏の落下死を目撃しておりましたな。誰かが死体のそばから箒を持ち去ったなら、それを見た者がいて然るべきでありますが、バイコーン警部、いかがですかな？」

警部は頷き、傍聴席から痩せた禿頭《とくとう》の男を呼び出した。男の名はガイ・ハーディング、事件を目撃して通報したパブの店員だという。彼は警官が来るまで誰も死体には近づいていないと証言した。

「結構であります」

「それなら、窓から川に捨てたというのは……」

「ほう、そして川に流されてしまったと？　マンションから川までは数ヤードの距離。よほどの強肩でなければ、川辺の積雪に何の痕跡も残さずに川に直接箒を投げ入れることはできますまい。まぁ仮にできたとしても、カラー嬢は一体どうして全力で箒を窓から投げ捨てたのか、という話になるわけで」

オペラは返す言葉を失った。そんな様子を見て、羊は薄ら笑う。

「さて皆様。被告人がベランダから侵入した可能性があることはご納得いただけたかと。一方で、箒を持たない被告人が空を飛んで侵入することは明らかに不可能。以上をご理解いただいた上で、陪審員の皆々様のご判断を拝見いたしたく」

羊が言い終わらないうちに、二階席のパネルがぱたぱたと捲れ、陪審員の判断が開示された。「魔女」は十二枚中五枚――陪審員は無罪に傾いていた。

「フフ。重畳《ちょうじょう》であります。さてオペラ殿。反対尋問を続けますか？」

羊の挑発を聞くまいとするかのように、オペラは審問官席の机に両手をついて俯《うつむ》いていた。何か反論しなければと焦るも、彼女の頭の中では一つの疑問が繰り返されるだけだった。

どうして箒にアネットの指紋が。どうして。どうして。

検察官としての華々しいキャリアを通して、オペラの直感が間違っていたことは一度もなかった。そして彼女は、今回も直感を信じてこの法廷に臨んでいる。アクトン・ベル・カラーは魔女である、という直感を。

平素のオペラなら、その直感に反する証拠を提示されたとしても、冷静に考察を重ねて真実へ近づくことができただろう。だが今、彼女の思考はぐるぐると同じ場所を巡るだけで、一向に箒の矛盾という輪から抜け出すことができない。

自分はどうしてしまったんだ。火刑法廷という常軌を逸した空間の持つ魔力に呑まれて、普段の自分を見失っているのか。

「うーん」

静まり返った法廷に、間延びした声が響いた。アネットの声だった。

「私、空き部屋に箒なんて置き忘れたかなぁ……？」

「空き部屋に入ったことはあったのでしょう？」

羊に問われ、アネットは「それは、そうですけど」と曖昧に同意する。

「やっぱり、物置にちゃんと戻した気が……」

「気のせいであります。何日も前のことでありますから。ね？」

羊は軽く流そうとしている。あまり深掘りされたくはなさそうだった。

オペラは考える。あの様子からすると、やはり空き部屋に落ちていた箒はアネットのものではなく、カラーが飛行に使った箒と考えてよさそうだ。それなら何故、アネットの指紋が付着していたのか。

「……証人」

オペラは数分ぶりに声を発した。

「警察の他に、ここ数日であなたに話を聞きにきた人物はいますか？」

「え？　あぁ、そういえば事件の翌日の夜、道端で突然知らない女性に話しかけられました。最初は軽い世間話だったんですが、気付いたら身の上まで全部話してしまって」

「どのような人物でした？」

「さぁ。黒いフードを目深に被って、顔はほとんど見えませんでした。背は私と同じくらいで、女性にしては低い声だったような……」

　オペラは再び熟考する。身長からすると羊本人ではない。羊の部下だろうか。恐らく羊は、部下を使って情報収集した結果、アネットをうまく利用すれば箒を使った偽証が可能だと気付いたのだろう。

　そもそも、カラーはどこからあの箒を持ってきたのだろう。

「……ミドルトン夫人。夜九時に路地で被告人とぶつかった時、彼女は何か持っていましたか？」

「いいえぇ、手ぶらでしたよ」

　ミドルトン夫人は座ったまま丸っこい肩を竦めた。となると、カラーは公会堂の近くで箒を手に入れたことになる。

　ふと手元のガラス板に視線を落とす。改めて見ると、ガラスは片面だけ妙に薄汚れていた。その上、四辺の縁が微妙に凸凹《でこぼこ》している。

　これではまるで――。

　オペラははっとして顔を上げた。

「わっ」

　衝動的に両手で机を思い切り叩く。

「わかった！　わかりましたわ！」

「いきなり大声を出すな」

顰《しか》め面《つら》のバイコーン警部に、オペラは普通の声量で指示を出す。バイコーン警部は疑わしげな表情を浮かべたが、すぐに準備に取り掛かった。

「危うく弁護人の罠《わな》にかかるところでしたわ。まったく、とんだペテン師ですわね」

「何のことでありますか？」

オペラはガラス板を羊の前に突きつけた。

「これは、アネットさんの指紋ではありませんか」

「はて。たった今目の前で採取してご覧に入れたではありませんか」

「とぼけるのもいい加減になさい！　弁護人、あなたはもともと何者かの指紋が付着していたガラス板を持ち込んだのですわ。ガラスの裏面にアネットさんの手を押し付け、わたくしたちの目を盗んでひっくり返し、表面に粉末を塗布することで、あたかもアネットさんの指紋を検出したかのように見せかけたのです！」

羊は口を開きかけたが、その前にバイコーン警部が割り込んだ。

「指紋の照合が済んだ。貴官の予想通り、羊が寄越した指紋はミドルトン夫人のものだったよ」

バイコーン警部の背後では、ミドルトン夫人が手指についた指紋採取用のインクを布で拭っていた。

「やはり！　被告人は公会堂の路地でミドルトン夫人とぶつかったあと、公会堂の倉庫にあった箒に乗って空を飛んだのです。それはミドルトン夫人が仕事で使う箒なのですから、当然夫人の指紋が付着しています」

なるほど、と羊は半笑いで頷いた。

「仰りたいことは承知いたしました。しかし、小職はいつミドルトン夫人のお手をガラス板に押し付けたのでありますか？　小職は確かに多少手先が器用であります。しかし、ミドルトン夫人には指一本触れておりません」

「はん！」オペラは高らかに鼻で笑った。「夫人が仰っていましたわ。今朝、掲示板のカバーガラスが粉々に割れていたと。掲示物の交換も行っていた夫人の指紋を手に入れるために、弁護人はカバーガラスを切り取り、証拠隠滅のため残りのガラスを粉砕したのです。ガラス板の片面だけが汚れているのは、露天に晒《さら》されたガラスの一部だったからですわ。つまりこれは、卑劣な弁護人によって捏造《ねつぞう》された証拠品だったのです！」

オペラの弾劾に、傍聴人席が沸き立った。

「どうです！　否定できるものならしてみなさい！」

勢いよく詰め寄ったオペラに対し、羊はどこか冷めた顔で沈思していたが、やがて、フ、と唇の端を上げると、

「なるほど、そういうこともあったかもしれませんな」

と幾分トーンダウンした感想を述べた。

「まだ言い逃れなさるのかしら？」

「小職、うっかりガラス板の表と裏を間違えてしまったようであります。あらぬ誤解を招いたこと、どうかご寛恕《かんじょ》いただけますと幸いであります」

羊は悪びれもせずに肩を竦める。

「しかし、ま、カバーガラスに気付けただけでもオペラ殿にしては上出来であります」

「キーッ！」

安い挑発で頭に血が上ってしまうオペラを差し置いて、羊はゆるりと被告人席を振り返った。不安げな顔で論戦を見守っていたカラーに、ウィンクを投げかける。

「そう怯えることはありません、カラー嬢。小職、ちゃあんと二の矢の用意もあります故」

「はん！　二の矢ですって？　またコソコソ捏造した証拠品を持ち出すつもりでしょう。それとも証

人を買収でもしたのかしら?」

「ほう。それでは次は世界一信頼できるお方にご登壇願いましょう」

皮肉めいた口調でそう言うと、羊はすっと審問官席に近寄り、オペラの手を取った。

「な、何よ!」

「ご案内いたします、レディ。どうぞあちらへ」

羊は鷹揚《おうよう》に証言台を指し示した。

◆

年明けを目前に控えた、十二月三十日の寒空の下。

吹き付けるから風に、オペラ・ガストールはコートの襟元を閉ざした。白い息を吐きつつ、眼前の集合住宅を見上げる。ジョージアン様式の画一的なテラス・ハウスが立ち並ぶ大通りの中で、プラッツ・マンションは一際派手で人目を惹く建物だった。入居者は生活に余裕のある者ばかりだろう。

つい昨晩人が落ちて死んだ現場の割には、静かで落ち着いている。それがオペラの第一印象だった。と、一台の警察用車両が沿道に停車した。捜査官が来たのかと思うと、車両からは少年とその母親らしき女性が降りてきた。

母親は車両を運転してきた警官に向き直り、

「ほら、警察官さんにお礼は?」

厳しい声で少年にそう促した。少年はむすっとして口を固く結んでいる。

「ロバート、いつまでそうやって大人に迷惑をかけるの?」

「いいんですよ、奥さん。では、自分はこれで」

警官は快活に言うと、車を走らせて去っていった。母親はうんざりしたようにため息をつくと、ロバート少年の手を無理矢理引いてプラッツ・マンションの玄関へと消えていった。

母子と入れ違いに、玄関から一人の女が現れた。異様に肩幅が広く、物々しい風格を漂わせている。幾人もの犯罪者を検挙してきたベテランの女性警部は、オペラに向かって片手を上げた。

「おや、お嬢様検事じゃないか。いや、今は審問官だったな」

「お久しぶりですわね、バイコーン警部」

バイコーン警部は検察官時代に何度か法廷で顔を合わせたことがあったが、現場の捜査に立ち会うのは初めてだった。オペラと握手を交わすと、警部はぶっきらぼうに尋ねる。

「何をしに来た」

「本件を担当することになったので、現場を見に来たのですわ」

バイコーン警部は苛立たしげに舌打ちした。

「上へは何一つ報告していないのに、もう火刑法廷に送致されたのか」

「えぇ。まだ日程は決まっていませんが、早ければ来週にも火刑法廷が開かれるでしょう。容疑者は魔女なのですから、当然の運びですわ」

「容疑。容疑ねぇ」

バイコーン警部は何か言いたげに繰り返す。オペラが現場の案内を依頼すると、警部は不承不承といった顔で請け負った。オペラが検事だった頃は、年長の警部よりオペラの方が地位が高かった。だが火刑審問官と警察官ではどちらが目上かわからず、会話がぎこちなくなってしまう。

「魔女が絡んでいなければ、せいぜい傷害致死が関の山だ。容疑者は完黙《かんもく》しているが、これといった動機もないし、間違っても縛り首にはならん事件だ」

階段を上りながら、警部は独り言のように言った。

「けれど魔女裁判となれば、火刑か無罪かしかない——それが気に喰《く》わないと?」

オペラの問いに警部は答えなかった。警部は人並み外れて順法意識が高く、間違っても法律に対する疑問を人前で口にするような人物ではなかった。

三階フラットでは、鑑識官が忙《せわ》しなく行き交っていた。彼らは地元警察の警官であり、通常の犯罪と同様の捜査を行っていた。今回のような直接証拠のない魔女事件では、火刑法廷は警察の捜査能力に頼らざるを得ない。

「ここですわね」

カラーが逮捕された空き部屋は、南西の角にあった。ドアノブに手をかけたオペラは、ん? と眉を上げる。ノブに手をかけただけで扉が動いてしまう。

「あぁ、そいつは壊れている。ノブのボルトの高さがずれているんだな」

バイコーン警部の言うように、ドアは完全には閉まらなかった。

「被害者は聞いていたほど裕福ではなかったのかしら。この程度の故障も放置しているとなると」

空き部屋はその名の通り、埃まみれの大きな机が置いてあるだけのがらんとした部屋だった。警官たちは作業の手を止め、オペラに敬礼した。

「作業を続けろ。検事殿のことは気にしないように」

オペラは南の窓に目を向けた。この窓はガラスを上下にスライドさせるハング窓で、横幅はオペラの肩幅ほどしかない。窓から顔を出すと、マンションの裏手にはまっさらな新雪が積もっており、その向こうにはモンマス川が悠然と流れている。

「魔女はこの窓から入ってきたのですわね」

「断定はしない。だがベランダは施錠されていたというし、廊下にいた夫人と運送業者は空き部屋に少女が入る姿を見ていない」

「それなら、もう決まったようなものですわ。……んっ？」

オペラは窓の直下を凝視した。降り積もった雪の上に、小さな足跡が残されている。足跡は窓の真下から始まり、建物の外壁に沿って東へと続いていた。

オペラは足跡をもっとよく見ようとして窓から身を乗り出し、

「うぉっと⁉」

バランスを崩してあわや落ちそうになる。警部がオペラの腕を摑んで室内に引き戻し、オペラは床に尻もちをついた。

「いてて……」

「あの足跡なら、事件とは無関係だ。いや、あれはあれで事件なのだが」

何事もなかったかのように警部は話し始める。

「四階にはケアリー家という家族が入居していて、ちょうどこの上が子供の部屋になっている。ロバート・ケアリーという名の、十二歳の少年でね」

「さっき玄関で見かけた、あの母子？」

「あぁ。あの足跡はロバート少年が残したものだ。彼は日ごろから両親と折り合いが悪かったらしく、これからは一人で生きていくと息巻いて家を出ることにしたそうだ。もっとも、日付が変わる頃に巡回中の巡査によって道端で保護されたがね。今頃、上で親にこってり絞られているはずだ」

「い、家出？　ちょっと待ってください。その少年は、四階の窓から家出したとでも言うのですの？」

「私も話を聞いて恐れ入ったよ。ロバート少年は長いロープを窓枠に結び付け、四階から一階までロープを垂らし、それを伝って外壁を降りたというんだ。少年は冒険家に憧れているそうだが、一歩間違えれば一晩で二つの転落死体が転がるところだった。風のない静かな夜だったことが幸いしたな」

オペラは恐る恐る窓から顔を出し、遥か眼下の地面を見下ろした。

「それ、何時頃のことですの？」

「断定はできないが、少年の話では夕食後しばらく待ってから脱出を決行したそうだから、八時半から九時の間だろう。もっと遅いかもしれないし、もっと早いかもしれない。ちなみにケアリー夫妻は、警察から連絡が入るまで少年の家出に気付かなかったそうだ」

ということは、カラーが三階フラットに現れた際、この窓の外にはロープが垂れ下がっていた可能性が高い。

「……あれ？　もしかして、ロープを伝って降りることができたということは、上ることも可能だったり？」

外壁を上った可能性があるなら、魔女の飛行を証明したいオペラにとっては弱みとなる。だが警部は「いや」と首を横に振った。

「安心していい。外壁の痕跡がそれを否定している。外壁には降りていく少年の靴の痕が残されていたが、それ以外の痕跡は見当たらなかった。いくらロープが垂れ下がっていても、壁に何の痕跡も残さずに上ることは不可能、というのが我々の見解だ。そもそも、雪の上に少年の足跡しか残されていない以上、カラーはロープに近づくことさえできない。空でも飛ばない限りな」

警部の言うことはもっともだった。それでもオペラは、窓の外のロープという存在に言い知れない不安を感じていた。

◆

「なるほど、窓の外には本当にロープが垂れ下がっていたのでありますな。実に興味深い」

羊が腕を組んで大げさに頷いた。

羊に押し切られる形で証言台に立たされたオペラは、事件翌日に現場で見聞きしたことを逐一証言していた。

「その後は各部屋を見て回りました。まず空き部屋の隣の……」

続けようとしたところで羊に止められる。

「はいそこまで。実に丹念な捜査、感服の極みであります。元検察官の面目躍如か、事件に関係なさそうな証拠まで微に入り細を穿《うが》ってチェックしておられる」

「で？　わたくしの証言から何を引き出そうというのです？」

「無論、カラー嬢は空など飛ばなかったという結論であります」

「あぁ？」

オペラは眉を寄せた。羊の考えが読めない。

「審問官殿、現場の光景を今一度思い起こしていただきたい。窓の横幅はせいぜい二〇インチといったところ。被告人は小柄な少女ではありますが、それでも通り抜けるにはぎりぎりの幅であります。しかし、ロープは窓の中央に垂れておりました。いかに空を飛べる魔女であろうと、この窓を通る際はロープに触れずにはいられないのであります」

「それが何だと言うのです？　ロープに触れる程度、何の障害にもなりませんわ。そもそも、ロープが窓の中央に垂れていたかどうかも定かではありませんし」

「おっと、小職としたことが」羊はぺちりと額を叩いた。「失敬、先走ってしまいました。実を申しますと小職、このロープを実際に見たという者を証人としてお呼びしておりまして」

「ロバート・ケアリー少年でしたら、警部が直々に聴取を行ったと聞きましたわ。警部、少年は何か重要な証言をしていましたかしら？」

警部は口を開きかけたが、羊が手で制した。

「少年ではありません。立派なレディであります」

羊が合図をすると、若い女が証言台の前に進み出た。少年のように髪が短く、利発な面立《おもだ》ちもどこか中性的な印象を受ける。一見すると大学生ほどの齢のようだが、ラフな服装からは素性が窺い知れない。

「ご紹介いたしましょう。アンダーソン氏であります。彼女は――」

「待ってくれ」女が羊を遮る。「アンダーソンじゃない。アンデルセンと読むんだ」

「おっと失敬。では、自己紹介をお願いできますかな、アンデルセン氏」

「氏でもない。それはファースト・ネームなんだ。私は、アンデルセン・スタニスワフ。肩書は特にない」

外国人の姓名をあべこべに組み合わせたような、奇妙な名前を女は名乗った。

「えー、アンデルセン嬢」羊は証人と向かい合う。「貴女《あなた》は事件当夜、マンションの二階で開かれていた会合に出席していたそうでありますな」

アンデルセンは愉快げに頷く。

「ははん、そうだな。会合には違いない。あそこの二階にはジョイスっていう若い男が一人で住んでいるんだが、週末になるとちょっとした集まりが開かれるんだ。仲間内で飲んで食って、夜通しどうでもいい話にくだを巻いたり、まぁそういった集まりさ」

証言を聞いて、オペラは手元の資料の頁を捲った。二階の住人はP・D・ジョイスという青年で、金融業を営む裕福な親の手で何不自由なく育てられ、二十三歳になった今も働かずに暮らしているらしい。

「ジョイス氏と証人はどういったご関係でありますか？」

「関係と言われてもな。互いの素性には興味がないんだよ、私たちは。ただ何となく気が合って、何となく知り合いになっただけの関係だ。詩的に言やぁ、何者でもない人間の集合体さ」

「ふむ、当世風のドライな人間関係でありますな」

「いいだろ別に。TEMPUS FUGIT《今この時を楽しめ》って言うじゃないか」

どこかで聞いたようなラテン語をアンデルセンは口にする。オペラが警句の意味を思い出している間に、羊は質問を重ねた。

「ところで、十二月二十九日の夜、何かおかしなことはありませんでしたかな？」

「あったよ。これがまた傑作でさ。ジョイスのフラットは南西の二部屋をぶち抜いてパーティルームにしているんだ。私たちは事件当夜もその部屋でやいやい騒いでいた。あれは八時四十五分頃だったかな。私は人の輪から離れて窓辺で涼んでいたんだが、なんとびっくり！　突然窓の真ん中に細いロープが垂れ下がったかと思ったら、小さな冒険家が外壁をするするっと降りてくるじゃないか。坊やは私と目が合って、「あっ」と可愛《かわい》い声で言った。ジョイスたちも面白がって寄ってきて、あれこれ話しかけるもんだから、坊やは危うく滑り落ちそうになった。あの齢の子供にとっちゃ、酔っぱらった大人ほど得体の知れないものはないよな。坊やは逃げるようにロープを降りて、建物の裏手の雪上に軟着陸、そのまま走り去っちまった」

「なかなか珍奇な見世物だったようで。その後は？」

うん、とアンデルセンは一息つくと、申し訳なさそうな表情でオペラに話しかけた。

「ここから先の話は、審問官様にとっては若干都合が悪いんだが、大丈夫かい？」

「そういうのはいいから、早く続きをお話しなさい」

「そうか、じゃあ言おう。その後はジョイスと窓辺で何でもない話をしていたんだが、私はずっと屋外の様子に注意を払っていた。子供の家出に気付いた親の悲嘆が聞けるんじゃないかと思ってね。ところが待てど暮らせど騒ぎは起きず、ロープが回収される気配もない。もういいかなと思った頃、裏通りの方が俄かに騒がしくなった。人が落ちたって声がそっちから聞こえて、すぐにベランダに出て様子を窺ったよ。裏通りの惨状は、説明するまでもないよな？」

「おやぁ、これはこれは！」嬉々《きき》として羊が割り込む。「今一度ご確認をば。八時四十五分からハロルド氏が落下する九時十分まで、垂れ下がったロープには何の気配もなかった？」

「あぁ、ぴくりとも動かなかったね」

「では証人から見て、その時間帯に被告人が箒で空を飛んで三階の窓から侵入したという審問官殿の御高説は、成立しうるでしょうか？」

アンデルセンは残念そうな顔で首を横に振る。

「無理なんだな、これが。私は三階の窓をずっと監視していたわけじゃないが、魔女がその窓を通らなかったことは確信を持って言える」

この日一番のどよめきが法廷内に轟いた。羊はゆらゆらと審問官席に近づく。

「証人尋問は以上であります。さてと」

羊は視線を二階席に向ける。カタ、カタと小さな駆動音が聞こえたかと思うと、陪審のパネルが捲れていく。羊の論証は陪審員の判断を文字通りひっくり返した――『魔女』のパネルは二枚しか残っていなかった。

「おやおや。今や被告人の無実は十指の指す所でありますな。さぁオペラ殿。反対尋問を行いますかな？」

羊は無邪気さすら感じさせる満面の笑みをオペラに向けた。ここまで言われては、挑戦を受けないわけにはいかない。オペラはアンデルセンに向き合い、「それでは」と反対尋問を始める。

「被告人は、比較的小柄な少女ですわ。ロープ一本くらい、避けて窓をくぐることも可能だったのではなくて？」

「できっこないさ」アンデルセンはあっさり否定する。「あの窓の横幅はせいぜい私の肩幅くらいしかない。それがロープで縦に二分されてると思ってくれ。いくら痩せっぽちの子供でも、そんな小さな隙間に入ることができると思うか？」

「う……。そ、それでは、魔法を使ったというのはどうです？　魔女は猫に変身することができますわ。猫の姿なら、ロープに触れずとも容易に窓に入ることが――」

「はて」羊がわざとらしく首を傾《かし》げる。「魔女は、飛行と変身、二つの魔法を同時に発動できるのでありますか？　ヴィクトゴー・ルールにそのような記述は一切ございませんよねぇ？　裁判中に勝手にルールを追加するのは無作法でありますよ、審問官殿。よしんば空中で猫に変身できたとしても、箒はどうなるのです？」

羊は証拠品の箒を手に持った。

「審問官殿のお言葉通りなら、被告人は箒を窓から空き部屋に持ち込んだはず。しかしながらこの箒、ご覧のように結構な大きさ。柄はともかく、穂先までロープに触れずに窓をくぐらせるのは不可能であります」

羊は箒を放り出し、「というか」と追い打ちをかける。

「御想像ください、審問官殿。被告人は箒に乗って窓から侵入を試みる。窓には謎のロープが垂れ下がっている。これ、普通はロープを手でどけて侵入するのでは？　ロープを揺らさないよう苦心する意味が、一体どこにあるというのでありますか？」

「うっ……」

「証人」ぼそりとバイコーン警部がアンデルセンに呼びかける。「君に事情を伺った際、家出するロバート少年を見かけた件については聞いたが、ずっとロープを見ていたという話はしなかったな。意図的に黙っていたのか？」

「まさか。聞かれなかったから答えなかっただけさ。事情聴取の段階じゃ、私はこの事件に魔女が絡んでいることすら知らなかったんだぜ？　少年の小さな冒険が事件に関係があるなんて思えないだろ？」

もっとも、とアンデルセンは愉快げに羊に目配せする。

「そのあと真っ黒なフードを被った女が私のところに来て、ロープについて聞かれたときは正直に答えたけどな。いや、笑ってすまん。警察も必死だもんな」

警部は顔を顰めたが、それ以上の言葉は控えた。警察が後れを取ったことに憤懣《ふんまん》やるかたない様子だった。黒フードの女はアネットに聞き込みをした人物と同じ、まず間違いなく羊の手の者だろう。

「付言しますと、小職、事件当夜ジョイス邸に集まった他の方々にもお話を伺いました。あの晩は八人もの若者がパーティルームに集っておりましたが、証人と窓辺で歓談していたジョイス氏も含めて、ロープが動いたのを見たと仰る方は皆無。そこで小職はようやく、被告人は魔女ではないと確信するに至ったのであります。さて審問官殿。ご意見をどうぞ」

オペラは言葉が出なかった。何か答えなければという焦りが思考を空転させる。今や、審問側が不利になったことは誰の目にも明らかだった。窓はロープによって塞がれ、出入りは不可能。審問官の説が崩れた今、隠れていたコソ泥が鍵を開けて出ていったという羊の主張が真実になってしまう。

汗がオペラの頬を流れ落ちた。

アネットの箒と同様、窓のロープも羊のペテンに決まっている、という確信はある。だが、そのトリックとなるとまるで見当もつかない。

まさか、本当にカラーは魔女ではないのか……？

オペラの胸中に、火刑審問官としては致命的な疑念が生じた。

羊は涼しい顔で懐中時計を取り出し、おやおや、と首を振った。

「審問官殿は三分半も無言を貫いておいでであります。異論がなければこれ以上審理を引き延ばす意味も無し。最終弁論に移らせていただきたく存じますが、如何《いかが》でありますか?」

「お待ちなさい!」

慌てて止めるが、有効な反論は思いついていない。それでも、このまま結審へ持ち込むことを許してはならない。

「……審問官には、刻限の午後六時までならいつでも審理を中断することが認められていますわ」

「どうぞどうぞ。三日でも一週間でも、存分にお休みになられるがよろしい」

羊の軽口がオペラを苛立たせる。

「……本法廷は、これより三十分の休憩に入ります。その間、法廷の外へ出ることはできませんので、この場でお待ちいただくようお願いします」

不平の声が傍聴人席から聞こえたが、オペラは構わず控室へと立ち去った。

◆

オペラの立ち去った法廷には、弛緩《しかん》した空気が流れていた。傍聴人たちは口々に裁判の行方について議論を交わしている。目下のところ、証拠品は被告人に有利に働いているように思われた。あれだけ自信に漲《みなぎ》っていた火刑審問官がすごすごと退散したことが、その印象を強めていた。

羊は被告人席の後ろの柱にもたれかかり、所在なげに帽子を指先で回していた。

「あの、羊さん」

掠れた声に名を呼ばれ、羊は視線を上げる。

「おや、もう話せるようになりましたか」

被告人席に座った少女は、こくりと頷いた。

「まだ、なんだか喉が、がさがさするけど……」

「ご安心を。小職が盛ったのは、後遺症など残らない弱い薬であります」

羊は悪びれもせずに言った。カラーは疑わしげな目で男装の麗人を見上げる。

この胡乱《うろん》な女は、少なくともカラーの味方ではあるようだ。だがカラーはまだ彼女に全幅の信頼を寄せてはいなかった。何しろ、初めて会ってからまだ数時間しか経っていないのだから。

今朝のこと。警察署の留置場の冷たい床で、魔女裁判の開廷を震えながら待っていたカラーの前に、羊は唐突に現れた。国選弁護人からカラーの弁護人を引き継いだと女は言っていたが、到底弁護人には見えない風体だった。

弁護人費用が払えないため、カラーは断ろうとしたが、

「報酬など不要、小職が望むのはただただ正義が執行されることのみであります」

とそれらしい台詞《せりふ》で丸めこまれ、気付けば弁護を承諾していた。

羊は鎮静剤だと言って錠剤をカラーに飲ませ、どこかへ立ち去った。声が出せなくなったと気付いたのは、裁判が始まってからだ。

「ぼくに喋らせないようにしていたのって、あのロープの件があったからですか？」

そう尋ねると、羊はにやりと頷いた。

「貴女は実にご聡明でいらっしゃる。そうですとも。あのロープは勝訴への特急券である一方、そのカラクリは大変脆弱《ぜいじゃく》であります。貴女の言葉の端から真実が遺漏しないとも限らない。小職、所用で開廷に間に合わないことがわかっていたため、少々乱暴ではありましたが貴女には口をふさいでいただきました。敵にヒントを与えないためにも、カラー嬢には引き続き沈黙を貫かれますようお願い

いたしたく」

カラーはこくりと頷いた。羊は「よろしい」と頷き返し、帽子を目深に被り直す。

「オペラ殿は一見すると愉快なポンコツお嬢様風でありますが、あれでも検事として令名をはせた才媛であります。万一トリックを見破られたときは、不利になるのはむしろ……」

◆

火刑法廷の傍聴席の奥に、審問官用の控室はあった。裸電球が一つ吊《つ》るされているだけの、決して居心地がいいとは言えない空間に、オペラは一人閉じこもっていた。

暗い部屋で床に跪《ひざまず》いて祈りを捧げている様は、傍《はた》から見れば神に縋《すが》る者の姿に他ならない。だが彼女は無神論者だった。神などいてはならない、人間社会に起こる全ての事柄は人間の理《ことわり》で説明できなくてはならないというのがオペラの信条だった。祈りの形を真似るのは、このような体勢で瞑想することでインスピレーションを得やすくなるという仮説に基づくルーチンだった。だが、審理の真っ最中にこうする必要に迫られたのは初めてのことだった。

胸の前で組んだ両手の指に力が籠る。何としても、答えを見出さなければならない。

確実に言えることは、アクトン・ベル・カラーが魔女であること。羊が何らかの偽証をしていること。この二点だ。

ロバート少年のロープ、アンデルセンの証言、ベランダの施錠――複合的に空き部屋を閉ざしているこれらの中に、見かけ通りではない証拠があるはずだ。どれも疑わしいと言えば疑わしいが、偽の証拠と断言できるほど不自然でもない。あれだけ派手にアネットの指紋を偽造して見せた羊のことだ、きっと思ってもみないような偽装が施されて――。

いや、待て。

アネットの指紋の偽造は、羊の大げさな演技も相まって聴衆に強い印象を与えた。だが実際のところ、あの証拠はそれほどの効力を持っていただろうか？　ミドルトン夫人やアネットの指紋を再確認すれば直ちに露見してしまうような偽造に、羊は本当に期待していたのだろうか？

最初の立証は一種の目眩《めくら》ましで、真の狙いは別にあったのではないか。

例えば空き部屋には秘密の入り口があって、カラーはそこから侵入した。羊は秘密の入り口の存在を悟らせないために、あえて証拠品に疑いをかけるよう仕向けた、それが指紋偽造の真の狙いだった……とか。

「秘密の入り口……」

口に出してみると、何とも陳腐な響きだった。警察がそんなものを見落とすはずがない。

オペラは首を振り、立ち上がって伸びをした。ふと扉に目を向け、眉を寄せる。扉の下の隙間に、紙のようなものが挟まっていた。拾い上げると、それは一枚の灰色の便箋だった。短い文章が筆記体で書きつけてある。その文面に目を通し、

「……まさか」

オペラは息を呑んだ。

傍《かたわ》らの書類綴《と》じを手繰《たぐ》り、事件現場の見取り図を取り出す。警察から受け取った現場の写真を床に並べ、這いつくばって目を走らせる。

まさか、そんなことがありえるだろうか？　仮にそうだとしたら、ウィルソンやメリダはどうして気付かなかった？

ウィルソンはこう言っていた。「突然扉が開き、箒の先端が見えた」――と。

「先端……」

オペラは立ち上がり、ふらつきながら控室の扉を開けた。

薄暗い廊下には、オペラの付き人が侍従のごとく控えていた。憔悴《しょうすい》したオペラの顔色を見て、心配そうに声をかける。

「お嬢様、お加減でも……」

「ミチル。あなた、ずっとそこに立っていたの？　誰かこの部屋の前へ来なかったかしら」

オペラは詰問口調で尋ねた。

「いいえ。暫《しばら》く席を外していましたけど。あの、何か差し障りありましたか……？」

オペラは恐縮するミチルを一睨みし、大声を張り上げた。

「ウィルソンを連れてきなさい！　今すぐ！」

ミチルは弾かれたように駆け出した。ややもせずウィルソンを連れて戻ってくる。

「何か御用でしょうか？」

「確認したいことが一つ。空き部屋から被告人が出てくるとき、箒の先端が見えたと仰いましたわね」

オペラの荒い語気に気圧《けお》されながらも、ウィルソンは頷いた。

「はい。服の裾も見えた気がしますが、何しろ一瞬で引っ込んでしまったもので」

「先端というのは、柄の先端ですか？　それとも地面を掃く部分？」

「地面を掃く方です。穂先、というのでしょうか」

「なるほど……」

興奮で顔を上気させながらも、オペラは新たな推論の整合性を検討する。堂々と偽証した羊の思惑、「箒の穂先」が見えた事実、そしてヴェナブルズ邸の構造。全ての違和感は一つの錯誤を示唆している。

オペラはぐっと拳を握りしめた。その手に弁護人の詐術の核心を摑んだ実感があった。

「まだ審理再開まで時間がありますわね。今しばらく一人にしてくださいまし」

再びウィルソンたちを控室の外へ閉め出し、一人で策を練り直す。一時は追い詰められたものの、羊のまやかしを見抜いた以上、優位に立つのはこちら側だ。

オペラの目は反撃の炎に燃えていた。

今度はこちらの番だ。見つけてやる。欺瞞《ぎまん》の要塞を粉砕する、真実への道筋を！


法廷へ戻ってきたオペラの顔つきを見て、羊は「む」と表情を曇らせる。休憩前はあれだけ追い詰められていたのに、オペラはこれまでになく攻撃的な目をしていた。

「お待たせして申し訳ありませんでした」

オペラが声を張り上げると、潮が引くように法廷のざわめきが収まった。

「これよりアクトン・ベル・カラーの審理を再開します。弁護人、準備はよろしくて？」

「ご随意に」

オペラは模型の前に歩み出た。

「さて、弁護側の主張に対する反対尋問で中断しておりましたが、これ以上の尋問は必要ありません。証人はお下がりいただいて結構ですわ」

「ほう。ようやく小職の主張を受け入れていただけたので？」

「えぇ。一部は認めましょう。ロープを揺らさずに窓から侵入することは不可能でした」

傍聴人席が疑問と戸惑いでざわついた。

「どういうことだ？」

「弁護人の言い分を認めたのか？」

「まさか敗北宣言？」

だんっ、とオペラが審問官席の机を握り拳で殴った。

「無論、予《あらかじ》め侵入していたコソ泥がベランダの鍵を解錠し、入れ違いに被告人が侵入したなどという説はデタラメですわ！　やはり被告人は箒で飛んで空き部屋に侵入したのです！」

羊は無表情でため息をついた。

「そう仰せならば、小職は尋ねなければなりますまい。カラー嬢はどこから空き部屋に入ったのか、と」

「窓は閉ざされていた。ベランダは施錠されていた。よって、廊下側の扉から入ったことになりますわね」

「ほう、では何故ウィルソン氏とメリダ夫人は気付かなかったのでありますか？」

「その答えを知るために、今一度ウィルソン氏にお話しいただきましょう」

オペラはウィルソンを呼び、先ほど廊下で聞いた証言を繰り返させた。

「よろしいですか？　ウィルソン氏によると、突然開いた扉の陰から箒の『穂先』が見えたのです。よく考えればおかしいですわ。箒を片手に持って歩くとき、普通は柄を前にしますわね。このとき穂先は体の後ろに来ます」

オペラは箒を片手に持ち、法廷内を行きつ戻りつする。

「この状態で扉を開けたなら、扉の陰から見えるのは柄の先端です。しかし、実際には穂先が見えた。つまりウィルソン氏が目撃したのは、被告人が空き部屋から出てくる姿ではなく、空き部屋に入る姿だったのです」

オペラの主張は、当のウィルソンを当惑させた。

「そんなはずはありません。私は扉が室内から開かれるのを見たんです」

「いいえ！　我々はそこを勘違いしていたのです！　被告人は廊下側から扉を開けたのですわ！　その姿が見えなかったのは、被告人が廊下の天井の梁《はり》の陰に浮いていたから！　あの扉は壊れていて、ノブに手を掛けなくとも扉を開けることができました。被告人は、扉の上辺を摘まんで扉を開き、扉によって作られる死角に降り立ったのです！　そしてすぐに扉を閉めた。その動きを目撃したウィルソン氏は、『室内から誰かが廊下へ出ようとして、慌てて引き返した』と誤解してしまったのですわ！」

「まさか！　それでは被告人は最初から館内に入り込んでいたことになります。一体どこから侵入できたというのですか？」

オペラは模型のリビングの辺りを指し示した。

「人目のある表通りから入ったとは思えませんし、廊下の突き当たりにある窓は小さすぎますから、必然的にリビングにある窓から侵入したと考えるのが妥当でしょう。被告人は何らかの目的を持ってヴェナブルズ邸のリビングへ侵入し、食堂へ入ります。恐らくそのとき、ヴェナブルズ氏がリビングへ入ってきたのでしょう。被告人はヴェナブルズ氏に気付かれないように、食堂から廊下へ逃れようとします。ところが、廊下ではメリダ夫人とウィルソン氏が立ち話をしていた。姿を見られてはまずいと思った被告人は、梁の陰のほんのわずかな死角を飛行して、空き部屋のドアを開けた。ところがその瞬間、ヴェナブルズ氏がリビングから被告人の姿を見咎《みとが》めます。被告人は慌てて空き部屋に入り、ベランダから逃亡を図った。これが事件の真相なのです。弁護人は手下を使って事件を捜査しているうちにこの真相を突き止め、メリダ夫人の誤解を利用すれば魔女裁判に勝利できると思い、魔女の弁護を買って出たのです。まったく、これほど人を馬鹿にした弁護は聞いたことがありませんわ。毒羊とやら。あなたは『被告人が窓から侵入した』という我々の勘違いを最大限利用するために、あえて最初に箒についで議論したのです。箒の指紋の偽証をわたくしに見破らせることで、ロープという本物の証拠までも弁護側の捏造であると思い込ませた。とんだ詐術ですわ！」

羊は苦笑いを浮かべ、「はてさて」と肩を竦めた。

「ともあれ！　リビングの窓から侵入する方法が飛行のみだったかどうかは調査不足のため不明ですけれど、ウィルソン氏に姿を見られずに空き部屋の扉を開けるには、天井付近に浮遊している必要がある！　廊下からの侵入経路でもやはり被告人は飛行したことになるのです！　どうです、弁護人の邪悪な企みは全て看破しましたわ！　申し開きはありまして⁉」

とどめと言わんばかりにオペラは羊を指さした。

「小職からは何も。よくお考えになったとだけ申しておきましょう」

羊は深く息を吸い、帽子を目深に被り直す。その背後では、小さな魔女が不安に顔を曇らせていた。

「……うぅ」

カラーが震えていることに気付き、羊は優しく語りかける。

「大丈夫。審問官側の主張が蘇《よみがえ》っただけの話であります。弁護側の主張が否定されたわけではありません。議論がイーブンに戻されただけです」

「はん！　イーブンですって？」

オペラはまた机を殴り、胸を張った。

「次はこちらの手番ですわ！　覚悟なさい！　わたくしは既に見つけたのですわ。あなたがでっちあげようとした小癪《こしやく》な仮説をコナゴナに蹴散らす、絶対的な証拠を！」

◆

公会堂の肌寒い物置部屋に、いつになく緊張が漲っていた。

「ぼくのことだ。〈ウィッチフォードの魔女〉だってさ。語呂の良い二つ名がついちゃったな」

エリスが落とした新聞記事を眺めながら、カラーは黙り込んでしまう。

エリスは後悔で胸がいっぱいだった。この切り抜き記事を持ってきたのは、あわよくばカラーの事情を聞き出せないかと考えたためだった。カラーは何故この街へ逃げてきたのか。ウィッチフォードで何があったのか。そんな興味を抑えきれなかった。そうして他人の事情を覗き見ようとする行為は、エリスの毛嫌いするハロルドの仕事と何も変わらない。

「……ごめん。嫌だったよね」

記事を鞄にしまいながらエリスは謝罪した。カラーは何かをごまかすような顔で「ううん」と首を振る。

「ぼくこそごめん。こんなに世話になってるのに、何も話さないなんて変だよね。釣り合ってない……」

カラーの言葉は尻すぼみになって消える。気まずい沈黙が訪れた。

エリスは丸窓から大通りを見下ろした。この街の中心部だけあって、日が翳《かげ》り始めた時分でも往来は賑やかだった。歩道を歩いていた女性が、不意に立ち止まってこちらを振り向いた。エリスは慌てて顔をひっこめる。

「あのさ、実は私、明後日に引越すんだ。お母さんの再婚予定の人の家に」

明るい口調を意識しながらエリスは言った。

「ここのすぐ近くだから、カラーに会いに来やすくなると思うんだ。新しい父親はお金持ちだから、色々と用立ててもらえるかもしれないし。あ、勿論カラーのことは内緒だけど——」

「ごめん」

カラーは思い切ったように謝罪し、まっすぐにエリスの目を覗き込む。

「近いうちに、出ていこうと思うんだ。この街を」

「えっ」

「昨日、公会堂の前を歩いてたら、掲示板にぼくの写真が貼り出されてた。〈ウィッチフォードの魔女〉を見かけたらご連絡ください、って。あんまり出歩かないようにしていたけど、この街にぼくがいることに気付いた人がいるのかもしれない。だから、もう行かなきゃ」

「行かなきゃって……今後はどうするの？」

「さぁ。どこか遠くの街まで逃げようかな。逃げるのは得意なんだ」

どこか投げやりな口調でカラーは言った。人生の全てをどうでもいいと諦めているような、力ない微笑を浮かべている。

二日後、エリスは母と共にヴェナブルズ邸へ引越した。朝から暗い雲が垂れ込め、それでいて雪も風もぴたりと止《や》んだ、世界の時間が停《と》まったような日だった。

夕食後、エリスは自室で荷解《にほど》きをしていた。母娘二人で暮らしていた小さな部屋と比べれば、ヴェナブルズ邸は豪邸にも等しかったが、エリスの心はまるで浮かなかった。母のメリダは古くからこのフラットの女主人であったかのように振る舞っている。母が料理人や使用人にあれこれ指図する姿に、エリスは居心地の悪さを募らせていた。

荷解きが一段落したところで、手洗いへ向かうためエリスは廊下へ出た。明かりのついた書斎の前を、足音を忍ばせて通り過ぎる。寝る前はいつも書斎で仕事をするとハロルドは言っていた。新しい父親の仕事が友人を追い詰めていると思うと、エリスはいたたまれない気持ちになる。

ふと廊下の小窓に目を向けると、暗い空に公会堂の塔の影が見えた。カラーはまだいるのだろうか。それとももう別の街へ行ってしまっただろうか。

そのとき、窓外を黒い影が横切った。はっとして窓に駆け寄る。路地の闇の中に身体を溶け込ませながら、箒に乗って空を飛んでいた小さな魔女は、エリスを見て顔を綻ばせた。

廊下の小窓は人が通れる大きさではなかったため、エリスは隣のリビングに行くようカラーに身振りで伝えた。

「よかった。ここで合ってたんだ」

エリスによってリビングの窓から迎え入れられたカラーは、乱れた髪を手櫛で整えながら言った。

「一体どうしたの？　街中で飛んで大丈夫？」

カラーは首を横に振る。

「大丈夫じゃないけど、もういいんだ。写真を撮られちゃったから。多分、ぼくのことを追ってる記者だと思う。さすがにもう出ていかないと。あっでも、物置部屋に住んでたことはばれてないと思うから安心して。秘密基地は今後も使えるよ」

カラーは肩の荷が下りたような顔をしていた。どうしてそんな顔をするのだろう。エリスは無性に不安になった。

「でも、どうしてこの家に？」

「お礼を言わなきゃと思って。それに、さよならも」

カラーはそっとエリスの手を取った。

「エリスには本当に感謝してる。見ず知らずの魔女にここまで優しくしてくれる人がいるなんて、ウィッチフォードを出たときは思ってもなかった。本当に、嬉しかったんだ……」

冷たいカラーの両手から、僅かな震えが伝わってくる。遠くの街へ逃げるとカラーは言っていたが、それが現実的な展望だとはエリスには思えなかった。

「カラー……」

そのとき、廊下の方から近づいてくる足音が聞こえた。エリスはカラーの手を引き、急いで隣の食堂へ駆け込む。直後、リビングの扉が開いて男たちが入ってきた。

「そうだ。そこのピアノをどかしてくれ」

ハロルドの声に、運送業者の男が「了解しました」と返事する。運送業者はリビングで何やら作業を始めた様子だった。

エリスは思考を巡らせた。今すぐカラーを逃がさなければならないが、リビングの窓はもう使えない。玄関までは遠い。そうなると——。

「カラー」エリスは声を潜めて話しかけた。「ここを出た廊下の向かいに、空き部屋があるんだ。誰もいないはずだから、空き部屋のベランダから逃げて」

カラーは頷くと、エリスの肩に腕を回して優しく抱きしめた。耳元でカラーの儚《はかな》げな声が囁く。

「ありがとう。じゃあね」

エリスは反射的に、

「絶対、また会おう。絶対に」

力強くそう言った。

カラーは廊下に出ると、箒に跨って浮き上がった。どうやらメリダと業者の男が廊下で立ち話をしているらしい。カラーは器用に天井の梁の陰に身を隠しながら、空き部屋のドアを開けた。

そのとき。

「おい、そこで何をしている!」

エリスの背後で怒号が聞こえた。

振り向き、ハロルドと目が合う。ハロルドはカラーとエリスを交互に見、当惑の表情を浮かべた。その隙にカラーは空き部屋の中へと姿を消し、ハロルドが急いでその後を追う。

ハロルドは空き部屋に入る際に扉を閉ざしてしまったため、その後に空き部屋の中で何が起きたのか、エリスは知らない。

◆

結局のところ、エリスは何も知らないのだ。カラーの身の上も、あの夜ハロルドの身に起きたことも。全てが目の前で起きていながら、エリスはずっと蚊帳《かや》の外だった。

被告人席で小さく縮こまるカラーの姿を見ていると、今すぐにでも飛び出して行って、彼女を強引に法廷の外へ連れ出したい衝動に駆られる。無論、そんなことは不可能だ。ここは法廷——力ではなく、議論によって命運を決する場所なのだから。

審理が再開されるや否や、火刑審問官は大きく息を吸い込んだ。

「最後の証人をお呼びしますわ！」

オペラの要請に応じ、ガイ・ハーディングと名乗る禿頭の男が証言台に立った。男はこの審理で既に一度証言台に立っていたが、エリスを含めほとんどの者は、男の名前も職業も思い出せなかった。

「証人は、プラッツ・マンションの隣のパブの店員でしたわね？」

オペラが再度男の身の上を紹介する。パブの店員は「はぁ」と間の抜けた声を出した。今更、何を聞かれるのだろうと困惑している様子だった。

「わたくしは審理中、ちょっとした疑問が頭の片隅に引っかかっていました。弁護側の証人、ダレカ・ド・バルザックという少女についてです。頭から紙袋を被って証言台に立った、あの少女のことですわ。わたくしは本法廷が始まる前、傍聴席で軽食を食べていたダレカさんを見ています。そのとき彼女は紙袋を被っていませんでしたし、証言したときのように無理矢理潰した声でもありませんでした」

「一体何の話でありますか？　ダレカ嬢の個性的なファッションは彼女のセンスによるところであります。そっとしておやりなさい」

羊の差し出口を、オペラは一顧だにせず語り続ける。

「ダレカさんはどうして紙袋を被っていたのか？　無論、顔を見られたくなかったからですわ。けれどそれなら、開廷前から紙袋を被っているべきではなくて？」

エリスは傍聴席を見回し、すぐに紙袋を被った少女の姿を見つけた。ダレカは暗い傍聴席の奥で縮こまっていた。紙袋越しにもわかるほど目が泳いでいる。

「わたくしは考えました。彼女は、顔を見られたくない相手がこの場にいることに開廷してから気付き、急遽《きゅうきょ》変装する必要に迫られたのではないか。事前に想定していなかったため、あのように馬鹿みたいな手段で顔を隠す他なかったのではないかと。しかし、自身の名前が呼ばれることには頓着していない様子でした。となると顔を見られたくない相手とは、ダレカ・ド・バルザックの名を知らないが、声と顔は知っている、そんな人物に違いない。そこで思い出しました。ダレカさんの非行の中に飲酒が含まれていたことに」

「昔の話であります。ダレカ嬢は現在十七歳、ウィスキーを飲もうがウォッカを飲もうが法的に問題は――」

「お黙りなさい」

羊の言葉を冷たく一蹴すると、オペラは改めて証人に向かい合った。

「そこで証人にお尋ねします。ハーディングさん。事件当夜、お店には複数人の客がいたと伺っていますが、その中にダレカさんのような少女はいましたかしら？」

「そういうことでしたか」

ハーディングは、しげしげとダレカを眺めた。

「実は先ほど彼女が証言台に立った時、おや、と思ったんです。事件の夜に店にいた子に声が似ていると」

「ダレカさん。証人に顔がよく見えるように、その紙袋を外していただけますかしら?」

ダレカはおろおろと戸惑い、羊に助けを請うような視線を送った。だが羊は肩を竦めただけだった。

オペラは業を煮やし、語気を強くする。

「ダレカさん。警察署にはあなたの顔写真が保管されていると聞きました。今すぐ写真を取り寄せることもできるのですよ」

観念したらしく、ダレカは紙袋を脱いだ。目つきは悪いが、年の割に幼さの残る少女の相貌が法廷に晒される。

ぽんとハーディングが手を叩いた。

「あぁ、やっぱり。あの子です。夜遅くに一人でウィスキーを飲む女の子なんて珍しいので、よく覚えています」

「その子が何時から何時まで店にいたか、ご記憶ですか?」

「詳しくは覚えていませんが、事件が起きたときもカウンターで飲んでいたことは確かです。その時点でかなり出来上がっていたので、少なくとも一時間は飲んでいたはずです」

「それで十分ですわ」

オペラは勝ち誇った顔で羊に人差し指を突きつけた。

「聞きましたかしら! ダレカさんは事件発生より一時間も前からずっとパブにいたのです! あら? とすると妙ですわね! 確か弁護人は、午後九時時点で空き部屋にダレカさんが潜んでいたと主張なさっていたのではなくて? ところがダレカさんにはアリバイがあった! 彼女がヴェナブルズ邸に侵入したなどという弁護人の主張は誰の目にも明らかな大嘘《おおうそ》、言語道断のデタラメなのです！」

おおお、とエリスの周りの聴衆が歓声を上げた。

「恐らく、ダレカさんにアリバイが成立することは弁護人も知らなかったのでしょう。知っていたら他の適当なコソ泥を証言台へ立たせたはずですから。まさかダレカさんが現場付近のパブで飲んでいて、しかもその店員が出廷しているなんて思いもしなかったのですわ。まったく、不運でしたわね。とにもかくにも、ダレカさんのアリバイが確定したからには、やはりベランダの鍵を解錠することなど誰にもできなかった、つまり被告人がベランダから侵入したとする説は破綻！　残ったのは、リビングから邸内へ侵入し、廊下側から空き部屋に入るルートのみ！　さぁ、反論できるものならしてご覧なさい！」

オペラの大音声《だいおんじょう》が法廷内に木霊《こだま》する。対する羊は、腕を組んで憮然《ぶぜん》とした顔をしていた。はぁ、と疲れたようにため息をつき、首を振る。

「まったくもって馬鹿げた裁判であります。最も重要なハロルド氏の死という出来事を脇に置いて、いたいけな少女をいい大人たちが嬲《なぶ》り者にするとは。ほとほと呆れて返す言葉もありません」

オペラの眦《まなじり》がぴくりと震えた。

「不利になったからといって、何ですかその言い草は！　神聖な法廷を侮辱するようなら、最早あなたに耳を貸す者など――」

「神聖？　ふむ、神聖な法廷。常套句《じょうとうく》でありますな。しかし小職常々思っていたのでありますが、一体全体、法廷のどこが神聖なのでありますか？　神明裁判の代《よ》であれば適切な表現だったやもしれませんが、現代において人を裁くのは神ではなく法であります。ましてここは火刑法廷。聖書への宣誓すら省かれる、異法の議場であります」

「話を逸らすのもいい加減になさい！」

のらりくらりと結審を先延ばしにするかのような弁護人の態度に、審問官の苛立ちは最高潮へ達しようとしていた。

一体羊はどうするつもりなのか。はらはらしながら成り行きを見守っていたエリスの背後から、不意に女の声がした。

「伝言だ、小娘」

驚いて振り返る。いつの間にか、エリスのすぐ後ろの席に見知らぬ女が座っていた。黒いフードを目深に被り、輪郭が曖昧なほど全身黒ずくめの女だった。

「お前がカラーの友人であることは知られていない。お前の証言は、被害者と近しい者の言葉として受け取られる。言っている意味がわかるか？」

ほとんど囁きと言っていいほど聞き取りづらい声で女は話した。

そういえば、とエリスは記憶を辿《たど》る。これまでの様々な証言の中で、黒いフードの女が度々登場していた。

「あなたは、もしかして羊さんの仲間の……？」

恐る恐る話しかけると、黒フードの下の薄い唇が不快そうに歪んだ。

「俺があいつの仲間ぁ？　冗談じゃない。俺はただ伝言を頼まれただけだ。小娘。友人を救いたいなら、お前が身代わりになれ、ってな」

身代わりという言葉が、エリスの胸にずしりと沈む。

そのとき、カタカタという機械音が頭上から聞こえてきた。はっとして視線を戻すと、法廷中の顔という顔が二階の陪審席を見上げていた。一枚ずつ、ぱた、ぱた、と陪審員のパネルが捲れていく。

『アクトン・ベル・カラーは魔女』『魔女』『魔女』……

オペラの顔が勝利を確信して輝いた。

『魔女』『魔女』『魔女』……

羊は表情を消してパネルを眺めている。

『魔女』『魔女』『魔女』『魔女』……

カラーは俯いて、小さく息をしている。

『魔女』『魔女』……

最後の一枚が捲れるより前に、エリスは衝動的に立ち上がっていた。

「待ってください！」

自分でも思ってもみなかったほど大きな声が出て、法廷中の顔という顔がこちらを向いた。頭が真っ白になりかけたが、

「ほら、行けっ」

黒フードに背中をどんと押され、エリスは足をもつれさせながら照明の中へと躍り出た。審問官の呆気に取られた目が、弁護人の薄ら笑む目が、被告人の驚愕《きょうがく》と僅かばかりの期待の入り混じった目が、エリスに注がれる。

「え、えっと」オペラが戸惑いながら口を開く。「あなたは……エリス・カーソンですわね？　メリダ夫人のご息女の」

「は、はい。そうです」

「あの、審問官か弁護人に証人として呼ばれない限り、傍聴人には発言が許されていないので……」

オペラはやんわりとエリスを下がらせようとしたが、「いやいや」と羊が割り込む。

「エリス嬢は何かお話ししたいご様子。とあれば是非もなし、弁護側の証人として証言台に立っていただきましょう。どうぞこちらへ」

羊は慇懃にエリスの手を取って証言台まで導いた。さりげなくエリスの耳元に口を寄せ、他の誰にも聞こえない小声で囁く。

「貴女の勇気に感謝します」

羊はさっと証言台を離れ、「それではどうぞ」とエリスの言葉を待った。エリスはごくりと生唾を呑み込む。深く息を吸い、自らを奮い立たせながら、口火を切った。

「私なんです」

「え？」

「だから、空き部屋のベランダの鍵を開けたのは、私なんです」

一度話し始めると、まるで台本を用意していたかのようにすらすらと言葉が流れ出てくる。

「あの夜、私は荷解きが思ったよりも早く終わったので、新居の中を一人で探索していました。空き部屋の雰囲気が前の家と似ていたので、そこでしばらく落ち着いていたんですけど、廊下の方から足音が聞こえてきて、思わず机の下に隠れたんです。何でそんなことをしたのか、自分でもよくわからないんですけど……。とにかく、ウィルソンさんが空き部屋から出ていった後、すぐに自室へ帰ろうとしたんですが、廊下ではウィルソンさんと母が立ち話をしていました。何となく姿を見られたくなかったので、仕方なくベランダの鍵を開けて、ベランダを通って自室に戻ったんです。その後、廊下が騒がしくなったので部屋から出ると、部屋に戻るように母から言われました」

そこで言葉を切り、反応を窺う。オペラはしばらくぽかんと首を傾げるばかりで、新たな証人に対する態度を決めかねている様子だった。

「いや、素晴らしい！」

羊が両手を叩いて呵々大笑《かかたいしょう》する。

「要するに、空き部屋に盗みに入ったというダレカ嬢の話は真っ赤なウソだったのでありますな。まったく、不良娘の言葉を鵜呑《うの》みにするとは、小職としたことが。汗顔の極みであります」

「……馬鹿な」オペラは半ば自らに言い聞かせるように呟く。「エリスさんは、被告人と何の繫《つな》がりもないはず……。それどころか身内が殺されたというのに、被告人に利する証言をするなんて……」

そうか、とエリスは気付いた。エリスは被告人の義理の娘となる予定だった。エリスの内心がどうあれ、客観的には偽証する可能性が低い立場なのだ。

「ともあれ、これで小職の説と審問官殿の説はどちらも成立することがわかりました。エリス嬢、貴重な証言を賜り幸甚に存じます」

羊はエリスを下がらせようとしたが、エリスは首を横に振った。

「もう一つ、証言したいことがあります」

む、と羊が眉を上げる。

ここから先の証言は、きっと羊も黒フードも想定していないだろう。だが、エリスは気付いていた。審問官の主張に反論できることを。

「多分、オペラさんが言っていた侵入経路は、使えなかったと思います」

「何ですって?」

オペラが素っ頓狂な声を上げた。

「家財を搬入した後、ウィルソンさんたちは各部屋の模様替えも行いました。ちょうど修理に出していたアップライトピアノが戻ってきたとかで、ピアノをリビングへ運び入れていました。業者の人たちがピアノを持ち上げて、ちょうどリビングの窓を塞ぐように置いたのを見ています。だから、窓から入ることはできなかったと思います」

「ちょっ、お待ちください、そんなはずがありませんわ」

オペラは慌てて模型に駆け寄った。リビングのアップライトピアノは窓から離れた位置に置いてある。

「ほら。わたくしが現場に赴いたとき、ピアノはこの位置にありましたわ」

「それ、後で移動させたんだと思います。確かハロルドさんが、あそこは窓があるから邪魔だって言ってました。ウィルソンさん、そうですよね？」

エリスは傍聴席のウィルソンに視線を投げた。ウィルソンは隣に座っていた部下たちを呼び、早口に何か尋ねた。部下から話を聞くと、首を傾げながら発言の許可を求める。

「その子の言う通りだそうです。ピアノは確かに窓をぴったり塞ぐ形に置いていたのですが、九時を過ぎたころ、ヴェナブルズ氏に言われて二人がかりでピアノを動かしたと。そのすぐ後、ヴェナブルズ氏が被告人に気付いて空き部屋に駆け込み、事件が起きたとのことで」

「じ、じゃあ本当に、窓は塞がれていた……？」

訳がわからない、といった表情でオペラはエリスの顔を眺める。

「……もしかして、何者かが室内からピアノを動かして、被告人を招き入れたとか……？」

既にオペラの目には、エリスに対する疑念が芽生えつつあった。だが、

「いや、さすがにそれはどうでしょう」

ウィルソンが疑問を呈した。

「あのピアノは、うちの者が二人がかりでようやく動かせる代物《しろもの》です。それをどけて、しかも元の位置に戻すなんてことは、少なくとも一人ではできなかったはずです」

「そんな……」

オペラの声色から覇気がなくなっていく。

気付かないでくれ、とエリスは固く念じた。オペラさえ真実に気付かなければ、羊の主張が結論になるはずだ。カラーを救うことができるはずだ。

大丈夫、たどり着けるわけがない。

エリスがピアノを動かした方法に、オペラが気付くはずがない。

◆

ほんの三週間ほど前、粉雪の舞う冷たい闇夜。

エリスは寒さに震えながら、吐息で両手を温めた。母親が突発的に新しい恋人とどこかへ出かけてしまったため、エリスは自宅に入ることができず、家の前の階段に腰掛けてぼんやりと空を見上げていた。

厚く垂れこめた暗雲が、夜に蓋をしている。その雲を割って、突如小さな点が落下してきた。はっとして立ち上がり、急いで階段を駆け下りる。あれは確かに人の影だ。

何もかも無我夢中で、どうやって間に合ったのかは覚えていない。気が付けば、エリスは落下してきた少女の腕を右手で掴んでいた。少女の腕は木片のように硬く冷たかったが、うぅ、と僅かな呻《うめ》きがその口から漏れた。

「おーい！」

呼びかけると、少女は意識を取り戻した。エリスは安堵して少女の身体を引き上げる。エリスと大して変わらない体格なのに、少女は異様なほど軽かった。

少女は呆然《ぼうぜん》とエリスを見つめた。自分の身に起きていることが信じられないといった顔だった。

「ねぇ、君って、もしかして魔女？」

聞かずとも自明のことだった。箒で空を飛んでいなければ、少女が身一つで落下してくるはずがない。闇夜に浮遊する箒の上で、エリスは生まれて初めて出会った同類に微笑《ほほえ》みかけ、そして告げる。

「ふふ。私も魔女なんだ」


エリスが初めて空を飛んだのは、五歳の誕生日を迎えた翌日だった。

誕生日のプレゼントとして、エリスは父親から絵本を贈られた。可愛らしい魔女が活躍する冒険ものので、エリスは夢中になって読み耽《ふけ》った。

ごっこ遊びのつもりで室内用の箒に跨り、飛びたいと念じると、エリスの足はふわりと床を離れた。天井に頭をぶつけてすぐ落ちてしまったが、彼女は歓喜に震えた。居間に駆け込み、新聞を読んでいた父親の前で箒に乗って見せる。

「見て、お父さん！　私、飛べるよ！」

父親はエリスがふわふわと浮いているのを見て、可笑《おか》しそうに笑った。軍人にしては温厚でのんびりした性格だった父親が、どんな気持ちで室内を浮遊するエリスを見ていたのだろう。

父親は優しくエリスを床に降り立たせると、屈《かが》んでエリスと目線を合わせた。

「エリスは魔女だったのか。素敵だな」

エリスは得意になって胸を張ったが、父親は「でもね」と諭すように言う。

「お父さん以外の人の前で、空を飛んではいけないよ」

「どうして？」

「エリスだけが空を飛んでいたら、みんなは羨ましくて嫌な気持ちになるだろう。それに、お母さんみたいに魔女を怖がる人もいる。いいかい、エリス。お父さんとの約束だ。空を飛ぶのはやめなさい。どうしようもない時を除いてね」

父親によく懐いていたエリスは、空を飛ばないという約束を従順に守り続けた。父親が異国へ派兵され、数年後に訃報を受け取っても、エリスは箒に跨ろうとはしなかった。

けれど、空から落ちてくる人影を見たとき、エリスは初めて父の言いつけを破ることにした。父が付け加えた「どうしようもない時」というのは、今この時だと思ったから。


物置部屋で過ごす日々の中で、カラーは度々エリスに尋ねた。見ず知らずの魔女を何故助けたのか、と。結局のところ、同じ魔女だから助けたというのが根本的な理由なのだろう。けれどそう答えてしまうとなんだか冷たいような気がして、エリスはいつも笑ってごまかした。

今思えば、エリスはカラーに遠慮して距離を取りすぎたかもしれない。カラーはもうすぐ遠くの街へ行ってしまうという。たった一人で、誰の手も借りずに。もしもカラーの心をほんの少しでも開くことができていれば、このような別れ方にはならなかったのではないか。ヴェナブルズ邸へ引越した夜、エリスはそんなもやもやとした思いに苛《さいな》まれていた。

だから窓の外にカラーの姿を見かけたとき、エリスは何としてももう一度言葉を交わさないといけないと思った。

リビングの窓はアップライトピアノによって塞がれていた。ピアノは修理から戻ってきたばかりで、まだ梱包材に包まれている。エリスは近くに誰もいないことを確認すると、壁に立てかけられていた箒に跨った。魔女が箒で飛行するとき、その浮力は人の力を遥かに上回る。〈ウィッチフォードの魔女〉が大勢の男に掴まれながらも飛び立とうとしていたことをエリスは思い出した。

大丈夫、私にもできるはずだ。

ピアノを梱包する紐《ひも》に箒の柄をかけ、慎重に上昇する。エリスの体重の何倍もあるピアノが、ゆっくりと床から持ち上がっていく。

◆

法廷内に乾いた拍手が鳴り響く。

「いやはや、素晴らしい」

羊の口調は相変わらず芝居がかっていたが、エリスを見つめる眼差しには心からの賞賛が込められていた。

「まさかピアノが窓を塞いでいたとは。小職そこまで調べが及ばず、管見に恥じ入るばかりであります。ともあれ、今の証言が正しいのであれば、やはりカラー嬢がリビングから侵入していないことは確実であります。さて審問官殿。これ以上反対尋問がなければ、最終弁論をば始めさせていただきたく」

羊の提案を拒む理由を、オペラは見つけることができなかった。

全ての証拠が俎上《そじょう》に並べられ、証人は下げられ、審問官と弁護人は法廷を挟んで向かい合った。

審問官側から、長時間にわたった審理の結論が述べられる。

「被告人は事件当夜、箒で空を飛行し、リビングの窓から邸内に侵入。飛行でうまく身を隠しながら空き部屋に入ったのです。ピアノに関する証言は……」

オペラは最も屈辱的な言葉を選ばざるを得なかった。

「……何かの間違いかと」

続いて弁護人が結論を語る。

「カラー嬢はベランダを経由して邸内に侵入しました。その過程で空を飛んだなどという証拠は何一つなく、彼女が魔女でなければならない理由は何一つ存在しないのであります」

陪審員による最終裁定の間、オペラと羊は身じろぎもせずに結果を待っていた。裁定が変更される音が、カタ、カタと断続的に聞こえる。陪審員の顔は見えないが、結論を出すのに時間がかかっているのかもしれない。カラーはまっすぐに二階を見上げ、呼吸を止めていた。

やがて裁定の音が止まり、何の前触れもなく、陪審席のパネルが一斉に開かれた。

誰もがはっと息を吸い込んだ。一瞬の間の後、オペラが低い声で宣言する。

「被告人、アクトン・ベル・カラーは……魔女とは認められない」

火刑法廷は驚嘆の渦に包まれた。メリダは忘我の体《てい》で蒼白になり、バイコーン警部は徒労の滲む顔で肩を鳴らした。傍聴人の反応は様々で、ある者はこの結果に憤慨し、またある者は感涙していた。

大混乱の中、一人の少女が弾かれたように席を立った。傍聴人席の間を駆け抜け、証言台に呆然と立ち竦む少女に飛びつく。

「カラー！」

耳元で何度も謝るエリスを、カラーはそっと抱き返す。

「これにて、火刑法廷を閉廷します！」

審問官の叫びと共に、オペラにとって初めての魔女裁判は幕を下ろした。

法廷の周囲には報道陣が輪をなしており、法廷から出てきた少女たちにフラッシュの雨を浴びせた。カラーとエリスは顔を隠しながら逃れようとするが、記者たちは何としても話を聞かんと行く手を阻む。

法廷脇の道端に停められた白い小型車の運転席から、毒羊は魔女と大人たちの攻防を面白くなさそうに眺めていた。少女たちは怯えて縮こまり、今や勝利の喜びもすっかり萎《しぼ》んだ様子だった。

こんこん、と運転席の窓がノックされる。窓を開けると、黒フードの女が腰を屈めて車内を覗き込んだ。

「いいのか。あいつら大変そうだけど」

「おや、小さな魔女たちを気に掛けるとは。見かけによらず情に厚いようで、バッドマ嬢」

いきなり名前を呼ばれた黒フードは、ぎくりとして周囲に視線を走らせる。羊はくすくすと愉快そうに笑み、カラーたちに目を戻した。

「火刑法廷から生還した魔女など、そうそういるものではない。当面は注目の雨あられに耐えなくてはなりませんな」

そのとき、法廷からバイコーン警部が悠々と出てきた。少女たちが頑として喋らないとわかると、記者たちは警部に矛先を変えた。警部は気前よく裁判の経緯を説明し始める。

その脇を、小柄な少女がこそこそと退廷していく。不良娘のダレカだった。

「結局、あいつは何の役に立ったんだ？」

「特に何も」羊はやれやれと首を振る。「ま、人生とはそういうものであります」

何とか報道陣から逃れ得た二人の少女は、手を繋《つな》いで路地裏の奥へと駆けていった。その後ろ姿を、羊は温かくも冷ややかでもない目線で見送る。

「小職としたことが、魔女裁判専門の弁護人などとは看板に嘘偽りしかありませんでしたな。結局、カラー嬢を救ったのはエリス嬢の友情と勇気でありました」

「何言ってやがる。エリスをけしかけたのはあんただろうが」

羊は無視して車のエンジンをふかした。

「あの二人に平穏な幸せが訪れんことを願うばかりであります。もっとも」

ハンドルに手をかけ、ぽつりと呟く。

「どうなることか……」

バッドマは、ふん、と鼻を鳴らすと、颯爽《さっそう》とどこかへ立ち去った。羊はアクセルを踏み、小型車を発進させる。

マホガニーの机の上で、シシリー・アルマジャック市議は両手を組んだ。

「話はよくわかりました」

袖口のカフスボタンも、瑞々《みずみず》しい栗色の髪を結い固める髪留めも、身に着けるもの全てを一級品で揃えたアルマジャック女史は、机の前に並ぶ二人の少女を射竦めるような目で見つめた。

「ご存じの通り、アルマジャック記念公会堂は市民のための公共施設です。その一角を無許可で住居として使用することは、法に触れるのみならず、公会堂建設に私財を投じたアルマジャック子爵の思いを踏みにじる行為です。おわかりですか？」

エリスは黙って頷くしかなかった。

カラーの裁判が終わるや否や、新聞各紙はカラーの人物像を追求した。カラーがこの街に来るまでの足跡を明らかにできた記者は一人もいなかったが、エリスとの関係や公会堂に住み着いていることはたちまち世間の耳目を集めた。

こうなっては公会堂に住み続けることはできない。追い出されるだけで済めばいいが、また別の裁判にかけられるのではないか。そんなエリスの危惧に反して、

「とはいえ」

女史は唐突に態度を軟化させた。

「祖父が存命であれば、身寄りのない子供を寒空の下に放り出すような真似を許しはしなかったでしょう。カラーさんを匿《かくま》ったエリスさんの善意も——その手段はともかく——尊重されるべきと考えます」

意外な言葉に、エリスとカラーは顔を見合わせた。

アルマジャック市議は、前世紀に市の発展に尽力したヴァーノン・アルマジャック子爵の孫娘だった。社会学の博士号を持ち、先鋭的なリベラリストで不可知論者、肩書を水増しするかのように公会堂の管理団体会長やプリンス・ジョン・カレッジの理事をも務めている。公会堂の塔の上にアルマジャック市議の執務室があることはエリスも知っていたが、その部屋へ足を踏み入れたのは今日が初めてだった。

「そこで提案なのですが」鮮色のルージュを引いた市議の唇が柔和に微笑む。「カラーさんには、公会堂に住み込みで働いていただくというのはいかがでしょう。ちょうどレストランの人手が不足していると聞いています。ここで働いていただけるのであれば、物置部屋を正式にカラーさんの住まいにすることを許可したいと思います」

「レストランですか」カラーはぽかんと呟いた。「ぼくはせいぜい掃除か皿洗いくらいしかできませんけど」

「それで問題ありません。あらぬ疑いをかけてしまったお詫《わ》びも含まれるとお考えください」

市議は背後に控える若い女性を振り返った。

「リナ、この子の居住手続きをお願い」

「かしこまりました」

秘書らしき女性は端然と頭を下げる。

「それと、シュノの招聘《しょうへい》の件は進んでいるの?」

「はい、先方からご快諾のお返事を賜りました。つきましては——」

市議と秘書が別の仕事の会話を始めたため、エリスたちはそそくさと執務室を辞した。

アルマジャック記念公会堂

〈一階〉

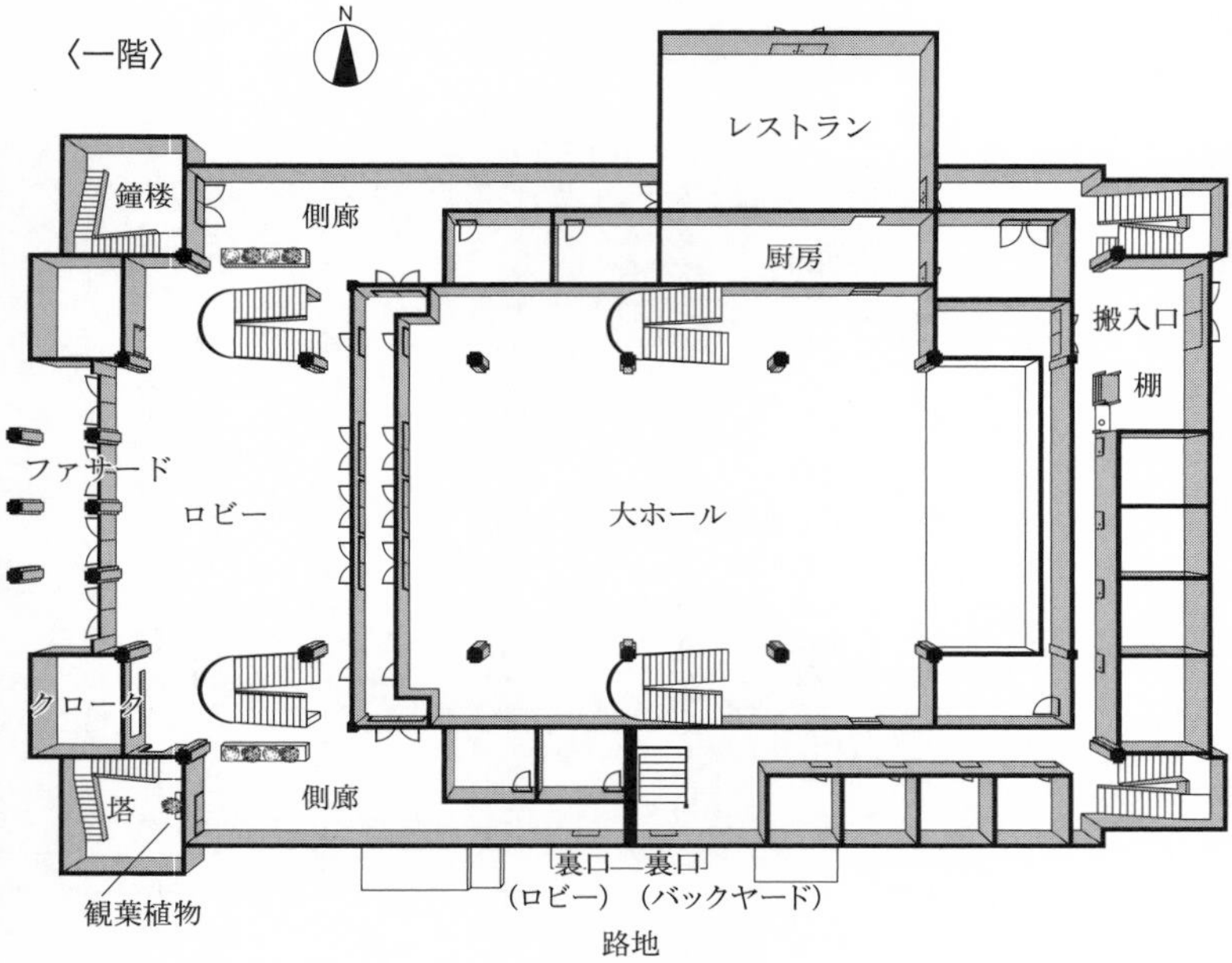

〈二階〉

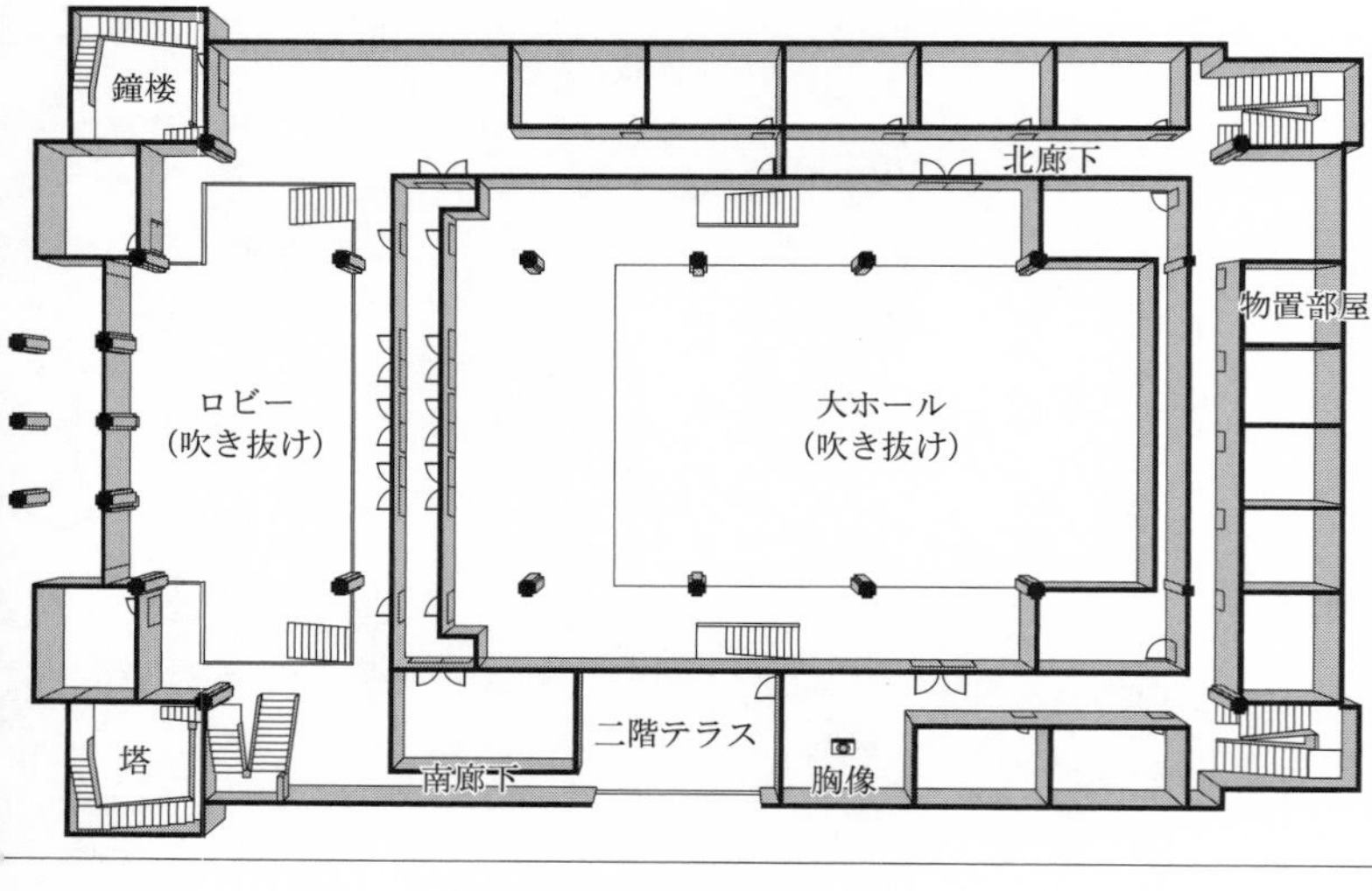

〈三階〉

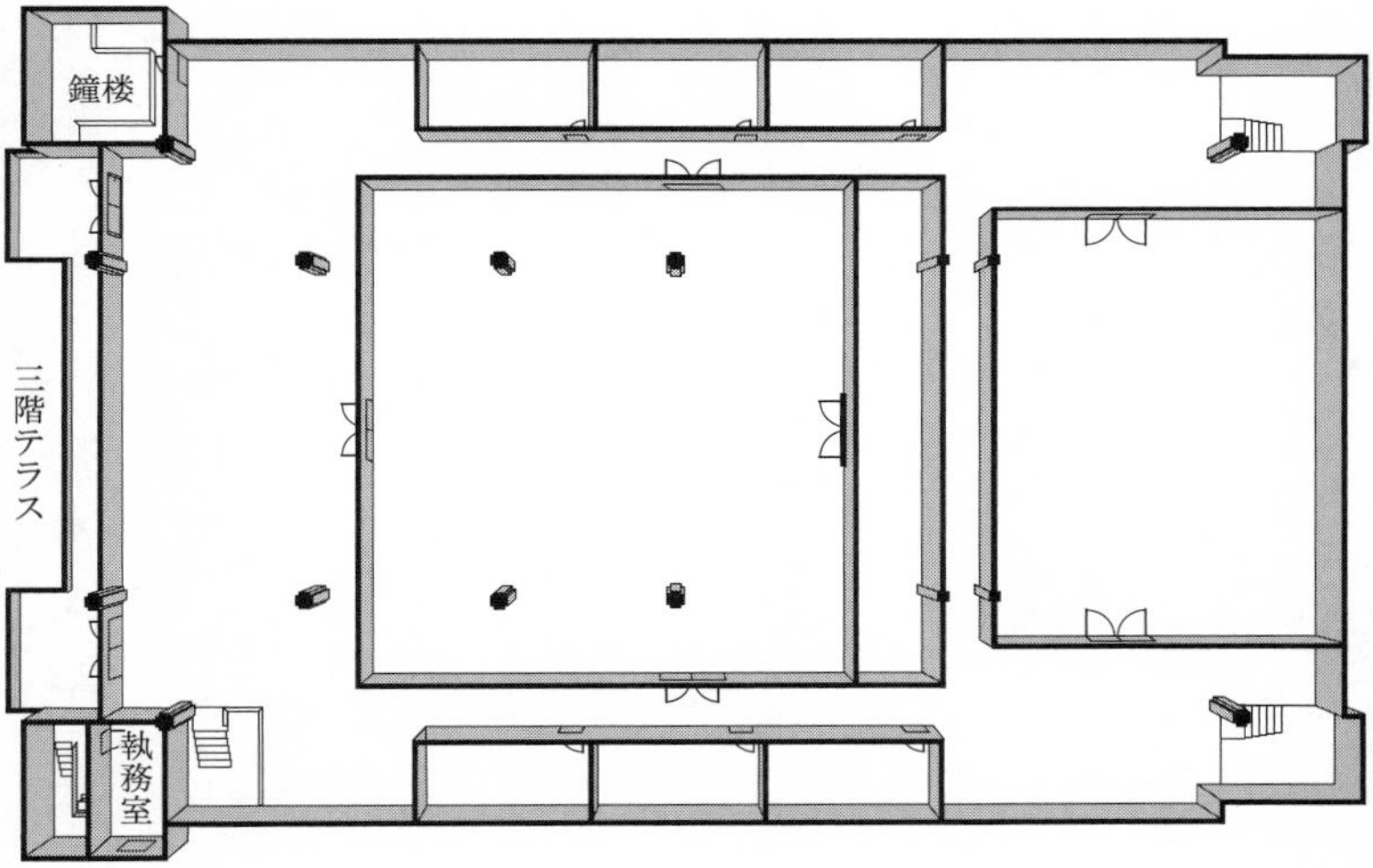

〈地下〉

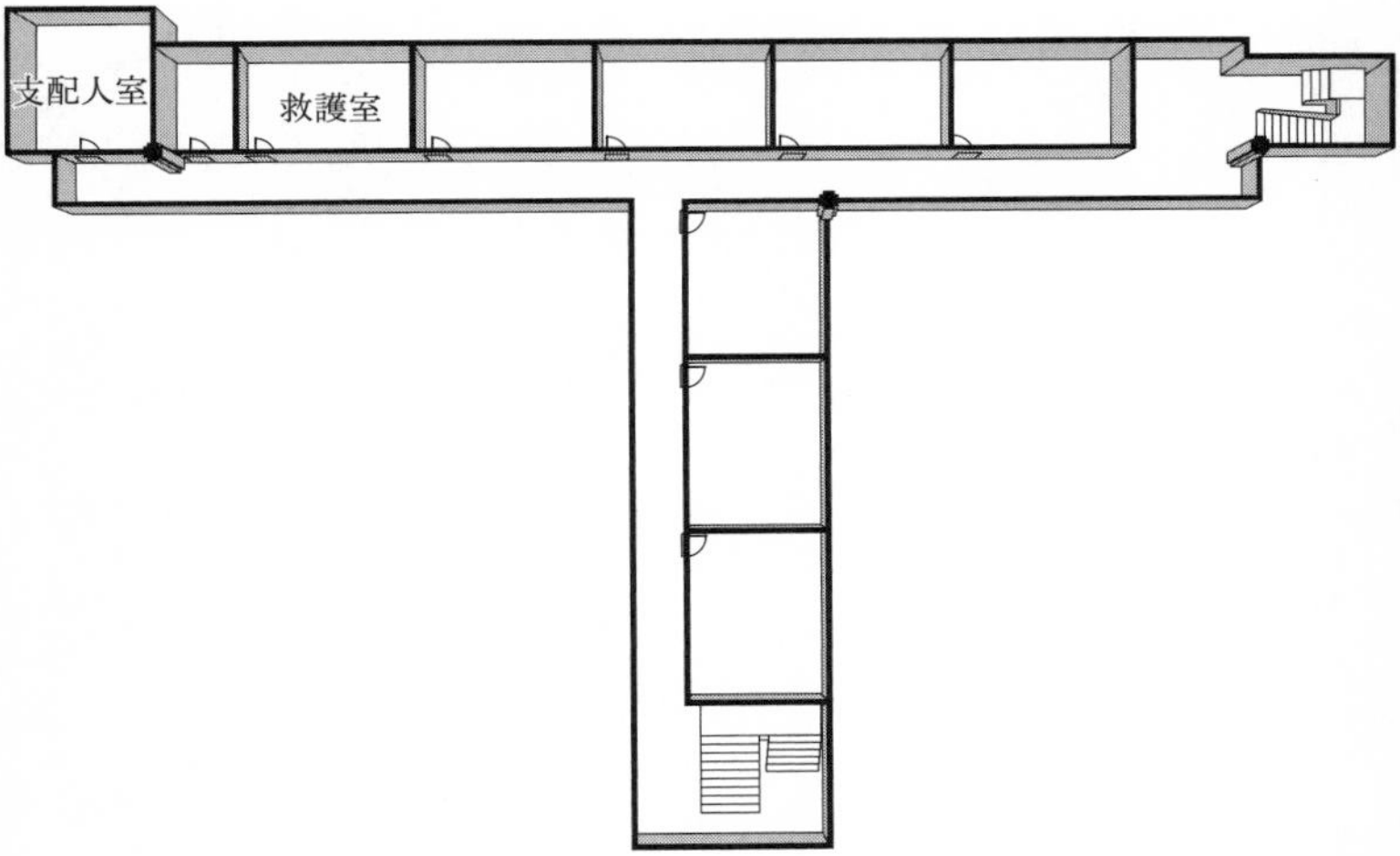

物置部屋の扉をノックすると、ややあって扉が開かれた。

「いらっしゃい、エリス」

顔を出したカラーは、来訪者の顔を見て表情を和らげた。

「こんばんは。うわぁ、明るくなったね」

カラーに招かれて物置部屋の扉をくぐったエリスは、思わず歓声を上げた。

以前の物置部屋には一切の照明器具がなかったため、夜は月明かりの下で過ごさなければならなかったが、今は天井からシェード付きの電灯が吊るされ、室内は暖かな光に満たされていた。雑然としていた荷物は片付けられ、床板は綺麗に磨き上げられている。

「公会堂の人が綺麗にしてくれたんだ」

「いいなぁ。もう私の部屋より素敵だよ」

火刑法廷から一週間ほどの時が過ぎていた。街角では未《いま》だヴェナブルズ事件の話題が尽きず、エリスは街路を歩くたびに人々の好奇の視線を感じた。それが嫌で、カラーに会いに行くのは夕食後に限っていた。

カラーは日に日に血色が良くなっていた。彼女が働く公会堂のレストランから、毎食の賄《まかな》いをもらっているという。

「今思えば無謀だったなぁ。私だけでカラーを匿おうなんて」

エリスはスツールに腰掛けてため息をついた。

「そんなことないよ。エリスには感謝してる。勿論、羊さんたちにも」

「結局、何者だったんだろう、羊さんって。あれから連絡は？」

ううん、とカラーは首を横に振った。

毒羊と名乗る胡散臭《うさんくさ》い女は、裁判の直前に突如カラーの牢の前に現れたという。その時点で既に弁護の用意は全て整っていたらしく、カラーに対してはごく短い事実確認を行ったに過ぎなかった。

「新聞にも毒羊の正体は謎に包まれてるって書いてあった。どうして無償でカラーの裁判の弁護を引き受けたのかも不明だって」

「知りたいかい？」

突然、どこかから少女の声が聞こえた。

ひゃっと驚いてエリスは椅子から転げ落ちそうになる。声の主を探すが、物置部屋にはエリスとカラーの他に人はいない。

「教えてやるよ。三階テラスに来な」

再び声が言い、直後に部屋の扉がぎぃと開いた。そちらへ目を向けると、小さな黒い影が廊下へ出ていくのが見えた。

二階南西の階段を上り、ガラスの戸を押し開けると、一月の冷たい夜風がエリスたちの黒髪を揺らした。

そこは公会堂のファサードの真上に作られた三階テラスだった。晴れた昼には素晴らしい眺望の楽しめる人気スポットだが、今は青白い雪の積もった物寂しい場所だった。

「すみませーん……。あのー……」

エリスは夜闇《やあん》に話しかけてみたが、周辺に人の気配はない。隣でカラーが寒そうに両手をこすり合わせる。

「気のせい……だったのかなぁ」

「あのさ」カラーがふと何かに気付いたように言う。「思い出したんだけど、さっきの声ってあの人じゃなかった？　ほら、ぼくの裁判で羊さんに連れてこられた、紙袋を被った人」

「あぁ、あの万引き犯の！　ええと……名前、なんだっけ」

そのとき、はぁぁぁ、と長いため息がどこからか聞こえた。

「ふざけんなよぉ。誰のおかげで無罪放免になれたと思ってんだ」

とす、とす、と雪を踏む軽い足音が聞こえ、テラスの胸壁の上に一匹の黒猫が飛び乗った。館内から漏れる薄明かりの中で黒猫の口吻《こうふん》が動き、

「私の名前はダレカだ。よく覚えとけ」

少女の声で喋った。

エリスとカラーが呆気に取られて固まっていると、猫は「あれ？」と小さな首を傾げた。

「何だよ、その反応。お前ら魔女だろ？　猫が喋るのがそんなに不思議か？」

その言葉で、エリスは以前読んだ新聞記事を思い出した。魔女の特質を網羅した論文、ヴィクトゴー・ルールの二頁目には、変身能力について記されている。

「すごい、魔女猫だ！　初めて見た！」

エリスは幼い頃、こっそり変身魔法を試みたことがあった。だが、何度やっても成功する気配すらなかった。

「本当に猫になれるんだ……。どうやるんですか？　私、どうしてもできなくて」

興奮して詰め寄るエリスに、黒猫は「興味あるかい？」と人間味のある笑みを浮かべた。

「変身はそう簡単には習得できないんだが、色々とコツがあってだな。こう、ぎゅっと全身を縮めるイメージで……」

そのとき、暗闇からにゅっと人の手が伸びてきたかと思うと、猫の後頭部を強くはたいた。きゃんっと甲高い叫びと共に猫は転げ落ち、気付けば雪の上に一人の少女が尻もちをついていた。丈の短いスカートに半袖のブラウスという、見ているだけで凍えそうな服装の少女は、カラー裁判でコソ泥と

して証言台に立った、ダレカ・ド・バルザックだった。

「いたた……」

「さっさと本題を言え。こんな寒いとこで無駄話するな」

ぶつくさ文句を言いながら明かりの中へ現れたのは、黒いフードで顔を覆い隠した女だった。丈長の黒ロングコートに全身を包んでおり、その姿は夜の闇と半ば同化している。

「あっ！　お久しぶりです！」エリスはぱっと顔を輝かせる。「先日はありがとうございました。ええと………黒フード、さん？」

「あはは、黒フードだってよ」ダレカが愉快げに笑う。「よし、こいつのことは黒フードって呼ぶことにしよう。いいよな、匿名の協力者こと黒フードさんよ」

ダレカは立ち上がって尻を手で払った。直立するとエリスやカラーよりも背が低かったが、態度は誰よりも尊大だった。黒フードと並ぶと、背丈も服装の季節感も対照的な二人だった。

「でだ」ダレカが仕切り直す。「お前ら、何で羊がカラーの弁護を引き受けたか知りたがってたな。経緯は単純さ。私が依頼したんだ。かわいい同輩が危機に陥ってる、助けてくれ、ってな」

「同輩、ですか？」

「あぁ。見ての通り、私は魔女だ。勿論こいつもな」

親指で黒フードの顔を指す。

「そうだったんですか」

エリスはぽつりと呟く。これまで自らが魔女であること、それを隠し通さなくてはならないことに孤独と不安を抱えて生きてきた彼女の前に、立て続けに三人もの魔女が現れた。仲間を見つけた安堵と梯子を外された感覚が綯交《ないま》ぜになって、どうにも落ち着かない。

「妙に多いよな、この街」エリスの考えを読み取ったダレカが深々と頷く。「魔女が出たなんて話、全国的にも滅多に聞かないのに。魔女って案外多いのかもな、みんな隠すのが上手いだけで」

「もしかして、羊さんも？」

「いや、あー……どうだろ。多分、ただの弁護士じゃないかな」

エリスは羊の風体を思い起こす。ただの弁護士には到底見えなかったが。

「事件の夜、私は裏通りのバーでしこたま飲んでいたんだ。そしたら、店前の通りに突然人が落ちてきてさ。いやー、びびったね。すぐに店から顔を出して見上げたら、三階のベランダからこっちを見下ろす女の子が見えた」

ダレカはカラーに目を向ける。

「お前、あんとき箒を持ってたろ。すぐに部屋の奥へ引っ込んだが、ありゃ絶対に魔女だと思ったね。それで私は、急いで家に帰って毒羊の事務所に電話をかけたんだ」

「羊さんの事務所？」

「あぁ。去年の暮れだったかな、部屋でラジオを聞いていたときのことだ。指名手配されている魔女の情報が流れたから集中して傾聴していたら、突然音声がぶつっと途切れて、妙にはきはきした声の女が喋りだした。『あなたを火刑からお救いします。魔女裁判にかけられそうになったら、毒羊弁護士事務所へご連絡を』……要するに、奴《やつ》は勝手にラジオ番組を乗っ取って広告を流したんだ。かなーり怪しい広告だったが、私は一応事務所の連絡先をメモってたんだ」

「なるほど」

「奴は事件の次の日にはこの街に現れた。実際に会ってみたらとんだ曲者《くせもの》でさ。私にも依頼した責任があるから、弁護に協力しろって言うんだ。まったく、あんたらにも感謝してほしいね。コソ泥の役を演じるために、本当に盗みまで働いたんだから」

「えっ、泥棒っていうのも嘘だったんですか」

ダレカはむっとして「当たり前だ！」と声を荒らげた。

「おかげでこっちは前科持ちだよ。たまったもんじゃない」

「何の役にも立たなかったけどな、お前の一世一代の犯罪は」

黒フードが鼻で笑い、ダレカがぎりりと歯ぎしりする。

「ありがとうございました」

エリスの後ろから、カラーが小声で礼を述べる。「いいってことよ」とダレカはひらひらと手を振った。

「黒フードさんは？」

「こいつも同じさ。審問官も言ってたろ。弁護人の手下だって」

「誰が手下だ」

黒フードは無言でダレカの脛《すね》を蹴った。ダレカはよろめき、壁にもたれ掛かって痛みを堪《こら》える。

「こいつは私の馴染《なじ》みの魔女でな。快く裁判を手伝ってもらったんだ」

「何が快くだ」

黒フードは再びダレカに蹴りを入れたが、ダレカはすんでのところで避けた。

「俺は脅されたんだよ。魔女だと言いふらされたくなきゃ裁判を手伝えって。ったく、こんな奴に弱みを握られるなんて、我ながら情けない」

「で、でも、カラーのために力を尽くしてくれたんですよね」

ぎろり、とフードの下の目がエリスを睨みつけた。

「言っとくが、お前らも俺と同じだからな。このクソ野郎が善意で人助けしたなんて思うなよ。魔女だと世間にばれたら、俺たちは破滅だ。今の時代、魔女ってのは最悪の肩書だからな。ダレカはそこに付け込んで、お前らをいいように操ろうって腹積もりなんだよ」

「人聞きの悪いこと言うなよぉ」

ダレカは善良な人間の声に聞こえるよう繕っているような声で言った。

「私は仲間が欲しいだけなんだ。いいか、お前ら。もし私が何かヘマをして捕まったら、お前らは全力で私を助け出すんだ。さもなけりゃ私は全員の名前をばらしてやるからな。勿論これは他の仲間についても同じだ。例えばエリスが捕まったとしても、無事に火刑法廷を乗り切るために私は全力を尽くそう。どれだけ全力を出すかは、前の裁判で見せたはずだ」

なるほど、とエリスは思った。見ず知らずのカラーを救うために窃盗まで働くというのは、単なる善意では説明がつかない。だが、万が一自分が捕まった時のために、頼みにできる仲間を得ることが目的というなら腑《ふ》に落ちる。

「仮に火刑法廷で勝ち目がないとわかったら、国外に逃がす手助けをするとか、できることは色々あるはずだ。私たち魔女は、逃亡にかけては人一倍得意だからな」

ダレカの申し出はエリスやカラーにとっても良い話のように思えた。一人の魔女の持つ力はとても弱い。固い絆《きずな》で結ばれた盟友とまでは言わずとも、利害の一致する仲間がいるのは心強い。

「なんとなくわかりました。同盟みたいなものですね」

「同盟か。そいつは言い得てるな。魔女同盟ってわけだ。よろしく頼むよ、同志諸君」

ダレカは強引にエリスとカラーの手を取って握手をした。


低地地方〈ローランド〉の中心的都市であるこの街には、周辺の村落から多くの人や物が集まってくる。市内の学校の多くは親元を離れる学生のために寮を有し、エリスのように自宅から通学する生徒は少数派だった。

エリスは早朝の校門をくぐり、伝統的な警邏《けいら》服姿の守衛に挨拶をした。ここプリンス・ジョン・カレッジはもうじき設立三百年を迎える伝統校で、身分の高い家の子女が多く通う。ハロルドの援助がなければ入学できなかったエリスは、いつも肩身の狭い思いを抱いていた。

教室に入ると、級友たちがさっと顔を上げた。

「おはよう、ヘレン、ジェーン」

エリスはいつものように挨拶をしたが、ヘレンは小声で挨拶を返したきり口を閉ざし、ジェーンは何も言わず顔を背けた。

エリスは教室内の空気がいつもと違うことに気付いた。火刑法廷の直後は話を聞きにエリスのもとへ押しかけた級友たちが、今朝はエリスと視線を合わせないようにしている。

その日の昼時は一人で過ごした。食堂は生徒で賑わっていたが、彼らの視線が自分に向いている気がして、エリスは終始落ち着かなかった。

午後の教科のために中庭を横切ろうとしたとき、

「魔女が――」

聞き逃せない単語が耳に入り、エリスは足を止めた。

学校は生徒の憩いの場として中庭の造営に予算を割いていた。噴水の縁に集まって騒いでいる女子生徒たちに気取《けど》られないよう、エリスは背後から噴水に近づく。

「うっそー、信じられない！」

甲高い声を上げていたのは金髪の女子生徒だ。体格のいい男子生徒にべたべたと身体を寄せており、二人の周囲には取り巻きの女子たちが群れている。

「エリス・カーソンが魔女だなんて！」

エリスはぎくりと身を硬くした。

「知らないのか？　街中で話題になってるんだぜ」

男子生徒はベンチにふんぞり返り、ベストの内ポケットから新聞を取り出した。

「前の火刑法廷で、エリス・カーソンは例の魔女を助けたそうだ。何故かって？　奴も魔女だったからさ。読んでみろよ、ビー」

「あれ？」ビーと呼ばれた女子生徒は、差し出された新聞を読む素振りも見せずに首を傾げる。「あのカラーって子、無罪放免になったんじゃなかったかしら？　それともやっぱり魔女だったの？」

「判決は間違っていたんだ。エリス・カーソンが弁護士と結託して、審問官を出し抜いたのさ。知ってるか？　魔女は箒で飛ぶとき、すごく重いものを持ち上げられるんだ。裁判で問題になった例のピアノは、エリスが箒を使って動かしたってわけさ」

「なるほど！　さすがね、ロジャー」

「おいおい」ロジャーは小馬鹿にしたように笑い、ビーの顎を指で撫《な》でた。「ガキでも知ってることだぜ。お前らもちょっとは新聞を読むようにしろよ」

「はーい」

女子生徒たちが男に媚《こ》びた声を出す中、エリスはできるだけ足音を立てないようにその場を離れた。

廊下を歩いていると、自然と顔を伏せがちになる。今や全ての生徒が、全ての市民が、エリスが魔女であることを知っている――。その事実は空恐ろしく、足元の大地がぐらつくような気分だった。

ぽん、と肩が叩かれる。はっとして振り返ると、

「よぉ」

学生服を着たダレカが立っていた。

「あっ、えっ？　あのっ……」

驚いて口をぱくぱくさせるエリスを、ダレカは面白そうに眺めている。

廊下で立ち話もなんだろうと、ダレカはエリスを人気《ひとけ》のない校舎裏へと連れて行った。

「ダレカさん、うちの学校の先輩だったんですね」

エリスは改めてダレカの学生服姿をまじまじと眺める。

「何言ってんだよ。火刑法廷にもこの服で出ただろうが」

「あ、確かに。すみません、紙袋を被っていた印象しかなくて」

「そんな記憶、とっとと捨てちまえ。つーか私のことよりお前だよ、お前」

校舎の外壁にもたれかかりながら、ダレカはエリスの顔を指さした。ちょうどそのとき、校舎の窓から女子生徒の話し声が聞こえてきた。

——ねぇ知ってる？　この学校に魔女が通ってるんだって。

——それ聞いたわ、この前の裁判で魔女が勝ったのもその子のせいなんでしょ。

ダレカは苛立たしげに舌打ちした。

「どこかの誰かが新聞社に投書したんだとさ。審問官が主張したカラー魔女説は、エリス・カーソンが魔女ならば成り立つってな」

「そんな……。一体誰が？」

「さぁな。おっと、私が密告したなんて疑ってくれるなよ」

エリスは慌てて首を振る。

「まさか、そんなこと思ってません！」

「あんま大声出すなって。実際、誰かが真相にたどり着いても不思議じゃないだろ。お前がカラーをかばっているのは傍目《はため》にも明らかだったし、魔女が重いものを動かせることはヴィクトゴー・ルールに明記されてる。お嬢様審問官の目はごまかせたが、市井にゃ目ざとい奴もいるってことだ」

エリスは俯き、黙り込んでしまう。思えば、カラーはずっとこんな境遇に立たされていたのだ。今更のようにカラーへの共感と同情が湧き上がる。

この街では、市内を流れるモンマス川が市民の生活様式を二分していた。西岸では古都の風格を醸す街角で談笑する市民の姿を、東岸では日々を生き延びるために汗を流す市民の姿を見ることができる。裕福な家庭の子女が多いカレッジは西側に立地しており、カレッジから川の向こう側へ帰る生徒はほとんどいなかった。

「はーぁあ。今日も疲れたー」

モンマス川に架かる石橋を渡りながら、ダレカは大きく伸びをした。冬の低い夕日が川面に反射して、橋桁に複雑な文様を描き出している。

「しっかし、エリスも大変だな。毎日この距離を歩いて通学なんて」

ダレカは隣を歩くエリスに言った。

「ダレカさんも同じじゃないですか」

「私はたまにしか登校しないからな。真面目な奴が損するんだ、何につけてもさ」

橋を渡り切り、東岸の目抜き通りに差し掛かる。この周辺は東岸地区でも特に治安が悪い。真冬であろうと路上で酒盛りをする者もいるし、路地の暗がりには胡乱な者らがたむろする。夜の静けさなどとは無縁で、警笛が鳴り響くことは日常茶飯事だった。

エリスは夕闇に紛れようとするかのように顔を伏せながら歩いた。

「そうびくびくするなよぉ」ダレカは慰めるように言った。「魔女であること自体は罪じゃないんだからさ。どっちかっていうと私の方が罪人だし。コソ泥もこうして大手を振って道を歩いてるんだ。この根性、見習ってほしいね」

「罪人だなんて。ダレカさんが物を盗んだのは、裁判でカラーを助けるためじゃないですか」

「お前だって、カラーのために証言しなけりゃ魔女だって噂《うわさ》されることもなかったろ。証言したこと、後悔してるわけ？」

「そんなことは……」

「なら堂々としてりゃいーじゃん」

ダレカの言葉は、ゆっくりとエリスの心に染み入った。もう一度過去に戻ってあの裁判をやり直したとしても、やはりエリスはカラーのために証言をしただろう。正しい行いの結果だと思えば、魔女と噂されるくらい何でもないように思えた。

「とはいえ、身の回りには気を付けた方がいい」ダレカは声のトーンを幾段か落とした。「魔女ってだけで目の敵《かたき》にする輩《やから》はいるし、たまに行動に移す奴も出てくるからな。ほら、前に有名な魔女が反魔女派に命を狙われた事件があったろ」

「有名な魔女、ですか？」

ダレカは「ん？」と意外そうに眉を上げる。

「知らないのか。シュノって魔女だよ」

「シュノ……」

その名には聞き覚えがあった。確か、アルマジャック市議と秘書の会話の中に出てきた気がする。

ダレカは立ち止まり、学生鞄をがさごそ漁《あさ》って小冊子を取り出した。

「ほら、読んでみなよ。世界一有名な魔女のことが書いてあるからさ。魔女について情報収集してたときに買ったんだが、もうだいたい頭に入ってるから、エリスにやるよ」

「ありがとうございます」

渡された小冊子を遠慮がちに受け取る。表紙には、数多《あまた》の照明でライトアップされた絢爛《けんらん》な舞台で歌う美しい女性の写真が印刷されていた。

「んじゃ、私はこっちだから。またな」

ダレカは別れを告げると、未舗装の細い街路の奥へと消えていった。その道の先に、この街で最も貧する者の暮らす地区があることをエリスは知っていた。


ハロルド事件の後、エリスと母メリダはヴェナブルズ邸から退去することとなった。ハロルドの遺産は莫大な額になると目されていたが、ハロルドとメリダはまだ籍を入れておらず、有効な遺言書もなかったため、遺産は母娘に一ペニーも入らなかった。

エリスと母が移り住んだのは、東岸の市街地に建つ古い集合住宅だった。


「ただいま」

玄関を開け、電灯のスイッチを入れる。新たな自宅は、その全てを合わせてもヴェナブルズ邸におけるエリスの自室より狭かった。メリダは下町の縫製工場に働き口を見つけ、毎日朝から晩まで働いており、母娘が共に過ごす時間はごく僅かだった。

外套を脱ぎもせずに、エリスは食卓に座って小冊子を広げる。それは首都にある高級ナイトクラブのパンフレットだった。表紙を飾る美女はシュノンソー・ド・ヴィクトゴー、通称シュノという芸名の看板歌手であり、現在、この国で唯一魔女であることを公表している人物でもあった。

シュノは首都の下町に生まれ育った。安いパブで歌って日銭を稼ぐような、どこの下町にも数多いる歌手の一人だったが、ある時から魔女であることを公言し、ステージ上で飛行しながら歌うパフォーマンスを披露するようになった。彼女の芸は評判になったが、店には連日反魔女派から抗議が寄せられ、警察沙汰になることもしばしばあった。

人々の反感をかわすためか、シュノは社会貢献に力を入れた。自らを実験台にして、魔法を科学的に解き明かしてほしいと王立学会へ願い出たのだ。学者、特に物理学者にとって魔法の解明は悲願であり、王立学会は当世を代表する研究者らを魔女研究にあたらせた。言わばシュノの身は女王の名のもとに保護されることとなり、次第に排斥の声は収まっていった。

現在も研究は続いているが、現時点での研究成果はヴィクトゴー・ルールと呼ばれる論文にまとめられている――。

「エリス！」

突如背後で玄関扉が開けられ、顔を上気させたメリダが駆け込んできた。エリスは咄嗟《とっさ》にパンフレットを背に隠す。

「お、お母さん。どうしたの、早いね」

メリダは答えず、わなわなと肩を震わせながらエリスの前に立ち、強くその両肩を掴んだ。

「答えなさい、エリス」

メリダの目は血走っていた。ハロルドの死から今日まで、メリダは恒常的に精神の安定を欠いていたが、これほど鬼気迫る形相を見せたことはなかった。

「な……何？」

メリダは問いを一語一語はっきりと口にする。

「あなたは、魔女なんかじゃないわよね？」

エリスは息を呑んだ。咄嗟に「違うよ」と否定したが、声が震えているのが自分でもわかった。メリダの表情が歪んでいく。嘘をついたことが母親に伝わってしまったことをエリスは悟った。

エリスは一歩後退《あとずさ》りした。メリダの爛々《らんらん》と輝く目が、エリスが背に隠したパンフレットに向けられる。その表紙が著名な魔女の写真であることに気付くと、あぁ、とメリダは表情をくしゃくしゃにした。

「なんてこと……」

エリスの肩を掴むメリダの指に力が込められる。

「痛っ！」

「そうなのね、噂は本当だったのね、エリス……。ハロルドを殺した魔女を助けるために……あなたは私を裏切って……！」

ぞくり、とエリスの背筋が粟立《あわだ》つ。両肩に食い込むメリダの指がそのまま首根に迫りそうな気がして、エリスは思わずメリダを突き飛ばした。メリダはふらふらとたたらを踏み、力なく床に崩れ落ちる。その乾いた唇から、言葉にならない怨嗟《えんさ》の声が溢れる。

エリスは学生鞄を掴むと、なりふり構わず家を飛び出した。この部屋に充満する恐ろしい空気から、一刻も早く逃れたかった。


自宅の近くにある市民公園は、市民の交流の場としていつも賑わっているが、日没間際になると潮が引いたように人気《ひとけ》が失《う》せる。昼の間に誰かが作ったスノーマンが、不安定な姿勢のまま夜を迎えようとしていた。

エリスは公園のベンチに腰を下ろし、一人途方に暮れていた。家に帰らなければならないことはわかっていた。けれどメリダと再び顔を合わせるのが恐ろしくて、動こうにも動けないのだった。

「やれやれ。公権力に屈するたぁ、うちの報道魂も地に落ちたもんだね」

「いいじゃないですか。魔女バッシングよりも世界的スター招来の方が、ニュースとしては健全ですし」

丸々と肥えた中年男と小柄な若い男が、ぶつくさ話しながら公園の遊歩道を歩いてきた。若い男が沿道の電灯のスイッチをつけると、エリスの周囲が電灯に照らされた。男たちはエリスの姿に気付き、何やら小声で話し合うと、足早に近寄ってきた。

「失礼ですが、エリス・カーソンさんでしょうか」

太った男が手帳を広げ、酷《ひど》いだみ声で話しかけてくる。

「《デイリー・バナー》紙のマイクル・ハボックという者です。ちょっと話を──」

エリスは何も言わず首を横に振った。

若い男が鞄からカメラを取り出し、エリスの眼前でフラッシュが瞬いた。〈ウィッチフォードの魔女〉の記事がエリスの脳裏を過《よぎ》った。たとえ空へ逃げようとも、記者たちはどこまでも追いかけてくる。

エリスは弾かれたように立ち上がり、脇目も振らずに駆け出した。すぐさま靴音が追いかけてくる。公園の門を飛び出しても、記者たちは諦めずに追いすがる。

狭い路地の角を曲がったところで、突如エリスの腕が何者かに摑まれた。ひっ、と短い悲鳴を上げる間に、エリスの身体は建物の中へと引きずり込まれた。すぐ後ろで扉が素早く閉ざされる。

暗さに目が慣れてくると、そこは飲食店のようだった。床もテーブルも埃まみれで、長い間営業していない様子だった。

「危なかったな」

女の声が言い、腕を摑んでいた手が離れる。顔を上げると、見覚えのある若い女が明るい笑みを浮かべていた。先日の火刑法廷で証言台に立った証人の一人だった。確か、マンションの二階でパーティに出席していたと話していたが、名前が思い出せない。

「こっちだ」女は店のカウンターをひょいと飛び越えた。「この店は三年前に潰れたんだが、裏口が別の通りに通じていてな。今じゃ自由通路みたいなもんさ」

女はカウンターの奥の戸を開け、エリスを手招きした。カウンターの下をくぐって戸に入り、暗く長い通路を通り抜けると、見たことのない通りに出た。

「さぁて、もう大丈夫だ」女は帽子を被り直した。「さっきの記者も、この道は知らないだろ。古い街ってやつは何かと不便だけど、こういう時には役に立つもんだ」

「あの、助けてくれて、ありがとうございました。ええと、あのー……」

女はにっと微笑んだ。

「アンデルセン。覚えにくくて悪いな。私はアンデルセン・スタニスワフ。何者でもない女だが、この街の地理にはちょいと詳しくてね」

アンデルセンはエリスの手を引いて通りを歩き出す。その間も彼女の舌はよく回った。

「こんないたいけな少女を追いまわすなんて、まったく品のない男は好かんね。品のない新聞記者はもっと悪い。ただ、ああいう手合いは新しい話題が見つかればすぐにそっちへ飛びつくもんだ。次の生贄《いけにえ》が登場するまで、あんたは家にこもってじっと待つんだな」

「……家に帰るのは……」

メリダの気色《けしき》ばんだ顔を思い出し、エリスは気が重くなった。記者に捕まってあることないこと書き立てられるのと、あの家で母と二人きりで過ごすのと、どちらがましだろう。

押し黙っていると、アンデルセンは「ふーむ」と心を見透かしたような顔で息を吐いた。

「悪い、そっちの事情を考えてなかったよ、エリス。あんたが魔女だって噂が真実であれ間違いであれ、魔女に恋人を殺されたと信じるご母堂のもとへ帰すのは賢明じゃなかった」

「……すみません」

「謝ることはないさ。けど、どうしたもんかね」アンデルセンは帽子の鍔を人差し指で弾いた。「さすがのアンデルセン様も寝床までは世話できないんだよ。私は親切な女で、かつ何者でもなく、ついでに言うと裕福でもないからな」

アンデルセンはエリスの手を引いて通りの角を曲がった。そこはエリスにも見覚えのある大通りだった。

「私から一つ言えるとしたら、困ったときは友達を頼れ、ってことくらいだ」

アンデルセンは道の先を指さした。暮れゆく藍色の空の下に、公会堂の塔が見える。


物置部屋の戸口に現れたエリスを、カラーは何も言わずに迎え入れてくれた。

その晩は、カラーが自身の夕食をエリスのために小分けしてくれた。レストランの賄い飯はもともと量が多く、一人で食べるのは大変だったとカラーは言った。

「ありがとう。助けてくれて」

食事を終えて礼を言うと、カラーは面映《おもは》ゆそうに視線を下げた。

「いいんだよ。もともとエリスが助けてくれたから、ぼくは今ここにいるんだ。エリスは過去のエリスに助けられたようなものだよ」

「何それ。変なの」

エリスは小さく笑った。体温を奪われた身体は、仄《ほの》かな温もりを取り戻しつつある。


もぞもぞと誰かが身じろぎする気配でエリスは目を覚ました。丸窓から差し込む朝日が眩《まぶ》しくて眼を擦り、ベッドの上で身を起こすと、

「あ、おはよう」

隣で同時に起き上がったカラーが言った。同じベッドで同じ時間眠った二人は、同じように黒髪が乱れていた。

「おはよう、カ……」

名前を呼ぼうとして、大欠伸《あくび》が出てしまう。ヴェナブルズ邸、東岸の集合住宅、公会堂と、近頃エ

リスの寝床は目まぐるしく移り変わったが、今朝ほど安心感に満ちた朝を迎えたことはなかった。

カラーは手早く厨房着に着替えると、「ちょっと待ってて」と部屋を後にし、二人分のパンとスープを載せた盆を持って戻ってきた。

「ほら、食べよう」

小さな食卓に並べられた朝食は、質素だが食欲をそそるものだった。

「レストランから持ってきたの？　私、お金持ってないんだけど……」

「いいんだ。食材を食べた分は、給料から天引きされることになってるから」

それを聞いてしまうと、エリスは遠慮してしまって手を出せなくなる。

「私も働いた方がいいのかな」

「エリスは学生なんだから、働かないで勉強しなくちゃ。今日は日曜だけど」

カラーにしては常識的な言葉だ、とエリスは友人への認識を幾らか改めた。

「遠慮しないでほしいな。ぼくが貰ったお金をぼくが好きに使うだけだから。少なくとも、この街に来てからエリスがぼくに与えてくれた親切の分はお返ししたいんだ。それに、他にお金の使い道なんてないし」

そこまで言われてしまっては、エリスはカラーの厚意を甘受する他ない。

パンを頬張りながら、エリスはふと壁に貼られたポスターに気付いた。箒に座って空を飛ぶ美女のイラストが描かれており、隅の方に『晩餐会《ばんさんかい》』の文字が印字されている。

「あぁ、それ」カラーはエリスの視線の先に気付いた。「有名な歌手をこの街に招くんだって。シュノって人、知ってる？」

「シュノ！　知ってる。魔女って公言してる有名人だよね？」

「うん。三月に公会堂で盛大な晩餐会を開いて、何曲か歌ってもらうらしいよ。大掛かりなイベントになるみたい」

「あ、そうだ」

エリスは床に落ちていた学生鞄を開ける。

「これ、昨日ダレカさんに貰ったんだ」

パンフレットを差し出すと、カラーは「わぁ」と間の抜けた声を上げて受け取った。

「ふぅん……。アメリカでもレコードが売れてるんだ。すごいなぁ……」

頁を捲りながら、カラーは熱っぽい吐息を漏らした。自室にポスターを貼るくらいなのだから、カラーはシュノに憧れているのかもしれない。こんな一面もあるんだな、とエリスはカラーの横顔を観察する。

「そういえば、前にアルマジャックさんがシュノの話をしていたよね」

「うん。シュノを招聘することを発案したのは市議らしいよ」

「そうなんだ。もしかしたら、アルマジャックさんがカラーを追い出さなかったのって、これのためかな」

カラーは「どういうこと？」とパンフレットから顔を上げた。

「ほら、裁判には勝ったけど、カラーが魔女だって信じてる人はまだ多いよね。カラーを公会堂から追い出したら、魔女を排斥した恰好《かっこう》になるから、シュノって人を街に呼びにくくなる、とか」

「あぁ、なるほどね」カラーは他人事のように言う。「それならぼくは、シュノに感謝しないといけないのかも」

「じゃあ私もだ」

エリスは悪戯《いたずら》っぽく笑い、少女たちは朝食を再開する。

物置部屋での慎ましい共同生活が始まった。

エリスは公会堂から学校へ通うようになった。校内では好奇の目を向けられることもしばしばあったが、家出について咎められることはなかった。

カラーは休日も働きに出た。シュノの晩餐会に向けて厨房を拡張するため、レストランを運営しながら調理設備の増設を行っており、連日多忙を極めているのだという。それでも仕事の後は二人で長い夜を語らい明かした。

カラーはこの街の話を聞きたがった。エリスは請われるままに生まれ育った街について語ったが、反対にカラーの出自について話題が及ぶことはなかった。カラーについてエリスが知っていることと言えば、エリスと同い年であること、ウィッチフォードという土地から来たこと——未だにその程度だった。


二月半ばの日曜日。エリスが物置部屋を掃除していると、

「へっへっへ。楽しんでるかい?」

戸口にダレカがふらりと訪れた。

「ダレカさん! お久しぶりです」

勧められた椅子にどっかと腰を下ろしたダレカは、によによと薄笑いを浮かべて丸テーブルに頬杖《ほおづえ》をついた。

「家出したんだって?」

「……はい。ちょっと、いろいろあって」

「そいつは大変だなぁ」

ダレカはポケットから小さな包みを取り出し、「そらよ」とエリスに放った。慌てて空中で受け取ると、両手にずしりと重い感触がした。

「しばらくは先立つものが必要だろ。とっとけ」

包みを開いたエリスは目を見開いた。乱雑に包まれた貨幣は、エリスが目にしたこともないほどの金額だった。

「こんなに⁉　駄目です、受け取れません」

「いいんだよ。私が困ったときに、その金の分だけ助けてくれれば」

ダレカはどこか投げやりだった。魔女同盟の結束を固めるためにとしても、いささか援助の度を越している。そもそも、ダレカほどの年齢の少女が自由にできる金額ではない。エリスの心に一抹の不安が浮かんだ。

「このお金、どこから持ってきたんですか？」

「親の金だよ」ダレカはブロンドの毛先をいじっている。「こう見えても金持ちの家の一人娘でね。ついでに、家の金をくすねても良心が痛まない程度には不良でもある」

金持ちという単語にエリスは引っかかりを覚えた。先日帰路を共にした時、ダレカは貧民区の方へ帰っていった。普段のダレカの態度からも、裕福な家庭の娘らしさは微塵《みじん》も感じられない。

エリスの疑わしげな視線に気付き、ダレカはひらひらと手を振る。

「いいんだよ、別に。もともと綺麗な金じゃないんだし」

不機嫌そうに窓外を眺めるダレカの横顔は、エリスを支援したいというよりも、この金を捨ててしまいたいと考えているように見えた。


その日の午後を、エリスは変身魔法の練習に費やした。ダレカの華麗な変身を目の当たりにしたことで、心の奥底に封じられていた魔女への幼い憧れが、仄かに蘇りつつあったのだ。

「絶対に人前ではやるなよ。魔法ってのは万一のときにしか使っちゃいけないんだからな」

釘《くぎ》を刺しつつも、ダレカは変身の手ほどきをしてくれた。だがエリスがベッドの上で何度飛び跳ねても、一向に成功する気配はない。

「違う違う。そんなに力む必要はないっての。危ないから眼鏡は外しておけよ」

エリスは眼鏡をサイドテーブルに置くと、ばたんとベッドに身体を投げ出した。

「才能ないのかなぁ、私」

「コツを覚えれば簡単なんだが。なんつーかな。踊り始める寸前の、今から躍動するぞって意気込みというか……」

ダレカは椅子から立ち上がり、丸テーブルに向かって軽く飛び跳ねたかと思うと、次の瞬間には黒猫となってテーブルの上に軽々と着地していた。

「こう」

エリスはベッドに寝転がりながら羨ましげに嘆息する。

「はぁ……すごいなぁ。それにしても、不思議ですよね。身に着けてる服も、変身に巻き込まれるなんて」

「そりゃあ、変身を解いた後に素っ裸だったらたまったもんじゃないからな」

ダレカはあまり論理的でない説明をした。

「ま、気長にやるこった。私も最初に教わった時はなかなか成功しなかったんだから」

「ダレカさんも他の魔女に教えてもらったんですか？」

「あぁ。黒フード教官にな」

え、とエリスは頭をもたげる。

「あいつ、妙に魔法が上手いんだよ。変身魔法の噂を聞いて試したら、一発で変身できたんだとさ。飛行も感応も得意だし。要領の良い奴って腹立つよな」

ダレカは肩を竦めた。あまりにも猫らしからぬ仕草にエリスは強烈な違和感を覚えた。

「あの、ダレカさんと黒フードさんってどういう関係なんですか？」

気になっていたことを尋ねると、ダレカは「仲間、かな」と答えた。

「前々から多分あいつは魔女だろうなって疑ってたんだけど、あるときカマかけてみたら、あっさり尻尾《しっぽ》を出してさ。ちょろかったよ、あんときの黒フードさんは。奴にとっちゃ一生の不覚だそうだ」

「ふーん。どういう人なんだろう……。あっ、詮索してるわけじゃなくて」

「ま、気になるよな。変な恰好だし、変な喋り方だし」

ダレカも負けず劣らずだとエリスは思ったが、心にとどめておいた。

「実際、変な女なんだよ。魔女同盟どうこう以前に、私とつるんでることすら人に知られたくないらしくて、二人きりで会う時もあの服、あの物言いなんだ。普段のあいつを見たらきっと驚くぞ。まるっきり別人だからな。あの喋り方が演技なのか、それともあれが奴の素で、普段は別人を演じているのか、私にもわからない。多重人格って言われても驚かないよ。時代が時代なら、それだけで魔女と認定されていたかもな」

「魔女……」

ふと別の人物が頭に思い浮かぶ。

「そういえば、アンデルセンさんってお知り合いなんですか？」

「え？　誰って？」

「アンデルセン・スタ……なんとかさん。カラーの裁判で証言台に立った女の人です」

ダレカは思い出せたような思い出せないような顔で「あー」と言った。

「いや、そいつは知らない。何で？」

エリスは、記者に追われた際にアンデルセンに助けられたことを話した。

「赤の他人の私を助けてくれるなんて、もしかしたら同じ魔女なのかなって」

「うーん、さすがに違うんじゃ？　私は数年かけて魔女の情報を集めてきたけど、そんな変な名前の魔女なんて聞いたこともないぞ。てか、この街にこれ以上魔女がいてたまるかっての」

そのとき、物置部屋の戸口にエプロン姿のカラーが姿を現した。ダレカの来訪に気付き、小さな声で挨拶をする。エリスと比べると、カラーはダレカに対して一定の距離を置いていた。

「……どうしたの？」

ベッドでくたくたに伸びているエリスを見てカラーは眉を寄せる。変身魔法を練習していたと話すと、カラーは呆れたように言う。

「一日中練習してたの？　お疲れ様」

「ちなみに、カラーは変身ってできるのか？」

カラーは「さぁ」と小さく首を傾げる。

「試しにやってみな。身体をぎゅっと小さくして、猫をイメージするだけ」

カラーはあまり気乗りしない様子だったが、エプロンを脱いで俯きながら縮こまった。かと思うと、音もなく彼女の身体がかき消え、床に黒猫が座っていた。

「……できた」

猫はびっくりした表情を浮かべ、自らの身体を眺める。

「そんなぁ。私の努力って一体……」

エリスはがっくりと項垂れる。

「まだだ。人間に戻るときはまた別のコツが必要で——」

ダレカが言い終わらないうちに、猫は一瞬でカラーに姿を変えた。カラーは物問いたげにエリスたちを見る。

「ちっ。こいつも才能型だったか」

ダレカは面白くなさそうに舌打ちした。

◆

盆に載せたグラスからミルクが零《こぼ》れないように、一歩ずつ慎重に階段を降りていく。深皿になみなみと注がれたトマトスープからは、空腹を刺激する香りが立ち上ってくる。この食事は屋敷の主人一家に供される昼食の余り物だが、使用人の目には贅沢《ぜいたく》に映る。

突き当たりの扉の前で盆を片手に持ち、空いた手で錠前を外す。扉を開けた先には、地下にしては明るい空間が広がっていた。高い天井近くの採光窓から零れ広がる暖光の下で、小ぶりなベッドに腰掛ける少女が顔を上げた。

「おはよう、アクトン」

まだ十歳にも満たない幼い声が、使用人の名を呼んだ。少女の顔立ちは人形のように端整で、よく櫛の通った黒髪は頭上からの光を受けて輝いていた。まるで一枚の絵画のような光景に、アクトンと呼ばれた使用人は暫し見とれていたが、

「おはよう、カラー」

挨拶をして地下室へ足を踏み入れた。

こうして挨拶を交わせるようになるまで、随分時間がかかったものだ、とアクトンは感慨深く思った。地下室の少女は生来表情が乏しく、その内心を推察するのは容易ではない。けれど何年も彼女と接するうちに、その内側に人並み以上の豊かな感情が隠れていることを彼は知った。

「それで、例の女の子とはどうなったの？」

パンを頬張りながら、少女はアクトンに問いかける。

「物を食べながら話をしちゃ駄目だよ、カラー」

カラーというのは、アクトンが少女につけた愛称だった。少女と接するのは今やアクトンしかいないため、アクトンにとってはそれが少女の真の名のように感じていた。あるいは、少女にとってもそうだったかもしれない。

「じゃあ黙って食べるから、話して」

思いを寄せている女性のことをうっかり打ち明けてしまったことを、アクトンは内心後悔していた。カラーは地下室の外で起きるあらゆる物事に関心を抱く。だが、使用人の色恋にここまで食いつくとは予想外だった。

「どうにもなっていないよ。毎朝、お店の前で挨拶をするだけだ」

「顔がにやけてるよ。さては、いろいろ進展してるね」

アクトンは思わず顔を背けた。実際、彼女とは既に何度か一緒に出掛けている。向こうも憎からず思ってくれていることをアクトンは期待しているが、本当のところはわからない。

「楽しそうだね、アクトン」

いつの間にかカラーの顔がすぐ近くにあった。

「こら、大人をからかうんじゃない」

窘《たしな》めても、カラーはしれっとした顔でミルクを飲んでいる。

「星の話をしてあげるといいよ」食事を終えたカラーは、ベッドに腰掛けて足をぶらぶらさせている。「アクトンは話がうまいし、物知りだし、星空の下で語り合ったらその人もきっとときめくと思うな」

カラーは訳知り顔で大人の恋路に口を出す。

「大人ぶるんじゃないよ。君にはまだ――」

早い話だと口にしそうになり、危ういところで呑み込む。彼女の前で将来のことを話してはならない——数年前、アクトンは雇い主にそう厳命された。この屋敷の主人は、未来永劫、娘を解放する気がないのだ。

だから、カラーが恋を知る日は来ない。彼女の前でそのことに触れてはならないと、アクトンは改めて自戒した。

カラーはベッドに座ったまま、高い天井を見上げて呟いた。採光窓には十字の意匠が施され、四分割された外光が壁を照らしている。

「喜ぶよ、絶対」

少女の視線は、遥か遠くを見つめている。

◆

少しずつ陽光に温みを感じられるようになった、三月の初め。街を長く閉ざしていた雪が徐々に退き、市民公園の大きな池にハイイロガンが我が物顔でのさばり始めた頃。

少なくとも表面上は静穏な日々をエリスは過ごしていた。アンデルセンの予言通り、世間のエリスに対する興味は大方失われ、街を歩いていても好奇の視線を向けられることはなくなった。

とはいえ、ある晩カラーに外食しようと誘われたときは、エリスもさすがに躊躇いを覚えた。

「私はともかく、カラーは街に出ても大丈夫？　それにお金だって」

「外食って言っても公会堂のレストランだよ。従業員はみんな顔見知りだから、ぼくがお客として入っても騒ぎ立てたりしない。お金のことは気にしないで」

カラーは机の引き出しから薄手の布袋を取り出した。

「昨日、初めてお給料をもらったんだ。どうせなら、このお金でエリスと美味《おい》しいものを食べたいなって」

そう言われればもう断れない。エリスとしても、二人での外食と聞いて心が浮き立たないはずがなかった。

公会堂のレストランは中流階級向けのいわゆる大衆食堂だった。今夜は平日ということもあってか、客入りは少ない。カラーは訳知り顔でおすすめのメニューを教え、運ばれてきた料理はどれもエリスの期待を大きく上回るものだった。

「初めて入ったけど、いいところだね」

口を拭いながらエリスは店内を見回した。

「昼間はもっと騒々しくて忙しないよ。たまに乱暴なお客さんも来るし」

カラーは不平を零しているが、彼女はこの職場が嫌いではないのだろうとエリスは察した。ほんの三か月前、カラーは箒一つでこの街へ流れ着いた。そのカラーが今や、彼女なりに社会に順応しようと奮闘している。

二人分の代金を店員に支払うカラーの後ろ姿が、エリスには少し眩《まぶ》しく思える。次はこちらがカラーに食事をご馳走《ちそう》したい――でも、一体いつになるだろう。

二人並んで店から出る。夜空は雲一つなく、月明かりが舗装路に二つの影を落としていた。エリスはカラーを振り返り、大満足の表情を浮かべた。

「おいしかったよ」

ありがとう、と続けようとしたとき、

「ウィッチフォードともなると――」

耳にその単語が飛び込んできて、エリスは言葉を呑み込んだ。

「向こうで一泊しなくてはいけないわね。この街からだと、車で半日はかかるでしょう」

「もっとよ。鉄道なら日帰りできるかしら」

会話の主は、エリスたちに続いてレストランから出てきた二人の中年婦人だった。婦人たちは店の軒先のベンチに腰掛け、よく通る声で雑談に興じる。

「まったく、親戚が多いのも困ったものよ」恰幅《かっぷく》の良い婦人がため息をついた。「一昨年は大叔父《おおおじ》の葬儀、去年は姪《めい》の結婚式、今年は……どんな関係だったかしら。アクトンという若者の葬式らしいんだけど、名前も初めて聞いたくらいで」

アクトンという名が聞こえたとき、エリスの隣でカラーの身体がぴくりと震えた。

「そんな遠縁の葬儀なんて、無視すればいいじゃない」

「仕方ないのよ、ベル家の家訓だから。親戚縁者の冠婚葬祭には出席すべしってね」

通りの向こうから小型車が走ってきて、レストランの前に停車した。二人の婦人はお喋りを続けながら車に乗り込み、車は排煙を残して走り去っていった。

アクトン、ベル。どちらもよくある名前だ。だが、裁判に際してカラーが名乗ったフルネーム――アクトン・ベル・カラーとの一致は偶然だろうか。それに、ウィッチフォードという地名は……。

先ほどから黙りこくっている友人の方を振り返る。月光に照らされたカラーの顔を見て、エリスはぎょっとした。

口角を吊り上げ、両目を見開いて、カラーは笑っていた。誰が見てもそれは笑顔だった。しかし決して可笑《おか》しさからくる笑みなどではなく、嘲笑や諦念の類《たぐい》でもない、不気味で得体の知れない表情だった。まるで人類がかつて誰一人として経験したことのない感情に直面したときのような、未だ名付けられていない表情のようですらあった。

エリスは今更ながら思い至った。

出会ってから三か月もの時間を共に過ごしていながら、これまでカラーの笑顔を見たことが一度もなかったということに。

翌朝、エリスはベッドの上で寝返りを打って目覚めた。肌寒いと思ったら、隣に寝ているはずのカラーの姿がない。壁に掛けてあった学生服の外套も、一着なくなっている。

どこへ行ったのだろうと訝《いぶか》りながらベッドから起き上がり、丸テーブルに目を向けると、そこに一枚の書き置きがあった。

『ちょっと出かけます。心配しないで。カラー』

文面を見た瞬間、昨日のカラーの不気味な笑顔が脳裏に蘇った。

エリスは急いで着替え、物置部屋を飛び出した。心配しないでという文字を眺めていると、無性に不安に駆られる。

大通りへ出たはいいものの、どうすればよいのか途方に暮れてしまう。頼れる相手といえば魔女同盟の仲間くらいしか思いつかず、エリスは貧民区の方へ足を向けた。

この国の大都市は、しばしば風下に貧民街が形成される。それは近世の工業の発展に伴って、工場の排煙に悩まされる風下の地価が下がったためだ、とエリスは学校で教わった。この街も例外ではなく、貧民区では赤砂岩の外壁も煙で燻《いぶ》されたような色をしている。道端の郵便ポストに目を向けると、女王の名の刻印が荒々しく削り取られていた。治安の悪さを肌で感じたエリスは、歩調を速めた。

曲がりくねった貧民区の通りを半ばまで来たところで、エリスはふと足を止めた。道の脇のゴミ集積場で、黒猫が黙々とゴミを漁っていた。ダレカが変身した猫もあのくらいの体格だったな、と思いながら近寄ろうとしたとき、

「何やってんだよ、エリス」

背後からダレカの声がした。エリスは驚いて声を上げたが、猫は動じずにゴミ漁りを続けていた。

「ほっときゃいいんだよ」エリスの話を聞くと、ダレカは開口一番そう言い放った。「カラーにも個人的な用事くらいあるさ。心配するなって向こうが言ってんなら、心配しないのが情けってもんよ」

「でも、その……心配なんです！」

はぁ、とダレカは呆れ顔で腕を組む。

「そうは言ってもねぇ。どこに行ったかもわからないんじゃ……」

エリスははっと顔を上げた。

「ウィッチフォード」

「ん？」

エリスは昨晩立ち聞きした婦人たちの会話について説明した。カラーが以前、〈ウィッチフォードの魔女〉は自分だと言っていたということも。

「カラーは、その人たちの話がすごく気になってる様子でした。だからきっと——」

「ウィッチフォードに行ったんじゃないかって？」

ダレカは気乗りしない様子だったが、最終的には「まぁ私も暇だしな」と協力してくれることになった。二人は駅へ向かい、ウィッチフォードへと向かう列車に乗り込んだ。ポケットから無造作に紙幣を取り出し、二人分の切符代を支払ったダレカに、エリスは何度も感謝の言葉を述べた。

列車に揺られる間、エリスは窓外の景色をぼんやりと眺めて過ごした。列車が街を離れると、未整備の荒野《ムーア》の代わり映えしない光景が延々と続く。広い空にはのっぺりした灰色の雲が垂れこめ、太陽のある方角も定かでない天候だった。

街を出るのはいつ以来だろう、とエリスは思った。幼い頃から遠出は好きだったが、カラーのことが気がかりで全く心が浮き立たなかった。ダレカとの間にも会話らしい会話はない。

落ち着かない数時間を経て、エリスたちはウィッチフォード駅の小ぢんまりとしたホームに降り立った。ささやかな広場と数軒の商店が並ぶだけの駅前の光景が、この村の規模を物語っていた。

エリスは駅員に話しかけ、エリスと同じ学生服を着た少女が降車しなかったか尋ねた。若い駅員は首を横に振る。

「今日はいつもより多くの客が下車したけど、そんな娘は見なかったな」

「ひょっとして、黒猫が乗ってたりしなかった？」

横からダレカが割って入ると、駅員は「あぁ、よく知ってるね」と顔を綻ばせた。

「いやぁ、珍しいこともあるもんだよ。今朝、列車から黒猫がこの駅で飛び降りたんだ。飼い猫には見えなかったから、どこかの街で乗り込んで、ここまで運ばれてしまったんだろう」

やはりカラーはここへ来たのだ。だが駅員は猫の行方までは知らなかった。

エリスたちは駅の待合室に入り、壁にかけられたウィッチフォード村の絵地図を眺めた。小さな村だが、あてもなく黒猫を捜し回るわけにはいかない。二人で方針を話し合っていると、向かいに座る身形の良い老夫婦の世間話が自然と耳に入ってきた。

「楽しみねぇ。シュノさん、素晴らしい歌声だそうだから」

「おや、忘れたのかい。ベルさんのお宅のパーティで、一緒にレコードを聴いたじゃないか」

「そうだけど、レコードと実際に聴くのとじゃ、全然違うっていうでしょう」

エリスは思い切って老夫婦に話しかけた。

「あの、すみません。ベルさんという方は、この村にお住まいなんですか？」

「え？　えぇ、そうよ。いえ、違うわね」

老婦人は奇妙な返答をした。

「つまりね、坊やの一件があったでしょう。あれのせいでベルさんご夫妻は遠くの街に越すことになったの。今日の葬儀が済んだら、明日には村を発《た》つご予定のはずよ」

隣の老紳士がしみじみと頷く。

「まったく不憫《ふびん》なことだ。アクトン君のことは、私も残念でならない」

ダレカとエリスは顔を見合わせた。

老夫婦から聞き出した話では、アクトン・ベルはこの村で生まれ育った青年で、地元の名家であるリード家の屋敷で使用人として働いていたらしい。ところが先日、彼は自宅で自死を遂げた。その頃、村ではとある噂が流布していた――昨年末にこの街を騒がせた〈ウィッチフォードの魔女〉は、もともとアクトン・ベルに匿われていた、アクトンは魔を奉じる異端者だったのだ、と。噂によって婚約者と破局を迎えたことが引き金となって、彼は自ら死を選んだのだという。

アクトンの葬儀は今日の昼に執り行われる。エリスとダレカは老夫婦に教会の場所を尋ね、そこへ向かうことにした。

古い家々が並ぶ一本の舗装路を歩く。人通りは疎《まば》らで、家の前をダレカたちが通りがかると、時折さっと窓のカーテンが閉じられた。

「嫌な土地だな」

ぼそっとダレカが毒を吐いた。エリスは反応しなかったが、ダレカの言葉も理解できる。先ほどの老夫婦はアクトンに対して同情を示してこそいたが、言外に「仕方がなかった」という感情が滲み出ていたような気がした。

仕方のないことだったのだ。魔女に与《くみ》した者が不幸になることは、この世の摂理なのだから。

林道を抜けると、道の先にゴシック・リバイバルの威圧的なカントリーハウスが見えた。恐らくあれがリード家の屋敷だろう、とエリスは見当をつけた。

屋敷の門の前を通り過ぎたとき、門扉が開かれて壮年の男が姿を現した。品のある服装や鷹揚な態度からすると、リード家の主人か家族だろう。男は門前の道の様子を窺うと、家の方を振り返って、

「何もいないよ。見間違いだろう」

と声を張り上げた。

「本当?」家の中から怯えた女性の声がする。「確かにいたのよ。不気味な黒猫が、じっと家の中を見つめていたの」

黒猫という言葉を聞いてエリスは思わず足を止める。そのとき、男が「おや」とエリスたちに目を向けた。エリスは咄嗟にダレカの背に半歩隠れる。

「見かけない顔だな。葬儀の参列者かい」

ダレカが「あ、はぁ」と曖昧に返事をすると、男は道の先を指さし、

「教会はこの先だが、もう埋葬は始まっている。急ぐといい」

男の顔を正面から見て、エリスはぽかんと口を開けた。無言で道端に立ち尽くす余所者《よそもの》の少女に、男の目が訝しげに細められる。

「ほら、行くぞ」

ダレカに袖を引かれ、エリスは我に返った。男に礼を述べ、二人は足早にリード邸を後にした。

黒々とした木立の中に、ウィッチフォード教会はひっそりと佇立《ちょりつ》していた。教会の裏の墓地に、黒い礼服の人々が大勢集まっている。その中に昨晩公会堂に来ていた婦人もいるのだろうが、身を寄せ合う参列者たちの喪服が一つに溶け合い、個々人を識別することは難しかった。

エリスたちは木立の中から葬儀を観察していた。参列者は多かったが、ほとんどの者は葬儀が終わ

るのをじれったく待っているといった様子で、死者を悼む顔をしているのは棺《ひつぎ》の前にいる夫婦だけだった。恐らく、あれがベル夫妻だろう。

肩を軽く叩かれ、エリスは振り向いた。ダレカが教会の塀の上を指さしていた。

「あっ」

エリスは思わず声を上げた。塀の上に、一匹の黒猫が座っている。黒猫はどこか神妙な佇まいで墓地を見下ろしている。アクトン・ベルの埋葬を眺めながら何を考えているのか、猫の表情から内心を読み取ることはできない。

黒猫がこちらに顔を向けた。エリスは思わず木の陰に隠れる。猫は塀から飛び降りると、足音もなくこちらへ駆けてきた。

「帰ろう」

木の陰で人の姿に戻ったカラーは、それだけ言うと墓地に背を向けて早足で歩き出した。

「ま、見つかってよかったじゃないか」

ダレカは軽い口調で言い、カラーに続いて歩き出す。二人に追いすがりながら、エリスは友人にどんな言葉をかければいいか考えあぐねていた。

人に戻ったカラーの、湖面のように静かで冷たい表情からは、やはり内心を読み取ることができない。

カラーは鍔広の帽子を目深に被り、紫色の厚手のマフラーで顔を隠しながら列車に乗り込んだ。三人が座るコンパートメント席を、長い沈黙が支配している。列車に揺られながら、カラーは溶暗してゆく窓の外に顔を向けていたが、その目は何も見ていない。

丘陵の麓にある大きな街の駅で停車したとき、「あれ?」とエリスは声を漏らした。

「どうした。何かあったか」

「いえ、プラットホームに知ってる人がいた気がして。前にアルマジャック市議に呼ばれたとき、市議のそばにいた女の人だと思うんですけど」

「市議の秘書か？　何してんだろ」

ダレカは興味を惹かれた様子で窓の外に身を乗り出そうとしたが、ちょうどそのとき列車が動き出した。

しばらくすると、通路の方からどやどやと騒がしい声が近づいてきた。

「何だよ、うるさいな」

ダレカは舌打ちして通路を覗き込み、途端に「やばっ」と頭を引っ込める。

「おっ？　誰かと思ったら、ダレカじゃないか」

陽気な男の声が近づいてきた。エリスとカラーが顔を伏せるのと同時に、若い男がコンパートメントを覗き込む。

「妙な偶然だな。もしかして、俺たちの後をつけてきたのか？」

エリスは男の声に覚えがあった。エリスの通う学校の上級生だ。確か警察署長の息子か何かで、顔がいいこともあり校内では常に幾人もの女子を侍《はべ》らせている。

「ねぇロジャー」

取り巻きの中でも一際ロジャーにべったりしている金髪の女子が身をくねらせた。派手なコートを纏っており、高級そうな鞄を肩から提げている。学内でもよく見かける、ロジャーの一番のお気に入りだ。確か名前は……。

「さっさと行きましょ。私、早く座りたいわ。疲れちゃった」

「ったく、ビーはいつもはしゃぎすぎなんだよ」

ロジャーたちはがやがやと話しながら去っていく。去り際に、取り巻きの一人が「そういえばさ」と話しかける声が聞こえた。

「一番後ろの特別車両、すごく豪華だったじゃない？　さっき駅員が話してたんだけど、あそこにシュノが乗ってるんですって」

カラーが突然顔を上げた。

「シュノ……」

ダレカは大儀そうに二人掛けの椅子に寝そべった。

「そういや、晩餐会は明日だったか。あーそっか、市議の秘書はさっきの駅までシュノを迎えに来てたんだな。にしても当代随一の魔女が、魔女同盟と同じ列車に乗り合わせるたぁね。この列車は魔女を寄せ集める香でも焚いてんのか」

「会ってみたい」

そう呟くや否や、カラーはコンパートメントを飛び出した。

「はぁっ⁉」

「ちょっ、カラー！」

ダレカとエリスは慌てて通路に出る。カラーはほとんど走るようにして通路を進んでいく。

「あの馬鹿、無鉄砲にも程がある」

ダレカが毒づいたときには、カラーは連結部の扉の奥へ姿を消していた。エリスたちも追いかけるが、ちょうどそのとき家族連れの団体客が向こうからやってきて、狭い通路を塞いでしまう。

◆

列車の最後尾に連結された車両は、要人を乗せるための特別車両だった。王族専用車両は得てして外装を地味に抑えるものだが、この車両は貴族や金満家が威信を振りまくのに利用されるため、外観からして豪奢《ごうしゃ》を極めた造りだった。車両のほとんどを占める特別客室は、ホテルの一室かと見まごうほど内装に凝っており、アンティークのカウチや鏡台まで置かれている。

鏡台の前の椅子に、一人の女性が腰掛けていた。鏡台の化粧用照明の下で、女性は書物の頁を捲っている。彼女の眼差しは詩集を読むように優美で穏やかだったが、書物の背表紙には『法医学』という重々しい題字が箔押《はくお》しされている。

女性はふと活字を追うのをやめ、書物を鏡台に置いて立ち上がった。樫材《かしざい》の扉の覗き窓を開け、廊下の様子を窺う。

「お願いします」

少女の声が聞こえたが、特別車両の入り口を堅守している警備員の巨体に隠れて、声の主の姿は見えない。

「どうしても駄目ですか」

「当たり前だ。早く戻れ」

警備員はドスの利いた声で言い放つが、訪問者が立ち去る気配はない。

「通してちょうだい、ブルームさん」

扉を開けて声をかけると、警備員は驚いて振り向いた。彼の向こうに、紫色のマフラーを巻いた黒髪の少女が見える。

「しかし――」

「その子とは、会う約束をしていたの。ほら、どいて」

警備員は渋々道を譲り、少女がそろそろと客室へ入る。

「いらっしゃい、お嬢さん。どうぞ、好きに腰掛けて」

女性は扉を閉ざし、覗き窓から警備員が離れたのを確認すると、少女に向き直った。少女は棒立ちのまま女性の顔を見上げ、不躾《ぶしつけ》に尋ねた。

「あなたが、シュノ？」

「えぇ。あなたは、アクトン・ベル・カラーね」

カラーが目を見開いたのを見て、シュノはくすくすと微笑んだ。

「驚くことはないでしょう。あなたの顔写真は首都の新聞にも載っていたのだから。無理もないわ、火刑法廷を生き延びたんですもの。アクトン・ベル・カラーの名は、既にこの国の魔女史に刻まれたのよ」

それで、とシュノは透き通った紺の瞳でカラーを見抜いた。

「どうして私に会いに？」

目を合わせるのが耐えきれないように、カラーは顔を逸らした。

「あなたと話をしてみたいと思ったから」

シュノはしばらくカラーの顔をじっと見つめていた。それは、魔女が魔女に向ける視線というよりは、スターが自身に憧憬《しょうけい》を抱く少女に向ける優しい眼差しだった。少女はきっと話したいことをいくつも抱えていたのだ。けれど実際にその人を目の前にしたら、心が竦んでしまって言葉が出ないのだろう。

長い沈黙の後、カラーはやっと口を開いて、

「どんな気持ちで魔女と明かしたの」

真摯《しんし》な声で問いかけた。

「あなたが出てくる前は、今よりもっと魔女への当たりが強かった。迫害されることは予想できたは

ずなのに」

シュノは頷くと、流麗な所作で鏡台の椅子に腰を下ろした。そしてどこか申し訳なさそうに微笑む。

「私が魔女だと公言した思惑について、世間もあなたも誤解をしているわ」

「誤解？」

「この国で初めて魔女を公言するのだから、何か遠大な展望を抱いているに違いない。それは魔女の地位向上か、はたまた魔法による社会の転覆か……。世間の人は、私にそんな期待を抱いている。私は魔女の権利を主張したこともないし、私が魔女たちの守護者であると口にしたこともないわ。けれど一定数の人は、私が魔女たちを導く扇動者たらんとしていると信じているみたい。不思議よね」

話の要旨が摑めず、カラーは「はぁ」と間の抜けた声を出す。

「あなたもそうなのでしょう？　私が何か特別な思いを抱いて魔女と公言していると考えたから、こうして会いに来てくれたのではなくて？　小さな魔女さん。けれど実際のところ、私は必要だからそうしただけなのよ。食べなければ死んでしまうから、歌と魔法のショーでお金を稼がなくてはならなかった。本当にそれだけ。ショーが軌道に乗って数年経った頃、ちょっとだけアクティブな反魔女派に襲われて、殺されそうになったことがあるのよ。命の危機を感じたとき、ふと思ったの。ここで死んだとしても、魔女を名乗らなかった人生よりは長生きできたはずだから、やっぱり私の選択は正しかった、ってね」

投げやりで自嘲気味で、そして深い確信の籠った言葉だった。

「歌だけで生きることができれば、どんなに幸せだったか。けれど残念ながら、私には才能も運もまるで足りなかった。ステージの上では、私が他の誰でもない、唯一の存在であることが要求される。だから私は、できることは何でもやって生きていくしかなかった。実際のところ、ステージに立つ魔女が他に大勢いたら、私はきっと目立たない存在だったでしょうね。私はそれほど魔法が得意じゃないから。もっとも、私を嫌う人の中には、私が感応の魔法を使って客を誑《たぶら》かしていると言いふらす人もいるけれど」

魔女は歌うように朗らかに笑った。

「そんなはずない」カラーは食って掛かるように反論する。「だって、あなたのレコードはアメリカでもたくさん売れた。感応は、声の届く範囲にいる人間にしか影響しないって」

シュノはぱちぱちと拍手する。

「ありがとう、素晴らしい弁護だわ。……そうね。できることは何でもやった、というのは嘘だったわね。感応は——人の心を操る魔法だけは……」

シュノの言葉は尻すぼみになり、途絶えた。彼女の指先が、鏡台の上の書物を静かに撫でる。

「……とにかく、私は暗い路地裏で野垂れ死ぬのが嫌だったから、手持ちのカードを全て切るしかなかっただけで、大それた主義や主張は持ち合わせがないの。それでも、魔女として生きることになった以上、私は私にしかできない、すべきことをしようと決めた」

「それが、魔法の研究に協力した理由？」

「それも一つ。それと、時には運命に抗《あらが》ってみたり、ね」

シュノは茶目っ気のある微笑でカラーにウィンクした。

カラーは戸惑いの表情を浮かべていたが、シュノの顔を眺めるうちに、あ、と口を開けた。

◆

エリスとダレカは、目立たないよう顔を伏せながら最後尾車両を目指して通路を進んでいった。ようやくたどり着いた特別客室の扉の前には、屈強な警備員が仁王立ちしていた。物陰に隠れて様子を窺っていると、ドアの覗き窓が開き、室内から女の声が警備員に何か言いつけた。警備員は頷き、扉の前から離れて隣の控室へと姿を消す。

「えと……行っていいのかな」

ダレカが低い声で言い、エリスはごくりと唾を嚥下した。

足音を忍ばせて扉に走り寄り、ダレカがドアノッカーを鳴らす。ドアはすぐに開かれ、訳知り顔の女性が姿を現した。エリスもダレカも彼女の顔を知っていた。

「ちょっと話が――」

ダレカが思い切って話しかけ、

「カラーさんのお友達ね。いらっしゃい」

シュノが機先を制して二人を部屋へ招き入れた。エリスは恐縮しながらシュノの部屋へ足を踏み入れたが、椅子に小さく座っているカラーを見つけ、ほっと胸を撫でおろした。一方のカラーはばつが悪そうに俯く。

「いや、すみませんね、うちのツレがお邪魔しちゃって」

ダレカはへこへこと遜《へりくだ》りながら、カラーの腕を掴む。

「ほら帰るぞ、おてんば娘」

「あら、もうお帰り？　折角なのだから、お茶でもいかが？」

シュノは部屋の扉を閉ざした。

室内に備え付けられたポットでシュノがお湯を沸かす間、魔女たちはカウチに座って互いに視線を交わしていた。ダレカは疑わしげにシュノの一挙手一投足を観察していたが、シュノがティーカップを差し出した段になって、覚悟を決めたように口火を切った。

「シュノさん。実は私たち、魔女なんです」

「えぇ、そうだと思ったわ」

シュノは驚いた素振りもなく、紅茶を口に含んだ。出鼻を挫《くじ》かれたダレカは、気を取り直すために音を立てて紅茶を啜《すす》った。

「あのー、魔女同盟というものがありまして。是非ですね、シュノさんのご助力もいただけないかと」

ダレカが語る魔女同盟の構想を、シュノは相槌を打たずに聞いていた。ダレカは終始緊張していたが、カラー裁判における自分たちの活躍をどうにか語り切った。

「うーん」

だが、シュノの反応は芳しくなかった。

「話はわかるけれど、私はその同盟に加われないんじゃないかしら。同盟の結束力の源は、仲間を見捨てると自分が魔女である事実が晒されるという、相互脅迫の力学にあるわけでしょう。私は私が魔女だと言いふらされても問題ないから、あなたたちを助ける動機が発生しないわ」

「ん、まぁ、そうなんですけども。なんかいけそうな気がしたので、試しに言ってみたというか」

弱気になるダレカを見て、シュノはくすくすと笑った。

「脅しをかけるなら、その人にとって何が脅威かを見定めなくてはね。私の場合、何が脅威になるのかしら。私が魔女に協力している事実が公になること、かもしれないわね。私が他の魔女を助けたことが知れた途端、私は全てを失うのだから」

「ん？　ええと……？」

「この世界の伝統的価値観では、魔女はいつだって社会の敵。私という魔女の存在を人々に容認させるには、私が社会の敵でないことを示し続けなくてはならないのよ。私が他の魔女と徒党を組んだら、私は脅威の一部とみなされ、人々は私を排斥しにかかるでしょう。これが私の弱み。けれど、この弱みを利用して『魔女に協力しろ』と要求することはできないはずよ。何故って、そもそも魔女に協力しなければ私の弱みは生まれないのだから」

「はぁ、なるほど。そういうもんですか」

理解したようなしていないような顔でダレカはこくこくと頷いた。そんな二人のやりとりを、カラーは半ば呆れたような目で眺めていた。

何かの気配を感じて、エリスは窓の外に視線を向けた。ちょうど列車は川の上の鉄道橋に差し掛かっていた。

突然、窓に黒い影が覆い被さった。窓が外から開け放たれ、強風と共に黒い影が室内に飛び込んでくる。椅子とテーブルがひっくり返り、エリスの顔に紅茶の飛沫がかかる。

「何っ、何っ!?」

エリスは慌てて壁まで逃げたが、飛び込んできた影が箒に跨った女であることに気付いた。

「バッ……！」ダレカが驚いて叫ぶ。「お前、どうしてここに——」

女は箒の上で体勢を立て直すと、

「ドアから離れろ！」

叫びながらダレカを部屋の奥へ蹴り飛ばし、エリスたちに覆い被さった。

「ぎゃっ！」

ダレカの悲鳴が聞こえた直後、爆音がエリスの脳を揺らした。衝撃で吹き飛ばされ、一瞬耳が遠くなる。平衡感覚を取り戻して目を開けると、すぐ目の前にエリスたちを助けた女の顔があった。

「大丈夫？」

カラーに手を差し伸べられ、エリスはふらつく足で立ち上がった。何が起こったのだろうと部屋の扉に目を向けると、扉があった場所からは濛々《もうもう》と煙が立ち上っており、その先に前の車両と黒焦げになった連結部が見えた。爆破によって、特別車両は前の車両と切り離されたのだ。

「まずい」

シュノが血相を変え、部屋の隅に置かれていた長い箱を蹴り開けた。中から数本の箒を取り出し、エリスに投げる。

「窓から飛んで」

言われるがままに箒に跨り、窓から飛び出た瞬間、背後で更に大きな爆発が起こった。エリスの身体は爆風に煽《あお》られ、上も下もわからなくなる。

「エリス！」

カラーの両腕がエリスの身体を抱きとめ、エリスはどうにか箒の上で体勢を立て直した。

十数秒前まで特別車両で優雅に歓談していたはずが、気付けばエリスは夜の帳《とばり》の下りた寒空に浮かびながら、濛々と黒煙を上げる鉄道橋を見下ろしていた。爆破された最後尾車両は川へ落下していたが、客車は無事に橋を渡り切ったようだ。

「……何が起きたの？」

誰へともなく問いかける。

「爆弾が仕掛けられたんだよ。ったく、俺が来なかったら今頃どうなっていたか」

女が忌々しげに吐き捨てる。その声にエリスは聞き覚えがあった。

「もしかして……黒フードさん？」

「そうだよ」

女の代わりにダレカが答えた。

エリスはまじまじと黒フードの素顔を見つめた。その顔は普段の粗野な言動とは全く対極的で、エリスは未だに信じられない思いだった。

「まぁとにかく、助かった。ありがとう黒フード先生、素顔を晒してまで命を救ってくれて」

「馬鹿にしてんのか」

黒フードは箒を見事に操ってダレカに蹴りを入れた。

「ったく、不用意に動きすぎなんだよ。お前たちが堂々とシュノに会いに行くもんだから、念のために跡をつけたら、特別車両の警備員が妙な鞄を連結部に仕掛けるのを見ちまって、助けないわけにはいかなくなった。一応車掌には知らせておいたから、首尾よくいけば実行犯の身柄は押さえられたはずだが」

「へー。あの警備員、反魔女派だったのか」

「反魔女というより、反シュノ、といったところかしら」

エリスの隣にふわりとシュノが舞い降りた。ソファに腰掛けるような姿勢で箒に座っており、まるで世間話でもするかのような調子で語る。

「ああいう手合いに襲われたことは前にもあったけど、ここまで大がかりな攻撃をしてくるとは思っていなかったわ。ごめんなさいね、巻き込んでしまって」

シュノは軽やかに旋回し、周囲を飛行する魔女たちの顔を眺めた。シュノの瑞々しい唇に微笑が浮かぶ。

「こういう古い絵、よく見るわね。サバトに向かう魔女たちの絵」

「家に帰るだけだっての」

ぼそりとダレカがぼやく。

シュノは列車の走り去った方角に目を向けた。

「あの列車はきっとソドベリー・クロス駅で止められるわ。爆発の捜査や車両点検のためにね。爆発事件が起きたのだから、警察は乗客の名前の確認くらいするでしょう。あなたたちは駅に忍び込んで、乗り換え客の中に紛れ込むといいわ」

「ん？　あー、なるほど」ダレカが得心顔で頷く。「私たちが車内から消えたことに気付かれたらまずいわけか。確かに」

「私は先に行って、乗客たちに無事を知らせてくるわ。今頃、列車内はシュノが暗殺されたと大騒ぎになっているでしょうから。お互い、うまくやりましょう」

夜風に煽られる長髪をリボンで縛りながら、シュノはエリスたちにウィンクした。


夜の闇に忍ぶように、四本の箒が並走して飛行する。辺りは針葉樹林の広がる丘陵地帯だった。人家の明かりこそ見えないものの、万が一にも人に飛行姿を見られるわけにはいかないため、魔女たちは梢《こずえ》のすれすれまで高度を落として飛んでいた。

「そういや、その変な箒はどっから持ってきたんだ。列車の中に箒なんてないだろ、普通」

ダレカが黒フードに話しかける。黒フードの箒はかなり小ぶりで、遠目には彼女は身一つで宙に浮いているように見える。

「自前だよ。いつも持ち歩いてるんだ」

「いやいや、怪しすぎるって」

「分解して鞄に入れてんだよ。そのまま持ち歩くわけないだろ」

旧来の友人同士のような会話を続ける二人の後ろを、エリスは箒にしがみついてついていく。

「ごめんね、エリス。こんなことに巻き込んで」

隣を飛ぶカラーが、ぽつりと呟いた。

「そんな、全然。カラーのせいじゃないし」

カラーはしばらくエリスの顔を見つめていたが、朧《おぼろ》な満月を仰ぎ見て白い息を吐いた。

「そうだ。ぼくはもう、カラーだ」

「えっ？」

「昔は、シャーロットって呼ばれていた。シャーロット・リード。リード家の一人娘。とっくの昔に死んだことになってるけど」

カラーはまた沈黙する。その横顔を眺めながら、エリスはシャーロット・リードという名を口の中で反芻《はんすう》した。自分でも意外なほどその名に違和感がないのは、きっと今日リード家の主人と遭遇したからだ。あの男の顔立ちには、どことなくカラーの面影があった。

風の中でカラーは淡々と語る。

「ウィッチフォードは閉鎖的な村だ。排他的で、保守的で。ちょうど百年くらい前、それを象徴する事件が起きた。村に魔女が現れたんだ。魔女って言っても、ぼくらみたいに不思議な力を持っていたわけじゃない。多分、少し素性の怪しい流れの薬師《くすし》か何かだったんじゃないかな。ちょうどその頃、この辺りには疫病が流行していて、村人はその原因を魔女に押し付けたんだと思う。理不尽だけど、よくある話だ。それ以来、村で生まれ育った子供は、親から繰り返し聞かされるんだ。魔女がどれほど恐ろしかったか、当時の村民がどれほど結託して魔女を暴いて追い詰めたか」

「魔女狩り……」

カラーはごく小さく頷いた。

「だから〈客船の魔女〉のニュースが届いたとき、ウィッチフォードの人はこの国の誰よりも恐れ慄《おのの》いた。前の魔女騒動からちょうど百年が経とうとしていたことも、何かの符合だと思ったんだろうね。魔女は百年の時を経て再び村に災厄をもたらす、今また結託して魔女を暴くのだ、ってさ。再び嵐のような魔女狩りが起こって、嵐の中心には五歳のぼくがいた。どうして村人たちがぼくを魔女だと弾劾したのか、今でもはっきりしたことはわからない。案外、愛想のない子供だったから、くらいの理由だったんじゃないかな。ぼくは生まれつき表情の筋肉が弱いみたいで、それが不気味に見えた、とか。勿論、当時のぼくは自分が魔女だなんて思ってなかった。何しろまだ小さかったんだ。大人たちが頭上でぎゃあぎゃあ騒いでいる理由を、ぼくは何一つ理解してなかった」

カラーはゆっくりと箒の柄に足をかけると、器用に箒の上に立ち上がった。両腕を広げ、空を仰ぎ見て、夜気を胸いっぱいに吸い込む。

「他の大人に比べたら、ぼくの両親は幾らかまともだった。娘が病死したと偽って、うまく村人たちを出し抜いたんだ。リード家の屋敷には地下室があってね。両親はぼくを地下室に匿って、ぼくはそこで長い年月を過ごした。それを知ってるのは両親と、使用人のアクトンだけだった」

カラーの瞳が半月を映して煌《きら》めいた。

「アクトン・ベルはぼくの世話係だった。まだ若かったけど、彼もまた魔女を恐れていた。初めて会った時なんて、悲鳴を上げて尻もちをついたんだから。あれはおかしかったな。それでも毎日地下室で顔を合わせるうちに、アクトンは少しずつぼくに同情してくれるようになった。いろんな話を聞かせてくれたよ。優しい人だった。カラーっていう呼び名も、アクトンがつけてくれたんだ。アクトンがいたから、ぼくは正気を保っていられた。……でも同時に、アクトンがいたからこそ、ぼくは外へ出たいと思うようになった。アクトンは星が好きでね。ぼくによく星座の話を聞かせてくれた。ぼくはどうしても星空が見たくなった。地下室には採光窓があったけど、そこからは空が見えないんだ。ある晩、アクトンが地下室に古い箒を置き忘れた。ぼくは箒に乗ってみた。足が地面を離れたときの気持ちを、どう説明すればいいかわからない」

エリスは初めて箒で飛んだときのことを思い出した。あのときは近くに父がいたから、エリスが魔女であることは表沙汰にならなかった。けれど、カラーは全く事情が違う。

「採光窓は人が通るには狭かったけど、箒で体当たりしているうちに窓枠が壊れて、ぼくはどうにか地下から抜け出すことができた。そして、すぐに村の人に見つかった。運の悪いことに、箒で飛んでいるところを見られたんだ。大騒ぎになったよ。箒が壊れちゃって、村から出られなくて、あのときは大変だったな。銃を向けられたりもした。けど、ぼくのことをシャーロット・リードだと気付く人がいなかったのは、不幸中の幸いだったかもしれない。ぼくは〈ウィッチフォードの魔女〉になったんだ。ぼくはもう、何者でもない」

細い箒の上で、カラーはゆっくりと歩みを進める。柄の先から空中に足を踏み出したところで、箒がするすると靴の下を滑ってカラーの二の足を支えた。空中で軽やかに舞うようなその動きに、エリスははらはらすると同時に心を奪われた。

「ぼくは自由だ」

解放的な言葉とは裏腹に、カラーの表情は寂しげだった。それきりカラーは口を閉ざした。アクトン・ベルの死のことも、今日あの村でカラーが目にした光景のことも、それ以上語るつもりはないようだった。

いつの間にか星空を雲が覆っており、夜空は闇に包まれる。頬を撫でる風が湿気を帯びていることにエリスは気付いた。

「一雨来るかもな」

ダレカがぽつりと呟き、魔女たちはそれきり黙して飛び続けた。

ソドベリー・クロス駅では、列車爆破事件の捜査を命じられたバイコーン警部をはじめとする警察官や、シュノが命を狙われたと聞きつけた報道関係者が、列車の到着を今か今かと待ちわびていた。午後八時半に列車が到着する頃には、駅は未曽有の人出で大混乱だった。

バイコーン警部は駅の貨物室に捜査拠点を構えた。怪我人が一人もおらず、爆破犯が車内で取り押

ソドベリー・クロス駅プラットホーム

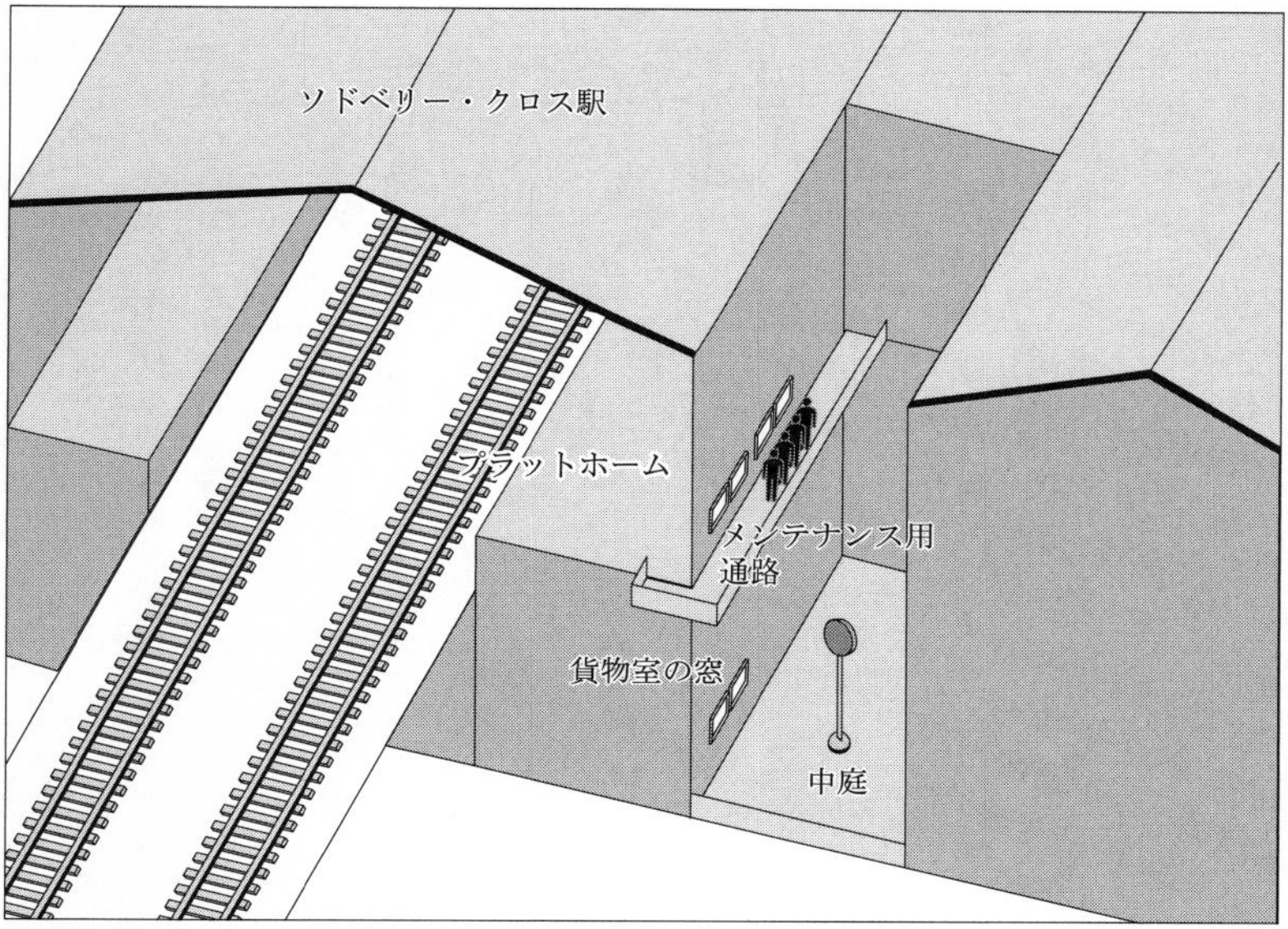

さえられたことは無線で知らされていたため、勤勉な警察官たちは淡々とその職務を遂行した。

一方、乗務員や駅員はそうもいかなかった。乗員全員の安否確認に加え、目的地への振り替え切符を発行しなければならず、プラットホームは渾沌《こんとん》の極みに陥っていた。

「どうする？　今行くか？」

窓からホームを覗き込みながら、ダレカは黒フードを被っていない黒フードに話しかけた。

「まだちょっと人が多いな。客や駅員があらかたいなくなってから、はぐれていた体を装って……」

そのとき、ホームで乗客を誘導していた若い駅員が不意にこちらを振り向き、む、と目を細めた。

「やべっ」

ダレカたちは慌てて隠れようとしたが、駅員は窓の方へ近づいてくる。

「どなたか外通路にいらっしゃるのですか?」

「あら、ごめんなさい」

黒フードの声色が途端に上品な女学生風に変わって、エリスはぎょっとした。

「この子がね、ちょっとやんちゃなものだから」

「えと、その、ずーっと待たせられて暇なんだよ、ちょっとは探検してもいいだろぉ」

ダレカも調子を合わせる。駅員は窓越しに不審げな目を魔女たちに向けていたが、

「そちらの通路は関係者以外立ち入り禁止です。ホームへお戻りください。足場が腐食しておりますので、お気をつけて」

駅員ははきはきと言った。

「は、はーい。すみませーん」

ダレカがわざとらしく謝った時、ホームに鐘の音が鳴り響いた。エリスが窓からホームを覗き込むと、大きな壁時計が午後九時を指示している。

「もう九時じゃんか、いい加減帰らせろっての」

ダレカは愚痴りながらそそくさと外通路を歩きホームへ回り込んだ。エリスたちも後を追う。駅員は特に怪しむ様子もなく、一行に振り替え列車の手続きを案内した。

どうにかごまかすことには成功したが、振り替え列車が到着するまで長い時間を待たなければならなかった。今朝ダレカと出発した駅にようやく戻ってきた頃には、日付が変わっていた。疲れ果てていたエリスは、自分がどうやって公会堂へ帰り着いて布団にもぐりこんだのかもわからなかった。


翌日は、何でもない一日かのように始まった。カラーはいつものように仕事場へ行き、エリスはいつものように学校へと出かけた。いつもと違うのは、街の空気がどこか浮き足立っていることだ。今

夜の晩餐会に合わせて公会堂の周辺には出店が設営されており、街はちょっとした祭りのような雰囲気だった。

放課後に校内の渡り廊下を歩いていると、掲示板の前に人だかりができていた。張り出された新聞記事の前に女子生徒たちが群がっている。

「本当に素敵。小説のヒロインみたい」

「列車を爆破されたのに、窓から箒で飛んで逃れて、しかも犯人まで捕まえてしまうなんて」

「シュノ様って、この街に来てるんでしょう。あぁ、私も晩餐会に行きたかったわ」

女子生徒たちの肩越しに、星空を優雅に飛ぶシュノの写真が掲載された紙面が見えた。

「うちの魔女も人殺しの味方なんてしてないで、もっと人の役に立つことをすればいいのに」

当てこすりとそれに追従する女子生徒たちの笑い声が、エリスの胸にじわりと突き刺さる。この場から離れようと踵《きびす》を返すと、

「有名人は得だよなー」

目の前にダレカの顔があった。ひゃっと驚くエリスの肩を、ダレカはぽんぽんと叩く。

「カラー裁判の時は寄ってたかって魔女を叩いてたのにさ。大衆は単純だね、まったく」

「……でも、気持ちはわかります。シュノさん、かっこよかったから」

ふーん、とダレカは気のない吐息を零した。

「ダレカ・ド・バルザック」

突如背後から女性教諭に名を呼ばれ、ダレカは嫌そうな顔で振り返る。

「な……なんだよ」

「お久しぶりですね。ちゃんと登校したのは何日ぶりかしら」

「知らないよ。で、何の用？　ついに私も放校処分になった？」

へらへらするダレカに対し、女性教諭はため息をついて首を横に振った。

「あなたの進路については、また後日相談しましょう。それより、アルマジャック理事からお呼び出しです。直ちに理事室へお行きなさい」

ダレカの顔に俄かに不安の色が広がった。エリスに別れを告げると、ダレカは重い足取りでその場を立ち去った。

◆

エリスと別れたダレカは、学校の理事室を訪れた。シシリー・アルマジャックは市議や学校理事など多くの役職を兼任しており、週に一度はここへ顔を出しているはずだった。

だが理事室に市議はおらず、禿《は》げ上がった中年の男が、公会堂の執務室に来るよう市議から言伝《ことづて》を頼まれたとダレカに伝えた。

「ったく……」

一人毒づきながら、ダレカは学校を出て公会堂へ向かう。

日暮れの公会堂前は、近年稀《まれ》に見る活況を呈していた。ファサードの前には高級車が列をなしており、舞踏会よろしく着飾った著名人が下車するたびに野次馬が声を上げた。

招待客の中には公会堂を見上げ、感嘆の声を上げている者もいる。ダレカは建築に詳しくないが、この公会堂はネオ・ルネッサンス様式だか何だかの代表例として海外の建築雑誌に紹介されるほど有名らしい。堂々たる柱廊玄関《ポルティコ》の左右には、巨大な一対の塔が聳えている。向かって左の塔は鐘楼と呼ばれており、その上部には東洋の鐘を模した巨大な自鳴鐘が吊り下げられている。右の塔は単に塔と呼ばれ、内部には長い階段があり、最上部には小さな部屋——アルマジャック市議の執務室がある。

普段は開放されている公会堂も、今夜入館できるのは晩餐会の出席者か報道関係者に限られる。ダレカは人垣の後ろを通り抜け、建物の裏手へ向かった。未舗装の路地は昨夜の雨でぬかるんでおり、外套の裾に泥が跳ねた。

公会堂の裏手には裏口が二つ並んでおり、片方は地下へ、もう片方はロビーへ通じていることをダレカは知っていた。ロビーに続く扉を開け、足元の段差で靴の泥をこそげ落としていると、大型トラックが勢いよく路地へ突入してきた。ダレカは慌ててドアを閉じる。トラックの運転は荒く、車体が公会堂の壁に擦れる嫌な音がした。

ロビーは晩餐会の客で賑わっていた。ダレカは階段裏の暗い側廊をこそこそと移動し、塔へと続く扉のノブに手をかける。が、扉は何かにぶつかって開かなかった。扉の向こうに何か重い物が置いてあるらしい。

「ったく……」

この扉が通れないとなると、ロビーに出てクロークの前を通らなくてはならない。ダレカは学生服姿で来たことを後悔していた。常にもまして警備の厳しい今、ダレカのような風体の少女を通してもらえるだろうか。

「失礼ですが、どのようなご用でしょうか?」

素知らぬ顔でクローク前を通り過ぎようとしたダレカだったが、案の定クロークに立つ女性に見咎められた。近くに控える無骨な守衛も、こちらに警戒の視線を向けている。

どう説明したものか答えあぐねていると、

「私が呼んだのよ、リナ」

突然背後から女の声がした。振り向くと、正装の上に伝統的なベルベットの白マントを羽織ったアルマジャック市議の姿があった。

「ですが、シシリー様」

「心配には及ばないわ。この子は私の姪だから」

えっ、と女性は目を剝《む》き、ダレカと市議の顔を素早く見比べた。

「し、失礼しました」

恐縮する女性の前を、ダレカは気まずい思いをしながら通り抜けた。

「ごめんなさいね。私の秘書が失礼なことを」

狭い階段を上りながら、市議はダレカに謝罪した。こんな不便な塔を執務室に選んだのは仕事の合間に少しでも運動するためだ、と叔母《おば》が以前話していたのをダレカは思い出した。

「別にいいよ。で？　なんの用？」

「上で話します」

それきり市議は口を閉ざした。口ぶりからすると、明るい話題ではなさそうだ、とダレカは見当をつけた。

三階分の階段を上った頃、ようやく目の前に執務室のドアが現れた。ドア前の短い廊下には、廊下の雰囲気と不釣り合いな金属製のロッカーが置かれている。

市議は執務室の鍵を開け、ドアに『執務中』の札をかけた。

「さて、ダレカ」執務机に座った市議は重い口調で切り出した。「話というのは他でもありません。スティーブンのことです」

「親父《おやじ》が何だって？」

やはり、と内心では思いながらも、ダレカは心当たりのない風を装った。スティーブン・アルマジャックはダレカの父親であり、シシリーの兄でもある。先代から譲り受けた海運会社を経営しているが、現在は事業のために海外へ赴任している。

「先日、私のもとへ匿名の手紙が届きました。国際的な麻薬密売にアルマジャック海運が関与していると」

市議はちらりと机の隅を一瞥した。そこに灰色の便箋が無造作に置いてあった。

「密告者によると、スティーブンが主導的な役割を担っている可能性が高いとのことです」

「へー。なるほどぉ」

ダレカの返答は市議の機嫌を損ねた。

「事の重大性がわかっているのですか？　これは大変なことなのですよ」

「いや、そうなんだろうけど、別に意外じゃないんだよな。うちがやたらと景気が良くなった時期に、親父がよく思いつめた顔をしてたから、あっ、こいつ何かやばいことに手を出したな、って思ったもんだよ。モラルはないくせに根が小心者なんだよな、親父は」

市議が目を剝いているのを見て、ダレカは少し楽しくなった。

「まぁでも、アルマジャック家の評判は私がある程度下げておいたからさ。コトが公になっても、言うほど打撃は大きくないんじゃない？」

市議はやれやれと首を振った。

「あなたは昔からそう。軽口を叩いてばかりで、物事に真剣に向き合った例《ためし》がないのだから」

「いや、真剣に向き合ったところでどうしようもないでしょ。国際的犯罪なんてさ。で？　親父はいつ捕まるの？」

「さぁ。当局が本腰を入れて捜査しているなら私に話が来るはずですが、今のところその気配はありません。けれどももしこの密告が事実で、遠からずスティーブンが検挙されるのであれば、あなたの処遇を考えなくてはなりません。今日はそのために呼んだのです」

「処遇?」

「えぇ。私は、あなたを養子に迎えようと考えています」

「はぁ?」

今度はダレカが目を剝いた。

「いやいや、私もぅ十七なんですけど。養子縁組なんかしてもらわなくても、普通に一人で生きていけるから」

「到底そうは見えませんよ。最近あなたの生活がどれだけ荒れているか、私が知らないとでも? この前など、パンを万引きして警察署の世話になったそうじゃありませんか」

ダレカはもごもごと支離滅裂な言い訳を口にした。

「とにかく、あの親にしてこの子ありなどと言われぬよう、あなたを立派な淑女に育て上げます」

うへぇ、とダレカは舌を出した。

市議は手帳を開き、ペンで何か書きつけた。多忙な叔母は、日々起きたことを手帳に詳細に書き残す習慣があった。もしかすると、養子縁組の同意を得たとでも書きつけたのかもしれない。

「ん?」

市議はペンを止めて顔を上げた。ダレカも違和感に気付く。ドアの外に人の気配がする。

「どなたかしら。今は取り込み中で——」

がちゃり、とドアが少しだけ開かれ、隙間から何かが投げ入れられた。からんからんと音を立てながら、奇妙な形状の缶がダレカの足元へ転がってきたかと思うと、その先端から白煙が噴き出す。

「なっ……!?」

声を上げた途端、ぐらりと眩暈《めまい》がした。たちまち狭い部屋に白煙が充満していく。足の力が抜け、ダレカはその場に倒れこんだ。どさり、と市議の体が机の上に崩れ落ちた音が耳に届く。

呼吸が苦しくなり、意識が遠のいていく。視界が急速に暗転する中、ドアの陰からのっそりと姿を現した人影が辛うじて見えた。侵入者は特徴のない黒い服で身を包み、黒い覆面で顔を隠している。

「愚かな女だ」

覆面越しに、掠れた囁きが聞こえる。

「我々を甘く見た者は……」

その言葉を最後まで聞く前に、ダレカは気を失った。

世間一般から見れば、ダレカ・アルマジャックは恵まれていると言えるだろう。

幼少期に母親を流行り病で喪《うしな》ったが、まだそれを不幸と感じるほどの齢ではなかった。父親は子育てに真摯に向き合ったとは言い難い人物だが、何でも言うことを聞く使用人に囲まれた生活は、少なくとも不自由ではなかった。

けれどダレカは、常に不安に苛まれていた。それは自分にはいつか破滅が訪れるという、妄執に近い不安だった。父親がもたらす金をできるだけ無駄に使い散らし、堕落した人間になろうとしたのは、いつかどん底に突き落とされたときのショックを和らげるためだった。父親との関係が悪化し、家を飛び出して母親の旧姓を名乗るようになってからも、まだまだどん底ではない、こんなものではないという不安が常に付きまとっていた。

初めて自らが魔女だと気付いたとき、やはりそうか、とダレカは思った。これが不安の正体だったのだ。魔女であること――これこそ破滅への第一歩なのだ。

来るべき破滅の時に備え、ダレカは仲間を集めることにした。エリスとカラーに恩を売るためとはいえ、店から食べ物を盗むことには抵抗があったが、いずれそれが日常になるかもしれないと自らに言い聞かせた。ことによるとあの異装の弁護人は、そんな心理すら見抜いた上でダレカを手駒にしたのかもしれない。

ダレカを知る者の中で、シシリー・アルマジャックだけは姪をまっとうな人間にしようとした。もし早い時期にシシリーの養子となっていれば、シシリーはダレカの人生を軌道修正できたかもしれない。

けれど、ダレカは叔母が苦手だった。

シシリーという人間は正しすぎる。その正しさは、心に疚《やま》しさを抱える者を尻込みさせてしまう。

やはり養子の話は断るべきだ、とダレカはぼんやりした意識の中で決意した。


頰に清冽《せいれつ》な刺激を感じる。

ダレカは薄らと目を開けた。頭上の棚の上の花瓶が倒れており、そこからダレカの顔に水が滴っていた。

ダレカは起き上がり、学生服の袖で頰を拭った。改めて周囲を見回す。そこは気を失った時と同じ、汚れ一つないカーペットに執務机と棚があるだけの、いつ見ても息の詰まる執務室だった。ただ一つ記憶と違うのは、執務机の上にマントを羽織った女が突っ伏しており、その背にナイフが突き立てられていることだった。

白いマントには、ナイフを中心としてどす黒い染みが広がっている。

「……叔母さん……?」

恐る恐る呼びかけ、肩を揺すってみる。悪い悪戯であってくれと願ったが、生者の反応はない。肌は不自然なほど青白く、叔母がいつも丹念に手入れしていた栗色の髪は心なしかくすんで見える。

「う、嘘だろ……」

慄《おのの》いて一歩離れる。自らの右手に目をやると、市議の血でべっとりと濡《ぬ》れていた。

ダレカはもう一つの変化に気付いた。先ほど机に置いてあった灰色の便箋が消えている。室内に白煙筒を投げ入れた闖入《ちんにゅう》者の姿が脳裏に蘇った。奴が持ち去ったのか。

とにかく人を呼ばなくてはならないと思い、ダレカは部屋の出口へ駆け寄った。だが、

「な、何だこれ？」

ノブと壁の照明器具の間に鎖が巻かれ、鎖の端を頑丈な南京錠が繋いでいた。端的に言えば、扉は完全に封鎖されていた。

再度室内を見回す。この狭い部屋には、人が隠れられそうな場所はない。南に面する小窓は、内側から掛け金が下ろされている。

ならば、市議にナイフを突き立てた人物は一体どこへ姿を消したというのか。まさか、魔女の仕業《しわざ》とでも言うのか。しかし、それなら何故ダレカは無事に済んだ？　覆面で顔を隠していたとはいえ、ダレカは襲撃者の姿を見ている。目撃者であるダレカをあえて生かしておき、しかも遺体と共に部屋に閉じ込めておく理由があるとしたら。

——罪をなすりつけるため……？

ひやり、とダレカの首筋に寒気が走った。どこからか風が吹いている。見上げると、隅の天井板が剝がれ、暗い天井裏が覗いていた。そこから冷たい外気が流れ込んでいる。どこかへ通じているようだが、人が通れるほどの隙間はない。

ダレカは意を決し、猫に姿を変えて天井裏に飛び込んだ。

猫になれば夜目が利く。ダレカは天井裏の梁を避けながら、僅かに光の差し込む方を目指した。蜘《く》蛛《も》の巣が髭《ひげ》に引っかかって不快だったが、構っている余裕はない。

ダレカが軒下から顔を出すと、夜風が猫の髭を揺らした。すぐ下には三階テラスがあり、給仕の恰

好をした若い男女が夜風に当たっていた。恐らく仕事をサボっているのだろう。

ダレカは逃走ルートを計算した。まずテラスへ降り、館内に駆け込んで南西の階段を下りる。ロビーの扉が開いていれば、そこから外へ逃げられるはずだ。

逃げた後はどうすればいいのだろう。ダレカと市議が執務室に向かう様子は、秘書や守衛に見られている。その市議が遺体で見つかったとあれば、つい最近警察に世話になったダレカに疑いの目が向くのは避けられない。

つまり、地の果てまでも逃げ続けるしかないのか。

絶望に押しつぶされそうになりながらも、ダレカはテラスに降り立った。直後、

「あっ！　猫ちゃんだー！」

背後から若い給仕姿の女に抱き着かれ、ダレカは苦しみもがいた。全力で抜け出そうとするものの、女は腕の力を緩めない。

「ウォーレス、あれってこの子じゃない？」

「確かに似てるな」

青年がダレカの顔をまじまじと覗き込み、次いで壁の張り紙に目を移した。暗くて見えづらいが、灰色の張り紙には黒猫の絵と共に、迷い猫を捜しているという旨が書いてある。

「公会堂の近くで逃げたって書いてあるし、間違いない。こいつはしめたぞ」

どうやら二人は何か勘違いをしているらしい。

「でも、今日の仕事が終わるまで捕まえておくの？」

「こんなちんけな仕事、さっさとほっぽり出そうぜ。バートン卿《きょう》の愛猫なら、たんまり謝礼を貰えるはずだ」

「そうね。あ、でも私、シュノの歌は聞いていきたいな」

そのとき、大ホールの方から管弦楽団の音合わせが聞こえてきた。演奏会が始まる直前の心地よい緊張感が、寒空の下のテラスまで伝わってくる。

◆

大ホールの扉を開けて出てきた若い女に、ロビーにいる者たちの視線が集まった。大ホールでは今まさにシュノがその類稀《たぐいまれ》な歌唱を披露しているというのに、女はロビーの長椅子に座り込む。煌びやかで些《いささ》か煽情的なドレスを身に纏っているが、その表情は塞ぎ込んでいた。

「お客様、いかがなさいましたか？」

女の様子を気遣ったドアマンが恭しく声をかける。

「お疲れでしたら、救護室へご案内いたします」

女は鬱陶しそうに手を振り、新鮮な空気を吸いたいだけ、というようなことを言ってドアマンを追い払った。

そのとき、慌ただしい足音が聞こえたかと思うと、ただならぬ顔色の秘書がクロークに駆け込んだ。クロークの受話器を手に取り、上気しきった声で電話をかける。

「もしもし、警察ですか」

女は興味を惹かれて顔を上げた。秘書は声を抑えていたが、その唇の動きは女からも読み取れた。市議の通報の内容に、女は目を見開く。

「おい、ビー！」

背後から呼ばれ、女は振り返る。洒脱な夜会服姿の若い男が、大ホールの扉を開けて出てくるところだった。

「何やってんだよ。戻ろうぜ」

「私、ちょっと休憩してるから。ロジャーは先に戻っていて」

女はそう言ってロジャーに微笑みかけつつ、秘書の様子を窺っている。

◆

演奏の間は大ホールを密閉しているはずなのに、シュノの歌声はテラスまで届いていた。

給仕服の女の腕の中で、猫になったダレカは歌に聞き惚《ほ》れていた。自分には歌の才能が足りないとシュノは言っていたそうだが、これほどの歌声を持っているなら、魔女だと公表する必要などなかったのではないかとすら思えた。シュノの歌はそれほど魅力的で、蠱惑《こわく》的で、それ自体まるで魔法のようだった。

ダレカを抱える女も隣の男も、歌に聞き惚れている。やがてシュノの歌が終わると、会場内では喝采が巻き起こった。ダレカを抱える女も夢中になって拍手をする。その隙を見計らって、ダレカは床に飛び降りた。

「あっ、待て！」

背後で男が叫んだが、ダレカは急いで館内へと続く通路へ駆け込んだ。

「その猫を捕まえろ！」

階段を下りるにつれて、背後から追ってくる足音が増えていく。どこぞの迷い猫と間違われているのか、よもや魔女であるとばれていることはないだろうが、などと考えながらダレカは猫の短軀《たんく》を必死に動かし続けた。叔母の死、消えた下手人《げしゅにん》、何故か追われている自分。何もかも悪夢のようだったが、万が一現実であった場合に備えて今は一刻も早く公会堂から出なくてはならない。

三階の南階段を駆け下りると、一気に視界が開けた。眼下にはファサードと大ホールを繋ぐロビーがあった。客の姿は疎らだったが、誰もが突如現れた黒猫を見て驚いていた。客の足の間を縫って駆け抜け、ロビーの大階段を飛び降りるようにして下る。踊り場の化粧手摺《てすり》に身体をぶつけながらも、どうにか一階までたどり着き、玄関へ向かう。

だが、生憎《あいにく》と玄関の扉は閉ざされていた。

「猫を捕まえろ!」

追手の足音が迫ってくる。ダレカは仕方なく引き返し、大ホールの方へ走り出した。

ちょうどホールへ入ろうとしていた若い男女がダレカに気付き、こちらを振り向いた。ロジャー・トッドハンターとそのガールフレンドだった。

扉から大ホールに飛び込むと、煌びやかな照明に目が眩《くら》んだ。猫に驚いた給仕が盆を取り落としたらしく、背後でグラスが割れる音がする。ホールには料理の載ったテーブルがいくつも置かれ、市内外の著名人があちこちで盃《さかずき》を傾けていた。上流階級ゆえの余裕か、彼らは晩餐会に黒猫が闖入してもさほど取り乱さなかった。

ホールの中央には管弦楽団に囲まれた円形舞台が設えられ、壇上には純白のドレスで着飾ったシュノが立っていた。一瞬シュノと視線が交差したような気がしたが、立ち止まる余裕はない。ホール右奥のスイングドアの下をくぐり抜け、バックヤードの通路を駆け抜ける。

絢爛なホールの装いとは対照的に、通路は暗く雑然としていた。

「このっ!」

突如背後から男が飛びかかってきて、反射的に棚に飛び乗る。棚に置かれた缶を派手に蹴り飛ばしてしまったが、構わず廊下を突っ走る。角を曲がると、ちょうど給仕がレストランの扉を開けたところだった。

　レストラン内を駆け抜け、ロビーの側廊を突っ走ると、鐘楼の入り口が見えてきた。

　鐘楼の上層部では、筋骨逞《たくま》しい作業員たちが滑車に取り付けた鐘を引き上げていた。古くなった鐘をシュノの来訪に合わせて交換する予定だったのだが、鋳造作業が遅れ、ようやく新たな鐘が搬入されたのは晩餐会の当日だった。晩餐会の閉会を告げる夜九時の鳴鐘には間に合わせてほしいと依頼されていたため、作業員たちは設置作業を急いでいた。

　男たちの掛け声に合わせ、少しずつ鐘が吊り上げられていく。だが、滑車を吊り下げる梁が腐食していたため、ばきん、と梁にひびが入った。男たちは必死に綱を引いて鐘を支えようとしたが、鐘の自重でひびはさらに深くなる。

「まずい、落ちるぞーっ！」

　叫び声と共に、雷鳴のような音を立てて梁が折れ、鐘は真っ逆さまに落下した。鐘は木の床板を突き破り、地下室の石床に激突し、鐘楼内にけたたましい衝撃音が鳴り響いた。

　落下の残響がようやく薄らいだ頃、一人の作業員が恐る恐る同僚に尋ねた。

「なぁ、下から女の悲鳴が聞こえなかったか？」

「まさか。下は人払いをしてあるはずだ」

「お、おい！　あれを見ろ！」

　別の男が眼下を指さして叫んだ。地下室に落下した鐘の下から、ブロンドの髪が覗いていた。

　彼らは急いで階段を駆け下りた。地下室の石床にめり込んでいる鐘を数人がかりで持ち上げ、押し倒す。

　鐘の下からは、目を回して気を失っている小柄な少女が現れた。

◆

「カラー、カラー！」

物陰から呼びかけると、厨房着姿のカラーは振り向き、エリスの姿を見て眉を上げた。感情表現の乏しいカラーにしては、かなり驚いている様子だった。

そこは公会堂二階の北廊下だった。厨房の真上に位置するが、仕事で大忙しのはずのカラーが訪れるような場所ではない。

「厨房にいなかったから、捜したよ。どうしてこんなとこに？」

うん、と頷いて、カラーは大ホールの扉に目を向ける。

「シュノの歌を聞きに。レストランの人たちが気を利かせてくれて、歌の間は休憩してここで聞いててもいいって」

この廊下は大ホールと扉を隔ててはいるが、ホール内の音響がよく響く場所なのだという。カラーが仕事場でしっかりと人間関係を築けていることにエリスは胸が温かくなったが、今はそれよりも急ぎの用があった。

「ダレカさんを捜してるんだけど、見てない？」

カラーは首を横に振る。

「公会堂に来てるの？」

ダレカが学校でアルマジャック市議から呼び出しを受けたことをエリスは説明した。市議は晩餐会に出席している、故にダレカも公会堂にいるはずとエリスは考えていた。

「市議の執務室あたりにいないかなって思って。できれば今すぐ行って確かめたいんだけど、どうかな」

「うーん。執務室に行くにはロビーを通らないといけないけど、あまり目立つわけにはいかないし……」

カラーは気が進まない様子だったが、ひとまず塔の入り口まで行ってみて、入れそうになければ諦めることになった。一旦物置部屋へ向かい、カラーは厨房着から学生服へと着替えた。エリスの学生鞄に靴や眼鏡をしまい、背中に背負ったそのとき、けたたましい金属音と共に、床がずしりと振動した。

「なっ、何⁉ 地震⁉」

エリスは慌てるが、カラーは冷静に「いや。鐘楼の方からだ」と呟き、ロビーの方向に向かって廊下を駆けだした。

ロビーは何事か確かめに来た人々でごった返していた。鐘楼二階のドアの前では、公会堂のスタッフと思《おぼ》しき男が野次馬を必死で追い返そうとしている。

「おい、何があったんだ。道を開けろ！」

丸々と太った男が、だみ声でスタッフに食って掛かっている。

「あの人、新聞記者だ。前に追いかけられたことがある」

エリスが小声で言うと、カラーは「戻ろう」とだけ言い、太った男に背を向けて歩き出した。

南廊下へ入ろうとしたとき、

「あら？ あなた、ちょっと」

年配の女性の声がカラーを呼び止めた。カラーは何気なく振り返り、ぎくりと硬直する。

カラーの顔を見て、老婦人は驚きのあまり手で口を覆った。

「まさか……！」

老婦人はよたよたとカラーに歩み寄り、まじまじとその顔を眺めた。

「もしかして、シャーロット？　いえ、ごめんなさいね、いきなり変なことを言って。シャーロットは病気で亡くなったとリードさんは仰っていたし……」

そのとき、老紳士が矍鑠《かくしやく》とした足取りで近づいてきて、老婦人の肩に手をかけた。

「どうした、イヴリン。ここは危ないらしいぞ。早く戻ろう」

エリスは彼らのことを思い出した。カラーを追ってウィッチフォードに行ったとき、駅の待合室で出会った老夫婦だ。

「ごめんなさい、あなた。こちらのお嬢さんが、あの子によく似ていたものだから」

「む？」

老紳士は不審げにカラーの顔を見つめる。すぐにその目が驚愕に見開かれた。

「君は……！　いや、そんなはずは……」

「すみません、急いでいるので」

カラーはきっぱり言うと、老夫婦に背を向け、二階テラスに通じる通路へ駆け込んだ。ロビーの喧《けん》騒《そう》が遠ざかり、代わりに周囲を闇が埋め尽くす。

廊下に飾られた胸像の前を過ぎ去ったとき、カラーは足がもつれて転倒してしまった。背中の鞄の蓋が開き、エリスは床に投げ出される。

「ごっ、ごめん！」

カラーは慌ててエリスの丸眼鏡を拾い上げた。

「ううん、大丈夫。それよりもカラー。今の人たち、もしかして知り合い？」

カラーは頷く。その額に汗が浮いている。

「ブレーク夫妻だ。小さい頃に会ったことがある。ウィッチフォードの村長とそのご夫人だよ。そうか、近隣の偉い人も招待されてるんだ。迂闊《うかつ》だった」

「どうする？　ダレカさんのことは一旦後にして、隠れた方がいいかな。カラーの正体がわかったら、ウィッチフォードに連れ戻されちゃうよね」

「いや、それはないと思うけど——」

カラーは口を閉ざした。通路の奥から足音が近づいてくる。

「よぉ、エリス。こんなところで何してんだ？」

言いながら角からひょいと顔を出したのは、エリスの知っている人物だった。

「あ……アンデルセンさん。お久しぶり、です……」

エリスが恐る恐る挨拶をする一方で、カラーは顔を隠すためにマフラーで口元を覆った。

◆

ダレカが公会堂の救護室へと運ばれ、怪我の手当てを受けていた頃、公会堂には市警の車両が続々と押し寄せていた。

非番だったステラ・バイコーン警部は、たまたま公会堂の近くで食事をしていたために現場指揮を命じられた。現場に到着したバイコーン警部は極度に不機嫌だったが、警官たちが集めた目撃証言を手際よく整理していった。

曰《いわ》く、事件直前に犯行現場である塔に被害者と共に入った少女がいた。その少女は遺体発見時、塔のどこにもいなかった。晩餐会に出席した多くの人間が、鐘楼へと駆けていく黒猫の姿を目撃していた。その後、鐘楼で件《くだん》の少女が鐘の下敷きになって発見された。

「なるほど」

執務室

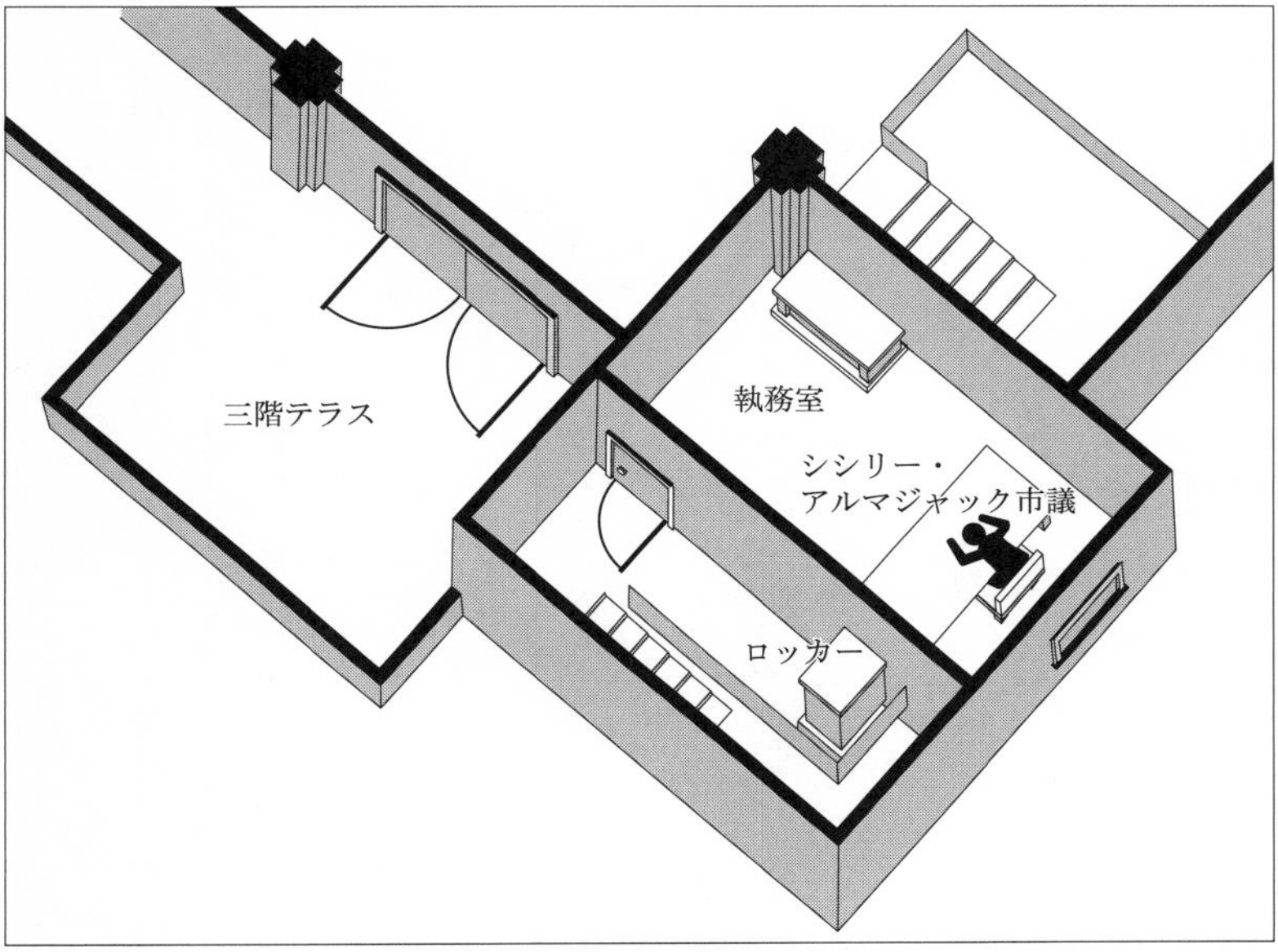

バイコーン警部は一つの結論にたどり着き、問題の少女が手当てを受けている救護室へと向かった。地下にある救護室の扉を開けると、頭と腕に包帯を巻いたダレカ・ド・バルザックがベッドの上で意識を取り戻したところだった。

警部は容赦なくダレカの腕を取り、血で汚れた彼女の手に手錠をかけた。

「な、なんだお前、逮捕状取ってないだろ！」

「いらないんだよ」警部はダレカの抗議を一蹴した。「これは魔女犯罪だからな」

弁護士を呼べ、とダレカは高らかに叫んだ。

◆

「なんですって！」

市街の一等地にある広々とした邸宅

の一室で、オペラ・ガストールは書類を片手に憤然と叫んだ。

「どっ、どうなさいました？」

書類を運んできた付き人のミチル・トリノザカは、びくびくしながらオペラの顔色を窺う。彼女がオペラに手渡したのは、次の火刑法廷の審問官にオペラを任命する辞令だった。書類には事件のあらましも記されていた。匿名の通報を受けた市警は公会堂へ乗り込み、アルマジャック市議の刺殺体を発見。その場で被告人の手に手錠をかけた——。

「このっ、被告人の名ですわ！　ダレカ・ド・バルザック！　こいつは前回、羊側の証人として出廷していた不良娘です！」

「あぁ、そういえば」

「カラーを助ける証言をしたダレカは魔女だった、エリス・カーソンも実は魔女だったともっぱらの噂。つまり魔女たちは最初から結託していたのですわ。……はっ！　ということは、今回の裁判でも魔女仲間が何か仕掛けてくるやも……！」

「お嬢様、ダレカさんが魔女かどうかはまだ決まったわけでは……」

ミチルの差し出口はオペラの耳には入らなかった。オペラは外套をひっ摑むと、ばたばたと部屋を出ていった。

「現場へ車を出しなさい！　早くしないと、またぞろインチキ弁護士が証拠を捏造しかねませんわ！」


公会堂のロビーでオペラを出迎えたバイコーン警部は、以前にも増して態度が大きかった。

「君が再び審問官の職を得るとはご同慶の至りだ。火刑法廷もよくよく人を見る目があるな」

オペラは毅然《きぜん》と言い返す。

「今回もまた、かの毒羊が弁護人として名乗りを上げています。わたくしよりも奴のやり口を知悉《ちしつ》した審問官は他にいないのですから、当然の差配ですわ」

「知悉するだけでなく、凌駕《りようが》してもらいたいものだが」

薄ら感情的に言い合いながら、二人は塔の階段を上っていく。階段が終わると短い廊下があり、オペラは足を止めた。執務室の前の床に、赤黒い血痕が残されている。

「現場は執務室と聞いていましたけど」

「正確には、部屋の前の廊下が犯行現場だ。被害者はここで刺された後、執務室内に引きずられて行った」

警部の言うように、床の血痕は引きずられたように延びていた。血痕は蝶番《ちようつがい》が破壊された扉を横切り、乳白色のウィルトン・カーペットの上で掠れながら市議の執務机まで続いていた。既に遺体は運び出されていたが、机の上には生々しい血痕が残されている。

「犯人は被害者を執務机まで引きずって、わざわざ椅子に座らせている」

「どうしてそんなことを？」

「知らん」

警部は鞄から数枚の写真を取り出し、オペラに手渡した。死体を様々な角度から写したものだった。

「背中からナイフで心臓を一突きだ。手際の良い殺しだな。指紋も検出されなかった」

「ダレカさんは、それほど手際がいい人物には見えませんでしたけれど」

紙袋を被って証言台に立ったダレカの姿をオペラは思い浮かべた。

「実際、杜撰《ずさん》な点もある。ダレカは被害者と二人でこの塔へ入る姿を目撃されている。それに、被害者の書き残したメモも発見された」

警部は机の上に置かれた革表紙の手帳を手に取った。

「アルマジャック市議の手帳だ。晩餐会の直前にダレカと部屋で会談し、養子縁組の相談をしたとある」

オペラは手帳を受け取り、ぱらぱらと捲った。事件当日以前も、市議は身辺で起きたことを事細かに記録している。

「殺人の瞬間も書き残してもらえるとありがたかったのですけれど」

「書いてあるようなものだ。ダレカとの会談を最後にメモは途絶えているからな」

警部は返却された手帳を丁寧に袋にしまい込んだ。

「第一発見者らが施錠された扉を蹴破ったとき、この部屋に生きた人間は一人もいなかった。部屋の鍵は市議の持つ一本しかなく、それは室内に落ちていた。といっても、部屋の外から施錠して鍵を扉の下の隙間から放り込めばいいから、別段不可解でもないがね」

ふむ、と嘆息してオペラは室内を見回した。部屋の隅にある棚に目を留め、歩み寄る。腰の高さほどの棚の上辺に、赤黒い猫の足跡が残されていた。その真上の天井板が少しだけ浮き上がり、小動物なら通り抜けられそうな隙間が空いている。

「なるほど、『魔女は猫に変身することができる』――ですわね」

ヴィクトゴー・ルールの二頁目を引用したオペラに、警部は頷く。

「あの穴は天井裏を通って三階テラスまで繋がっている。犯人は猫に変身してあそこから抜け出したと私は見ている。遺体発見の前、三階テラスで黒猫が目撃されている。その猫は公会堂内を逃げ回った挙句、落ちてきた鐘に潰されて人間に戻ったところを逮捕された。私の手によってな」

オペラは窓に歩み寄り、掛け金を外した。

「こちらの窓の鍵は開いていましたか？」

「遺体を発見した守衛によると、施錠されていたそうだ」

「つまり犯人の逃げ道は、あの穴から逃げ出すか、扉から普通に出ていくか、二つに一つですわね」

オペラは改めて室内を見回した。

「市議の執務室にしては手狭な部屋ですわね。身を隠せそうな場所がほとんどないのは好都合ですけれど」

「どういう意味だね？」

「被告人は猫になって天井の穴から抜け出した、というのが警部のお考えですわね。わたくしの使命は、それ以外の可能性を排除することです。犯人が市議を殺害した後、部屋のどこかに隠れて発見者たちの目をかわし、普通に扉から逃亡した可能性を考慮しなくて済むのは、手間が省けてありがたいですわ」

警部は、なるほど、と眉を上げた。

「そうだ、一応教えておこう。君と因縁のあるアクトン・ベル・カラーは、今この公会堂に住んでいる。事件当夜も公会堂にいたとのことだ」

「えぇ、市議が許可を出したそうですわね」

「エリス・カーソンもだ。彼女は家出したらしく、カラーの部屋に身を寄せている。勿論無許可でな」

「えっ？」

二か月前の裁判で、無罪を勝ち得たカラーを抱きしめるエリスの姿が、オペラの脳裏に浮かぶ。あの二人が、新たな魔女犯罪の現場に居合わせた……。

「事件とは無関係……ですわよね？」

「さぁな」

警部の話は、オペラに漠とした不安を与えた。今のところ、カラーやエリスがアルマジャック事件に関与している証拠はない。だが、火刑法廷を生き延びた魔女たちが新たな魔女犯罪に立ち会うなどという偶然が起こり得るだろうか。

ロビーに戻ると、警官がオペラたちに声をかけた。警官の隣にはスーツ姿の若い女性が悄然《しょうぜん》と佇んでいた。

「こちらは第一発見者のリナ・ドレイトンさんだ。ドレイトンさん、繰り返しになって申し訳ないが、こちらの審問官殿に事件の経緯を説明していただけますか」

秘書は浅い角度で頷いた。

「私は市議の秘書を務めておりますが、晩餐会ではクロークでお客様の応対を任されておりました。午後六時頃、市議が姪御さん――ダレカさんと二人で塔へ入っていかれたのを見ています。ところが午後七時に晩餐会が始まっても市議が戻られないので、クロークから執務室へ内線電話をかけました。電話に出た市議は、姪との相談事が長引いていると仰っていました。それと、ロッカーについても質問されていました」

「ロッカー？」

「ええ。最近、執務室用に購入したロッカーです。執務室に置いてみたら雰囲気が合わなかったので、別の場所へ移動させることになり、一旦執務室の外に置いてあったのです。そのロッカーの解錠番号を教えてほしいと」

「そういえば、部屋の前にありましたわね。その後は？」

「シュノ様の歌が終わりかけた頃、もう一度内線電話を執務室へかけましたが、今度は通話に出る様子がありませんでした。おかしいと思って執務室へ向かったところ、執務室の前の床に、その……」

リナは青ざめながらも、毅然と背筋を伸ばして証言を続ける。

「恐ろしい血痕が残っていました。無性に胸騒ぎがしたのを覚えています。市議は最近何かと思い悩んでおられましたし、先ほどの内線電話のお声もどこか様子がおかしかったので。私は急いで塔を下り、守衛の方に声をかけて執務室まで戻り、体当たりで扉を突き破っていただいたのです。そうしたら、シシリー様が……。すぐに警察へ通報したことは覚えていますが、すっかり動転してしまって、それからは何が何だか……」

リナは暗い顔をして俯いた。

市警は晩餐会の出席客に対して網羅的な聴取を行った。数々の証言を繋ぎ合わせることで、ダレカと目される猫が移動したルートはほぼ特定されていた。

「黒猫は三階テラスから一階まで南階段を駆け下り、ロビーから大ホールへ駆け込んだ」

警部の案内で、オペラは猫の逃走ルートを辿っていた。ロビーと大ホールの扉は分厚く、かなりの力を込めなければ開かなかった。扉の先には暗く狭い前室があり、更に奥の扉を開けると大ホールに入ることができる。

「本当にこの扉を通ったのですか？　猫には到底開けられそうにありませんけれど」

「猫が走ってきたとき、ロビー側の扉を客が、ホール側の扉を給仕がたまたま開けたらしい。猫は彼らの足元をすり抜けたんだ」

大ホールからバックヤードへ入り、暗くて狭い通路を進む。

「随分散らかっていますわね」

通路には工具や掃除道具が散乱していた。通路の壁際に腰ほどの高さの棚があり、その上板には緑色のペンキが飛び散っている。そこから緑色の猫の足跡が点々と続いていた。

オペラはふと足を止め、緑色の足跡を見つめた。ダレカの手足にもこのペンキが付着していれば、彼女が猫に化けてここを走ったことを立証できるかもしれない。だが、魔女猫の身体が汚れた場合、人の姿に戻った後も汚れたままなのかどうかはヴィクトゴー・ルールに明記されていない。ルールに基づいて魔女性を証明しなくてはならない火刑法廷においては、この手の証拠は役に立たない。

更に通路を進み、レストランへ入る。事件当日はレストランは営業しておらず、猫と追跡者たちは無人の店内を駆け抜けた。猫はロビーの側廊へ出て、その先の鐘楼へと向かったという。

鐘楼内は惨憺《さんたん》たる有様だった。鐘が落ちて抜けた床は未だ塞がっておらず、鐘のあるべき上空には何もない。壁は一部が崩れ、隙間風が吹き込んでいる。

「あの壁も、鐘が落ちてきた衝撃で崩れたのかしら」

「いや、あれは事件とは無関係だ。晩餐会に招待されていたトッドハンター署長のご子息が、駐車に失敗して壁に車をぶつけてしまったらしい」

「ふぅん。随分脆《もろ》い建物ですわね」

「前世紀の建築だからな」

オペラは床に空いた大穴を覗き込んだが、下は真っ暗でほとんど何も見えなかった。警部の案内で従業員用の階段から地下へ下り、鐘が落ちた支配人室へ向かう。

「猫を追っていた連中は、猫が鐘楼に飛び込んだ直後に鐘が落ちてきたと言っている。鐘は鐘楼の床を突き破り、この支配人室へと落下した。ところが、鐘を持ち上げてみると――」

「中から現れたのは猫ではなく不良娘だった、と。その証言だけでもダレカを魔女と断ずるには十分に思えますけれど。さて、弁護人はどんなトンチキな言い訳を用意するのやら」

そのとき、廊下の方から言い争う声が聞こえてきた。オペラが廊下に顔を出すと、職人風の繋ぎを着た二人の男が、太った年配の男に詰め寄っていた。

「鐘が落ちたのはおたくの鐘楼が古いせいでしょう！」

「ジョイの言う通りだ。俺たちには何の落ち度もねぇ」

詰め寄られている男は公会堂の支配人だ、と警部がオペラに耳打ちする。

「そうは言うがね」支配人は負けじと言い返す。「納品が遅れなければ、鐘の設置をあれほど急ぐ必要はなかったんだ。責任をとって、修繕費はジョイ・アンド・ポール鋳物店が負担するのが筋じゃないかね」

「そんな無茶苦茶な。あれだけ道が混むって教えてもらってりゃ、もっと早く届けたのに」

「ジョイの言う通りだ。だいたいあの路地裏、狭すぎなんだよ。車から降りようとしたら、サイドミラーが壁に当たって折れちまった。ったく、弁償してもらうからな」

「いや、それはポールの運転が下手だからだろ」

突然ジョイに裏切られ、ポールはうろたえて言葉を失った。


オペラは警部と別れ、一人で公会堂を散策していた。事件概要は概ね理解した。一旦考えを整理する必要がある。

弁護側の視点で見れば、今回の裁判は困難を極めるのではないだろうか。弁護側は、ダレカが執務室から鐘楼へ移動した方法を魔法を用いずに説明しなくてはならない。しかし事件当夜の公会堂は晩餐会の客で賑わっていた。誰にも姿を見られずに移動することは不可能に思える。羊はどう弁護を展開するつもりなのだろう……。

思案しながらロビーの二階の通路に入る。この建物の構造は複雑で、まるで迷宮のようだった。裁判までに公会堂の構造を頭に入れておかなくてはと考えていたとき、

「不思議ねぇ」

通路の先のテラスから話し声が聞こえてきた。

「もういいだろう、イヴリン」

「でもねぇ」

テラスに出ると、あちこちを見回しながら頻りに首を傾げている老婦人と、その夫君らしき老紳士の姿があった。

「どうかされました？」

声をかけると、老夫婦は品のある会釈をした。

「いえね、昨日の夜、ここで不思議なことが起きたんです。あぁ、例の事件の話ではなくてね」

オペラは興味を惹かれ、イヴリン・ブレークと名乗った婦人の話に耳を傾けた。ブレーク夫妻は晩餐会の招待客で、鐘楼の鐘が落ちた音を聞いてロビーに出て行ったところ、そこで古い知人を見かけたのだという。

「シャーロット・リードという、うちの近所に住んでいた女の子でね。話しかけようとしたら、逃げるようにこの通路へ駆け込んだんです。しばらく待っていたら、今度は二人の女性の方が通路から来られて。シャーロットを見なかったかと尋ねたら、そんな子はどこにもいなかったと言うのよ。そうでしょう、あなた？」

「確かに、声も顔もよく似ていたが」夫君は渋々認めた。「しかしね、シャーロットは十年以上前に亡くなったはずだ」

「そうなのよねぇ。もしかして私たち、幽霊に出会ってしまったのかしら」

「幽霊だとしたらもっと奇妙だ。成長した姿で現れる幽霊なんて、聞いたことがない」

「シャーロット・リード……」

オペラはその名を反芻する。事件とは無関係としか思えなかったが、どこか引っかかるものがあった。

◆

弁護士が接見に来ていると聞いて、ダレカは留置場にぶち込まれてから初めて希望に胸を膨らませた。毒羊が弁護を引き受けるのか否か、これまではっきりした答えを得られていなかったのだ。

「久しぶりだな」

狭い接見室に入室した男装の麗人は、羊の角を象った奇矯な帽子の鍔を摘まんで挨拶した。が、鍔の下の顔を見てダレカは目を見開く。

「なっ……バッドマ⁉　お前、どうして……まさか、羊の正体はお前だったのか⁉　いやでも前の裁判じゃ普通に別人で……あれ？」

「バカ、大声出すな」バッドマと呼ばれた女は忌々しげにダレカを睨んだ。「俺は羊に頼まれただけだ。代わりに接見に行けってな」

「でも、その恰好……」

ダレカは眼前に座る者の変装をまじまじと見る。

「黒いフードで顔を隠して警察署に入るわけにもいかないだろ。素顔なんてもっとごめんだ。弁護人との接見なら警察官が同席しなくてもいいから、何かと好都合なんだよ」

「そ、そっか。それじゃ、羊は引き受けてくれたんだな」ダレカは安堵の息を吐く。「よかった。でも、どうやって弁護するつもりなんだろ」

「知るかよ。ただ今回は下準備に時間がかかるから、接見や調査は俺らに任せるんだとさ。エリスとカラーも手伝ってくれている。警察の目を盗んで、公会堂の写真を撮影して羊に送っているんだ。せいぜい感謝するこった」

「うん、そうだな。いやぁ、恩は売っとくもんだよ」

へへへとおどけるダレカを、女は値踏みするような目で観察する。

「それじゃあ話してもらおうか。あの晩、お前の目で見た全てを」

ダレカは頷き、証言を始めた。叔母との面談中、何者かに催眠ガスで眠らされたこと。目覚めると、施錠された部屋で背中を刺された叔母と二人きりだったこと。猫に変身して逃げ回った挙句、いきなり頭上から落ちてきた鐘に潰されて気を失ったこと。

「ほー、親が麻薬の密輸か。ご立派な家柄じゃないか」

「あのさ、バッドマ。その話も羊に教えたりする？」

「当たり前だろ。あと、気安く私の名を呼ぶな。いつも言ってんだろ」

「悪い。でも、できれば親父のことは外に漏らさないでほしいんだ。叔母さんは親父の犯罪を知ってた。犯罪者の娘である私が、秘密を守るために叔母さんを殺した、なんて疑いを向けられたら厄介だろ」

「なるほど。そう考えれば、お前にも動機は成立するわけか」

「てか実際、犯人は密輸組織が差し向けた殺し屋か何かだと思うんだよな」ダレカは腕を組み、天井を見上げる。「それっぽいことを言ってたし、手際の良さもプロっぽかった。逆になんで私は殺されなかったんだろ」

「一応言っとくが、真犯人を見つけたところでどうにもならないぞ。火刑法廷で取り沙汰されるのは殺人事件そのものじゃない。お前が魔女か否か、それだけだからな」

「わかってるよ。ただ、奴がどこに消えたのかがわからなくて、ずっと気がかりなんだ。私が目を覚ました時、もう奴は執務室にいなかった」

「そいつも魔女だったんじゃないのか」

「いやー」ダレカは首をひねる。「仮に奴が魔女だとしても、執務室からは出られないと思うんだよな。私が猫に変身して天井裏を通った時、蜘蛛の巣がやたら顔にかかって気持ち悪かったんだ。ってことは、私より先にあの穴を使って外へ出た猫はいないわけだ。窓には内側から鍵がかかってたから、箒で空へ逃げたわけでもない」

「確かに、羊も現場の状況には疑問を抱いていた。何故市議が廊下で殺されていたのか、説明がつかないってな」

「えっ、廊下で？」

その話は初耳だった。ダレカの記憶では、市議は机に座った状態で催眠ガスで眠らされた。つまり犯人は、眠った市議をわざわざ廊下に運んで刺殺し、また死体を執務室へ運び入れたことになる。

「なるほど、それは謎だな」ダレカの疑問に女もうなずく。「ま、その謎を解いたところでお前にとってプラスになるとは思えないが」

「マイナスにもならないだろ。こっちは叔母を殺されてんだぞ」

ダレカは今度は机に突っ伏し、深く息をつく。

「苦手な人だったけど、それでも身内なんだ。あのときは気が動転して逃げちゃったけど、もっと早く助けを呼んでたら……ひょっとすると、助かっていたかもしれないって。私でも思ったりするんだよ」

「……悪かった」

女は短く謝罪する。

「一応教えておくが、市議は即死だったらしい。お前が逃げても逃げなくても、何も変わらなかったさ」

ダレカは短く「そっか」と言った。

「とにかく、あの晩の話はこんなところだ。他に聞きたいことは？」

「そうだな。まだ時間はあるし……」

接見人はメモを取る手を止め、ダレカの目を覗き込んだ。

「お前の話でも聞こうか」

「あ？」

「何でもいい。お前自身の話だ。何が好きかとか、何が嫌いかとか、思い出なり将来の展望なり、何でもいい」

「何それ。事件に関係ないじゃん」

「関係ない話をしろって言ってんだ」帽子の鍔の下から、値踏みをするような眼光がダレカを見据える。「お前から引き出すよう羊に頼まれた情報はもう全部聞いた。だから次は、お前の話をしてくれ。付き合いは長いが、俺はお前のことを大して知らないんだ」

ダレカは怪訝そうに相手の目を見返していた。だがじきに、ぽつり、ぽつりと彼女自身の物語を語り始めた。

◆

暗く狭い集合住宅の一室で、メリダ・カーソンは古い椅子に腰掛けたまま、足元に散乱した新聞紙を虚《うつ》ろな目で眺めていた。

エリスが出て行ってから、この部屋の時は止まっていた。メリダは何をするでもなく無気力な日々を過ごしていた。先夫の軍人恩給は雀《すずめ》の涙ほどしかない。衣食住のいずれにも贅沢が許されない生活は、ヴェナブルズ邸で一瞬でも余裕のある暮らしを体験したメリダにとって、身を裂かれるような苦痛だった。

玄関のポストから日々投入される新聞は読まれることなく床に散乱し、カーソン家の床は文字に埋め尽くされた。がたんと玄関の郵便受けが開き、今また新たな新聞が投じられる。床に広がった朝刊の一面には、「シシリー・アルマジャック市議殺害さる」という題字が躍っている。メリダはぼんやりと記事を眺めていたが、大きく掲載された容疑者の顔写真に目を留めた。

見覚えがある。この少女は、カラー裁判に出廷していた魔女側の証人ではなかったか。

記事に目を通しているとまたポストが開き、一枚の紙切れが投げ入れられた。切手も宛名もない、とある製菓会社のロゴが印刷された灰色の便箋だった。

メリダは怪訝そうな目で便箋を手に取る。そこには、無個性なブロック体でこう綴《つづ》られていた。

『ハロルド・ヴェナブルズの遺稿を調べろ。アクトン・ベル・カラーの真実がそこにある』

メリダはのっそりと椅子から立ち上がり、玄関扉を開けた。薄汚い廊下を見回すが、手紙を配達した者の姿は既になかった。

◆

三月十日、ダレカ・ド・バルザックの火刑法廷当日。

オペラは早起きして身だしなみを完璧に整え、意気揚々と自宅を出た。雪辱を果たす機会はそう何度も与えられるものではない。今日はなんとしても勝利をもぎ取らなくては。

「出してちょうだい」

車に乗り込み、運転席のミチルに命じる。気弱な付き人は主人のただならぬ気迫を背に感じながら、火刑法廷へと車を向かわせた。

カラー裁判とは違い、火刑法廷は市中心部の駅前広場に出現した。法廷の立地と事件の話題性が相乗して、法廷を囲む野次馬は前回の比ではなかった。オペラとミチルは人垣を泳ぐように掻《か》き分け、どうにか法廷へたどり着いた。

衣服の乱れを直しながら門へ足を踏み入れる。冷たい金属質の通路を通り抜けると、

「うっ……」

オペラが顔を顰めるほど異様な光景が眼前に広がった。

それは最早法廷の内装と呼べるようなものではなかった。建築用の足場のような鋼材で組み上げられた傍聴席が三方に広がっている。矩形《くけい》をした空間の奥、通常の法廷では裁判官席にあたる場所には、人の背丈ほどもある巨大な公会堂の模型が鎮座していた。まるで、この法廷の主役は公会堂であるとでも言うかのように。

法廷の中央には床も天井もなく、無骨な鉄材が空中に幾筋かの足場を渡していた。証言台や審問官席は見当たらず、被告人がどこに座るべきなのかすらわからない。

まるで高層ビルの建設現場のようだとオペラは思った。それも途方もなく高い、非現実的な構造の。

傍聴席から身を乗り出して眼下を覗き込むと、深い闇がどこまでも続いていた。反対に頭上は白い光が視界を遮っており、上階の陪審席らしき構造物が辛うじて視認できた。

「お嬢様、お気をつけください。底は地獄へ通じているかも……」

高所が苦手なミチルは、オペラの背後で鉄柵を握りしめていた。

傍聴人は皆オペラと同じように法廷の様相に仰天している。傍聴席は既に半分ほど埋まっているが、弁護人の姿は見当たらない。

「また遅刻かしら」

オペラは舌打ちする。そういえば前回、羊はどうして遅刻したのだろう。野暮用があったと羊は

嘯《うそぶ》いていたが、劇的な登場を演出するためにわざと遅れたのかもしれない。

そのうち傍聴席が埋まり、ダレカが廷吏に引き連れられて入廷した。オペラは廷吏と相談し、ダレカの立ち位置を一番手前の足場の上に定めた。しばらくすると、ダレカの背後の傍聴席へこそこそと移動してくる人影が見えた。エリス・カーソン、アクトン・ベル・カラーの二人だ。

ここ数日、黒フードの女がエリスやカラーを連れて事件関係者に聞き込みをしたり、事件現場に侵入して写真を撮ったりしていたという話をオペラは耳にしていた。エリスたちは羊の一派に加わったらしい。弁護側は今回も入念な備えをしたと考えていいだろう。


正午きっかりにオペラは声を張り上げた。

「それではこれより、ダレカ・ド・バルザック、本名ダレカ・アルマジャックの審理を始めます。火刑審問官はわたくし、オペラ・ガストールが――」

オペラの口上を、ばたばたとした足音が遮った。

「いやはや、重ね重ねご無礼を！」

大声で詫びながら法廷内に駆け込んできたのは、燕尾服姿で男装した長身の女――毒羊だった。喜劇役者のようなステップで足場の上へ躍り出ると、彼女はやれやれと額を拭った。

やはり、奴の遅刻はわざとだ。オペラは苛立ちを覚えつつも、咳《せき》払いをして冷静に冒頭陳述を始めた。

「去る三月四日の夕刻、アルマジャック記念公会堂の執務室にて、シシリー・アルマジャック市議が刺殺されました。その現場に居合わせたダレカ・アルマジャックは黒猫に変身し、天井の穴から逃げ出しました。猫は公会堂で派手な逃亡劇を演じた末、鐘楼に駆け込みます。ちょうどそのとき、老朽化していた鐘楼の梁が壊れ、鐘が落下しました。巨大な鐘はすっぽりと猫に覆い被さり、床板を突き破って地下へ落ちました。鐘を持ち上げてみると、そこには失神した被告人が横たわっていました」

以上により、とオペラはダレカに人差し指を突きつける。

「被告人が魔女であることは明らかですわ。被告人、この事実を認めまして?」

「うーん、何のことだかさっぱり」

当然のようにダレカはすっとぼけた。

「いいでしょう」

オペラはつかつかと足場の上を歩き、公会堂の模型の前に立った。

「まず、現場の捜査を指揮されたバイコーン警部に、この模型を使って被告人の動きをご説明願いますわ」

靴音を響かせて足場に歩み出た警部は、氏名と肩書を述べ、事件当夜の出来事について説明を始めた。通報を受けた警官が現場へ駆けつけたのが十九時十分。バイコーン警部が遅れて到着した頃には晩餐会の中止が決まっており、客の混乱を収めるのに警官らが奮闘していた。

「捜査官らが客の証言をかき集めた結果、おおよその事情は把握することができた。そこで私は、鐘の下でのびていた少女、即ち被告人を殺人容疑で逮捕した」

「どうして被告人に容疑をかけたのです?」

「十八時頃、被告人が市議と二人で塔の執務室に向かう姿がロビーのクローク前で目撃されている。その後、市議は執務室で遺体となって発見されたわけだが、被告人が塔から出てくる姿を見た者はいない。更に、こいつだ」

警部は市議の手帳を取り出し、そこに書かれたメモを読み上げる。晩餐会前に市議とダレカが部屋で二人きりになったという記述が聴衆の興味を惹いたことを確認し、間違いなく市議本人の字であると鑑定されたことを警部は言い添えた。

「被告人が事件現場にいたことは確実だ。そして現場から鐘楼まで駆け抜けた黒猫の姿を大勢の客が目撃しており、鐘楼で被告人は再び姿を現した。このことから、彼女が黒猫に変身して逃亡を図ったことが疑われたため、当局は本件を魔女犯罪として扱うこととなった」

「仮に被告人が魔女でないとして」オペラはあえて否定的に尋ねた。「人間が執務室から鐘楼へ移動することは物理的に可能でしょうか？」

「不可能と言っていい。我々は全ての客や従業員に聴取を行ったが、十八時以降に被告人の姿を見た者は誰一人としていなかった。無論、公会堂に秘密の隠し通路などないことは確認済みだ」

「頼もしいですわね。弁護人、反対尋問はありますかしら？」

羊は「是非とも」と立ち上がり、足場の上をすたすたと歩いて行く。

「ご無沙汰しております、警部殿」慇懃無礼に一礼し、警部と距離を空けて向き合う。「小職は今回、諸事情により事件の調査を友人に委任しました故、細かい点の確認をお許しいただきたく存じます」

「何だね」

羊は模型の前に立ち、公会堂の一階の構造を覗き込んだ。

「ふむ、実によくできたミニチュアであります。えー皆様ご覧の通り、クロークから塔の上の執務室までは一本道ですが、一つだけ脇道がありますな。塔の内部からロビーの側廊へ通じる扉がございまして、そこを出て少し行くと路地へ出る裏口がある、と」

羊は模型の一階を、二本の指で人の足を模しながらなぞっていく。

「ひょっとすると被告人は、三階の執務室から出た後、一階のクローク前は通らずにこの扉を通って塔から出たのでは？　猫に変身したなどという御伽話《おとぎばなし》を真に受けるより、その方がずっと現実的とはお思いになりませんか、警部殿？」

「思ったよ」警部はあっさりと認めた。「すぐにその線は捨てたがね。その扉が使われていないことをある人物が証言したためだ。詳しいことは当人に聞いた方がいいだろう」

「ほう。是非そうしていただけると幸いであります。審問官殿？」

オペラは頷く。

「いいでしょう。それでは、市議の秘書にご登壇いただきますわ」

警部が傍聴席へ下がり、入れ替わりにリナ・ドレイトンが足場に立った。秘書は遺体の第一発見者となった経緯を語った。よく整理された証言だったが、遺体発見のくだりを話すときは声が震えていた。

「本当に、恐ろしいことで……」

「ご心痛お察ししますわ。二、三の質問をお許しください。先ほど弁護人が指摘した、塔から側廊へ通じる扉を犯人が通った可能性はありますか？」

リナは即座に首を横に振った。

「いいえ。この扉は滅多に使われないため、扉の前にアレカヤシの鉢を置いているのです。遺体発見の前、執務室に向かう時も鉢は扉の前にありました。前を通ったとき、水をやり忘れていたと思ったのを覚えています」

「その鉢というのは」オペラは観葉植物のミニチュアを手に取った。「これのことですわね？」

「はい。よくできていますね」

「ありがとうございます。これで結論が出ましたわ。確かに、被告人はこの扉を使って塔から出ることができたかもしれません。けれどその場合、鉢が扉の前に置いてあるはずがありませんわ。この扉は塔側へ開きます。側廊に出た被告人が、扉の向こうにある鉢を元の位置に戻すことはできません」

オペラは胸を張って羊を睨みつけた。

「さぁ弁護人、どうするおつもりかしら？」

「どうするも何も、反対尋問をば」

羊は悠然と秘書に歩み寄った。

「側廊への扉が使われていないことは納得であります。ときに証人、貴女と守衛が塔へ入っていった後、クロークにはスタッフが残っておりましたか？」

「いえ、その頃には既にお客様のご案内が終わっておりましたので、クロークには私しかいませんでした」

「それでは、証人らが執務室に入って遺体を発見したとき、ダレカ嬢が上手い具合に貴女方の目をかいくぐって塔を下りることができれば、とりあえずクロークの前は見咎められずに通ることができたということでありますか？」

「いやいや、ちょっと」オペラは小馬鹿にしたように口を挟む。「証人の目をかいくぐる？　証人、犯人があなた方に気付かれることなく執務室から脱出することは可能でしたか？」

「難しいと思います。クロークから執務室までは一本道ですし、途中で隠れて私たちをやり過ごせそうな物陰はありませんから」

「本当でありますか？　例えば——」

羊はつかつかと模型に近寄り、執務室の前の廊下にあるロッカーを手に取った。

「このロッカーの中にも隠れることはできなかったと、自信をもって断言できますかな？」

リナは返答に詰まった。

「え、ええと……すみません、まったく気にしていなかったので……」

「ちなみに、このロッカーの中身は？」

「空です。まだ使用していなかったので」

「すると、次のような説も成立するのでは？　ダレカ嬢は犯行後、ロッカーの中に身を隠した。証人らは下手人の潜むロッカーの前を素通りし、執務室に入室。遺体を見つけて驚いている間に、ダレカ嬢はロッカーから抜け出て階段を駆け下りる。ロビーで客に目撃されなかったのは、シュノの歌声に誰もが心を奪われていたためでしょうな。ダレカ嬢は公会堂内をあちこち彷徨い歩いているうちに、地下に迷い込みます。ちょうど鐘楼の真下の支配人室にふらっと入った瞬間、頭上の天井を突き破って落ちてきた鐘に閉じ込められてしまった、と。あぁ、ちなみに例の黒猫は公会堂に迷い込んだ野良猫であります。この猫は確かに鐘楼へ追い込まれたものの、鐘が落ちる直前に壁の穴から屋外へ逃げ出したのであります」

羊は模型の鐘楼に顔を寄せ、満足げに頷いた。

「模型にも再現されております通り、鐘楼の壁には小さな穴が開いておりました。猫ならば脱出は容易いかと」

ぱちりと羊は指を鳴らした。

「以上が小職の主張であります。被告人、ダレカ・ド・バルザックが猫に変身したと信じなければならぬ理由はどこにも見当たりませんな」

「う……」

屁理屈だと確信していても、オペラは咄嗟に反証を挙げることができなかった。

「あのー、弁護人」

ダレカが遠慮がちに手を挙げる。

「もしかしたら聞き間違いかもしんないけど」

「はい?」

「今、私が犯行、みたいなこと言わなかった?」

弁護人は笑顔で「いかにも」と肯《がえ》んずる。

「言うまでもなく、シシリー・アルマジャック市議を殺害したのはダレカ嬢でありますねぇ」

「い、いやいやいや！」ダレカは慌てて手すりから身を乗り出す。「ありますねぇじゃないだろ！どこの世界に被告人の有罪を主張する弁護人がいるんだよ！」

「はて何を仰っておられるのやら。当法廷で争われているのは殺人事件の真相ではなく、ダレカ嬢が魔女か否か、それだけであります。従って市議を殺したのがダレカ嬢であっても、何ら問題ないわけであります」

「問題あるだろ！　私は誰も殺してないんだよ！」

「殺人犯はみんなそう言うのであります。ちなみにこちらのダレカ嬢、父親が犯罪界の大物でありまして、叔母である市議は最近その情報を入手したそうであります。これは叔母を殺して口封じせんと企んだ被告人による、邪悪で卑劣な殺人事件であります」

「う、うわぁぁ馬鹿馬鹿馬鹿！　人を着々と殺人犯に仕立て上げるな！」

喚《わめ》き散らすダレカに羊はすっと駆け寄り、その口を手で塞いだ。

「実際のところ、真犯人は市議殺害後、ロッカーの中に身を隠して秘書らをやり過ごしたものと思われます。しかしあのロッカーは、二人の人間が隠れるには小さすぎる。従って貴女の他に真犯人がいると主張する場合、貴女が犯行現場から脱出するには猫に変身する他ないという話になってしまうのであります。よって貴女には、犯人役を受け入れていただくより他にありません」

「う、うぐ……」

言いくるめられそうになっているダレカに向けて、羊は「ご安心を」とウィンクした。

「この場で無罪を勝ち取れなくば、貴女は明日の朝日を拝むことすら叶いません。今はまず生き延びること。殺人者の汚名を返上するのは、このイカれた空間から生還してからでも遅くはありますまい」

ダレカがついに黙ったのを見て、羊は揚々とオペラに向き直った。

「反対尋問は以上であります。審問官殿、差し支えなければ、次は弁護側から新たな証拠を提示したく」

差し支えはありそうだが、オペラはあえて止めなかった。羊の主張はいかにも突貫工事で作り上げた感があり、必ずどこかに綻びがある。対抗策を練るための時間が必要だ。

「では、こちらを」

羊は大きく引き伸ばした数枚の写真を掲げた。いずれも薄暗い通路に置かれた棚を写している。腰ほどの高さの棚の天板には、緑色のペンキがぶちまけられていた。

「こちら、友人に撮影していただいた写真であります。ええと」

羊は模型の前に屈みこみ、廊下の奥に手を突っ込んでミニチュアの棚を摘まみ上げた。

「これこれ。事件後に、大ホールのバックヤードにあった棚を写したものであります。この棚の汚れについて、二人の証人にお話を聞くといたしましょう」

羊に呼ばれて前に出たのは、細身の青年と美しく豊満な若い女だった。フレデリック・ウォーレス、ジェニィ・マーゴットとそれぞれ名乗った二人は、事件の晩、公会堂で臨時雇いの給仕をしていたという。

「俺たちはあの日初めて出会ったんだが、すごく気が合ってさ。お互いあんまり真面目じゃなかったから、三階テラスで仕事をサボっていたんだ」

「あら、私はウォーレスが強引に誘うものだから、少し付き合ってあげてもいいと思っただけよ。それなのにこの人ったら、自分の話ばっかりでつまんないの」

「君だって、シュノの歌が始まったらそっちに夢中になって――」

「猫を追うに至った経緯をお話しいただきたく」

ばっさり話を遮られたウォーレスは、少しむっとしながらも証言を続けた。

「俺たちの前に、ふらっと黒猫が現れたんだ。一度はジェニィが捕まえたんだが、するっと逃げられちまった」

「何故捕らえたのでありますか？」

「張り紙があったから」とジェニィ。「バートン卿が飼い猫を捜しているっていう張り紙。バートン卿っていったら、逃げた飼い猫を見つけた市民に多額の謝礼を払った話で有名でしょ？」

「そのようでありますな。余談ながら、卿の愛猫はずっとご在宅で、張り紙は悪質な悪戯だったことが事件後に判明しております」

「俺たちはそうは思わなかったんだよ。貰えるもんは貰っておきたいじゃないか。だから俺は逃げる猫を必死で追いかけた。猫はロビーを抜けて大ホールに入った後、バックヤードの暗い通路に入って、厨房を通って鐘楼まで駆けていった。俺も鐘楼に飛び込もうとしたんだが、鼻っ先に鐘が落ちてきてよ。あんときは肝を冷やしたね。あと一歩踏み込んでたら、今頃俺は土の下よ」

「いやはや御無事で何より。テラスから鐘楼まで、証人は一度も猫から目を離さなかったのでありますね？」

「おうよ」

「結構。それではお尋ねしますが、通路を走り抜けている間、猫は何か蹴とばしていきませんでしたかな？」

「あぁ。通路の棚に飛び乗って、ペンキ缶を倒して行きやがった。俺の給仕服にも緑色のペンキが飛び散ってさ。どんなに洗っても落ちなくて、弁償しろって言われてるんだ」

「しかしまた、お転婆な猫でありますな。おや、ここに可愛らしい足跡がいっぱい」

羊は更に引き伸ばした写真を取り出して掲げた。ペンキを踏んづけた肉球の足跡が、棚の上に点々と残されている。

「ときに警部」羊は警部に向き直った。「聞けばダレカ嬢に手錠をかけたのは警部とのことですが、彼女の手にペンキは付着しておりましたか？　審問官殿の仰るようにダレカ嬢が猫に化けていたのなら、その手は緑色に汚れていなくてはなりません。いかがか？」

警部は慎重に答える。

「……いや。少なくとも、そのようなペンキは付着していなかった」

「ほう。つまり、ペンキをぶちまけた猫は被告人ではありえないということに――」

「ちょ、ちょっと待った！」

最後まで言い終わる前にオペラが慌てて遮った。

「その結論は出せないはずですわ！　魔女猫の身体が汚れたとき、変身解除後にも汚れが残るかどうかなんて、ヴィクトゴー・ルールに一言も書かれていませんもの！」

「左様であります。昨日までは」

羊は懐から一枚の巻紙を取り出し、さっと広げてオペラの眼前に掲げた。その文面に目を通すうちに、オペラの顔が青ざめていく。

「前足の汚れが変身解除後に手に残るかどうか、是非とも明らかにすべきと考えました故、実際に確かめて参りました。畏れ多くも魔女シュノンソー・ド・ヴィクトゴー氏その人に実証実験をしていただいたのであります。猫に変身したヴィクトゴー氏の美しいおみ足にペンキを塗り、人に戻った時に残るかどうか、王立学会のお歴々にご確認いただきました。実験の結果をお知りになりたい？　ならばそちらの報告書――新たなヴィクトゴー・ルールを御照覧くださいますよう」

オペラは愕然《がくぜん》としながらも、震える声で報告書を読み上げた。

「魔女が変身した猫の前足および後足にペンキのような塗料が付着した場合、変身解除後の魔女の手足にも塗料が残る……」

文書の末尾には、王立学会の主任物理学教授とシュノの署名が並んでいた。

オペラの額に汗が滲む。この新たなルールが通用すれば、ダレカが猫に変身したというオペラの主張は完全に破綻する。公会堂を逃げ回った猫は本当にただの野良猫で、ダレカは地下にいたことになってしまう。

そんなはずはない。ならば……。

「……ミチル。急いで王立学会に連絡を。最近そのような実験が行われたかどうか問い合わせなさい」

「はい、お嬢様」

オペラの背後で付き人が備え付けの受話器を取り、ダイヤルを回した。その間も羊は朗々と語り続ける。

「いやはや、骨の折れる仕事でありました。事件後、首都へ戻っていたシュノ氏と連絡をつける段から一苦労で。幸いシュノ氏には二つ返事でご快諾いただけたものの、王立学会からは学会員の教授五名以上の立ち会いがなければ実験を承認できないと言われる始末。陛下の名を冠する組織は融通が利かなくていけませんな。おかげで実験結果が出たのはつい昨晩のこと。今朝方ようやく書面で受け取ることが叶ったのでありますが、そのために開廷時間に間に合わなかったご無礼を、どうか寛大なお心でご容赦いただきたく」

とはいえ、と羊はひょいと報告書をオペラの手から取り上げた。

「この一枚の紙切れにはそれだけの価値がありますね？」

「ひ、卑怯《ひきょう》ですわ！　裁判の途中にルールを追加するだなんて！」

「卑怯？　心外でありますな。実験結果は王立学会が認めた厳然たる真理。というか、汚れた棚のことをご存じだったのなら、審問官殿もシュノ氏に依頼して実験すべきだったのであります。さすればこのような恥をかくこともなかった」

「ぐ、うぐぅ……」

オペラは息が詰まる思いだった。そうだ。確かにオペラも猫の足跡には着目していた。だが、ヴィクトゴー・ルールは絶対のものという固定観念に囚《とら》われて、実証実験という発想が浮かばなかったのだ。

「それなら……」

必死に頭を回転させながら、オペラは筋道の通る説明を試みる。

「きっと被告人は、変身して執務室の天井裏にしばらく隠れていたのですわ。ウォーレス氏が追いかけたのは、ただの野良猫だった。被告人はウォーレス氏がテラスから去ったのを見計らってテラスへ脱出。これなら筋は――」

「通りませんな。ちっとも」

羊は愉快そうに切り捨てた。

「ジェニィ嬢、貴女はウォーレス氏と同様に猫を追いかけましたかな?」

「そんなあさましい真似しないわよ」ジェニィは隣の青年を小馬鹿にするような目で見る。「彼が猫を追いかけていった後、鐘が落ちる音が聞こえるまでテラスで休んでいたわ」

「その間、二匹目の猫を見かけましたか?」

ジェニィが首を横に振るのを見て、羊は「結構」と片手を挙げた。

「鐘が落ちるまで天井裏に隠れていたのなら、落ちた鐘の下から被告人が現れるはずがないではありませんか。よぉくお考えを、審問官殿。どうしてもダレカ嬢を猫に変身させたいのなら、貴女はダレカ嬢の手にペンキが付着していなかった謎を解明する他ないのであります」

羊は挑発的な笑みを浮かべた。

オペラは奥歯を噛みしめる。もしかすると羊は、ダレカが魔女であることなど百も承知なのではないか、という予感が頭を過った。魔法が使われたと知った上で、あらゆるレトリックを駆使して偽証に偽証を重ね、強引に勝利をもぎ取る。とどのつまり毒羊という女は、火刑法廷を舞台に選んだ奇術師の類ではないか……。

「あの、お嬢様」

ミチルが遠慮がちに呼びかける。

「何ですの？」

「電話が繋がりません。王立学会の広報室へかけているのですが、ずっと通話中で」

「それなら、実験に立ち会ったという教授は？　大学へ問い合わせれば研究室に取り次いでもらえるでしょう」

ミチルは首を横に振る。

「そちらも確かめましたが、同様に通話中です。シュノの事務所にもかけてみましたが、本人と連絡が取れないとのことで」

付き人の報告の意味を理解するにつれ、オペラの唇が歪んでいく。

間違いない。これは羊による妨害工作だ。そういえば、現場周辺で度々目撃される黒フードの姿がこの場に見当たらない。恐らくは法廷の外にいる黒フードが、この報告書の正当性を確認できる機関に片っ端から電話をかけているのだろう。

オペラは深呼吸した。先ほどは取り乱してしまったが、冷静に考えれば何のことはない。妨害工作をしている以上、報告書は十中八九偽物だ。猫の状態で足が汚れた場合、人の姿に戻れば汚れは残らない――それが真実なのだ。だが、それを今この場で確認するすべはない。ルールが確定しない以上、審理の行方は陪審による心象的な判断に委ねられる。

となると……。

オペラは陪審席を見つめる。羊の論理は単純で透徹しており、聴衆の心に強く響いた気配がある。オペラがいくら実験の正当性に疑義を吹っ掛けたところで、このまま押し切られる見込みが高い。

「ミチル。何としても王立学会に連絡を取りなさい」

改めて付き人に命じた上で、オペラは方針を検討した。

報告書が偽造であることを証明するのは時間がかかるかもしれない。だが証明できたところで、オペラは自身の主張を守っただけに過ぎない。確実に裁判に勝つためには、羊の主張を打ち破らなくてはならない。そのためには、ロッカーに隠れていたという珍説の矛盾点を見つけなくてはならないが……。


「あの」

リナ・ドレイトンが手を挙げ、発言を求めた。

「どうなさいました、証人？」

「一つ、気になっていることがあるのですが。お話ししてもよろしいでしょうか？」

藁《わら》にもすがる思いで、オペラは再びリナに証言を求めた。

「弁護側の主張は、成立しないのではないかと思うのです」

秘書は、今オペラが最も欲している言葉を口にした。

「と言いますと？」

「ダレカさんは犯行後、ロッカーに隠れて私たちをやり過ごしたと弁護人は仰っていました。でも、あのロッカーは施錠していたはずなんです」

「ほう？　初耳であります」

羊は意外そうな素振りを見せなかったが、本当に知らなかったのではないかとオペラは思った。

「鍵はどこに？」

「いえ、錠前は五桁の数字錠でして、番号は私しか知らなかったはずです」

羊はしばらく口元に手を当てて黙考していたが、いつになく真剣な目を秘書に向けた。

「秘書殿、その番号は誰にも教えていないのでありますか？」

「え？　えぇ、はい。あ、そういえば事件直前の内線電話で市議に番号を尋ねられたので、電話口でお伝えしました」

「それだ！」羊が食いついた。「その電話はダレカ嬢の声真似だったのであります。隠れ場所を確保するために、錠前の番号を聞き出したのでしょうな。ほら、電話口で聞いた市議の様子がおかしかったと先ほど証人も仰っていたではありませんか。叔母と姪の関係でありますから声が似ているのも当然、電話越しなら相手を騙《だま》すことは難しくありますまい。証人、錠前の番号を尋ねた市議の声は本人であったと確信をもって断言できますかな？」

「……言われてみれば、どことなく違和感があったような……」

リナが認めかけたところへオペラが割り込む。

「そんなに言うなら、今ここで市議の声を真似て御覧なさい」

羊は「よろしい」と被告人の背を叩いた。

「ダレカ嬢、本気の声真似をお願いします。はい、三、二、一」

「こんばんは。シシリー・アルマジャック市議です」

ダレカは彼女なりに努力して市議の声を真似たが、

「全然違います」

秘書は冷静に否定した。

ダレカは苦笑いした。

羊は肩を竦めた。

「お遊びはそこまでですわ！」気勢を取り戻したオペラが声を張り上げる。「弁護人、あなたの主張は脆くも崩れ去ったのです！　潔く負けをお認めになってはいかがかしら？」

そのとき、頭上で不快な機械音が鳴り響き、オペラはひゃあと飛び上がった。見上げると、二階席の前に掲げられた看板のような構造物ががしゃがしゃと回転し、『ダレカ・ド・バルザックは魔女』と書かれた金属板が現れた。

「お……驚かさないでくださいまし」

オペラは居住まいを正し、改めて陪審の途中判決を確認した。十二人中、六人が『魔女』判定を下している。オペラの主張は猫の足跡によって破れ、羊のダレカ犯人説はロッカーの施錠によって破れた。どちらが有利とも言えない現在の状況を、六枚の『魔女』判定は的確に示している。

羊は澄まし顔で「ふむ」と一息つき、こきこきと首を鳴らした。

「審問官殿、しばしの休憩を願い出ます。ご来席の皆様も、そろそろお疲れの頃合いかと存じますので」

「はん！　ここへ来て時間稼ぎかしら？」

「無論、これは時間稼ぎであります。審問官殿も、作戦を練り直すための時間を欲しておられるのでは？」

オペラは口を閉ざし、羊の表情を観察した。羊の顔は次の策の用意があるようにも、全くの徒手空拳のようにも見える。

そのとき、短いブザーが法廷に鳴り響いた。ブザーは木霊しながら眼下の虚空へと吸い込まれていく。オペラは腕時計を確認した。

「今のは開廷から二時間経過したことを知らせる音ですわね。当法廷の刻限まで残り四時間。ちょうどいい区切りですし、弁護人の申し出を認めてもいいでしょう」

休憩中に学会と連絡が取れるかもしれないという望みを抱いて、オペラは譲歩することにした。

「当法廷はこれより、十分間の休憩に入ります！」

◆

鋼鉄の空中法廷は、控室の内装も異様だった。床も壁もコンクリート打ちっぱなしの、無機質で人間味のない部屋だった。壁からは無秩序に鉄骨が突き出しており、ダレカはその上に腰掛けていた。

「策はあるんだろうな、おい」

「一応は」

控え目に答えた羊は、床から斜めに生えている鉄骨にもたれ掛かっている。その隣の鉄椅子には、エリスとカラーが並んで座っていた。

「私、頭がこんがらがっちゃいました」エリスはため息交じりに言った。「ええと、ダレカさんは実際にはロッカーに隠れていないんですよね？」

羊は「勿論」と頷いた。

「少なくともダレカ嬢よりは声真似の上手い真犯人が、秘書に電話をかけて錠前の番号を聞き出し、ロッカーに隠れて発見者たちをやり過ごしたのでありますな」

うーん、とダレカが腕を組む。

「それ、なんか引っかかるんだよな。確かに私が見た犯人はそんな大柄じゃなかったから、ロッカーに隠れることはできただろうし、声は女っぽかったから叔母さんの声真似もできたかもしれないけど。

んー……何か忘れてるような」

「何かとは？」

羊が笑みを消して尋ねる。だが、ダレカははっきりとした答えを返すことができなかった。

「そういえば、今日ってバッドマさんは来ていないんですか？」

列車爆破事件で黒フードの素顔を知ったエリスは、彼女のことを本名で呼ぶようになっていた。

「黒フード氏は法廷の外におります」

えっ、とダレカが羊を見る。

「あいつ、ここに来てないの？　何で？」

「バッドマ嬢にはちょいとした細工をお願いいたしました。いかなる細工かはこの後すぐ明らかになりましょう。もう一つ、氏には出廷できない理由があるのですが、ダレカ嬢なら想像できてしかるべきかと」

「え？」

「バッドマ嬢にとって、本法廷は極めて危険だからであります」

ダレカの顔に瞬時に理解の色が浮かぶ。

「……そっか。そりゃそうだよな」

どうして危険なのか、エリスにはまるで見当がつかなかった。だがダレカは物思わしげな顔で口を閉ざしてしまい、詳しく聞くことは憚られた。

◆

オペラは休憩中、傍聴席で額の汗を拭っているリナ・ドレイトンに声をかけた。

「はい。私に何かご用でしょうか」

「用というほどのことでは。わたくしの想定になかった流れで議論が進んだので、確認しておきたかっただけですわ。ロッカーの錠前の番号ですけれど、誰にも教えていないというのは確かですの？」

「はい。あのロッカーは事件の数日前に購入したばかりで、搬入した際に私が番号を設定しました」

「なるほど。そのことを警察へは証言しなかったのですか？」

「すみません、そんなことが重要だなんて思ってもみなかったもので。今朝ご指示をいただいたとき、初めて思い出したくらいですから」

「へ？　指示？」

オペラは間の抜けた声を出した。

「はい。審問官様のご指示ではなかったのですか？」

リナは手提げ鞄から紙切れを取り出し、オペラに手渡した。それはメイスン父子商会という会社のロゴの入った灰色の社用便箋だった。ロッカーが議論の俎上に載せられたら、錠前の番号を誰にも教えていないことを証言するように、とだけ手書きで記されている。

「これは？」

「今朝、私の部屋の郵便受けに入っていたんです。宛名も切手もなくて、妙だなと思ったのですが」

オペラは便箋をまじまじと観察した。すぐさま似たような紙のことを思い出す。カラー裁判でオペラが追い込まれたとき、何者かがオペラに寄越した短いメッセージが光明をもたらした。今は手元にないが、あの紙にもメイスン父子商会という社名が印刷されていた気がする。

◆

審理が再開されると、羊は朗々と声を張り上げた。

「お待たせいたしました。先ほど改めてダレカ嬢から事情を伺いましたところ、ダレカ嬢がロッカーに隠れたなどというのは全くの見当違い、小職の独りよがりな空想でありました。いやはや汗顔の至りであります」

「要点を簡潔に述べなさい」

「これは失礼をば」羊はおどけて額を叩く。「そもそも市議を殺害したのはダレカ嬢ではなかったのであります。声真似の達者な真犯人は市議の声を真似てリナ女史に電話し、解錠番号を聞き出してロッカーに隠れ、執務室へ来たリナ女史らをやり過ごして逃亡。これが真相であります」

ふん、とオペラは嘲笑を浮かべた。

「あらそうですか。だったら、その真犯人をここへ連れてきなさい」

「その必要はないものと小職は考えるのであります。なんとなれば、当法廷はダレカ嬢が猫に変身したか否かを論ずる場であり、殺人事件の真相など二の次だからであります」

「詭弁ですわ！　殺害現場には被告人がいて、発見時に彼女は消えていたのですから、真犯人の介入する余地など――」

「オペラ殿はそこを誤解しておられる」羊はやれやれと首を振った。「事件当夜、ダレカ嬢は執務室には一歩も足を踏み入れていないのであります」

「はぁ？　バイコーン警部の証言を聞いていなかったのかしら。市議の手帳にはっきりと書いてありましたわ。被告人と執務室で二人きりになったと」

「『部屋で二人きりになった』であります審問官殿。『執務室で』とは書いていなかった。警部殿、いま一度ご確認を」

警部は手帳を手繰《たぐ》りながら頷く。

「確かに、姪と部屋に入った、としか書いていない。だが市議と被告人が塔へ入っていくのを目撃した者がいる以上、二人が会談した部屋は執務室以外にあり得ない」

「何故? 塔へ入ったからといって、執務室へ向かったとは限らないではありませんか。なんとなれば、塔にはロビーの側廊へ続く扉もあります故」

羊は優雅な足取りで模型の前に立つと、側廊に通じる扉を指で開けた。

「その扉が使われていないことは、ヤシだか何だかの鉢によって証明されましたわ」

「鉢が証明したのは塔から側廊へ入った者がいないことだけで、側廊から塔へ入る分には何の問題もないのであります。会談を終えた市議が塔へ戻ってきた際に、扉の前に鉢を置けばよろしい」

「う……。では仮に二人が側廊へ向かったとして、会談はどの部屋で行われたのです? 側廊の先に都合の良い会議室などはありませんわ」

「市議とダレカ嬢は側廊の裏口からすぐに路地へ出て、もう一つの裏口から地下へ下り、支配人室で会談したのであります。話が終わった後、市議は同じ道を引き返して塔に入り、鉢を扉の前に置き、執務室に向かった。そこで待ち構えていた真犯人によって殺害され、真犯人はロッカーに身を隠す。一方のダレカ嬢は、会談後も支配人室にとどまっておりました。なんという不運か、彼女はいきなり天井を突き破って落ちてきた鐘に閉じ込められてしまったのであります。つ、ま、り。執務室から鐘楼までダレカ嬢が移動した方法の検討など全く無意味であります。何故って、移動したのは被害者の方であります故」

「えぇ……?」

一瞬筋が通っていそうな気がしたが、オペラは慌てて首を振る。羊の新たな解釈によれば、ダレカは市議の死体に近づいてすらいないことになってしまう。さすがに何らかの矛盾が生じるはずだ。

「……そういえば、路地は未舗装で、事件前日の降雨のためにぬかるんでいましたわね。警部、被害者や被告人の靴に泥はついていまして?」

警部はしばらく捜査資料を調べ、ふむ、と息をついた。

「ダレカの靴には乾いた泥が付着していたが、これは彼女がもともと裏口から入館したためだろう。一方で市議の靴に泥は付着していなかった」

「ほらご覧なさい! 市議が路地へ出ていない以上、弁護人の主張は通りませんわね」

オペラは内心ほっとしながら反論したが、羊のにやけ顔に変化はなかった。

「なんだ、そんなことでありますか。二つの裏口の上には布製の庇《ひさし》があり、その下はアスファルトで舗装されております。端的に言えば、靴を汚さずに裏口間を渡れるように作られているのであります」

「……なるほど。そこはいいでしょう」

オペラは渋々認めたが、直ちに次の反論を見つけた。

「警部。被告人の手にはペンキが付着していなかったと仰いましたけれど、血液はどうです?」

「付着していたよ。両手にべっとりとな」

「なるほど。弁護人の言うように被告人が執務室に入っていないのであれば、血が被告人の手に付着していたはずはありません。これは明らかに矛盾していますわ」

「どこが?」羊は眉一つ動かさずに言い返す。「ダレカ嬢は負傷していたではありませんか。その手に血がついていてもおかしくはありますまい。さて、他に反論は?」

「くっ……」

オペラは下唇を噛んだ。羊の打ち出した市議移動説は大法螺《おおぼら》のでっちあげに決まっているが、何となく筋は通っているような気がしてしまう。早く反論しなければという焦燥が、オペラの思考を空転させる。ダレカの手に血が付着していた点は反証になると思ったのだが、その血が市議のものであると立証することは……。

「……ん？　あれ？」

ダレカの手が汚れていた？

オペラの信じるところによれば、ダレカは執務室で市議を殺害、その際に手に血が付着した。ダレカは猫に変身して天井裏から逃げた。その事実は、棚の上に残された赤い足跡が示している。

赤い、血の足跡が——。

「うっ……！」

猫は血の足跡を残し、ダレカの手は血で汚れていた。この事実は、変身しても身体の汚れが残ることを示しているのではないか？

つまり、実験結果の報告書は本物ということに……。

視線を上げ、弁護人の顔を窺う。羊は退屈そうな顔で帽子の鍔をいじっていた。

羊は血の足跡のことを知らないのか？　いや、羊の手下が事件現場で写真を撮っていったという話を考えれば、血の足跡くらい気付いてしかるべきだ。これほど強力な傍証を奴が見落とすはずがない。なのに、どうして奴は言及しない？　何故わざわざ実証実験を行い、しかも報告書の真偽を確認するのを妨害している？

答えは一つしかない。

オペラを真実から遠ざけるためだ。

報告書の真偽を確認できなければ、審問官は偽証を疑い続けるだろう。羊はそのままのらりくらりと時間を浪費し、刻限が迫ったところで妨害を解除して、報告書が本物であると立証する。審問官は反論を組み立てる時間もないまま敗北する——これが羊の描いたシナリオなのだ。

そういうことか——！

羊は確かな証拠をあえて疑わしく演出することで、真実を覆い隠そうとしているのだ。公会堂を走り回っていた猫はダレカではないという真実を。

いいや、それでもやはりダレカは魔女なのだ。オペラは改めて確信した。

ダレカが魔女でないのなら、報告書を素直に提出すれば羊は易々と勝てたはず。そうしない以上、ダレカが猫に変身して執務室から脱出したことは事実なのだ。だが、公会堂を逃げ回った猫はダレカではなかった。

つまり。

「猫は、もう一匹いた……？」

オペラは模型の前に立ち、猫の逃亡ルートを再び辿った。猫はウォーレスをはじめとした数人の男に追われていたが、一か所だけ、彼らの視界から逃れ得たかもしれない場所がある。

「ウォーレスさん！」

顔を上げ、証人の名を叫ぶ。

「テラスから鐘楼まで一度も猫から目を離さなかったと仰っていましたけれど、もしかして、ロビーから大ホールに通じる扉に猫が入ったとき、猫はあなたの視界から外れたのではなくて？」

オペラの鬼気迫る形相にたじろぎながらも、ウォーレスは頷いた。

「あぁ、一瞬だけな。ちょうど扉が閉まるところへ猫がするっと入り込んでいったんだ。俺は急に止まれなくて、目の前で閉まった扉に思いっきり顔をぶつけちまった」

「扉が閉まるところ？　ということは、大ホールへ入ろうとしていた人物がいたのですか？」

「あぁ、あいつだよ。ええと……名前はなんつったっけな。ほら、警察署長のドラ息子だ。街中で高級車を乗り回しちゃ、しょっちゅう事故を起こしてる、あの」

「ロジャー・トッドハンターかね」

バイコーン警部の言葉にウォーレスは大きく頷く。

「そうそう。猫を追って大ホールの中へ駆け込んだ時、ロジャー坊ちゃんとぶつかっちまってね。口汚く罵《ののし》られたよ。そんときゃ猫は大ホールの真ん中くらいを走ってたから、謝ってる余裕はなかったけど」

オペラはウォーレスの証言を吟味し、再び質問をする。

「扉の付近にはロジャーさんしかいなかったのでしょうか？」

「いや、綺麗に着飾った姉ちゃんと一緒だったな」

「ロジャーのガールフレンドだな」再び警部が口を開く。「父親のトッドハンター署長にも公認されている恋人だ。ロジャーは彼女と二人で晩餐会に出向いたと聞いている」

オペラは拳を握り締めた。その手に確かに魔女の尻尾を摑んだ感触があった。

間違いない。魔女はもう一人いたのだ。

「バイコーン警部。ロジャー氏は出廷していますかしら」

「いや、今日は来ていないはずだ」

「この場へお呼びすることはできて？」

「どうかな」警部は渋面で言う。「審問の途中で証人を追加することは許されているが、時間制限がある以上、いくらでもというわけには行かん。ロジャーが事件に関与しているというなら別だが」

「その可能性はあります。正確に言えば、ロジャーのガールフレンドが、ですけれど」

「というと？」

「被告人は猫に変身して執務室を脱出した後、公会堂を逃げ回りました。その途中、大ホールに入ろうとするロジャー氏らと偶然行き合ったのです。このとき、ロジャー氏のガールフレンドと被告人は暗闇に乗じて入れ替わった——即ち、そこから鐘楼まで走り抜けた黒猫は、ロジャー氏のガールフレンドが変身した姿だった。一方の被告人は暗闇の中で人の姿に戻り、扉の狭間《はざま》を通って階段裏の側廊へ逃れた。そこから裏口を経由して地下へ移動、支配人室へ入ったところで天井を突き破って鐘が落下、あえなく閉じ込められてしまった……。こう考えれば、辻褄が合うのです」

「おやおや！」羊が大仰に嘆く。「辻褄を合わせるために魔女を一人増やしてしまうとは！　審問官殿は何人焼き殺せば気が済むのでありますか？　しかもそのような突飛な空想を根拠に」

「わたくしの主張が突飛な空想かどうか、ご本人に直接尋ねればよいでしょう」

オペラが警部に目を向けると、警部は肩を竦めた。

「いいだろう。ロジャーを召喚できるかどうか調べさせる。三十分以内に来られるようなら、是非とも出廷していただかなくてはならない。彼のガールフレンドもな」

「お願いします。ちなみに、その女の名前は何というのです？」

警部は数秒かけてその名を思い出した。

「確か、バッドマ・スタンダールという名だったかな」

◆

新たな証人が召喚されるまで、再び法廷は休憩となった。ロジャーは市街地の飲食店にいるらしく、三十分足らずで火刑法廷へ召喚できるという。

控室に入るなり、エリスは不安を羊にぶつけた。

「バッドマさんが魔女だと疑われてる……。これって、かなりまずくないですか？」

バッドマ・スタンダール——ロジャー・トッドハンターには「ビー」と呼ばれ、彼の取り巻きの中でもとりわけ目立つ女生徒が、魔女同盟の一員である黒フードと同一人物であると知ったとき、エリ

オペラの主張するダレカの移動経路

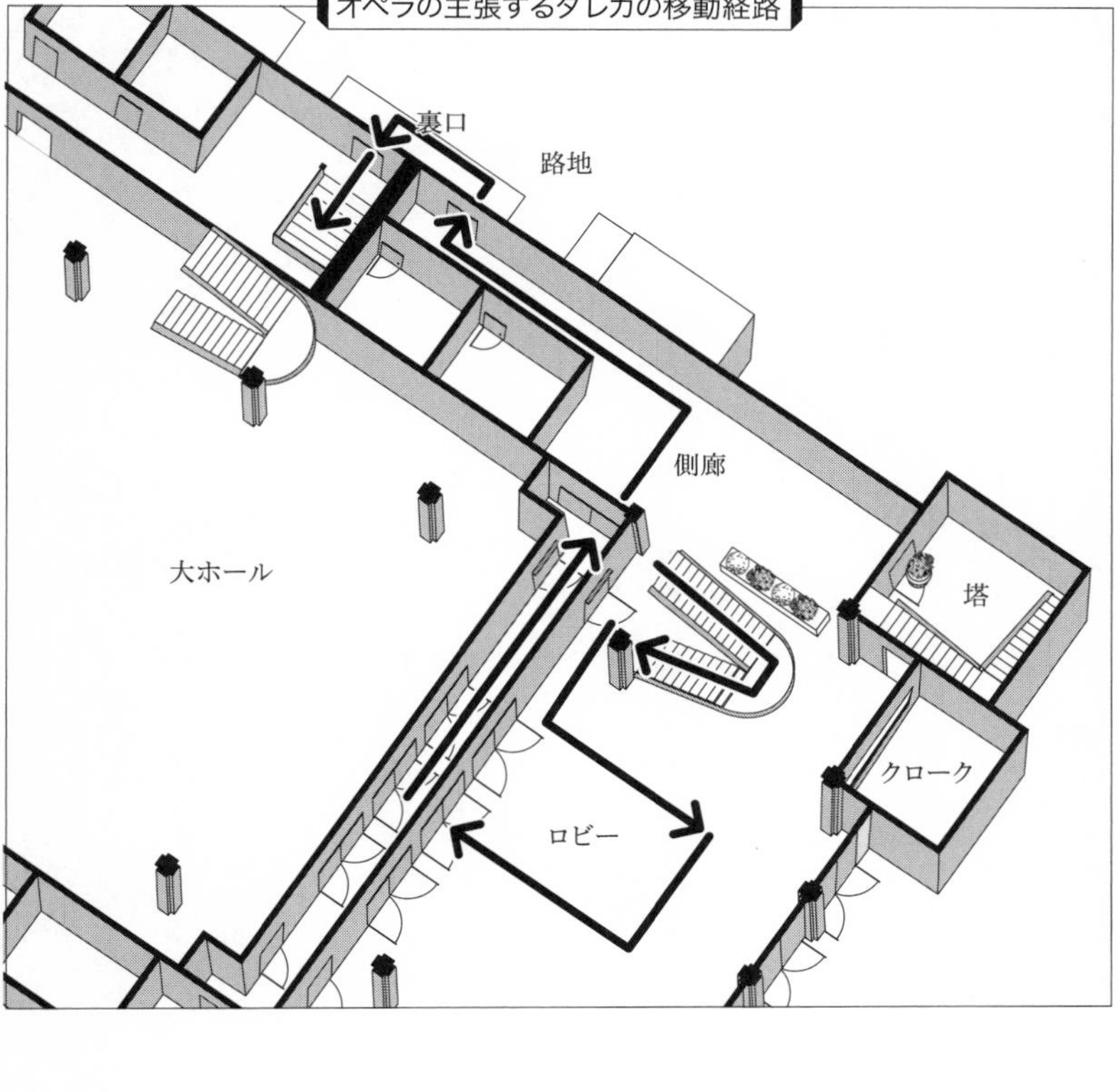

スはすぐには受け入れることができなかった。普段の黒フードはまるで別人のようだとダレカは言っていたが、別人にもほどがある。だが列車が爆破されたとき、エリスたちを助けてくれたのは確かにバッドマその人だった。

「ま、確かに」羊は軽い口調で答えた。「バッドマ嬢にしてみれば一大事でしょうな。とはいえ、彼女にはあらかじめ身を隠すよう注進しております。出廷することは万に一つもありません故、審問官殿は不在裁判に挑まなければなりません」

羊とは対照的に、ダレカは完全に余裕を失っていた。

「そんなん言ってもさ、実際まずいだろ。どうすんだよ。入れ替わりまでばれちまったぞ」

「オペラさんの考えは当たってるんですか？」

あぁ、とダレカはエリスに頷いた。

「見事なもんだ。扉の暗闇に飛び込んだ途端、私はバッドマに殴られて人間に戻された。尻もちついてる私に目もくれずに男たちが猫を追いかけていくんだから、何が起こったのかすぐにはわからなかったよ。後からバッドマに聞いたんだが、奴は秘書が警察に通報するのを聞いて、私が事件に巻き込まれたことを知っていたらしい」

「それで咄嗟に身代わりに……。あれ？　でも結局捕まったのはダレカさんですよね？」

ダレカは苦虫を嚙み潰したような顔で呻いた。

「……すぐ逃げりゃ良かったんだ。でも私はあの後、裏口を通って地下に降りていった。ちょっと野暮用があってな。まさか思わないだろ、天井を突き破って鐘が落ちてくるなんてさ」

壁にもたれて話を聞いていた羊が、くすっと笑った。

「しかし、すっぽり鐘の下に入ったことで大怪我には至らなかった。人生最大の幸運と不幸が重なるとは、つくづく奇妙な星の下にお生まれでありますねぇ」

「羊さん」カラーが口を開く。「さっき言っていた、バッドマさんが出廷していないもう一つの理由。危険だから来ていないいって、どういう意味？」

「それはもう明々白々。バッドマ嬢は事件と深く関わっておいでであります。万一オペラ殿がバッドマ嬢の魔女性を立証してしまうと、彼女まで火炙りにされてしまいます故、絶対に火刑法廷に入るわけにはいかないのであります」

「えっ」エリスがびくりと飛び上がる。「バッドマさんは何も悪いことしてないじゃないですか。それなのに火刑にされちゃうんですか？」

「私だって何も悪いことはしちゃいないんだけどな……」

ダレカのぼやきを羊は聞き流した。

「それが火刑法廷の定めであります。法廷内で魔女であると立証された者は、事件に関係あろうがなかろうが火炙り必至。そもそも被告人にとってみたところで、殺人事件との関わりは問われていないではありませんか」

「そんな……。陪審員だって人間じゃないですか。私だったら、さすがに関係ない人は有罪にできないですけど」

「えぇ。故に小職は、陪審員は人間ではないと考えております」羊はとんでもないことを言い出した。「過去の火刑法廷の記録を見るに、火刑法廷の陪審の判断には人間らしさが微塵も感じられない。小職の見るところ、あれは議論の趨勢《すうせい》を自動で数値化する一種の機械のようなものではないかと。事実、表向きは市民から十二人の陪審員が選ばれているとされていますが、火刑法廷の陪審席に座ったことがあるという市民は一人も見つからないのであります」

エリスは絶句した。今まで、火刑法廷とは現代に蘇った魔女裁判だと思っていたが、その認識は根本的に間違っているのかもしれない。

はぁぁ、とダレカが深いため息をつく。

「つーかさ。この後どうするんだよ。バッドマと私が途中で入れ替わったことまでばれちまったら、いよいよ後がないぞ」

「オペラ殿はまだ真相の全てを看破したわけではありますまい。それに、市議移動説を否定する証拠は一つもありません。心証勝負ではこちらに分があるかと」

「つまり、心証次第じゃ負けるってこと?」

羊は答えなかった。ダレカは絶望的な面持ちで肩を落とす。

「ったく……。こんなことなら、叔母さんの遺体と一緒に発見されたほうがマシだったんじゃないの。刑事裁判なら、少なくともその日のうちに火炙りになることはないし」

「でも、真犯人はロッカーに隠れて逃げたんですよね。そのトリックが明らかにならなかったら、刑事裁判ではかなり不利だったんじゃないですか?」

エリスの指摘に、ダレカは「んー」と眉根を寄せる。

「それ、やっぱ納得できないんだよな」

羊が視線を上げる。

「というと?」

「私が目を覚ました時、部屋は施錠されていたんだよ。叔母さんを殺した犯人は、そもそも廊下にも出られなかったはずなんだ」

「部屋の鍵は室内に落ちていたと聞いております。犯人は施錠後、鍵を扉の下の隙間から放り込んだものと――」

「あ、いや、違う違う!」ダレカは大声で遮った。「そうか、そこが正確に伝わってなかったんだな。私の言う施錠ってのは、扉に備え付けられた錠前のことじゃないんだよ」

「え」

羊が小さく口を開ける。それは羊が初めて見せた、一切の演技のない自然の表情のようにエリスには思えた。

「私が目を覚ました時、扉は内側から封鎖されていたんだ。ドアノブと壁の照明を鎖でぐるぐる巻きにして、鎖の端を南京錠でがっちり繋ぐっていう、とんでもなく厳重な方法でな。悪い、私とバッドマの間で『施錠』って言葉の取り違いが起きてたみたいだ」

「あれ？　でも、犯人は廊下にあるロッカーに身を潜めていたんですよね？　それなのに扉が内側から封鎖されていたって……おかしくないですか？」

「そう、おかしいんだよ。それに、遺体発見時には鎖なんてなかったんだよな？　つまり犯人は内側から封鎖された部屋から姿を消し、私が脱出した後にまた現れて鎖を片付けたってことになる」

羊は口元を手で覆い隠し、

「施錠……」

誰にも聞こえないほど小声で呟いた。

「やっぱり、犯人は魔女だと思うんだよな。じゃなきゃ物理的にありえない」

「いや」羊は断固として否定した。「声色を偽ってリナ・ドレイトンから解錠番号を聞き出した以上、犯人は魔女ではありえない。魔女なら窓から飛んで逃げればよかった……」

羊は深く考え込んだ後、鞄から一枚の写真を取り出してダレカに手渡した。

「こちらは事件後の執務室の写真であります。ご覧のように、カーペットには市議を引きずった血痕が残っております。ダレカ嬢。貴女が目覚めたときもカーペットはこうなっておりましたか？」

ダレカは写真をじっくり眺めた後、困惑顔で首を横に振った。

◆

「大丈夫かよ、羊の奴。何か見落としてんじゃないだろうな」

冷たい鉄製の廊下を、ダレカは一人ぼやきながら法廷へと戻っていく。その後ろを歩くエリスとカラーは、声を潜めて話し合っていた。

「大丈夫かな、カラー。さっきの羊さんの話だと、私も……」

「心配ないよ。エリスは事件に一切関わっていないんだから。話に上るはずがない」

カラーはエリスを安心させるように力強く断言した。

三人が法廷へ足を踏み入れたそのとき、ブザー音が再び法廷に鳴り響いた。休憩中の聴衆のざわめきは潮が引くように収まったが、休憩時間が終わったわけではないとわかるとすぐに元に戻った。

「また二時間経ったのかな」

エリスの呟きに、「だろうな」とダレカが応じる。

「ったく、時間のかかる裁判だ」

毒づきながら定位置に戻ったダレカに続き、エリスとカラーもそれぞれの席に座る。

「あれ？」

エリスはふと横へ目を向ける。隣は空席だったが、その背もたれに小ぶりな箒が立て掛けてあった。

「何だろう、これ」

箒に延ばそうとしたエリスの手を、「待って」とカラーが素早く摑んだ。

「証拠品かもしれない。触らない方がいい」

「あ、うん。そうだね」

休憩中に現れた奇妙な箒を気にしながら、エリスは審理の再開を待つ。

◆

火刑法廷の暗い廊下を、二人の証人が覚束《おぼつか》ない足取りで歩いていく。一人は身形の良い老紳士、もう一人は繋ぎを着た男だった。案内役の廷吏は二人を傍聴席に座らせると、審問官に報告するために姿を消した。

「ったく、人を呼んでおいて、いつまで待たせんだ」

二人の前の席に座る若者が悪態をついた。繋ぎの男はそっと若者の顔を覗き込んで、おや、と眉を上げた。街のお騒がせ者、ロジャー・トッドハンターだった。

老紳士は物珍しそうに法廷内を見回していたが、

「おや？　これはどうも」

背後から声をかけられて振り返った。大学生のような風体の若い女が、彼の後ろの席に座っていた。

「晩餐会の晩にお会いしましたね。あなたも証人として呼ばれたのですか？」

「えぇ。これだけの者が急遽呼ばれたとなると、審理は混迷しておるようですな」老紳士は女の顔を見て首をひねる。「ええと……失礼、どちらさんだったかな」

女は柔和な笑みを浮かべる。

「ほら、通路の前で少しだけお話ししたでしょう。お知り合いの女の子を捜しているとかで」

「あぁ、あのときのお嬢さんでしたか。ブレークと申します。どうも」

老紳士は帽子を持ち上げて挨拶した。女も存在しない帽子の鍔を摘まみ、その奇妙な名をさらりと名乗る。

「アンデルセン・スタニスワフです。どうぞよろしく」

◆

裁判が再開するや否や、オペラは新たな証人を法廷の中央の足場に立たせた。

「へぇ、これが火刑法廷ってやつか。面白ぇじゃん」

へらへらと法廷を見回す証人を、オペラはじっくりと観察する。まだ十代後半ながら、その堂々たる立ち居振る舞いには確かに人を惹きつけるものがある。だが、他者を小馬鹿にするような軽薄な笑顔にオペラは強い反感を覚えた。

「ロジャー・トッドハンターだ。よろしく、お嬢様」

洗練された仕草でロジャーが差し出した右手を、オペラは無視した。

「よろしくお願いします。ときに、ガールフレンドの方はご一緒ではないのかしら」

「ん？　誰のことだ？　ヘレンなら家族旅行で大陸にいるし、ジェーンは帰省中のはずだが」

「バッドマ・スタンダールのことですわ！」

「なんだ、ビーのことか」ロジャーはへらへらと浮ついた笑みを浮かべている。「さっき俺を迎えに来た廷吏に言われてビーの家に電話してみたんだが、どこかへ出かけてるんだとさ。どこにいるかなんて聞かないでくれよ。いつも一緒にいるわけじゃないんだからな」

「晩餐会へはご一緒に参加されたと聞いていますけれど」

「あぁ。どうしても行きたいってせがまれたから、親父に頼み込んで招待枠を増やしてもらったんだ」

「晩餐会会場で、あなたとバッドマさんが大ホールへ入ろうとしたとき、ロビーの方から黒猫が飛び込んできましたわね？」

「あぁ、覚えてるよ。扉を開けたとき、猫を捕まえろ！　って大声が背後から聞こえたんだ。そのとき猫が飛び込んできたんだろうな。暗くてよく見えなかったけど」

ロビーと大ホールの扉は二重になっており、その間の前室はかなり暗いことをオペラは聴衆に説明した。

「そのときバッドマさんは？」

「さぁな。はぐれちまったんだ。先に行ってて、って彼女の声が聞こえたかと思ったら、猫を追う連中が扉を開けてどやどや走り過ぎていって、それっきりさ」

「ふふん、そういうことでしたか。魔女は前室の暗闇に乗じて入れ替わったのですわね」

「は？　どういう意味だ？」

怪訝そうに片眉を上げる証人に、オペラは確信を込めて言う。

「端的に申し上げます。私は、バッドマさんが魔女であると疑っています」

「ビーがぁ？　あっはははは！」鋼鉄の法廷にロジャーの大笑が反響する。「なーに言ってんだよ！　あいつが魔女だって？　ははっ、それじゃ俺は何だ？　魔女に籠絡された愚かな美男子ってとこか？　真面目にやってくれよ、お嬢様」

「私は大真面目ですわ！　被告人は猫に変身して執務室を脱出した後、公会堂を逃げ回りました。その途中、大ホールに入ろうとするバッドマさんと偶然行き合ったのです。被告人とバッドマさんは同じ魔女、恐らく以前から繋がりがあったのでしょう。前室の中でバッドマさんは被告人の代わりに猫に変身し、逃亡を引き継いで鐘楼まで駆け抜けたのですわ。一方の被告人は闇に乗じて人の姿に戻り、前室を通って階段裏の側廊へ逃れた。被告人はそこから裏口を経由して地下へ移動、支配人室へ入ったところで天井を突き破って鐘が落ちてきて、あえなく閉じ込められてしまったのです」

口にしてみると、なんと唐突で荒唐無稽な説だろうとオペラ自身も感じる。傍聴人の反応も芳しくなく、納得した者は少なそうだ。だが火刑審問官として、オペラは何としてもこの細い糸を手繰らなければならない。

ロジャーはようやく笑いを抑えると、「オーケー、わかった」と両手を上げた。

「確かに、ダレカとバッドマは知り合いだ。俺ともな。そりゃそうさ、同じ学校に通っているんだから。にしても、言うに事欠いてビーが魔女とはね。魔女みたいに蠱惑的な女ってのは認めるけど、いくらなんでも飛躍がすぎる」

「では、魔女でないと言い切る根拠でも？」

ロジャーが答える代わりに、羊が割り込む。

「えー、小職の方からよろしいですかな。バッドマ何某《なにがし》が魔女の仲間、実に突拍子もなくて愉快な珍説でありますが、些か穴が多すぎますな。仮にバッドマ嬢が魔女で、ダレカ嬢の仲間だったとしまして、バッドマ嬢は一体どうしてダレカ嬢と入れ替わったのでありますか？　ダレカ嬢の身代わりになるため？　まぁ仮にバッドマ嬢とダレカ嬢とが固い絆で結ばれていて、自らを犠牲に友を救おうと考えたのなら、そのような展開もありえたかもしれませんが」

「ははっ、まさか」ロジャーが笑い飛ばす。「ビーはめっぽう我が強い女だ。誰かのために犠牲になるようなタマじゃないさ。ましてや、あのダレカの身代わりだなんて」

オペラは少し考え、落ち着いて推理を進める。

「恐らく、逃げ切るためですわ。例えば、バッドマさんの方が足が速くて逃げ果《おお》せる可能性が高かったとか」

「そのような臆測で我々を納得させられると本気でお思いでありますか？　傍聴人の顔を御覧なさい、頷いておられる方が一人でもいらっしゃいますか？」

オペラは早くも言葉に詰まった。確かにオペラの主張通りなら、バッドマの行動は奇怪極まりない。確実に逃れられる保証もないだろうに、逃亡をバトンタッチして公会堂の奥へと走っていったのだから。

いや、ここは逆向きに考えるべきだ。バッドマには逃げ果せる確信があったのだ。例えば、鐘楼の壁の穴を通れば外へ脱出できると知っていた、とか。だが確かあの穴は、事件の直前に事故で開いたと……。

「あっ！」

オペラはロジャーの方へ向き直った。

「そうだった、ロジャーさんですわ！」

「何が？」

「晩餐会に車で来ていたトッドハンター署長のご子息が、駐車場で運転を誤って壁に車をぶつけてしまったと聞きましたわ」

あぁ、とロジャーは悪びれもせずに認めた。

「あなたが運転していたとき、バッドマさんも同乗していたのではありませんか？」

「当たり前だろ。晩餐会には二人で行ったんだから」

「ということは、バッドマさんは鐘楼の壁に穴が開いていることを知っていた。だから彼女は逃走を引き継いだのです。鐘楼まで逃げて、壁の小さな穴から外に出てしまえば、確実に追手を振り切ることができるでしょう。実際、彼女は鐘が落ちる寸前に壁の穴から屋外へ逃げ果せたのですわ。ロジャーさん。その後、バッドマさんとは再会できまして？」

「ん？　あぁ、鐘が落ちてロビーが大騒ぎになってるとき、ビーは外から入ってきて……え？」

初めてロジャーの表情から浮ついた笑みが消えた。

「猫は外に逃げて、ビーは外から戻ってきて……。え、マジ？」

すかさず羊が口を挟む。

「大方、外の空気を吸いに行っていたのでしょうな。皆が猫に注目していた折、誰もバッドマ嬢に気付かなかったとしても不思議はなし」

はん、とオペラが鼻を鳴らす。

「相変わらず言い訳がお上手ですこと」

「どういたしまして。ともあれ審問官殿の仰りたいことは理解いたしました。バッドマ嬢が咄嗟に機転を利かせてダレカ嬢の逃亡に手を貸したと、こういうわけでありますな。しかし結局ダレカ嬢は捕われた。一体全体、どうして彼女は逃げられなかったのでありますか？」

「被告人は、ロビーと大ホールの扉の間でバッドマさんと入れ替わった。猫を二匹見たという証言がないのだから、被告人はきっと暗がりの中で人の姿に戻ったのでしょう。でも逃亡の段取りを示し合わせる時間はなかったはずですから、被告人はとりあえずその場を離れたと思われます。そして何らかの理由で地下の支配人室に行き、落ちてきた鐘の下敷きに――」

「何らかの理由とは？　地下に忘れ物をしたとか？　暗いところで休憩したくなった？」

すかさず羊が突っ込み、オペラは再び言葉に詰まった。今度はダレカの行動の説明がつかない。ダレカが地下へ降りた理由を示すことができなければ、オペラの主張には説得力が伴わない。

焦燥がオペラの思考を乱していく。早く答えを見つけなければ……。

「あぁ、そういうことか」

言葉に詰まったオペラの代わりに、緊張感のない声が呟いた。傍聴席に戻っていたバイコーン警部だった。

「警部？　どうかしまして？」

「いや、合点がいったことがあってね」

警部は勝手に腰を上げ、無言の威圧でロジャーを退かせると、オペラと羊を交互に見る。

「できれば、審問官には自力で見当をつけてもらいたかったがね」

「ここは嫌味を言うための場所ではありませんわよ、警部」

警部は肩を竦め、証言を始める。

「事件当夜、非番だった私は市警本部からこんな指示を受けた。公会堂で殺しが発生したと匿名の通報が入った、すぐに現場へ向かえ、と。ところが現場へ赴くと、被害者の秘書が出てきてこう言ったんだ。自分が通報したとね。おかしいだろう。秘書が匿名で通報する意味がない」

「そういえば、わたくしが受け取った辞令書にも、匿名の通報と書かれていたような……」

「あぁ。単なる連絡の行き違いかと思っていたが、今にして思えば別の可能性が浮かんでくる。通報者は二人いたのではないか、とね」

「そうか、通報ですわ！　被告人は支配人室から匿名で警察へ通報したのですね！」

警部は頷いた。

「だろうな。支配人室には電話があった。ちょうど鐘が落ちてきたあたりにな」

「おやおや」羊は帽子を目深に被り直した。「審問官殿の主張では、ダレカ嬢は殺人犯ではなかったので？　彼女は叔母を殺しておいて、自ら通報したのでありますか？」

「もしかすると、被告人には明確な殺意はなかったのかもしれません。ついかっとなって叔母を刺してしまった被告人は、動転して現場から逃走、運よく仲間の魔女の助けを得て逃亡の目処《めど》が立ったところで、ふと我に返ったのです。もしまだ叔母に息があるなら、すぐに警察を呼べば助かるかもしれない、と」

「うぅ……」

ダレカが低い呻き声を上げた。図星のようだ。匿名の通報がダレカによるものだったことは、事実と見ていいだろう。

「さぁ、いかがですかしら弁護人！　わたくしの主張に綻びはありまして⁉」

オペラにずいと指さされた羊は、「特には」とだけ言った。

頭上で陪審席の看板が回転し、『魔女』の文字が三枚復活した。先ほどと違うのは、『魔女』の板にはダレカと共にバッドマ・スタンダールの名も併記されていることだった。

「そう」羊は不愉快そうに陪審席を見上げる。「猫入れ替わり説を認めるなら、ダレカ嬢だけでなくバッドマ嬢も魔女として連座することになる。もっとも、そうお考えなのは少数派のようでありますが」

「そうですわね。今はまだ、ですけど」

オペラの気分は高揚していた。一時は絶望的な状況に立たされながら、今また真実への道筋が見えつつある。あとは市議移動説を否定する証拠さえ見つけ出すことができれば、劣勢を覆すことができるはずだ。

何かないか。市議が地下から塔へ移動したことを否定する、確たる証拠は。

ひらめきを求めて視線を彷徨わせていたオペラの目に、傍聴席の最後部に座る老紳士の姿が映った。捜査時に公会堂で出会った老夫婦の旦那だった。あの人も傍聴していたのか。そういえばあのとき、老夫婦はオペラに奇妙な話を……。

「オペラ殿」

すぐ近くで羊の声がして、オペラはびくりと身体を震わせた。いつの間にか眼前に立っていた羊が、声のトーンを落としてオペラに囁きかける。

「ここで手打ちにするわけにはいきませんか？」

「……へっ？」

出し抜けな申し出に、オペラの声が裏返る。

「小職の市議移動説もオペラ殿の猫入れ替わり説も、どちらも否定できないのが現況。ここで最終弁論を行い、陪審の判決を仰ぐのであります。仮にオペラ殿の主張が支持されなかったとしたら、それは最重要参考人たるバッドマ・スタンダールが不在だからであります。これで敗れたとて、貴女の名誉に傷はつきますまい」

「ちょ、ちょっと、何を仰いますの？　刻限まで議論を尽くしてこそ――」

「小職は思い違いをしておりました」

オペラの言葉を遮って、羊は淡々と囁き続ける。

「ここだけの話、小職は当初、市議を殺害した下手人は、ダレカ嬢に容疑を向けるために、彼女を害さず現場へ残して立ち去ったものと本気で考えておりました。ところがダレカ嬢の証言をよくよく聞いてみると、お恥ずかしながら、我が推理は全くの的外れであったことが判明しました」

裁判の最中だというのに、羊はオペラだけに聞こえるほどの声量で語りかける。傍聴席に訝しむ声が広がってゆく。

「ちょっと弁護人、困りますわ。ここは法廷、堂々と声を張るべきではなくて？」

「いえ、もう暫し内緒話にお付き合いください」

羊は強引にオペラの腕を引いて被告人の前へと連れて行った。

「ダレカ嬢。貴女が目覚めたとき、執務室の扉は内側から鎖で厳重に封鎖されていたのでありますね？」

「鎖ですって？」

ダレカは戸惑いながらも「あ、あぁ」と頷く。

オペラは思わず聞き返した。そんな話は聞いていない。

「えぇ、えぇ。ダレカ嬢の証言を信じるならば、大変奇妙な状況であります。扉は内側から封鎖されていた。となれば必然、封鎖した人物もまた室内にいなければならない。にもかかわらず、室内にはダレカ嬢と市議の遺体しかなかった。であれば、その市議こそ扉を封鎖した人物、すなわち犯人であると考えざるを得ない」

「え？」

「は？」

ダレカとオペラの声が重なった。

「ダレカ嬢は市議の身体に少し触れただけで、それが確実に市議本人の遺体であるか確認したわけではありません。遺体は白マントを羽織り、机にうつぶせになっておりました。犯人が市議に近い体格をしていたならば、市議の遺体に変装して室内に潜むことは可能であります。ダレカ嬢、市議の遺体に違和感を覚えませんでしたか？」

ダレカはさっと青ざめる。

「そんな、まさか……。でもそういえば、あのときちょっと思ったんだ。なんか髪の色がくすんでるな、って……」

「ウィッグを被っていたのでしょうな。なおいっそう決定的な証拠は、ダレカ嬢が目覚めたとき、室内のカーペットに遺体を引きずった血痕がなかったことであります。血痕はダレカ嬢が執務室から逃げ出した後、変装を解いた犯人が廊下に放置していた市議の遺体を引きずってきた時の痕跡であります。実を申しますと小職、市議が廊下で刺されたという点だけがずっと不可解でありました。犯人は市議をわざわざ廊下へ引っ張り出して、そこで刺し殺し、また室内へ戻した。この奇行の真の目的は、血まみれのマントを拝借して遺体に扮装《ふんそう》するためだったのであります。無論、その背に突き刺さっていたナイフは刃のない玩具だったのでしょう」

「い、いや。やっぱ意味不明だよ、死体に変装するなんてさ。犯人は何でそんなことをしなくちゃならなかったんだ」

羊は「声を落として」と唇に指を当てた。

「遺体に扮する理由はただ一つ。自分と遺体しかいない部屋の扉が厳重に封鎖されていれば、ダレカ嬢、貴女は魔法を使って逃げる他なくなるからであります。貴女を追い詰めて魔法を使わせることこそ犯人の真の目的。推理ここに至れば、犯人の悪意は市議よりもむしろ貴女に向いているのではないかとさえ思えるのであります。例えば、公会堂のあちこちに張られていた迷い猫の張り紙。今思えば、あれは変身して逃げた魔女を捕まえさせるための犯人の仕込みではなかったか。落下した鐘に閉じ込められるとまでは想定していなかったにせよ、犯人は最初からダレカ嬢を火刑法廷へ送り込むために状況を設計しているように思われる」

「ちょ……おい、言葉に気をつけろよ」ダレカは焦ってオペラの顔を窺う。「それじゃまるで、私が魔女だって認めたようなもんじゃないか。私は魔女なんかじゃ――」

「貴女が魔女であることを知った上で小職がこの場にいることなど、聡明なオペラ殿は百も承知であります。だからこれは内緒話なのであります」

羊の額に汗の粒が浮かんでいることにダレカは気付いた。羊は何かを恐れている。あるいは、怯えている……？

「この火刑法廷には、ダレカ嬢に対する未知の悪意が渦を巻いている。殺意と言い換えてもよろしい。となれば、これ以上の審問の続行は賢明ではありません。小職は一介の弁護士、正体も知れぬ悪意に対する備えなどありません故。我々にできることは、オペラ・ガストール火刑審問官の人柄と能力を信頼して、ダレカ嬢は誰も殺してなどいないことをご納得いただき、この不毛な裁判が穏便に終着するようご協力を賜る可能性にかけることで……オペラ殿？」

そのとき初めて、羊は自身の言葉がオペラに届いていないことに気付いた。

オペラは、つい今しがた見つけた新たな証拠のことで頭がいっぱいだった。非常に突飛で遠回りな論証になるが、その証拠は確かに弁護人の主張を破綻させるものだった。興奮状態にあったオペラの脳は、羊の言葉をほとんど聞き漏らしていた。

「オペラ殿、よろしいですか？」

呼ばれてはっと我に返ったオペラは、急いで法廷の中央に戻ると、

「仰りたいことはそれだけでして？」

法廷中に響く大音声を張り上げた。

「皆様、こちらの弁護人は、今すぐ最終弁論を行うようわたくしに提案なさいました。わたくしに敗北を甘んじて受け入れるよう示唆してきたのです。まったく、言語道断ですわ！ これ以上の追及はできないだろうと高をくくっておいでなのでしょうけれど、とんでもない！ これからお呼びする証人のお話を聞いた後で、吠《ほ》え面をかかないことですわね！」

羊の目が怪訝そうに細められる。やはりそうか、とオペラは小さく拳を握った。オペラが見つけた新たな証拠を、羊は把握していないのだ。

オペラは威勢よく振り向き、傍聴席に座る男に手を向けた。

「そちらの繋ぎ服の方。お手数ですが、前へお越しくださいますかしら」

繋ぎの男は、何故自分がここにいるのかまるで見当がつかないといった顔をしながらも、起立してジョイと名乗った。

「ジョイ・アンド・ポール鋳物店の工房長をやっております。あの、あたしは今日どうして呼ばれたんでしょうかね？」

「あなたが事件当夜、公会堂に鐘を納入しに訪れたためですわ。そうでしたわね？」

「えぇ、はぁ」

「大きな鐘ですから、大型のトラックで運ばれたのでしょうね。例えば、このような」

オペラは模型の駐車場から、最も大きなトラックのミニチュアを手に取った。

「えぇ。うちの車もそれによく似ています」

「あなたはトラックを、何時に、どこへ乗りつけたのでしょうか？」

「はぁ。本来は搬入口の前へ乗りつける手筈だったのですが、駐車場が客の車で満車だったので、急遽裏手へ回って路地の奥に停めました。十八時頃だったと思います」

「正確には、路地のどの位置に停めたかご記憶ですかしら？」

さぁ、とジョイは腕を組んだ。

「正確な位置と言われても……。トラックのライトが倉庫を照らしていたから、倉庫よりは手前だったはずですがね」

ジョイが正確な駐車位置を記憶していれば話はここで終わるのだが、覚えていないのなら仕方がない、他の証人からトラックの位置を割りだそう、という思考を辿った果てにオペラは「なるほど」と頷いた。

「わたくしが事件を捜査している際、証人が支配人に激しい口調で抗議していたのを耳にしましたわ。運転手が車から降りようとしたら、サイドミラーが公会堂の壁に当たって折れてしまったとか。ということは、トラックは公会堂の壁すれすれ、ほとんど壁にぴったり沿って駐車されたのではありませんか？」

「そうです。助手席のドアが壁にぶつかって開かないもんだから、降車するのに苦労しましたよ」

「ありがとうございます。それでは続いて、ブレーク氏にお越しいただきたいと存じます」

オペラは傍聴席の最後部に座る老紳士に手を差し伸べた。

「ガストン・ブレークと申します」

しっかりとした足取りで前へ出た老紳士は、威厳のある声で名乗った。

「二年前までウィッチフォード村の村長をしておりました。家内と共に晩餐会に招待されまして、観光もかねてこの街に滞在しております」

「この間お会いしたとき、事件当夜に奇妙な体験をされたとお話しされていましたわね。それについて証言をお願いできますかしら？」

「と言いますと、消えた少女の話ですか？」

ブレーク氏はシャーロット・リードらしき少女が通路の奥へ消えた経緯を語った。傍聴人たちは皆、この話が事件と何の関係があるのかと訝ったが、話しているブレーク氏当人も同じ思いだった。

「通路の奥から来た方たちは、そのような少女は見なかったと？」

オペラは念入りに確認した。

ブレーク氏は「えぇ」と頷き、傍聴席へ顔を向ける。「詳しくは、ご本人にお聞きください」

「ん？」

見ると、傍聴席の奥の方で見覚えのある若い女がオペラに手を振っていた。何者だったか思い出そうと記憶を漁っていると、後ろからミチルが耳打ちする。

「アンデルセンですよ。前回の裁判で証言をした」

「あぁ！」

アンデルセン・スタニスワフは呼ばれてもいないのに前へ歩み出ると、傍聴席の手すりにもたれ掛かり、馴れ馴れしく言った。

「久しぶりだな、審問官。私の証言も聞いて行かないか？」

裏口とトラック

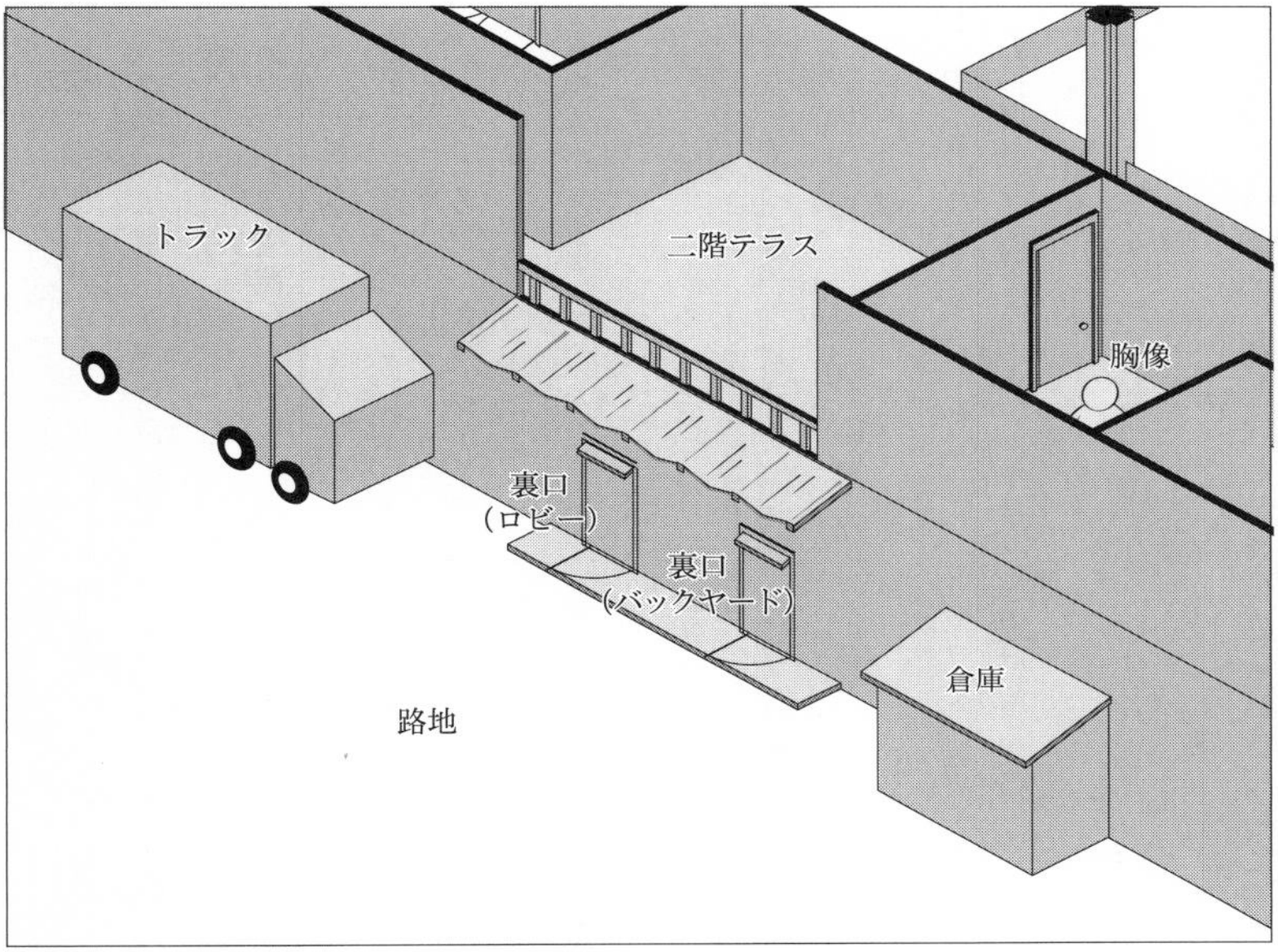

態度は癇《かん》に障るが、今回は審問官側に都合のいい証人のようだった。証言を許されたアンデルセンはごく短い自己紹介を済ませると、すらすらと話し始める。

「私は事件当夜、公会堂で臨時雇いの仕事をしていたんだ。あの鐘の落下音には私も驚いたね。様子を見にロビーに向かっていた途中、二階南通路の胸像の前で友人にばったり会ったんだ。二人でお喋りしながら歩いていくと、通路の出口でブレーク夫妻に呼び止められた。あとは彼の証言と同じさ。私も友人も、シャーロットなんて子は見ちゃいない」

「念のためお聞きしますけれど、そのご友人の方はシャーロットさんではないのですね？」

アンデルセンはけらけらと笑った。

「そりゃそうさ。だってそいつの名は、エリス・カーソンだからな」

「えっ⁉」

ダレカの背後に座すエリス・カーソンに目を向けると、エリスは気まずそうに視線を逸らした。

オペラは微《かす》かに嫌な予感を覚えた。アンデルセンやエリスは前回、弁護側の証人だった。これもまた羊の罠なのではないか。

……いや。羊は裁判をやめたがっていたではないか。先ほどの羊の提案は、本物の焦燥から来るもののように感じられた。羊の意に反することであれば、このまま突き進んでも問題ないはずだ。

「アンデルセンさん。あなたはエリスさんと共に二階テラスを通りましたわね。テラスの外に何か見えませんでしたか？　例えば、近くにトラックが停まっていたとか」

「トラック？　どうだろう」アンデルセンは首をひねる。「そっちにゃ全く注意を払っていなかったから、わからないとしか言いようがない。あっ、そういやあのとき、テラスの外から男たちの言い合う声が聞こえてたけど、それが鋳物店の連中だったのかな」

ジョイが頷く。

「そうだと思います。あたしらは帰ろうとしていたんですが、鐘が落ちた音を聞いて、様子を見に行くかどうか車の前で口論していたんです。あたしは責任もって確認すべきだって言ったんですが、ポールは厄介ごとは御免だって――」

「結構ですわ」

オペラはジョイの証言を打ち切り、模型に歩み寄った。二階テラスからロビーへ通じる通路に人形を置き、振り返る。

「アンデルセンさんの移動したルートを辿りますと、通路の出口にいたブレーク夫妻と挟み撃ちする恰好になって、シャーロットの行き場がどこにもないことがおわかりいただけるかと思います。果たして少女はどこへ消えたのか。これまでの証言をまとめると、その答えは明白です」

オペラはトラックを二階テラスのすぐ外に置き、その上に人形を置いた。

「シャーロットは、ぴったり壁に沿って駐車していたトラックの上に飛び移ったのですわ。どんな事情かは存じませんけれど、彼女はブレーク夫妻から逃げようとしてそのような行為に及んだのでしょう。トラックの上から地面に飛び降りたのか、アンデルセンさんをやり過ごした後また館内に戻ったのか、その後の足取りはわかりません」

アンデルセンは今一つ納得していない顔で「うーむ」と唸った。

「ちょいと臆測が過ぎるんじゃないか、審問官。シャーロットが何者だったのか、誰も確かなことは知らないってのに」

「少女の正体などこの際どうでもいいのです。わたくしの主張の要点は、トラックは二階テラスのすぐ下に停めてあったはずだということですわ。トラックの上以外にシャーロットの逃げ場はないのですから、必然的にそうなります」

「まぁ、そりゃそうだ」

「となると」オペラはトラックのミニチュアを取り上げ、二階テラスの下にある二つの扉を指し示した。「トラックはテラス下にある二つの裏口を塞いでいたことになりますわね。サイドミラーが折れるほど壁すれすれにトラックが停めてあったのだから、裏口から出ることも入ることも到底かなわなかったはずですわ。ところが！」

ずい、と羊の顔をまっすぐ指さす。

「弁護人はこう主張しています——被告人と市議は地下の支配人室で会談した後、市議だけが塔へ戻っていったと。ふむふむ、なるほど……などと納得するわけにはいかないのです！　裏口がトラックによって塞がれていた以上、市議が地下から塔へ移動することは不可能！　故に弁護人の主張は、全くもって成立しないのですわ！」

聴衆の反応は、概ねオペラの予想通りだった。およそ半数は市議移動説が打ち砕かれたことに感嘆し、残りの半数は回りくどい立証に追い付けずにぽかんとしていた。

だが、羊はオペラの予想した反応を示さなかった。すぐに反論してくるかと思いきや、羊は苦い顔をして口を固く閉ざしていた。まるで、触れてはならない何かを暴かれてしまったかのような痛烈な面持ちだった。

「……少しだけ、反論を」長い沈黙の果てに、羊は重々しく口を開いた。「地下の出入口は路地の裏口だけではありますまい。市議は他のルートを通って塔へ向かったのであります」

「え？　ええと」

深く考えていなかったオペラがあたふたしていると、

「それは私から否定できる」

バイコーン警部が助け舟を出した。

「地下へ入る道は、裏口に通じる階段を除くと厨房の横の階段だけだ。そこは催し事がある時は常時スタッフが行き交っている場所であるため、見慣れぬ者が通れば直ちに気付いただろうと公会堂の支配人が言っていた。改めて言うが、十八時以降に市議の姿を目撃した者は一人もいない」

「だそうですわ！」

オペラは嬉々として胸を張る。

「ふむ。そうでありますか」

これまでとは打って変わって、羊の口調は慎重だった。

「では、この点はいかがか？　裏口がトラックで塞がれていたとはいえ、扉がほんの少しでも開くのなら、痩せ型の市議は隙間から出入りできたのではありますまいか」

「薄い扉だったらそれもありえたでしょう。けれど、模型をよくご覧なさい。裏口の扉は分厚い上に、上部が出っ張った形をしていますわ。この出っ張りが車にぶつかって扉はほとんど開かず、猫一匹通れなかったはずです。さぁ弁護人！　まだ何か反論はありまして？」

羊は押し黙った。オペラは昂《たかぶ》る気持ちを抑えながら、羊がどう反論してくるものか待ち構えていた。

だが、次に口を開いたのは弁護人ではなかった。

「あ、あのー……」

その遠慮がちな声は、オペラのすぐ背後から聞こえてきた。

「お嬢様、ちょっとよろしいでしょうか」

「何ですの、ミチル。こんなときに」

オペラは苛立たしげに付き人を振り返る。ミチルは言いにくそうにしながらも、おずおずと指摘した。

「それだと、お嬢様の説も成立しなくなるのでは？」

「……え？」

「ですから、裏口がトラックで塞がれていたら、市議が地下から塔へ移動できないのと同様に、バッドマと入れ替わったダレカが地下へ移動できないのでは……？」

オペラが息を呑み、法廷内の時が数秒の間止まった。

「ばっ」オペラはすぐに息を吹き返す。「馬鹿おっしゃい！　市議移動説が崩壊した以上、被告人が裏口を通って地下へ入ったことは動かぬ事実！　きっと被告人は裏口の扉を無理矢理開け、狭い隙間を猫になって通り抜けたのですわ」

「でも、猫一匹通れないって仰っていたような……」

「そ、それは……」

オペラの気勢は早くも途絶えた。

ミチルの指摘は、ある意味では当たり前のことだった。羊の主張では市議が、オペラの主張ではダレカが、それぞれ裏口を経由して移動したことになる。従って、裏口が塞がれていたならば、二つの主張は同時に、平等に潰《つい》えるのだ。

「え、ええと……あれ……?」

オペラは混乱する頭を必死に回転させる。

二つの主張を共に否定するならば、オペラの論証はどこかが間違っていることになる。トラックは裏口から離れた場所に停まっていて、二つの裏口は自由に出入りできたということか。では、シャーロットはどこへ消えた? ブレーク氏の見間違いだったのだろうか? いや、夫妻揃って少女の幻を見たとも思えない。それなら、通路の奥から来たアンデルセンとエリスが嘘をついている? まさか。アンデルセンはともかく、エリスは明らかに羊側の人間だ。羊の主張を揺るがすような嘘をつく理由がない。第一、シャーロットが消えたときはまだ事件が発覚してすらいなかった……。

ふと気が付くと、法廷中の視線がオペラに向けられていた。奇妙な矛盾にたどり着いてしまった議論にどうケリをつけるのか、誰もがオペラの次の手を待っていた。

オペラはごくりと唾液を嚥下し、口を開く。

「えっと……。今の話はなかったことに……」

すぐさまブレーク氏が首をひねる。

「では結局、シャーロットはどこへ行ったのでしょうか?」

知るかそんなものと突っぱねたい気持ちを抑えながら、オペラは愛想笑いを浮かべた。

「その件は、その、本件とは関係なかったようなので……」

傍聴席にこれまでとは異なるざわめきが広がっていく。それは新たな議題を持ち出しながら、矛盾が見つかると直ちに撤回した審問官に対する不信の声だった。オペラは忸怩《じくじ》たる思いで弁護人に目を向ける。さぞ勝ち誇った顔をしているだろうと思いきや、羊は相変わらず唇を固く結んだまま、緊迫した顔で成り行きを見守っていた。

そのときだった。

「審問官様！」

どこかで聞いたことのある女性の声が高らかに響いた。

「どうか、私の証言を聞いてください！　ここに、シャーロットの謎を解き明かす証拠があります！」

「あっ、あの、シャーロットは本裁判に何の関係もないのであって……」

オペラは早くこの話題を終わらせたかったが、

「いいえ！」

鋭い声がそれを拒絶した。声の主を捜していると、傍聴席の奥から黒衣の女性が法廷の中央へ歩み出た。その顔を見てオペラはあっと声を上げる。

「あなたは……メリダさん、でしたわね？」

ハロルド・ヴェナブルズの婚約者、メリダ・カーソンは小さく頷くと、手提げ鞄から書類の束を取り出した。

「この書類は審問官様のお悩みを解決すると共に、この場に潜む邪悪な魔女を炙り出すことでしょう。何故ならこれは――」

「オペラ殿！」

羊の、ほとんど怒声と言ってもいい声がメリダの言葉を遮った。

「その女の口を塞げ！　彼女に喋らせてはならない！」

「は……はぁ？」

珍しく感情を露わにした羊につられて、オペラも声が上ずってしまう。

「何を仰っているんですの？　審問官側の証人を拒絶する権利など、弁護人にはありませんわ！　しかし、非常に興味深いですわね。弁護人はどうしてメリダさんの証言をそれほど恐れているのかしら。これは是非とも確かめなくてはなりませんわ」

羊はぐっと下唇を噛んで押し黙った。その表情に嘘偽りはない、とオペラは見て取った。メリダが何を言い出すのかは不明だが、羊にとって不都合なのは確からしい。

メリダ以外の証人を全て下がらせると、オペラはメリダに証言を促した。メリダは簡潔に自己紹介すると、手にしていた書類を眺めながら淡々と証言を始めた。

「審問官様は混乱なさっておいでのでしたが、話はごく単純なのです。審問官様の猫入れ替わり説、弁護人の市議移動説、これらのいずれかは間違いなく真実なのです。何故なら、執務室に向かったはずのダレカが鐘楼の下に移動していたという不可解な現象が、現実に起こっているからです。言い換えれば、二つの説のどちらが真実であったとしても、裏口は通行可能でなくてはなりません」

メリダの証言が思いのほか論理的で、オペラは些かたじろいだ。

「確かにその通りですわね。でもそれだと、シャーロットが消えた謎が……。あぁ、いえ！　無論、わたくしの説が真実であることは疑いようがなく、シャーロットの行方など些事ではありますけれど」

「いいえ、審問官様。シャーロットの件ほど重要なことは他にありません。まずはこちらの書類をお読みください」

メリダは手にしていた書類をオペラに差し出した。書類を受け取ったとき、メリダの手の中に灰色の便箋がちらりと見えた。

「その書類は私の大切な人、ハロルドが遺した取材記録です。《デイリー・レコード》紙のヘッドライナーだったハロルドは、新聞に魔女の記事をいくつも掲載していました。彼は亡くなる直前、〈ウィッチフォードの魔女〉と呼ばれる魔女に関する新情報を入手し、発表する時期を窺っていました」

オペラは資料を捲る手を止めて顔を上げる。

「〈ウィッチフォードの魔女〉というと、去年話題になった、あの？」

「えぇ。ハロルドは、〈ウィッチフォードの魔女〉がこの街へ逃れてきて、今はアクトン・ベル・カラーと名乗っていることを突き止めていました」

「カラー⁉」

法廷内に一陣のどよめきが走り、メリダは満足げに深く頷いた。

「更に、ハロルドは彼女の出自に関する情報も入手していました。十年ほど前、ウィッチフォード村でリード家の一人娘が病死したと言われています。しかし、娘の遺体を目にしたのは家族だけでした。とある事情からリード家の主人は娘が死んだと偽り、地下室で密《ひそ》かに匿っていたのです。この娘こそ、アクトン・ベル・カラーの正体であると彼は書いていています」

資料を追っていたオペラの目が、ちょうどカラーの正体に関する一文に留まった。

「『死んだとされている娘の名は、シャーロット・リードである』……！」

オペラの呟きが、法廷に驚嘆の渦を巻き起こした。

傍聴席の暗がりの下で、エリスは不安に震えていた。

母親がこの法廷に来ていたことを、エリスは今の今まで知らなかった。メリダの顔を見たのは家を出て以来、一か月ぶりのことだった。久々に見たメリダは一段とげっそりしており、道ですれ違っても母親だと気付かなかったかもしれない。

メリダが不意にこちらへ視線を向けた。その唇がエリスに何かを語りかける。法廷の喧騒に紛れて声は届かなかったが、エリスにはメリダが何を言ったのか自然とわかった。

——私は、すべて知っているのよ。

エリスの背筋を悪寒が走る。メリダはあの夜、二階テラスで起きたことを知っているのだ。そしてそのことを——シャーロット消失の真相を、法廷で明かそうとしている。

恐怖に震えるエリスの手を、そっと温かい手が包んだ。顔を上げると、隣に座るカラーが確信めいた顔で囁いた。

「大丈夫だよ」

彼女自身について取り沙汰されているというのに、カラーはどこまでも平静で、その掠れた小声は普段と何も変わらなかった。

「エリスは、何も心配しなくていい」

◆

晩餐会の夜。

「もしかして、シャーロット？　いえ、ごめんなさいね、いきなり変なことを言って」

ロビー二階で老婦人に呼び止められたカラーは、ぎくりと身体を震わせた。よほど会いたくない人物だったのか、カラーは急いで暗い通路の奥へ駆け込んでいく。

突如カラーの足がもつれ、彼女の身体は通路に倒れこんだ。背中の鞄の口が開き、エリスの身体は床に放り出された。

「ごっ、ごめん！」

エリスはごろんと床で一回転し、すぐに起き上がった。話には聞いていたが、猫の身体は人より体幹が優れているらしい。

「ううん、大丈夫」

エリスが再び鞄に潜り込むと、カラーが急いでそれを背負う。この辺りは人目が少ないが、猫に変身している状態を見られるのは避けなければならない。


晩餐会の準備でカラーが厨房に駆り出され、物置部屋で暇を持て余していたエリスは、ダレカに教わった変身をひたすら練習していた。ついに変身に成功したときは興奮したが、すぐに不安と焦りに切り替わった。人の姿に戻ることができなかったのだ。

猫のままでいるわけにもいかず、ダレカに人間への戻り方を教わろうと考えたエリスは、ひとまずカラーに助けを求めた。カラーはエリスを鞄に入れて背負い、公会堂に来ているはずのダレカを捜すことになった。ところがその途中、カラーの昔の知人に出くわすというハプニングに見舞われたのだった。

「どうする?」エリスは鞄の中からカラーに問いかける。「ダレカさんのことは一旦後にして、身を隠した方がいいかな。カラーの正体がわかったら、ウィッチフォードに連れ戻されちゃうよね」

「いや、それはないと思うけど——」

カラーは口を閉ざした。通路の奥から足音が近づいてくる。

「よぉ、エリス。こんなところで何してんだ?」

快活な声が鞄の外から聞こえた。今度はエリスの知り合い、アンデルセン・スタニスワフだ。エリスはうんざりした。こんなときにどうして次から次へと知人が集まって来るのか。

しかもアンデルセンは、カラーのことをエリスと勘違いしていた。カラーは地声がとても小さいが、エリスは猫になっても声量が変わっていない。通路の奥から来たアンデルセンにはエリスの声しか聞こえておらず、この場に少女が一人しかいないのを見て、エリスが独り言を呟いていたと思ったのだろう。

「あ……アンデルセンさん。お久しぶり、です……」

恐る恐る鞄の中から挨拶をしたが、アンデルセンは全く疑う様子がなかった。

「おぉ、元気そうで何より。ん？　お前の眼鏡、ひびが入ってないか？」

カラーが顔を背ける動きが鞄越しに伝わってくる。カラーは先ほど鞄から落ちたエリスの眼鏡をかけ、エリスに変装しているらしい。

「え？　あっ、はい。大丈夫です。さっき転んじゃって」

「そっか。気を付けなよ。今夜は方々からお偉いさんが集まってるからな。こういう場で粗相をすると、後々面倒になる」

カラーの代わりにエリスが答え、アンデルセンがそれに応じる。奇妙な形式で交わされる平凡な会話を続けながら、アンデルセンとカラーは通路を戻っていった。

通路の出口には先ほどの老夫婦がおり、シャーロットという少女を見ていないかと尋ねてきたが、アンデルセンは「さぁ」と肩を竦めた。

「そんな子はいなかったと思うけど。だよな、エリス？」

カラーが小さく首を振る揺れが伝わってくる。

◆

「つまり、ブレーク夫妻が見た少女は正真正銘のシャーロット、すなわちアクトン・ベル・カラーだったということですか？」

「えぇ、そうです。そこにいる――」

メリダが暗がりに座るカラーを指さし、人々の視線が追随する。

「カラーは公会堂に住み込みで働いているそうですから、事件当夜そこにいても何もおかしくありません」

「お、おぉ！」

ブレーク氏が感嘆の声を上げて席から立ち上がった。

「間違いない。確かにあの子だ。そうか……。シャーロット、君は生きていたのか……」

カラーは表情を硬くしていたが、最早顔を隠そうとはしなかった。その隣で、エリスは小さく縮こまって震えていた。

シャーロットとカラーが同一人物であることが確かめられた今、メリダの証言は徐々に説得力を持ち始めている。エリスが魔女であるという噂はオペラも耳にしているだろう。その上、エリスとカラーが親しいことは周知の事実だ。だから今この場であの晩起きたこと――エリスが猫に変身し、カラーと協力して二人一役を演じていたことをメリダが暴露したなら、きっと人々は納得してしまう。

「あ、あぁ……」

俯くエリスの口から、小さな声が絞り出された。

メリダは暴くつもりだ。ダレカやバッドマだけでなく、エリスも猫に変身したということ――即ち、エリスが魔女であるということを。

たとえ事件に関係なくても、火刑法廷の中で魔女と立証された人物は火炙りにされる。羊に教えてもらった残酷なルールが、今、自分の身に襲い掛かろうとしている……。

「エリス」

エリスの小さな肩を、カラーがそっと抱きしめた。

「エリス、ぼくは思うんだ」

エリスの耳元で、カラーが風のような声で囁いた。

「きっとこの世界では、理にかなわないことは起きないんだ。不条理とか、理不尽とか、そういうのは誰かの思い過ごしでしかなくて、どんなに悲しいことにも、辛いことにも、必ずそうなってしまった理由があると思うんだ。何もかも、そうなって当然のことなんだよ」

カラーの言葉の一つ一つが、少しずつエリスの心に浸潤していく。その意図は摑めなくとも、何かとても大切なことを伝えようとしていることはわかった。

「だから安心して、エリス」

エリスは視線を上げ、カラーと顔を合わせた。カラーは相変わらず無表情で、けれどとても優しい目をしていた。

「メリダさんは、エリスを憎んではいない。だって、ハロルドさんが死んだのはぼくのせいであって、エリスのせいじゃないから。だからメリダさんは、エリスを火炙りにするようなことは言わないよ」

「えっ……」

そのとき、メリダが一際大きな声を張り上げた。

「もうおわかりでしょう、審問官様！　シャーロット、つまりカラーは魔女だったのです！　彼女は箒に乗って空を飛び、二階テラスから姿を消した！　それ以外にカラーが姿を消す方法がないことは、先ほど議論し尽くされました！　故に、火刑に処されるべきはアクトン・ベル・カラーなのです！」

傍聴人のどよめきの中、エリスはただただ呆然としていた。カラーは魔女である——これほど短い一文を、エリスの脳は上手く処理することができない。

オペラはぽかんとした顔で突っ立っていた。だが、すぐに我を取り戻すと、

「ちょっ、ちょっとお待ちを！」

負けじと声を張り上げた。

「ここはダレカ・ド・バルザックを裁くための火刑法廷ですわ！　カラーが魔女かどうかなんて、今はどうでも——」

「ダレカこそどうでもいい！」

メリダはぎらぎらと両目を充血させながら、灰色の便箋を握り締めて叫んだ。

「これだけ議論を尽くしても、ダレカが魔女か否か決定することはできませんでした。けれど、カラーが魔女であることは立証された！　この場所は火刑法廷、魔女を火炙りにするための処刑場ではないのですか！　さぁ、あの魔女を火炙りにしてください！」

「そ、そんな無茶苦茶な……」

メリダの妄執的な激昂《げきこう》に圧倒されながらも、オペラは必死に頭を回転させる。確かにこの場でカラーが魔女であることを立証できれば、彼女は火刑に処される。だが、事件と無関係な人物を刑に処すなど、さすがに看過できるはずがない。

「ええと、あの、もしかしたら二階テラスには梯子が立て掛けられていたのかもしれませんわ。シャーロットは梯子を使ってテラスから下り、その場から逃れたのかも……」

シャーロットには逃げ場がなかったという自説に自ら反駁《はんばく》することに、オペラは全身がむずむずするような気持ち悪さを感じていた。だが、オペラの正義はメリダの主張を通すわけにはいかないと言っていた。

メリダは手元の便箋を覗き込み、再び顔を上げる。

「アンデルセンはジョイたちの口論を聞いています。シャーロットがテラスに駆け込んできたときも、

彼らはトラックの前で口論をしていたはずです。少女がテラスから下りてきたなら、彼らが目撃しているはずではありませんか」

「う……」

オペラはジョイに目を向けるが、案の定彼は首を横に振った。

「あたしは見てませんね。そんな子がいたら気付いたはずですが」

「……そ、そうですか」

「メリダ夫人」

羊が重い口を開いた。

「先ほどから、お手元の紙を見ながらお話しされているようでありますが、そこに指示が書いてあるのでありますか？　カラー嬢を火刑へ追い詰めるための指示が」

メリダは射殺すような目で羊を睨む。

「だったら何だというのです？」

「お教えください」羊は冷然とした低声で詰め寄る。「その灰色の便箋を貴女に授けたのは誰です？　アルマジャック市議殺害事件と明らかに無関係な罪なき少女を焼き殺すよう貴女に指示を出しているのは、一体どこの誰でありますか？」

「審理に関係のない質問に答える必要があるのですか」

「それでは、関係のある指摘をば。シャーロットが梯子で下りた可能性はないという点については小職も同意であります。が、市議はいかがでありますかな？　地下でダレカ嬢と会談を済ませた市議は、路地へ出た際にトラックによってロビーへの裏口が塞がれていることに気付いた。工務店の男たちは鐘の搬入でその場を離れていたのでしょう。市議は倉庫から梯子を持ってきて、テラスに立てかけて上り、館内へ戻った。これなら少なくとも小職の主張は成立し、シャーロットが空を飛ぶ必要はなくなるのであります」

「……それは……」

初めてメリダが言い淀《よど》んだ。彼女は手元の便箋を広げ、食い入るように目を走らせる。

「ほう。貴女の背後にいる者は、小職への反論まで準備が及んでいなかった様子でありますな」

「黙りなさい！」

メリダは鋭く叫んだが、羊の主張を否定する根拠を便箋の中から見つけることはできそうになかった。

そのとき、オペラの視界の隅を何かが横切った。一瞬小鳥か何かが飛んでいるのかと思ったが、法廷内に鳥がいるはずがない。辺りを見回すと、オペラの頭上を再び何かが横切った。

それは小さな灰色の紙飛行機だった。一体誰が投げたのか、紙飛行機は法廷内の人々の注目を集めながら、ゆっくりと大きな螺旋を描いて滑空を続け、やがて計算し尽くされたように正確な軌道でメリダの足元に落ちた。

紙飛行機を拾ったメリダは、いそいそと折り畳まれた紙を開き、そこに書いてある文面をそのまま読み上げた。

「『市議が梯子を使った可能性はない。梯子を使う場合、市議は舗装されていない路面に足を踏み入れる必要があるが、彼女の靴に泥が付着していなかったことから、その可能性は否定される』、と

……」

法廷内は静まり返った。メリダの反論は明白で、羊の提示した可能性が排除されたことは誰の目にも明らかだった。

羊は張りつめた面持ちで、素早く法廷内に視線を走らせる。

「誰だ」

羊の低い呟きが、オペラの耳に届く。

「この場に、いるのか」

オペラが何もできずにその場に立ち尽くしていると、

『もしも』……」

メリダが紙の続きを読み上げる。

『もしもカラーが飛行したことを認めないのであれば、もう一つの可能性が浮上する。その場合は、一人の少女が変身魔法を使用したことを証明する。その少女とは』……」

そのときだった。

絹を裂くような悲鳴が耳を劈《つんざ》き、オペラはびくりと身体を震わせた。不思議なことに、悲鳴が聞こえた方へ視線を向けるよりも前に、その悲鳴がこの長い裁判に終わりを告げる知らせであることを、オペラは直観的に悟っていた。

ダレカの席のすぐ前、何もない空間のただ中に、カラーが立っていた。小さな魔女は冷然とした面持ちで、一歩、また一歩と空中を歩いてゆく。よく見ると、カラー自身が空中に浮いているのではないことがわかる。彼女の靴の下には一本の箒が浮いており、少女が歩みを進めるのに合わせて空中を滑るように移動していた。

誰もが固唾《かたず》を呑んで見守る中、カラーはメリダの目の前の空中に立ち、小さな声で、しかし全ての者に聞こえるように言った。

「そうだよ。ぼくは魔女だ」

メリダは何も言わず、眼前に浮遊する魔女の姿を聴衆と同じように呆然と眺めていた。先ほどまでの鬼気迫る殺気はどこかへ消え失せていた。

「違う！」

叫びに近い声で、エリスが言った。その声を聴いて、オペラはようやく先ほどの悲鳴がエリスのものだったことに気付いた。

「カラーじゃない！　カラーは――」

「エリス」

カラーは細い箒の上で器用に踵を返し、友人の名を呼んだ。

「もういいんだ」

肖像画のように静謐《せいひつ》で、内面の窺い知れない無表情でカラーは言った。

そのとき、上空の陪審席の看板が回転し、表示が切り替わった。十二枚すべての看板に、『アクトン・ベル・カラーは魔女』の文字が現れる。そのうち三枚にはダレカとバッドマの名も併記されていたが、最早誰も彼女たちの名前には注目していなかった。

「あぁ」

エリスの口から絶望の声が漏れ、彼女は椅子の前に膝から崩れ落ちる。それと同時に、法廷内にブザーが鳴り響いた。審理の刻限が訪れたことを示すため、三度目のブザーはこれまでより長く鳴り続けた。

「う……」

オペラは眩暈がする思いだった。何故こんなことになってしまったのか。審問官であるオペラですら、目の前の現実を受け入れることができなかった。

この法廷は既に結審し、一人の少女を魔女と認めた。その結果を覆すことは誰にもできないことを、オペラはよく知っていた。

法廷の壁の奥から、がらがらと不穏な機械駆動音が聞こえてくる。何が起きるのかと人々が不安そうに辺りを見回していると、不意に上空の光の中から、そして地底の闇の中から、幾本もの細い鎖が飛び出してきて蛇のようにカラーの身体に巻き付いた。カラーの身体は空中に磔《はりつけ》にされ、足元の箒は力を失って闇の底へと落ちていった。

「っ……！」

カラーの顔が苦痛に歪む。

メリダは悲鳴を上げてカラーの前から逃げ去った。オペラも思わず足場の上を後退り、傍聴席の手すりを掴む。

「まさか、もう……？」

そのとき小さな人影が通路の上を駆け抜け、カラーに駆け寄った。エリスだった。彼女はカラーの手首を縛る鎖を掴むが、

「熱っ！」

思わず手を離してしまう。

「や、やめなさい！ 危険ですわ！」

オペラの叫びはエリスには届かなかった。エリスは歯を食いしばり、再び鎖を掴んでカラーの身体から引き剝がそうとする。

そんなエリスを、カラーは落ち着いた眼差しで眺めていた。カラーの唇が僅かに動き、エリスが動きを止める。カラーは何かを語り掛けているようだったが、その声が届くのはエリスだけだった。

興奮の極まったメリダが、魔女め、燃えてしまえ、というような意味の言葉を叫んだ。その声に呼応するかのように、カラーの服の裾がぼうと燃え上がる。悲鳴を上げたのはカラーではなくエリスだった。エリスは半狂乱になりながら、みるみる炎に呑み込まれていくカラーの小さな身体にしがみつく。

「エリス！」

「馬鹿っ、離れろっ！」

羊とアンデルセンが駆け出し、エリスの身体を引き剝がそうとする。だが今や炎はエリスの髪や衣服に燃え移っており、二人は容易に近づくことができないでいた。

傍聴人がパニックを起こしながら雪崩《なだれ》のように法廷から逃げ出していく。その中にはメリダの姿もあった。

いつしかオペラは通路の上にへたり込んでいた。目の前で繰り広げられる火刑を、オペラはただただ眺めることしかできなかった。


やがてカラーの四肢を縛り付けていた鎖は、支えを失って深い闇の中へと落ちていった。あれほど激しく燃え上がった炎も嘘のように消え去ったが、肉の焦げる酷い臭気は法廷に残り続けた。

オペラは立ち上がることができなかった。辺りには傍聴人の誰かが嘔吐した吐瀉《としゃ》物の臭いが漂い、オペラもこみ上げる吐き気を必死で抑えていた。

エリスは通路の上に横たわっている。衣服と素肌の境目が判然としないほどの熱傷を負っており、まるで彼女の方が火刑に処されたかのような有様だった。

傍らで羊とアンデルセンが懸命に呼びかけているが、少女はぴくりとも反応しない。

Ⅲ

「早く入りたまえ」

チーク材の扉越しに、しわがれた男の声が聞こえた。

部屋の前で何分も躊躇《ちゅうちょ》していたことに、扉の向こうの男は気付いていたのだろうか。何とも言えない嫌な気分を覚えながら、オペラはドアノブに手をかけた。

そこは歴史ある法院の一室でありながら、高級ホテルのスイートルームじみた部屋だった。毛足の長い絨毯《じゅうたん》や分厚いカーテンを、シャンデリアを模した電灯が煌々《こうこう》と照らしている。中央の机の前には部屋の主が腰掛けており、黙々と書き物をしていた。

「ご無沙汰しておりますわ。ヘンリー局長」

男はペンを走らせる手を止め、オペラに湿っぽい目線を向けた。

ぞんざいにすすめられた椅子に腰掛け、オペラはヘンリーに真正面から向き合った。オペラがこの男に会うのは、去年初めて火刑法廷の審問官を拝命したとき以来だった。齢の頃は五十代後半、頬肉の弛《たる》んだ覇気のない顔立ちといった人相は、火刑法廷事務局長という肩書には不釣り合いに思える。

「用向きは何だね、ガストール君。君の今後については、追って連絡すると伝えたはずだが」

ヘンリーは教師のように正確な発音で喋る。一切訛りのない正確な英語がこの男の人間性を隠蔽《いんぺい》しているような気がして、彼を前にするとオペラはいつも不安に駆られるのだった。

「ダレカ裁判の件です。被告人は無罪となりましたが、無関係な少女が一名、魔女として火刑に処されました」

「聞いている。それで?」

ヘンリーの平板な相槌が、オペラは癪に障った。

「おかしいとは思わないのですか⁉　カラーには何の罪もないのに、彼女は国家によって殺されたのですよ！」

「君も最初の裁判でカラーを裁こうとしていたじゃないか」

「それは別の裁判で、そのとき彼女は無罪となったのです！　あまつさえ、エリス・カーソンまであんなことに……！」

ヘンリーは深いため息を吐《つ》いた。

「ただの当て擦りにいちいち喚くな。私も疲れていてね。人権派の市民団体や議員から、カラーの火刑について抗議が殺到している。シュノのあれが効いたな」

ダレカ裁判の顚末《てんまつ》が一通り国民に知れ渡った後、シュノがカラーに捧げた直筆の追悼文が各紙に掲載された。細く儚い筆跡と切々とした筆致は、読者に哀惜の念を強く呼び起こし、火刑法廷制度への反発はかつてないほど高まっていた。

「我々は世間が何と言おうと、魔女は法に則《のっと》って火刑に処されたと主張し続けるしかない。そういう取り決めだからな」

「取り決め？」

オペラは違和感を覚えた。ヘンリーの含みのある言い草は、オペラの知らない何かを前提としているようだった。

暫く無言の睨み合いが続いた後、ヘンリーはまたため息を吐いた。

「私と、前首相だけなんだ」

「は？」

ヘンリーは立ち上がり、カーテンの隙間から窓外を覗いた。

「彼と直に接触したことがあるのは、前首相と、彼の秘書兼通訳者だった私だけなんだ。ある意味、火刑法廷という制度を本心から受容しているのは、この国で私と前首相だけなのだろう」

「彼？　何のことです？」

「もう十年近く前のことだ。当時の内閣は盤石な政権基盤を築いていたが、〈客船の魔女〉への無罪判決が国民の反感を買ったことで、首相の足元はぐらつき始めていた。彼はよく愚痴っていたよ。魔女なんて訳のわからないものに、どう対処するのが正解だというんだ、とな」

〈客船の魔女〉事件は、この国の刑法の根幹を揺るがした。当時まだ法科大学生だったオペラも強く関心を惹かれ、学生や教授と熱い議論を交わしたものだ。魔法によって殺人を犯した魔女を、魔法を認めない法律によって裁くことが可能か否か。教授らは概ね無罪判決を支持していたが、刑法の不備を糾弾する学生も多かった。

「ある年の暮れ、アメリカから戻る船上でのことだ。私は首相の船室で公務の日程について話し合っていた。『突然お邪魔してごめんなさい』――扉を開けて見知らぬ若い男が入ってきた。人の姿かたちをした、しかし確実に人ではない男がな」

「人間ではない？」

ヘンリーは頷いた。

「君も蠟《ろう》人形と人間の区別くらいつくだろう。うまく説明できないが、その男は人ならざるモノが人に擬態しているようにしか見えなかった。『落ち着かれてください。すぐに帰りますから』と、流《りゅう》暢《ちょう》だが文法の怪しい英語で男は言った。首相が毅然として誰何《すいか》すると、彼はマントルから来たと言う」

「マントル？　マントルって、地面の下の？」

さぁ、とヘンリーは肩を竦めた。

「私はもともと法曹に何の縁もない通訳者だが、学生時代は社会言語学を研究していてね。言語の異なる民族同士が接触するときは、対話を繰り返して互いの語彙《ごい》をすり合わせていく必要がある。だが、一方がもう一方の言語を最初から話すことができると、かえって細かい齟齬《そご》を修正することが難しくなる。彼は自分たちの住む世界をマントルと表現したが、恐らくこれは誤訳で、本来は地底とか、地獄、あるいは魔界といった単語の方が相応《ふさわ》しいのかもしれない」

「魔界……」

「彼との対話は終始その調子で、あちこちに誤訳が潜んでいた。通訳者として、あのときほど隔靴掻痒《かっかそうよう》の念を抱いたことはない。彼によると、マントルでとある不慮の〝事故〟が起こり、こちら側、つまり我々の住む世界へと魔女が流出してしまったそうだ。魔女とは、彼らにとっては社会に必要不可欠な一種のエネルギーらしい。恐らくは電力のような。それがこちら側の新生児の体内に流入し、箒で空を飛ぶといった能力として発現しているのだと。能力が我々のよく知る伝承における魔女像に倣っているのも、ある種の誤訳の結果であると私は解釈している。彼は流出した魔女を回収する任を負っており、魔女をマントルへ返還するよう各国の首脳に要求していると言っていた」

「魔女の返還？　もしかして……」

ヘンリーは頷く。

「それが火刑法廷の存在理由だ。彼は続けて、『でも、あなたたちが魔女を必要なら大丈夫です。不要な魔女はいますか？』と首相に尋ねた。首相は返答を誤った――『犯罪者の魔女はいらん。魔女裁判にかけてやりたいよ』とね。彼は『わかりました。これを契約としましょう』と言い、船室から出て行った。後からガードマンに尋ねたら、見知らぬ男が首相の部屋へ入っていくのを、何故かまったく疑問に思わなかったそうだ」

「魔法をかけられていた……？」

「かもしれない。最初の火刑法廷が首都郊外に出現したのはその翌週のことだ。マントルの男は再び首相の前へ姿を現し、火刑法廷を用いて魔女裁判を執り行うよう要請した。あなたたちの伝統に則って、魔女を火炙りにするかどうか決してください、というようなことを一方的に話すと、男はまたどこかへ去っていった。つまり火刑法廷は、首相が口にした魔女裁判という言葉を向こうが勝手に解釈し、再現したものなのだ。火刑法廷において犯罪の構成要件が一顧だにされないのも、魔女裁判とは古来そういうものだからだ。言ってしまえばな」

オペラはごくりと唾を嚥下した。ヘンリーの話は荒唐無稽に過ぎるが、彼のような生真面目な男が出鱈目をこうも淡々と語ることができるとは思えない。

「火刑法廷はある種の門であると我々は認識している。法廷内で火刑に処された者は人の形を失い、体内の魔女がマントルへ送り返されている――それが我が国における、魔女返還の手続きなのだ。公にはされていないが、魔女と疑わしき者を片っ端から門に放り込んでいる国もある。その国の首脳は恐らく、魔女の可能性がある者は全て不要とでも答えたのだろう。またある国では、権力者が政敵の排除に門を利用しているという報告もある」

「え……？　あ、あの、普通の人間を門に送り込んだとしても、特に何も起こらないのですか？」

「あぁ。火刑に処した者が魔女なのか否か、我々に知るすべはない。無論、これまでわが国で魔女判決が下った者は、一点の疑いもなく魔女であることが法廷で証明された者ばかりだがね」

オペラは言葉を失いかける。ヘンリーの言葉通りなら、火刑法廷は神聖な司直の場などではなく、単なる移送装置か何かということになる。

「そのことを陪審員は知っているのですか？」

ヘンリーは首を横に振った。

「陪審席には誰も座っていない。何らかの機械によって自動的に裁定しているか、もしくはどこか別の場所でマントルの者が審理を見ているのか。詳しくはわからないが、火刑法廷における〝陪審員〟は審問官の主張と弁護側の主張を比べ、どちらがより筋が通っているか、論理的破綻が少ないか、手続き的、あるいは機械的に判断しているように見える。機械的と言ったが、彼らの判断基準には人間心理の蓋然性も含まれている――例えば、〈湖の魔女〉裁判を覚えているかね」

オペラは頷く。

「三年前に起きた魔女犯罪ですわね。犯人と目される女が、殺人現場の四階の部屋から箒に乗って逃亡。直接的な目撃情報がなかったため、審理は難航したと聞いています」

「そうだ。ところが弁護人は、被告人は四階から飛び降りたと主張した。幸運なことに被告人は骨折すらせず、現場から逃げのびたのだとな。君なら何と反論する？」

「まともな人間なら、墜落死する可能性が極めて高い行動を取るはずがないとでも言いますわ」

ヘンリーは頷いた。

「そのときの審問官も同じ主張だったが、弁護人の主張は絶対にありえないとは言えない。百万人が四階から落下したら、そのうち何人かはたまたま怪我もせずに助かるだろう。だが、火刑法廷の陪審員は火刑審問官を支持し、〈湖の魔女〉は火刑に処された。このように、〝陪審員〟の判断は市民によるそれと概ね一致する」

「しかし……」

オペラは言い淀む。事件と明らかに無関係なカラーを火刑に処した陪審員が、自分たちと同じ人の心を持っているとは到底思えなかった。

オペラの考えを読み取ったらしく、ヘンリーは首を横に振った。

「人の心を理解することと、情状を酌《く》むことは違う。我々の倫理観にそぐわない判決が下ることがあるのはそのためだ」

「だから受け入れろというのですか？」オペラは食って掛かる。「そんな押しつけがましい話、納得できるはずがありません。拒むことはできないのですか？　魔女の能力の解明が進んだ今なら、通常の刑法の範囲で魔女犯罪を裁くこともできるのでは？」

ヘンリーは投げやりに「わからん」と首を振る。

「マントルとの契約を反故《ほご》にした場合に何が起きるのか、誰も知らないのだ。現政権がこの制度を良しとしている理由の一つは、既に魔女の流出は止まっているらしいということだ。他国を見ても魔女の出現頻度は減少傾向にある」

「なっ……」

オペラは絶句した。魔女はいずれ消え、火刑法廷も開かれなくなる。だから魔女のための司法改革や制度の見直しは不要――その考えは、法廷に立たされる魔女たちの人権をあまりに軽視しているのではないか。

「……失礼します」

オペラは悄然として辞去を告げ、部屋を後にした。

進退を考えるときが来たのかもしれない。もっとも、法廷で二度も失態を演じたオペラが、再び審問官に起用されるとも思えなかったが。

ソドベリー・クロス駅のホームに降り立つと、乾いた煤の香りがオペラの鼻腔をくすぐった。ソドベリー街の煤煙《ばいえん》漂う独特な香りは、列車から降りた者に街へ帰ってきたという実感を抱かせる。

駅のすぐ隣には、ベルガード療養院という看板を掲げた小さな建物があった。オペラが療養院の扉を開けると、受付に座る女性が無愛想に来院者記帳を差し出した。サインしようとペンを取ったところで、よく知る名前が上に記されていることに気付く。

「ダレカ・ド・バルザック……」

「げっ」

声に顔を上げると、まさにダレカが階段を下りてくるところだった。

「あなたもお見舞いに？」

話しかけても返事はなく、ダレカは気まずそうにそそくさと療養院から出て行った。オペラは短く嘆息し、階段を上る。二階の奥の病室の扉を静かに開け、

「こんにちは」

返事がないと知りながら挨拶する。

その病室は、時が止まっていた。

ダレカ裁判の後、全身に熱傷を負ったエリス・カーソンは市立病院へ緊急搬送された。病院へ同行したバイコーン警部の話では、医師たちはエリスの状態を見て到底助からないと匙《さじ》を投げたらしい。それでもエリスは生きながらえた。二週間後には容体が安定したため、彼女はベルガード療養院へと移送された。以来、エリスはこの病室のベッドで眠り続けている。

ベッドの脇にあるパイプ椅子に腰を下ろし、オペラはエリスの顔を見下ろした。少女は全身に包帯を巻かれ、素肌が露出している部分はほとんどない。胸が僅かに上下していること以外に、それが生きた人間であることを見て取ることはできなかった。

「……ごめんなさい」

今日もまた、謝罪が口をついて出る。

ダレカ裁判において、オペラは終始何者かの手の上で踊らされ、裁判は最悪の結末を迎えた。エリスがこうなったのも、カラーの悲劇も、何もかもオペラ自身の至らなさのせいだ。

オペラは両手で顔を覆い、深く息を吸った。浅い呼吸を繰り返す包帯姿のエリスを見ていると、後

ろめたさで胸が張り裂けそうだった。

それでも、あの灰色の便箋の送り主を許せないと思う気持ちに偽りはない。ここで膝を屈してしまうことは、正義の敗北を意味するのではないか。悪人を裁くために法律家を志したオペラの人生を否定することになるのではないか。

オペラが顔を上げたとき、病室のドアがノックされた。

「おや、先客か」

振り向くと、戸口にアンデルセン・スタニスワフが立っていた。彼女は室内を見回し、へぇ、と感心する。

「いい部屋だな。先生も親切そうだったし」

「お見舞いは初めてですの？」

「あぁ、何かと忙しくてな。お嬢様の方は、ほとんど毎日見舞いに来てるそうじゃないか。ご苦労なことだ」

「法に傷つけられた人への心配りを怠る者に、法に携わる資格はありませんわ」

「至言だな」

アンデルセンは皮膚が黒ずんだ右腕をさすった。エリスほどではないが、アンデルセンもエリスを助け出す際に腕に火傷《やけど》を負っていた。この女の素性は未だに謎だが、少なくともエリスに対する友情は本物のようだ、とオペラは思った。

「さっき廊下でチェズニー先生に会ったんだが、あんたに応接室に来るよう言ってたぜ。行ってきたらどうだ」

「そうですの。ありがとうございます」

心当たりのあったオペラは、アンデルセンを残して病室を後にした。

応接室の扉を開けると、ソファに座っていた禿頭の老医師が顔を上げた。エリスの主治医であるチェズニー医師とはこのところ、毎週のように顔を合わせている。魔法使いのような口髭を蓄えた、素朴で温厚な人物だが、こう見えて市内外の医療従事者から敬拝される高徳な医師らしい。

ソファに座って挨拶を交わすと、チェズニーは「さて」と話を切り出した。

「後見人の件ですが、どうなりましたか」

「正式に認可される見通しですわ。エリス・カーソンの今後は、わたくしが責任を持つことになります」

メリダは裁判後、娘の治療費の支払いを拒んだ。メリダとエリスの間にはもはや母娘の愛情はなく、実際的にもメリダに支払い能力がないことは明らかだった。そのため、オペラはエリスの後見人となることを決意した。少なくとも、その資金力がオペラにはあった。

「おぉ、それはよかった。エリスさんの入院費を払い続けるのは、並大抵のことではありませんから。いつまでかかるとも……いや、悲観的な話をして申し訳ない」

「いいえ、正直に仰ってください。やはり、回復には長くかかるのでしょうか」

チェズニーは顔を綻ばせる。

チェズニーは難しい顔で唸る。

「正直なところ、回復する見込みは薄いとお考えになった方がよろしい。体表の火傷もさることながら、患者は炎を吸引しており、咽頭から気管までの損傷が激しすぎる。仮に意識が戻っても、固形物の食事はおろか、喋ることもままならんでしょう。そもそも、あれほど甚大な熱傷を受けた患者が生きながらえている例を私は知りません。火刑法廷の炎で受傷したという話でしたが、受刑者以外の命を奪わない魔法の炎だったのやも……。いや失礼、幼稚な空想が過ぎました」

オペラは何も答えなかった。チェズニー医師の空想は事実かもしれない。ものの一分足らずで炎がカラーの身体を焼き尽くす様は、到底この世の光景とは思えなかった。まるで宗教画に描かれる、地獄の業火のような。

「マントル……」

ついロに出た単語に、チェズニーが「ん？」と聞き返す。

「いえ、なんでもありませんわ。引き続き、どうかあの子をよろしくお願いいたします」


病室の前に戻ると、扉越しにアンデルセンの話し声が聞こえた。

「……したら……魔法を……」

ちょうど療養院近くの線路を列車が通過し、アンデルセンの言葉はかき消されてしまう。そっと扉を開けると、ベッド脇に座るアンデルセンは穏やかな表情でエリスに語り掛けていた。顔を上げ、オペラと目が合い、少し気恥ずかしそうに視線を逸らす。

「先生との話はもういいのかい」

「えぇ。アンデルセンさんこそ、何をお話しになっていたんですの？」

「まぁ、ちょっとな。寂しい思いをしてるんじゃないかと思ってさ。こうして話し掛けていれば、エリスの夢の中に登場できるかもしれないだろ」

ベッドの上に縛り付けられたように動かないエリスの顔を、オペラはじっと見下ろす。彼女は今、夢を見ているのだろうか。その夢の中で、エリスの隣には誰がいるのだろう。

「……ふふっ」

不意に可笑しくなって、笑い声が零れる。

アンデルセンが怪訝そうな目をオペラに向けた。慌てて咳払いでごまかし、平静を装う。

またた。この病室にいると、何故だか自然と笑いがこみ上げることがある。世間には不謹慎な場面ほど笑ってしまう人もいるが、そうした症状の一種なのだろうか。

そのとき、どこからか小さなオルゴールの音色が聞こえてきた。辺りを見回すと、エリスのベッドのサイドテーブルにある置時計が鳴っているようだった。時刻は三時ちょうどを示している。

「そろそろ帰るか」

アンデルセンは腰を上げた。

「しかし、今後エリスはどうなるんだろうな。あの母親にゃもう何も期待できないし」

「それでしたら」

後見人になったことを伝えると、アンデルセンは一層不安げな顔になる。

「それ、ほんとに大丈夫か？　あんた、火刑審問官を罷免《ひめん》されたそうじゃないか。いくらお嬢様っつったって、職もないまま入院費を払い続けるのはきついだろ。検察官に戻んのか？」

まだ罷免されたと決まったわけではないが、オペラはあえて訂正しなかった。

「法廷からは身を引いて、法律事務所を開業しようと考えていますわ。これからは事務弁護士《ソリシター》としてやっていこうと」

「へぇ、それなら安心だ。……あ」

アンデルセンは窓に歩み寄り、カーテンを開けた。

「事務所を開くなら、あそこなんてどうだ。おあつらえ向きじゃないか？」

アンデルセンが指さしたのは、病院の向かいに建つ四階建ての小ぢんまりとしたビルだった。一階、三階、四階はそれぞれテナントが埋まっていたが、二階の窓には借り手募集と書かれた紙が貼ってあった。

市警察署を訪ねたオペラは、バイコーン警部に第四面会室へと案内された。拘置所の単独房を想起させる、暗く狭い小部屋だった。

「なるほど。確かに、同じものだな」

オペラが差し出した便箋を受け取ると、警部は紙面に印字されたメイスン父子商会という文字を忌々しげに見つめた。

「まだニュースになっていないが、数日前にアムステルダム当局がダレカの父親の身柄を拘束した。麻薬密売組織の元締めとして数か月前から目をつけていたそうだ。向こうの警察に知己がいてね。電話で問い合わせてみたところ、容疑者の妹の命を狙うような存在がいるとは思えない、そんな規模の犯罪組織ではなかった、という話だ」

「すると、やはり市議を殺害した犯人は羊の言うように――」

警部は頷く。

「無実の魔女を陥れようと企てた第三者。少なくとも私個人は、その線を本筋と見ている。何者かがメリダを唆《そそのか》してカラーを火刑へ追いやったことは明らかだし、メリダへの指示に使われた便箋と同じものが事件関係者へと届いていたのも、その裏付けと見ていい」

警部はオペラに届いた便箋をひらひらと振った。

「真犯人はダレカと市議が執務室にいるところを襲い、二人を昏睡させる。市議を廊下に引きずり出し、そこで殺害。マントを拝借して市議に扮すると、執務室の扉を鎖で施錠し、花瓶を倒して、水がダレカの頬に滴るようにしておいた。ダレカがいずれ目覚めるようにな。ダレカは思惑通り目覚め、犯人扮する遺体を見てパニックに陥り、天井裏から脱出。逃走中に仲間のバッドマ・スタンダールと入れ替わることに成功するも、地下の支配人室に通報しに行ったために、落ちてきた鐘に閉じ込められてしまった、と。裁判後の調査も加味して整理すると、以上のようなことが起きたと結論付けていいだろう」

机の上に並べられたダレカやバッドマの写真を眺めながら、オペラは唇を噛みしめた。結局、法廷で羊が言っていたことはすべて正しかった。ダレカの有罪を確信し、その立証のためにシャーロットの行方を追及したオペラは、メイスンの思惑通りに動かされていたことになる。

そのためにカラーは死に、エリスは再起不能な重傷を負った。

「裁判で重要な証言をしたアンデルセンやジョイは、本来出廷する予定ではなかった。裁判後、彼らのもとにもメイスン父子商会の便箋が届いていたと判明した。火刑法廷へ行き、このような証言をするように、とな。思うにメッセージの送り主は――仮にメイスンと呼ぶが――当初ダレカを火刑にするために市議を殺害し種々の工作を行ったが、審理の流れが弁護側に有利と見るや、カラーへと標的を切り替えたのだろう」

「メイスン……」

ごくありふれたその名字をオペラは反芻した。

「我々は水面下でメイスンの正体を追っている。メイスン父子商会というのは実在する老舗《しにせ》の製菓会社の名だが、その会社が本件に関わっているとは思えん。この便箋はメイスン商会が取引先や顧客に配っているノベルティで、特段入手困難な代物ではない。恐らく、どこぞの反魔女派が連絡手段に用いているのだろう」

「反魔女派というと、列車爆破事件とは関係ないのですか？　シュノの命を狙った、あの」

警部は腕を組んで唸った。

「さて、どうかな」

三月三日――晩餐会の前夜、走行中の列車が爆破されたと連絡を受けた警部は、ただちにソドベリー・クロス駅に出向いた。最後尾車両の警備員に扮していた男が爆発物を仕掛けたことは既に判明しており、警部は駅の貨物室を間借りして聴取を行った。男の名はロラン・ブルームといい、〈ラ・スプレマ〉と称する反魔女組織の構成員だった。

「〈ラ・スプレマ〉……中世スペインの異端審問組織ですわね」

「よく知っているな。といっても、連中はトマス・デ・トルケマダになり切っているわけではない。ロラン・ブルームは〈湖の魔女〉事件の被害者の息子で、魔女に父親を殺された恨みから、全ての魔女に対して深い憎しみを抱いている。他のメンバーも似たような動機らしい」

「魔女犯罪被害者の会がテロ組織に発展したと？」

「そんなところだろう」

オペラはうんざりして嘆息した。二十世紀においてなお、魔女への恐怖や憎しみから法を犯す者がこれほどいるという事実に、法廷に身を置いてきたオペラは無力感を覚えた。

もっとも、彼女が法廷に立つことはもうないのだろうが。

「既に組織は根こそぎ摘発済みだが、全員にアルマジャック事件当夜もしくはダレカ裁判当日のアリバイが確認できた。彼らの中にメイスンがいる可能性は低いと見ていいだろう」

「そういえば、列車爆破事件ではシュノの乗る最後尾車両を切り離してから爆破したのでしたわね。〈ラ・スプレマ〉は、一般人を巻き込んだりはしないと考えていいのかしら。もし羊の言うように、メイスンがダレカに濡《ぬ》れ衣《ぎぬ》を着せるためだけに市議を殺害したのなら、行動方針がかなり違いますわね」

警部は煮え切らない顔で「いや、ううむ……」と唸った。

「一つ、不可解な情報がある。列車が爆破される直前、最後尾車両に三人の少女が入っていったという目撃情報があったのだ。ところがシュノは誰も来ていないと言うし、ソドベリー・クロス駅では駅を封鎖して乗客を降ろし、全員の身元を確認したが、一人もいなくなってはいなかった」

「三人の少女……？」

その言葉を聞いて、何故かオペラの心はざわついた。

「警部。列車爆破事件の捜査資料を閲覧してもよろしいでしょうか？」

警部は、む、と片眉を上げた。

「それは、検察官としての要請かね？」

「いいえ。あくまで個人的な興味ですわ。魔女を狙う者たちについて少しでも知っておきたいのです」

警部は躊躇していたが、後日資料を渡すことを約束した。


三月末日。長い間、街を覆っていた冬の気配が薄らぎ始めた頃。

大学の同窓生たちの協力もあって、オペラの新たな職場――ガストール法律事務所は順調に開業の日を迎えた。まだ顧客らしい顧客はいなかったが、オペラは検察官時代の人脈を辿って仕事を請け負い、忙しくはないが退屈でもない日々を送っていた。

「失礼します」

初めて事務所を訪ねたミチルは、執務机で分厚いファイルに目を通していたオペラを見てくすりと微笑した。

「どうしたのです？」

「いえ。お嬢様が立派にお仕事をされている姿を見て、安心してしまって。裁判直後は目も当てられないくらい落ち込んでいましたから」

「そうだったかしら」

急に恥ずかしくなり、オペラはファイルを机の脇に置いた。その表紙の文字を見て、ミチルは眉を顰《ひそ》める。

「お嬢様、そちらは？」

オペラは前年度の火刑法廷審理録を再び手に取り、ぱらぱらとめくった。

「まだろくな仕事がないものだから、個人的な調べ物をしているの。魔女と判決が下った裁判の中に冤罪《えんざい》があったのではないかと思って、過去の記録を調べていたのだけれど」

「そういえば、去年の〈巨石の魔女〉は冤罪の可能性が取り沙汰されていましたね」

オペラは頷いた。

〈巨石の魔女〉裁判——殺人容疑で逮捕された女が、魔女の疑いがあるとして火刑法廷にかけられたという典型的な事件だが、物的証拠がほとんど集まらず、審理は曖昧な議論に終始した。結果として被告人は火刑に処されたが、彼女は人間だったのではないかという声が未だに絶えない。

「確かお嬢様は、あの裁判に対する不信感から火刑審問官を志したと」

「えぇ、それも一つだったわ。でも調べてみたら、他にも疑わしい例がいくつかあって……。そんなことより、あなたの用は？」

ミチルは来客用の長椅子に腰を下ろし、鞄から書類綴じを取り出した。

「二点ほど。まず最初に、お嬢様の火刑審問官解任の通達をお持ちしました」

辞令書をミチルから受け取ったオペラは、驚く様子もなく「そう」と言った。

「解任、なのね。罷免も覚悟していたけれど」

「火刑法廷としては、ダレカ裁判の悲劇はお嬢様の失態ではなく、反魔女派による策略だったという見解のようです。審問官が不足している今、お嬢様にも復帰の可能性を残すためにこのような形を取ることになったと、ヘンリー局長は仰っていました」

「そう。もう法廷に戻るつもりのない以上、わたくしとしてはどちらでも構わないけれど」

ミチルはほっとしたような、少し寂しいような顔で「そうですか」と言った。

「もう一つ、もしかするとご存じかもしれませんが、気になる記事を見かけたのでお伝えしようかと」

ミチルは書類綴じから《デイリー・バナー》紙の昨日の夕刊を取り出し、オペラに差し出した。

「バッドマ・スタンダールが魔女であるというお嬢様の主張は間違いだとする記事です。このハボックという記者は晩餐会に居合わせたそうですが、鐘が落ちた直後に鐘楼から二階北廊下へ飛び出てくる黒猫の姿を見たと書いてあります」

オペラは眉を寄せて記事を受け取る。

「二階北廊下に？　それが魔女猫なら、確かにバッドマではありえないけれど。バッドマは公会堂の外から戻ってきたのだから……。でも、本当かしら？　黒猫が入れ替わったことは塗料の足跡から間違いないけれど、バッドマの他にダレカと入れ替わった可能性のある人物はいなかったはずよ。追手の視線を逃れられたのは、猫が大ホールに入った瞬間しかないのだから」

「この記事は、給仕の女が仲間の魔女だったのではないかと主張しています。ほら、黒猫が大ホールの扉へ飛び込んだ時、ホール側の扉を給仕の女が開けたという話があったじゃないですか」

「あぁ、そういえば」

ロビー側の扉をバッドマが、大ホール側の扉を給仕が開けた瞬間に、黒猫が扉の間へと飛び込んでいったのだから、バッドマだけでなく給仕にも猫と入れ替わるチャンスがあった——その理屈はわからなくはない。しかし審理の際のダレカの反応を見る限り、やはり入れ替わった相手はバッドマだったように思える。

「お嬢様。やっぱり気になりますよね？　誰が魔女なのか、追及しなくていいんですか？」

ミチルがずいとオペラの顔を覗き込む。だがオペラはすげなく顔を背ける。

「わたくしは火刑法廷から手を引いた身。誰が魔女であろうと知るもんですか」

ミチルは肩を落とす。少し無責任な言い方になってしまったかとオペラが反省していると、ミチルは窓辺に歩み寄ってカーテンを開けた。向かいにはベルガード療養院の白壁が見える。ミチルの視線は、療養院の二階の病室で今も眠り続けるエリスへと注がれていた。

「魔女は災禍を招く」ミチルは独り言のように呟く。「そんな巷説《こうせつ》を、信じているわけではありませんが……。魔女の周りでは、必ず悲劇が起こります。これは経験則です」

「ミチル……?」

ミチルは自らの胸に手を当てて言う。

「実を言うと、ミチル・トリノザカというのは、私の本名ではありません。本名では何かと差しさわりがあるので、普段は母の旧姓であるトリノザカを使っているのです。私の本名は、ミチル・モーリスリンク」

モーリスリンク。その珍しいファミリーネームに、オペラは聞き覚えがあった。

「〈客船の魔女〉……」

ミチルはゆっくりと頷く。

「初めて殺人を犯した魔女……〈客船の魔女〉は、私の姉なのです」

何の感情も交えず淡々と、ミチルは身の上を語った。遠い東洋の国で生まれ育ったミチルは、母と二人で倹《つま》しく暮らしていた。やがて外交官として赴任していたモーリスリンク氏が母親と再婚し、ミチルは父の国に移り住むことになった。そして彼女は、父親の先妻の娘——後の〈客船の魔女〉と出会うことになる。

モーリスリンク姉妹は齢こそ離れていたが、事件が起こるまではとても仲の良い姉妹だった。ミチルが言葉も信仰も異なる新天地で生きていくことができたのは、優しく面倒見のいい義姉のおかげだった。

「逞しく、勇気のある女性でした。『強くあれ』というのがモーリスリンク家の家訓だと言って、私をよくハンティングに連れていってくれました。私の故郷では趣味としての狩猟に馴染みがないので、戸惑うことばかりでしたけれど」

ミチルは姉の婚約者とも交流があり、二人の幸福な未来を心から願っていた。それだけに、姉が婚約者を殺害したと聞いたときは耳を疑った。しかも姉は箒に乗って海を飛び、多くの船客の面前で婚約者を射殺したという。姉が魔女であることすら知らなかったミチルは、悲嘆と混乱の日々を過ごした。

「公判では無罪でしたが、その後に火刑法廷制度ができ、姉は魔女として再び法廷へ立たされました。改めて姉に極刑が下されたときの私の気持ちを、なんと言い表せばいいのかわかりません。目の前で姉の身体が炎に包まれたとき、私は法廷で泣き叫んでいた――けれど同時に、ある種の解放感を覚えていたことも確かです。恐ろしい災いが、私の人生から過ぎ去ったのだと」

「あなたは、何故――」

口に出かかった疑問を、オペラは呑み込んだ。火刑法廷によって姉を奪われながら、ミチルは何故火刑審問官の付き人をしているのか。

ミチルは、オペラの言おうとしたことを汲んで言葉を続ける。

「魔女を憎んでいるからです。カラーやダレカのような個人に対してではなく、私は魔女という現象が憎くてたまらないのです。もしかすると、医療従事者が病原菌に対して抱く思いに近いのかもしれません。だから、火刑法廷や火刑審問官に対して含む気持ちはありません。この世界にとって必要不可欠な制度だと思っていますし、お嬢様が法廷に臨むのを心から応援していたんですよ。結果として――」

ミチルは言い淀み、視線を伏せる。

「結果として、不本意な結末を迎えたとしても。それでも、あなたの仕事は尊く、価値のある仕事だと、私は信じています」

オペラは胸にざわめきを覚えながらミチルの横顔を見つめていた。オペラと同い年ながら、窓辺に立つミチルの姿は、既に人生が斜陽に差し掛かった者のように昏《くら》く儚い空気に包まれている。

放っておいたら、この子はどこか遠くへ行ってしまう。

半ば無意識に歩み寄り、そっとミチルの両肩を抱く。彼女は元から活力の薄い女性だが、今は殊更に存在感が希薄に思えた。この手を離した瞬間にぱたりと倒れてしまいそうな気さえした。

「……お嬢様？」

ミチルは顔を上げ、不思議そうにオペラを見上げた。我に返ったオペラは身体を離し、居住まいを正して椅子に座り直した。

「ごめんなさい、わたくしったら」

ミチルはじっとオペラを見つめていたが、やがてふっと肩の力を抜き、

「いえ、すみません。つまらない話をしてしまって」

申し訳なさそうに微笑んだ。

◆

ダレカ裁判から数日が過ぎ、魔女が火刑に処されたという話題がようやく落ち着いてきた頃。カレッジの中庭には三月の陽光が降り注ぎ、春の訪れを歓迎するかのように小鳥のさえずりに包まれていた。

バッドマ・スタンダールは渡り廊下の柱の陰に身を隠し、手鏡で化粧を再確認した。いつもの明る

い笑顔を作り、早足で噴水の方へ向かう。

噴水前の長椅子には彼の姿があった。いつものように両隣に派手な女子生徒を侍らせており、楽しそうに話している。

「おはよう、ロジャー」

声をかけると、ロジャー・トッドハンターはバッドマを一瞥し、

「ん？　あぁ、ビーか」

それだけ言うと、また隣の女子生徒との会話を再開した。

長椅子の端に腰掛けながら、バッドマはロジャーの顔色を観察する。彼の態度はいつもより多少素っ気ない程度だったが、バッドマに向ける態度に僅かながら躊躇いが窺えた。

少しだけ、魔法の〝出力〟を上げる。

「そういやさ」ロジャーが思い出したようにバッドマの顔を見た。「ビー、学校来るの久しぶりだよな。どこに行ってたんだよ」

「ちょっと街を出ていたのよ。ほら、変な噂が流れていたじゃない？　落ち着くまで街を離れた方が良いって、パパが心配しちゃって」

ロジャーは「ふーん」とだけ言うと、また別の女子と話し始めた。

バッドマの心中に焦りが生まれる。もう一度仕掛けようかとも考えたが、思いとどまる。物事を深く考えないロジャーはともかく、周囲の女子生徒たちはあからさまにバッドマを警戒していた。彼女たちの目の前で魔法を使いすぎるのはよくない。

第三の魔法、感応――他者に感情を植えつけたり、特定の感情を抑制したりすることができるこの力は、魔女の能力の中で最も不明な点が多い。飛行や変身と違って心の中にしか効果が現れないため、定量的な検証が難しいのだ。

──効果を及ぼせるのは声が届く程度の範囲。最大一週間まで感情を持続させることができる。ヴィクトゴー・ルールにはそう書いてあるが、これはシュノ個人の魔法を測定した結果に過ぎない。バッドマが父親相手に試したところ、彼は三週間も原因不明の憂鬱状態を引きずることになった。宝飾品の販売員である父親はその間営業不振に陥り、危うく失職しそうになった。そのことをバッドマは今でも申し訳なく思っている。

「なんか、暗くなっちまったな。行こうぜ」

ロジャーは立ち上がり、最近お気に入りの後輩の女子生徒と腕を組んですたすたと立ち去ってしまった。残された女子生徒がバッドマを睨んで舌打ちする。その唇が、魔女め、という形に動いた。嫌な汗が背を伝い落ちる。

ダレカ裁判は悲惨な結末を迎えたが、一応は弁護側の勝訴ということになっている。だが、ダレカやバッドマが魔女でないと証明されたわけではない。むしろ、ダレカが魔女ならばバッドマも魔女である、と証明されてしまったことが問題だった。

特にダレカを魔女とみなしているこのカレッジの学生にとっては、既にバッドマも魔女ということになってしまった。あの魔女は感応の魔法を使ってロジャーを誑かしている──そんな陰口を叩かれていることにバッドマは気付いていた。

それが事実なのだから、尚悪い。

バッドマが合理主義者になったのは、優秀な商売人である父親の影響が少なくない。客に媚びれば商品が売れるのならそうするまで、必要なら靴でも舐《な》めるのが商売人の誇り、という父親の薫陶を受けて育ったバッドマは、時と場所に最も適した自分を演じるようになった。教師の前では従順な生徒を、級友の前では気さくで人当たりの良い少女を。

そんなバッドマも、ロジャーに対する自らの思いだけは合理的に説明することができなかった。

「なんだかお前、へらへらしてて気持ち悪ぃな」

カレッジに入学して間もない頃、初対面のロジャーにそう言われた日から、バッドマの人生の軌道は狂った。ロジャーはどう見ても家柄と外面が良いだけの薄っぺらな男で、そんな男に惚れる理由などない、とバッドマは自分に言い聞かせたが、それでロジャーへの興味が薄れることはなかった。

結局、これは恋というより執着だ、とバッドマは思うようになった。執着というのは恐ろしいものだ。合理的理由などなく、自分ではコントロールできず、それでいていつ何時《なんどき》も心から離れない。魔法を使うのは極力避けるべきだとわかっているのに、感応を使ってロジャーの心を引き留めることがやめられない。

今だって、魔女であることが露見しそうになっているというのに、どうやってロジャーの一番のお気に入りという地位を取り戻すか、そんなことばかり悩んでいる。

「……ったく」

薄暮の病室で、小さく悪態をつく。目の前で眠り続ける少女の運命の過酷さに比べ、なんと矮小《わいしょう》な悩みだろう。それでもバッドマという人間は、この非合理な執着と共に生きていくほかないのだ。

「何やってんだか……」

そのとき、矢庭に病室の扉が開いた。

「なんだ、先客か」

驚いて振り向くと、アンデルセン・スタニスワフが戸口に立っていた。彼女が壁のスイッチを押すと、薄暗かった病室が白く清潔な光に満ちる。

「おいおい。知らない相手でもないんだし、そう警戒しなくてもいいだろ。黒フードさんよ」

急いでフードで顔を隠したバッドマに、アンデルセンは呆れ声で言った。

「知らない相手だ。エリスの友人と言っていたが、大して付き合いがあったわけじゃないだろう」

「そりゃそうだけどさ。ん？　もしかして、窓から入ってきたのか？」

アンデルセンは少しだけ開いた病室の窓に目を向けた。窓のすぐ外には非常階段に通じる鉄製のベランダがある。

「ははーん。来院者記帳にバッドマとして記名したら、『バッドマはエリスの仲間だからやっぱり魔女だ』って言われかねないから、こんな泥棒みたいな真似を？　まったく、見上げた用心深さだな」

「お前には関係ない」

フードの下から睨みつける。アンデルセンは視線を受け流し、病室の窓を全開にした。がらがらと鉄錆《てつさび》の擦れる不快な音がして、アンデルセンは顔を顰めた。

「実はさ、ちょうどあんたに会いたいと思っていたんだよ」

夕刻の風が病室の窓から流れ込み、アンデルセンの短い前髪を揺らす。

「私は近々、この街を出ようと思ってる。もともと長居するつもりはなかったんだが、少し腰を落ち着けすぎた。この名前にもそろそろ飽きてきたしな」

アンデルセンの口ぶりに、バッドマは犯罪の匂いを嗅ぎ取った。

「お前、もしかしてお尋ね者だったのか」

「私は何者でもないよ。……いや、どうかな。私のせいでエリスやカラーが不幸になったって意味じゃ、悪人と言っても差し支えないか」

「お前は何にも関わっていないだろ」

「私が証言しなかったら、間違いなくカラーは死なずに済んだ。私がとっとと余所に行っていれば、あんなことは起きなかった。巡り合わせって言葉があるだろ。私は、この街にとどまるべきじゃなかったんだ」

バッドマは運命論者ではなかったが、アンデルセンの言葉に異を唱える気はなかった。彼女の表情は真剣そのもので、本心から巡り合わせを信じているように感じられた。

「どうしてそんなことを俺に話すんだ」

「あんたとなら取引ができるんじゃないかと思ってさ。私は他の街に行くための路銀を必要としている。あんたは魔女と疑われて困っている。どうだ。協力の余地がある気はしないか？」

話がきな臭くなってきたと感じ、バッドマは警戒度を引き上げた。

「四月の中頃、シュノがまたこの街に来るって話を耳にした。ここ、ベルガード療養院でクロスパトリック夫人っていう金持ちの婆《ばあ》さんと対談するんだと。そこまで大きなイベントじゃないが、新聞社の取材も入るらしい」

クロスパトリック夫人は所謂《いわゆる》篤志家であり、死刑廃止運動を推進する市民活動家でもあった。高齢者にしては珍しく魔女に対して融和的で、魔女研究への出資者の一人でもあった。

「シュノはエリスを見舞いつつ、クロスパトリック夫人との関係を強化することで、世間が魔女に対して持つイメージを少しでも改善したいんじゃないかな。ま、奴の思惑は今回どうでもいい。私の狙いはシュノじゃなく、クロスパトリック夫人だ」

「……お前、何を企んでいる？」

「そう怖い顔をするなって。火刑法廷に巻き込まれて悲惨な目に遭ったエリスを目にしたら、夫人は魔女に対して一層の同情を抱くだろう。もし魔女が夫人のポーチからちょいと金品をくすねても、寛大なお心で見逃してくれるに違いない」

「はぁ？」バッドマは呆れ返った。「馬鹿かお前は。俺は誰かさんと違って、窃盗犯の汚名を背負って生きるつもりはない」

「汚名を背負うのはあんたじゃない、私だ。『魔女アンデルセン、クロスパトリック夫人からポーチを盗んで逃亡！』ってな具合にね。私はあんたほど育ちがよくないんでね。窃盗の前科くらい屁でもないのさ」

バッドマはまじまじとアンデルセンの顔を見つめる。

「……お前、魔女だったのか？」

「いいや」にまりとアンデルセンは口角を上げる。「つまりだな。あんたの魔女を私が引き受けてやるって言ってるのさ」

日の暮れた下町の新聞屋の前に、黒フードで顔を覆い隠したバッドマは立っていた。小銭で《デイリー・バナー》紙の夕刊を買い、その場で目を通す。一面記事はシュノのニューヨーク公演の大成功を華々しく報じていたが、その下の『ガストール火刑審問官の主張に決定的矛盾』という煽情的な見出しもかなり目立っている。記事曰く、公会堂の鐘が落ちた直後、黒猫は二階北廊下へ逃げた、従ってバッドマが魔女であるという火刑審問官の主張は誤りである、大ホールの扉を開けた給仕が魔女だったのではないか。

「……あいつ、本当にやりやがった」

数日前、この計画を語ったときのアンデルセンのしたり顔を思い出す。

まずはこの記事を《デイリー・バナー》紙に掲載させる。この新聞社は何らかの弱みをアンデルセンに握られているらしく、簡単に言うことを聞かせられると彼女は豪語した。勿論黒猫が二階北廊下へ逃げたというのはでっちあげだ。だがこの記事を執筆したハボック記者は実際に晩餐会に参加していたため、それなりに信憑性はある。

次に、大ホールの扉を開けた給仕はアンデルセンだったという噂を街に流す。審問官は「ダレカが猫に変身して逃げ回る間にバッドマと入れ替わった」と主張していたが、本当はアンデルセンと入れ替わったのではないか、と読者に思わせるのが狙いだ。アンデルセンは猫が逃げた先である二階裏手でエリスの前に姿を現したのだから、辻褄は合っている。

アンデルセンによると、実際に扉を開けた給仕はアイルランド人の若い女らしい。アンデルセンは同じ臨時雇いとして彼女と交流があり、彼女が事件後すぐに故郷へ帰ったことを知っていた。そのため、この工作が露見する可能性は低い。

「そううまくいくかよ」

ひとりごちながら、バッドマは夜の街をベルガード療養院に向かって歩いていた。

まだ、アンデルセンの計画に乗るかどうかは決めていない。彼女のことをどこまで信用していいのかもわからない。だが、判断するのは彼女の筋書きが実現可能なのかどうか確認してからでも遅くはない。

バッドマは足を止めた。そこは駅にほど近い、建物が複雑に入り組んだ小道の行き止まりだった。眼前には小規模ながら温かみのあるベルガード療養院が、人目を忍ぶようにひっそりと佇んでいる。

療養院の二階の窓から、医療施設の一室にしては装飾的な照明器具が垣間見えた。シュノとクロスパトリック夫人の対談は二階応接室で開かれると聞いていたが、あの場所がそうなのだろう。

――あんたは猫に変身して、応接室に忍び込んでほしい。上手い具合に侵入できるよう、建物の外側に通気ダクトを設置してある。

アンデルセンの言葉通り、応接室の天井あたりから隣の空き家に向かって、真新しいダクトが渡されていた。空き家の屋根には穴が開いており、ダクトは穴の奥へと呑み込まれていく。秘密の抜け道としてはかなり不自然で違和感のある代物だったが、今のところ療養院の職員には気付かれていないらしい。

――この街に来たばかりの頃、建築資材屋で働いていてな。この手の工作はお手の物さ。

アンデルセンの得意げな顔を思い出す。

――ターゲットについてだが、クロスパトリック夫人はいつも高級品のポーチを携えている。中身は小間物だろうが、私にとっちゃポーチだけでも十分な資金になる。隙を見てそいつを盗ってきてもらいたい。

結局こちらが盗むのか、とバッドマが反論すると、

――あんたは隣の空き家の二階で待機してる私に、そのポーチを渡してくれりゃいい。渡したら、ダクトの反対側にすぐに逃げてくれ。黒猫と私が一緒にいるところを見られたら全部おじゃんだからな。私はポーチを持って窓辺に立って、療養院にいる連中に姿を晒す。猫に変身した魔女アンデルセンが夫人のポーチを盗んだと思わせるためにな。そうして私はこの街から姿を消す。一連の事件がニュースになれば、やはりアンデルセンは魔女だった、バッドマは濡れ衣だったと誰もが信じるって寸法だ。

思い返しても、確実性の高い計画とは思えない。ポーチを盗った瞬間に取り押さえられたらどうする、という反論に対しては、

――大丈夫だろ。夫人はいいお齢だし、シュノは魔女の味方だから見逃してくれるさ。

と楽観的な答えが返ってきた。

バッドマは療養院の隣の建物を見上げた。二階建ての小さな空き家で、玄関の横に外階段があり、そこから二階に直接入ることができるようだった。

外階段を上がって扉を開けると、埃っぽい空気が気管に入り込んだ。咳き込みながら懐中電灯で室内を照らす。そこは座面の破れたソファや本棚があるだけの、物寂しい書斎だった。天井は低いが、二階の大部分をこの書斎が占めているらしく、狭いとは感じない。本棚は分厚い書物で埋まっていたが、どれも埃を被っている。北側の窓はガラスが派手に割れていた。部屋の主が去ってから少なくと

ベルガード療養院

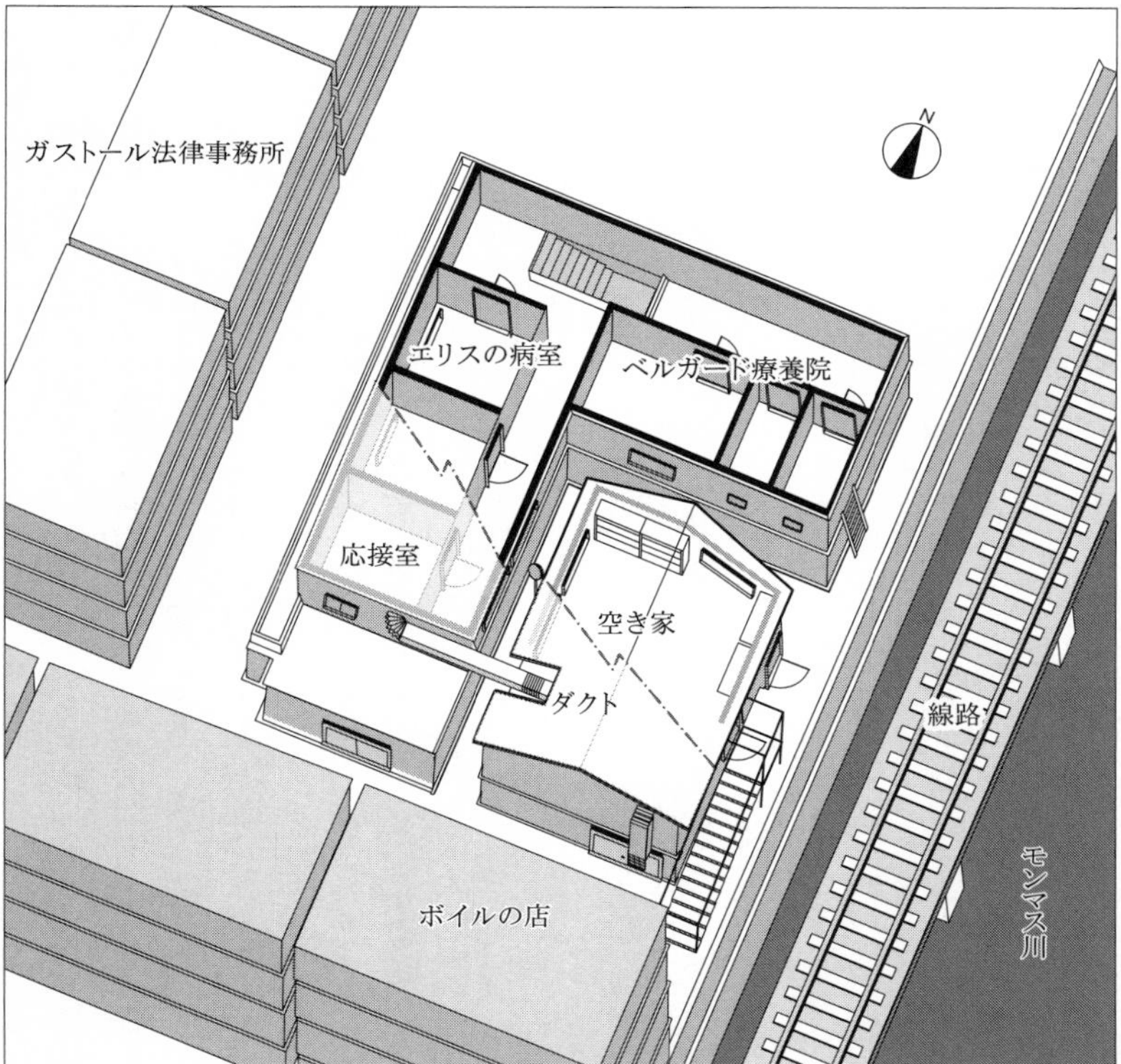
ガストール法律事務所
N
エリスの病室
ベルガード療養院
応接室
空き家
ダクト
線路
ボイルの店
モンマス川

も十年は経過しているだろう。

部屋の隅の天井板が一枚めくれていた。ソファを足場にして天井裏へ頭を突っ込むと、金属の防腐剤の匂いがした。先ほど外から見たダクトは空き家の天井裏に通っており、その一部に穴が開いているらしい。バッドマは今、その穴に首を突っ込んでいる形になる。

頬に微かな空気の流れを感じる。このダクトを通って行けば、療養院の応接室に侵入できるはずだ。

――アンデルセンの言葉が正しければ。

ソファから下り、フードにかかった埃を手で払う。さて、どうするか。

人前で魔法を使うことは極力避けるべきだ。窃盗に手を貸すことも、厳格な教育の下で育ったバッドマにとっては人道に悖《もと》る。そもそもアンデルセンを信頼していいのかもまだわからない。

それなのに今、バッドマの頭の中にはロジャーの顔が浮かんでいた。

バッドマは今一度自分の胸に問う。

天秤《てんびん》の一方には、窃盗に対する忌避感と、一瞬とはいえ猫の姿を人前に晒す危険性が載っている。もう一方には、ロジャーの隣という居場所を失うことを異常なほどに恐れる、バッドマ自身の浅ましい執着が載っている。

果たして、天秤はどちらに傾くだろう。

計画の実行日は一週間後に迫っていた。


ダレカ裁判からちょうどひと月が過ぎた、四月十日の昼。上空を黒々とした暗雲が覆い、街角には薄らと霧が立ち込めている。今が朝方なのか夕刻なのかも判然としない、ぼんやりとした日だった。

バッドマは未明から猫に姿を変えて路地裏に潜んでいた。万が一にも魔女であることが露見しないよう、この日は一度も人の姿に戻らないつもりだった。

ベルガード療養院の隣の空き家に入り、二階の書斎でじっと時を待つ。窓は分厚いカーテンで覆われ、室内は真夜中のように暗かった。埃っぽい空気に猫の敏感な鼻が耐えられなくなってきた頃、ドアを開けてアンデルセンが姿を現した。

「さてと」

アンデルセンは暗闇に目を慣らしながら、ソファの上に蹲る黒猫の姿をようやく見つける。

「よう。来てくれると思ったよ」

バッドマは返事をしない。アンデルセンはふっと笑み、ソファに腰を下ろした。

「用心深くて感心感心。さて……」

そのとき、けたたましい列車の通過音がして、古い空き家はぐらぐらと揺れた。アンデルセンは顔を顰め、騒音が去るのを待つ。

「やれやれ、鉄道沿線ってのはこれだから。ともかく、シュノは鉄道で予定通りこの街に向かってる。対談は午後二時からの予定だから、もうそろそろスタンバイしておく方がいいかもな」

バッドマは頷くと、棚を蹴って天井板の隙間に飛び移り、ダクト内へと潜り込んだ。ダクト内は猫の身体でも屈まなければ進めなかったが、頑丈さは申し分なさそうだった。進んでいくと壁が蛇腹になっている場所があり、列車の連結部のように道が折れ曲がっていた。そこを曲がると、目の前に換気扇のプロペラが現れた。アンデルセンが細工したのか、換気扇の配線が切られており、安全に通り抜けられるようになっている。プロペラの向こうには、上品な内装の応接室が覗いていた。

と、応接室の扉が開かれ、でっぷりと太った中年男性が入ってきた。

「ささ、どうぞ。こちらが応接室になります」

男に案内されて入室したのは、バッドマも新聞で写真を見たことのあるクロスパトリック夫人だった。もう七十は超えているはずだが、その足取りは足腰の衰えを感じさせない。上質な革のコートや煌びやかな装飾品が、彼女の属する階級を強調していた。

夫人は片手に小ぶりなポーチを携えていた。鰐《わに》革に金のがま口のポーチは、アンデルセンの言っていたように値打ち物に見えた。中身によってはかなりの金に替えられそうだが、バッドマはさして興味がなかった。

「シュノさんももうじき見えるでしょう。夫人はおかけになってお待ちください」

「えぇ、ありがとう」

夫人は長椅子に腰を下ろしながら、ふと思い出したようにポケットから小さなロザリオを取り出した。

「これはポーチにしまっておいた方がいいかしらね。魔女の前では――」

言いながら夫人はポーチを開け、そして固まった。バッドマの位置からはよく見えなかったが、ポーチの中身を見て夫人は動揺している様子だった。

「夫人？　どうかなさいましたか？」

「何でもないのよ」

夫人は慌ててポーチを閉じたが、記者はポーチの中身が見えたらしく、ぎょっとして顔色を変えた。

「あ、あの。そちらは一体？」

「あら、何のことかしら？」

夫人はあくまでもとぼける。

ちょうどそのとき応接室の扉が開かれ、シュノとチェズニー医師が現れた。一歩控えて立っている屈強な男は、シュノのボディガードだろう。

「これはこれは、お待ちしておりました。先生とご一緒だったのですか」

記者はシュノと医師の顔を交互に見た。

「えぇ」シュノは優雅に会釈する。「少しお話をしておりまして、遅れてしまい申し訳ありません。あぁ、クロスパトリック夫人でいらっしゃいますね。お初にお目にかかります」

シュノの品のある挨拶につられてか、クロスパトリック夫人の表情にも余裕が戻る。

「えぇ、ごきげんよう。現代の魔女に御目文字できて光栄だわ。アメリカ公演は大盛況だったそうね」

「私のような身分の者にとっては、願ってもないことでした。……あら？」

シュノはふと顔を上げた。彼女と目が合ったような気がしてバッドマは身を縮めたが、シュノの視線は換気扇の隣に向けられていた。

「あの壁時計、止まっていますね」

「おや、本当ですな」

記者はごそごそと懐を探り、はて、と首を傾げる。

「これは失敬、時計を忘れてきてしまったようで。ま、あの時計を見ればいいでしょう」

記者は廊下の方へ目を向ける。廊下の窓の外に、大きな時計の文字盤が見えていた。公園や駅のような人通りの多い場所にありそうな、柱の上に備え付けられた大時計だった。到底人通りが多いとは思えない裏路地に置かれているが、故障品ではないようで、時刻はバッドマの認識と大きくずれてはいない。

「チェズニー先生、エリスさんの容体はいかがです？　今からお二方がエリスさんをお見舞いするところを撮りたいのですが」

記者が揉み手をしながら尋ねたが、チェズニー医師は「いや」ときっぱり首を振る。

「撮影は控えた方がよろしいでしょうな。新聞の読者にとっては、あまりに痛々しすぎる姿だ。もっとも、ここ数日は幸いにして容体が落ち着いております」

「それは大変よろしいことで。では皆様、早速参りましょう」

一行はぞろぞろと廊下へ出て行った。夫人はポーチを両手で大切そうに――あるいは何かを恐れながら――抱えており、盗み取る隙は到底なさそうに見えた。応接室はしばらく無人となったが、ほどなくして一行が戻ってくると、そのまま対談が始まった。

「結局のところ、「誰が魔女で、ダレカさんやエリスさんは魔女だったのでしょうか？」

誰が魔女で、誰が魔女でないのか。それを明らかにすることは、それほど重要ではありません」

記者の無配慮な質問に、シュノは毅然と言い切った。

「今我々のすぐ近くに、火刑法廷によって傷ついた一人の少女がいる。その事実の方が、よほど憂慮すべき問題ではないでしょうか」

「そうね。まったくその通りだわ」

夫人はどこか落ち着かない調子で相槌を打った。夫人は常にポーチを膝上に抱えており、先ほどからしきりに窓の外の大時計をちらちらと見ている。この後に何か予定があるのだろうか、だとすればポーチを盗み出すチャンスはもう訪れないかもしれない、とバッドマがやきもきしていると、

「すみません。少しだけ席を外してもいいかしら」

夫人は突然腰を上げ、そそくさと応接室から出て行った。残されたシュノたちは、一様に顔に疑問符を浮かべる。

「ええと、それでは、しばらく休憩ということで」

記者がそう言ったとき、廊下から金切り声が聞こえた。クロスパトリック夫人の悲鳴だった。シュノが機敏に廊下へと飛び出した。数秒遅れてボディガードも後に続こうとするが、目の前で屈んだ記者にぶつかって転んでしまう。

「おっと、失礼！」

た。


「気をつけろ！」

記者は鞄からカメラを取り出そうとしたのだった。その場でぱしゃりと試し撮りし、壊れていないことを確認すると、嬉々とした顔で悲鳴の聞こえた方へ走って行く。ボディガードの男もそれに続いた。


チェズニー医師がその場でおろおろしていると、ボディガードの男が戻ってきた。

「先生、来ていただけませんか。クロスパトリック夫人が何者かに襲われました」

「なんですと！」

チェズニー医師も廊下に出て行き、応接室は再び無人となる。

バッドマはそろりと換気口から身を乗り出し、応接室の絨毯の上に降り立った。開け放たれた扉からそっと廊下に顔を出し、状況を窺う。

「う、うぅ……」

廊下の曲がり角から、クロスパトリック夫人の呻き声が聞こえてくる。「こりゃいったい……」医師の狼狽える声。

「頭に外傷があるようですな。応急処置をしますが、市立病院で見ていただいた方がよろしい」

廊下でぱしゃりとカメラのフラッシュが焚かれた。バッドマの位置からは見えなかったが、記者が写真を撮影したらしい。

「これ、おやめなさい」

「まぁまぁ。記者たるもの、記録と保存はこれ本能でして。しかし、何があったんです？」

記者は一毫《ごう》も悪びれずに夫人に尋ねた。

「わからない、わからないの。いきなり殴りかかられて。黒布で顔を隠した、小柄な強盗……そう、きっと強盗だわ！」

「強盗って、こんなところで？」

「夫人、とにかくこちらへ」

医師と記者が夫人を支えながら、応接室へと連れ立って戻ってくる。夫人はがくがくと震えており、ポーチから小さなロザリオを取り出すと、縋るようにぎゅっと両手で包み込んだ。

ややあって、シュノとボディガードが戻ってきた。

「シュノ様、危険ですからお一人でうろうろしないでいただきたい」

「そう。ごめんなさいね」

ボディガードに小言を言われても、シュノは澄まし顔で気にも留めていない。ボディガードはため息を吐くと、記者に向き直った。

「ハボック様、少々よろしいですか」

ハボックと呼ばれた記者はメモ帳に何やら書きつけていた手を止める。

「警察と救急へは受付の電話から連絡を入れました。しかし、受付の女性が妙なことを言うのです。療養院から出て行った者はいないと」

「つまり、暴行犯はまだ院内にいる、と？」

シュノの言葉に記者の顔がぱっと輝く。

「そいつは良い。一つ我々で不埒者《ふらちもの》をふん捕まえてやりましょう！」

「そこまでは言いませんが、院内が安全かどうか確認する必要はあるかと思います。シュノ様は応接室でお待ちください。私とハボック様で――」

「私も行きましょう」シュノは断固とした声で言った。「危険への対処には、いくらか腕に覚えがありますから」

シュノたちは二階の病室を順に確認していった。バッドマは廊下に並ぶ棚に身を隠しながら彼らの様子を見守る。この襲撃騒動が長引くようなら、ポーチ窃盗計画は断念せざるを得ない。

応接室の隣の病室は使われておらず、扉は施錠されていた。扉の上部には開口部《トランザム》があるが、人が通れるほどの隙間はない。

その隣はエリスの病室だった。ここで初めてシュノが異変に気付く。

「こちらの窓を見てください。施錠されているように見えますが、錠前が壊れています。誰かが意図的に壊したようですね」

「犯人はここから出ていったのでしょうか？」

襲撃犯の目的は謎のままだが、もう院内にはいないようだ、と話し合う声が病室から聞こえてくる。

探索を切り上げる気配を感じ、バッドマはいち早く踵を返して応接室に戻った。

応接室ではチェズニー医師が夫人をソファに寝かせ、頭の傷を詳しく診察していた。夫人はぐったりとしていた。だらりと垂れた夫人の足のすぐ近くに、ポーチが落ちていた。

今なら。

バッドマは忍び足でポーチに近寄り、口にくわえた。ポーチは想像以上に重かったが、持ち運べないほどではない。

そのとき、背後でシュノの声がした。

「あら？」

振り向いたバッドマと、応接室に戻ってきたシュノとの目線が交差した。シュノの顔に困惑の色が浮かぶ。バッドマは後ろ脚で思いきり床を蹴り、キャビネットに飛び乗った。

「あっ！」

記者が叫び、背後でカメラのフラッシュが焚かれた。バッドマは急いで換気口の中へ潜り込む。

「おい、返せ！　泥棒猫！」

記者の怒声が暗いダクト内部に反響する。アンデルセンの思惑通り注目を集めることはできたが、この計画が本当に上手くいくのか、バッドマはまるで自信がなかった。

ダクトの穴の位置まで戻ってきたバッドマは、室内にポーチを落とした。だが、アンデルセンの姿は見えない。声をかけるのも憚られ、しばらくダクトの中でじっと様子を窺っていると、

「ん？　あぁ、もう戻ってきたのか」

アンデルセンが欠伸を噛み殺しながら眼下に姿を現した。なんて緊張感のない奴だ、とバッドマは心の中で毒づく。

アンデルセンはポーチを拾うと、暗がりの中で親指を立てて見せた。

「よくやった。後は私に任せろ。REQUIESCAT IN PACE《賽は投げられた》——万事うまくいくさ」

夫人が暴漢に襲われたことはアンデルセンの計画通りなのかと尋ねたかったが、すんでのところで言葉を呑み込む。バッドマの心中では、何らかの罠にはめられているのではないかという猜疑心が膨らみつつあった。罠だとしてもそうでなくても、今は一刻も早くこの場から離れなくてはならない。

ダクトの反対側に向かって細い道を進む。この先は空き家の玄関脇に通じているはずだ。蛇腹部分を何度か通り過ぎ、ダクト内部が仄かに明るくなったところでバッドマは足を止めた。

猫の瞳が、驚愕と困惑に見開かれる。

ダクトの出口が、金属の壁で塞がれていた。

◆

イヴ・アトウッドは、道端で本の頁を捲った。

兄の見舞いの帰りに空き家の外階段で本を読むことは、ここ数年来の習慣だった。耳が遠くなって

ラジオも聞けなくなった今、彼女にとっては読書が人生最大の楽しみだった。道端で読書なんてみっともないと姪にはいつも窘められるが、療養院前の行き止まりは人通りなど滅多にないのだから、文句を言われる筋合いはない。

車の気配を感じ、本から顔を上げる。姪が車で迎えに来たのかと思ったが、目の前の車道に停車したのは見知らぬ大型トラックだった。排煙がイヴ・アトウッドの肺に入り、老女は苦しげに咳き込む。

車から白髪の中年男が降りてきて、運転席の若い男に文句を言っている。アトウッドには聞き取れなかったが、彼らはこのような会話をしていた。

「ったく、午後の予定が台無しだ。お前がちゃんと確認しとかないからだぞ」

「そんなぁ。店長だって聞いてたでしょう。自由な時間に来てくださいって。それが何でこんな急に……」

「そこも聞いとけっての。ほら、行くぞ」

若い男はエンジンを切って車を降りた。

男たちはアトウッドの横を通って階段を上って行った。ちょうどそのとき、姪の車がトラックの向こうに停まったのが見えた。

もしアトウッドの聴力が衰えていなければ、彼女の耳には階段を上って行った男たちの悲鳴が届いたことだろう。男たちが階段を駆け下りて隣の療養院に駆け込み、死体を発見したことを警察に通報した頃には、アトウッドは姪の運転する車の中で読書の続きに勤《いそ》しんでいた。

◆

「ちっ。ここも通れないのか」

バイコーン警部は舌打ちし、ハンドルを大きく切った。

変死体が発見されたとの通報に応じ、市警本部を飛び出したはいいものの、ソドベリー街に不慣れな警部は狭くて複雑な曲がり角の連続に辟易《へきえき》していた。

だが、冷静になれる時間が与えられたことは却《かえ》ってよかったかもしれない。今回のような、知人が犯罪被害者となった事件では特に。

ようやく事件現場である空き家の前に車を停めたとき、玄関前には既に多くの制服警官たちが集まっていた。警官の案内で空き家の外階段を上がり、二階の書斎へと足を踏み入れる。

埃っぽい書斎の中央に、被害者は力なく横たわっていた。その喉は獣に食い破られたかのように裂け、夥《おびただ》しい血液がシャツと床を黒々と染めている。その血だまりの中に、銀色の拳銃が転がっていた。


警部は遺体を見下ろしながら、死者の名を呟いた。

「ミチル・トリノザカ……」

警部にとって、彼女はオペラ・ガストールの付き人以上の存在ではなかった。控えめでおどおどしていて、いつもオペラに振り回されている苦労人という印象しかない。そんな彼女がこのような薄汚い廃屋で惨殺される未来を、一体誰が想像できただろう。

「けっ、警部！」

部屋の奥で屈みこんでいた警官が声を上げた。彼の足元には若い女性が倒れており、「うーん……」と呻きながら身じろぎした。その額には血が一筋流れている。

「発見者らの話によると、彼らがこの部屋に足を踏み入れて死体を発見したとき、この女も本棚の陰に倒れていたそうです。第二の死体かと思ったら、息があったと」

窓のカーテンが開けられ、ぼんやりとした外光が女性の顔を照らし出した。

警部は苦々しげに唇を歪めた。どうしてこの女がここにいる？　一体、この部屋で何が起こった？まだ何の根拠もなかったが、これは魔女の絡んだ犯罪ではないか、という予感を警部は抱いた。

「あ、あれ……？」

意識を取り戻したアンデルセン・スタニスワフは、自分を取り囲む制服警官たちを戸惑いの目で眺めていた。

◆

頭のすぐ近くで電話のベルが鳴り、オペラははっと目を覚ました。事務所で書類整理をしていたはずが、いつの間にか眠ってしまったようだ。

かなり深く寝入っていたらしく、頭の中の靄はなかなか晴れない。自分のだらしなさに軽く失望を覚えながら、オペラは受話器に手を伸ばした。

「はい、ガストール……あら、お久しぶりですわね」

電話の相手はバイコーン警部だった。警部はよそよそしい声で、二週間ぶりだな、と応えた。たった半月の隔たりで、火刑法廷やメイスンが随分遠い存在のように感じられる。

メイスンの捜査に進展があったのかと思いきや、警部は法律事務所の近況やオペラの様子について尋ねるだけで、一向に本題に入ろうとしない。

なんとなく、どことなく嫌な予感がして、オペラの腕に鳥肌が立った。

警部は散々躊躇った挙句、落ち着いて聞いてほしい、という最悪の定型句から用件を切り出した。

ひッ、という息を呑む音が事務所に響く。それからしばらくの間、警部が新たな殺人事件の概要を語り終えるまで、オペラは呼吸を忘れていた。

「どう、して」

ようやく発したオペラの問いに、警部は返す言葉を持たなかった。捜査はまだ始まったばかりだとか、オペラにも事情聴取を行うといった言葉が受話器から止めどなく流れてきたが、オペラはまだ警部の最初の言葉を処理できていなかった。

――ミチルが殺害された。

膝から力が抜け、事務所の床にへたり込む。自らの浅い呼吸音が、いやに大きく聞こえた。


チークの扉をノックし、返事を待たずにドアノブをひねる。

一か月前にここを訪れたときと全く同じように、火刑法廷事務局長ヘンリーは机に向かって書き物をしていた。

「何の用かね。ガストール君」

ヘンリーは顔を上げず、険のある声色で問いかけた。

「火刑審問官への復任をお願いいたします」

オペラは椅子に腰掛けず、ヘンリーを見下ろして単刀直入に言い放った。

「ミチルの事件が火刑法廷に送致されたという話を耳にしました。この裁判の審問官、是非ともこのわたくしにお任せください」

長いため息を吐き出すと、ヘンリーはじろりとオペラを見上げた。

「モーリスリンク君の件は、実に残念だった。しかし端的に言って、君の出る幕ではない」

予想通り、にべもなく断られる。だが、ここで引き下がるわけにはいかない。最も身近で最も大切だった人の生命を奪われたというのに、蚊帳の外で指をくわえて傍観することなど、オペラには到底耐えられなかった。

「火刑審問官の数が足りないそうですわね。わたくしであれば、今日これからでも裁判に向けて動き出すことができます」

「余計なお世話だ。それに、君は被害者と親交が深い。審理に私情を持ち込みかねない者を審問官に任ずる国がどこにある」

「これは刑事裁判ではなく火刑法廷。審問官の任命についてはあなたが全裁量を握っているはずですわ」

食い下がりながら、これほどの積極性が自分にあることに対してオペラは自分でも意外に感じていた。ミチルが殺されたと聞いたときの衝撃は甚大で、もう二度と立ち上がれないのではないかとすら思ったが、今は殺人犯に罰を下すためならどんなことでもできるという自信があった。

「そうだな」ヘンリーは冷淡に言う。「決定権は私にある。その私が、君は不要だと言っている」

「そうですか」

オペラは鼻を鳴らすと、鞄から数枚の書類を取り出し、机に叩きつけた。ヘンリーは書類を一瞥すると、じろりと目線を上げた。

「これは?」

「去年の〈巨石の魔女〉裁判、四年前の〈ドーバーの魔女〉裁判に関する、わたくし独自の再調査記録ですわ。これらは魔女判決が下されたものの、審理ではあやふやな証言や不確かな証拠を取り上げており、冤罪の可能性が大いに残されています。審問官に復任できない場合、わたくしは今とっても暇ですから、この二例を徹底的に再調査するでしょう」

ばん、とオペラはヘンリーの机を叩き、息を荒らげて火刑法廷事務局長を睨みつけた。

「魔女がミチルを手にかけたことを立証するか、過去の火刑法廷の冤罪を立証するか、あなたはどちらをわたくしに望むのです?」

ヘンリーはさっと書面に目を通し、忌々しげにオペラを睨み返した。

「復任だと？　君がか？」

バイコーン警部は驚きよりも不審そうな表情を浮かべた。

事件から二日が過ぎた午前十時。警察は既に現場検証を終え、捜査班が空き家から撤収しようとしていた。オペラは自ら車を運転して現場へ赴き、警部を引き留めることに成功した。

「まさか、被害者とごく近しい君を審問官に任ずるとはな。私はガストール家の資産を侮っていたようだ」

「お金なんて積んでいませんわ。まぁ、少々お行儀の悪い交渉だったかもしれませんけれど」

オペラは空き家の外階段を上りながら、警部とのこういったやりとりを懐かしく感じていた。

警部は書斎のドアを開け、オペラの顔を見る。

「事件について、どこまで知っている？」

「ミチルの……彼女の遺体が発見されたとき、この部屋には気を失った女――アンデルセン・スタニスワフが倒れていたと聞いています」

アンデルセンの名を口にした途端、ぞわりと胸の奥がざわめいた。ミチルを殺した女に対する憎しみが肥大しすぎて吐きそうになる。

「で……ですから、警察がアンデルセンの身柄を勾留したのは理解できますわ。けれど、どうして火刑法廷に送致されたのか、どうしてアンデルセンが魔女ということになるのかはまだ知りません。確かに最近、奴が魔女ではないかという噂は耳にしましたけれど」

「説明が必要だろうな」

警部は書斎のカーテンを開け、隣の療養院を指さした。事件当日、シュノとクロスパトリック夫人の対談が療養院で開かれていたこと、夫人が廊下で不審人物に襲われたことを語る。

「病院内で強盗？　それはそれで前代未聞ですわね」

「病院ではなく医療施設だ。強盗かどうかもわからん。夫人は殴られたとき、短い間気を失っていた。気付いたときには廊下に倒れ伏しており、目の前に口を開けたポーチが落ちていたという」

「そのポーチが狙われたと？」

警部は肩を竦めた。

「後に見つかったポーチの中身からは何も取られていなかったそうだ。強盗目的で夫人を打擲《ちょうちゃく》したものの、何かに手間取ってしまい、何も盗まずに立ち去ったと見ることもできる」

「その強盗未遂犯の行方は？」

警部は再び肩を竦める。

「覆面をしていて顔はわからないが、恐らくは女性だろうとのことだ」

オペラはアルマジャック事件を思い出した。シシリー・アルマジャックを殺害したのは、覆面で顔を隠した女性だったとダレカは主張している。関連付けるのは早計だろうか。

「覆面や衣服、凶器と見られる棍棒は、モンマス川の川下で発見された。ちなみに、銃で撃った跡のあるクッションもその近くで見つかった」

「変装道具にクッションですって？　それ、本当にミチルの事件と関係がありますの？」

警部は煮え切らない答えを返す。

「関係があるかもしれないし、ないかもしれない。襲われた夫人が取り落としたポーチを、黒猫が盗んだという話は聞いているか。我々はその黒猫が容疑者の変身した姿ではないかと見ている」

「……というと？」

「猫はポーチをくわえてダクトの奥へと消えて行った。隣の空き家、つまりこの部屋へ逃げたと見て間違いないだろう。チェズニー医師は夫人の手当てをし、それ以外の者は暴行犯がどこへ行ったか捜していたという。そうこうしているうちに、ここで古書業者が遺体を発見するに至る」

「古書業者？」

警部は室内に立ち並ぶ本棚を見回した。

「この家の持ち主だった老夫婦は、十年前に相次いで他界している。家を相続する係累もなく、ただ老朽化するに任せている、典型的な空き家というわけだ。施錠されていないため、しばしば後ろ暗い輩の寝床に使われているそうだ。それで現在、市はこの家の取り壊し計画を進めている。事件が首尾よく片付けば、近いうちに更地になるだろう」

「なるほど。それで古書の処分を業者に依頼したと」

警部は首肯する。

「本の保存状態は見ての通りの有様だが、中には掘り出し物があるかもしれん。もっとも、午後三時半にここを訪れた彼らには、本を調べる余裕などなかった」

警部は部屋の中央に広がる黒い染みの前に立った。

「扉を開けた途端、とんでもない光景が目に入ったのだからな」

オペラは沈鬱な表情で染みを見つめる。瞼《まぶた》を閉じ、ここで最期を迎えた彼女の付き人に黙禱《もくとう》を捧げた。

「被害者は恐らく、ポーチを盗んできたアンデルセンが変身を解く瞬間を目撃したのだろう。アンデルセンは被害者に襲い掛かったが、もみ合いになり、そして銃口が火を噴いた。被害者の受けた弾丸は二発。一発は肩に当たって体内にとどまり、もう一発は首を貫いて……」

警部は部屋の本棚に残る弾痕を指し示した。その小さな黒い穴を、オペラは直視することができなかった。

「……凶器の拳銃は、ミチルのすぐ近くに落ちていたという話でしたわね」

「いや。君に送った報告書にはそう書いたが、後に誤りだと判明した。被害者の肩から摘出された銃弾や、本棚に埋まっていた銃弾を調べたところ、それらは別の拳銃から発射されていた。クロスパトリック夫人の拳銃からな」

「は？　えっ？」

オペラは耳を疑った。

クロスパトリック夫人には、以前からアンティーク銃を収集しているという噂があった。事件後に警察が夫人の邸宅に家宅捜索に入ったところ、地下室に違法な銃器コレクションが見つかった。夫人の供述によれば、対談の三日前に邸宅に何者かが侵入し、十九世紀初頭に某国の金満家が作らせたという金メッキのアンティーク銃が盗まれる事件が起こった。盗まれたのが違法品なだけに、夫人は警察に届けることもできなかった。

ところが対談当日、盗まれたはずの金の拳銃が何故かポーチに入っていることに夫人は気付いた。つまり盗難者は、一度盗み出した銃を夫人のポーチに入れて返却したことになる。対談に同席した記者もこの拳銃に気付いたが、夫人はその場を取り繕ってポーチの口を閉じた。

「拳銃が入っていたら、ポーチを持った瞬間に気付きそうなものですけれど。重さで」

「ポーチには金属製の化粧道具も入っていたし、ポーチ自体も装飾過多でなかなか重い。それに拳銃といってもごく小型のダブル・デリンジャーだから、重量に違和感を覚えないのも無理はないだろう」

「なるほど」

「老人が暴徒に殴り倒されたというのに警察に通報しなかったのは、当の夫人が猛反対したためだ。銃の所持が露見することを恐れてな。夫人は近いうちに銃器法違反で起訴されるが、そんなことよりも重要なのは、拳銃の入ったポーチを猫が奪い去って空き家へ運んだという事実だ」

「その銃はどこにあったのです？」

「貨物列車の荷台の上に落ちていたよ」

オペラは再度耳を疑った。

警部は北の窓に目を向けた。窓ガラスは割れていたが、鉄柵で覆われているため人の出入りはできない。鉄柵の向こうには線路が見えた。この空き家のすぐ隣にはモンマス川が流れており、線路は川に沿って架けられた橋の上に渡されていた。

「犯人は拳銃をこの窓から投げ捨てたと見られる。恐らく川に投げ捨てようとしたのだろうが、ちょうどそのとき貨物列車がこの家の横を通過し、拳銃は工業部品を積んだ荷台に落ちた。列車はソドベリー・クロス駅を通過して次のリヴィングストン駅に停車し、そこの駅員が拳銃を発見して大騒ぎになったそうだ」

「はぁ。で、警察が調べたら、その銃が凶器だったと」

警部が頷いたちょうどそのとき、窓の外を列車が大きな音を立てて通過していった。あまりの騒音に、警部とオペラは揃って閉口する。

「この通りだ。誰も銃声に気付かなかったのも無理はないだろう」

「そ、そうですわね」

「貨物列車がリヴィングストン駅に到着したのは午後三時半。リヴィングストン駅まではここから三十分ほどだから、列車は三時頃にこの家の横を通過した。時間的には辻褄が合う」

オペラは書斎の南側の扉に目を向けた。隣の部屋に繋がっているようだが、ドアノブの上にまで埃が積もっている。

「この扉、開けてもいいかしら？」

「あぁ。その扉は長い間開けられていないことがわかった。誰もその扉から出入りすることはできなかったと考えていい」

ノブをひねると、ぎりりと錆の擦れる嫌な音がする。

扉の隣は、階段と廊下を兼ねた狭く暗い空間だった。埃を吸わないようにハンカチで鼻を覆いながら階段を下りる。一階には寝室やリビング、厨房や洗面所といった部屋があった。二階に広々とした書斎を設けておきながら、一階は限られた床面積に生活空間が詰め込まれている。かつての家主は極端な性格の持ち主だったに違いないとオペラは思った。

一階の裏口から外に出、細い道を通って再び家の正面へ回り込む。

「さてと」玄関の前で空き家を見上げ、警部が口を開く、「まとめると、次のような流れだ。アンデルセンは猫に変身して療養院に潜入、ポーチを奪取してダクト内へ逃げ去る。書斎で人間に戻り、ポーチを開ける。そこに入っていた金の拳銃でミチルに襲い掛かる。ミチルは自前の拳銃を抜いて応戦しようとする」

「そういえば、ミチルはハンティングの経験があると言っていましたわ。火器免許も持っていたのかしら」

「そのようだ。現場に落ちていた銀の拳銃はミチルの所有する銃だった。だが、アンデルセンに銃創はない。恐らくはアンデルセンの放った銃弾がミチルの肩に当たり、満足に銃を構えることもできなかったのだろう。その後激しいもみ合いになり、アンデルセンは頭を壁に強打する。そのときの弾みか、あるいはしっかり狙ったかはわからないが、二発目の弾丸がミチルの喉を引き裂き、彼女は倒れた。アンデルセンは何を思ったか拳銃を窓から投げ捨て、頭の打撲のために倒れてしまう」

オペラはしばらく口を閉ざし、頭の中で事件の順序を整理した。警部に説明を受けても、疑問点はいくつか残されている。何故ミチルはこの家に来たのか、何故アンデルセンは銃を投げ捨てたのか。

だが実際に起きたことだけを並べれば、火刑法廷が開かれることには納得がいく。

「議論するべきは拳銃の移動経路ですわね」

「理解が速いな」

犯行に使われた拳銃は、猫に変身した魔女が運ばなければ書斎に移動することはない。故に魔女の存在を無視した通常の刑事裁判では、アンデルセンに有罪判決を下すことは難しい。

進むべき道ははっきりと見えた。これまでの汚名を返上するために、そして何よりミチルの敵《かたき》を討つために、何としても勝たなくてはならない。


「そりゃあなた、事件を前にしてシャッターを切らない記者がどこにいるって話ですよ」

マイクル・ハボックは自慢げに紙巻き煙草を灰皿に押し付けた。《デイリー・バナー》社支局の記者室は、紫煙で秋の朝霧のように霞んでいた。

「まったくですわ。これらの写真は貴重な資料となるでしょう」

応接机の上には、ハボックが事件当日に撮影した数枚の写真が並べられていた。オペラにとって、これらの写真は重要な意味を持つことになるだろう。

廊下に倒れたクロスパトリック夫人の写真は、痛々しさが伝わってくるほどよく撮れている。問題のポーチは病室の扉の前に落ちているが、その中に拳銃が入っているかどうかは判断できない。

「ところで、当日は腕時計をお持ちでなかったのですか?」

ハボックはオペラに不快そうな目を向ける。

「それが何か? 私は金属が苦手で、腕時計はつけないんです。だから懐中時計をいつも胸ポケットに入れてるんですが、走ってるうちによく落としちまうんですよ。そういや、応接室の時計も壊れていたんだよな」

「えぇ。つまり、応接室内や付近に動いている時計は一つもなかったということですわね？　この大時計を除いて」

オペラは二枚の写真を指し示す。一枚は応接室で試し撮りしたものらしく、画角は傾きピントも合っていない。だが、廊下の窓の外には大時計の文字盤が写りこんでおり、その針は二時五十九分を指していた。

もう一枚の写真はポーチをくわえて跳躍する猫の姿を捉えていた。こちらも窓越しに大時計が見えており、時刻は三時九分。

「一体、なんで時計のことばっかり気にするんです？」

記者は煙を吐き、探るように尋ねた。

「いえ、その、少々」

オペラは今、この大時計の時刻に悩まされていた。

ハボックが写真を撮影するところは他の当事者たちも見ている。従って、これらの写真に写った大時計の時刻は信じていい。夫人が襲われたのが二時五十九分、猫が銃を盗んだのが三時九分だから、ミチル殺害時刻は三時九分以降ということになる。

ところが鉄道会社に詳しく確認したところ、貨物列車がこの空き家の目の前を通過するのは、午後三時五分頃という話だった。となると、ミチルを射殺したアンデルセンが窓から拳銃を捨て、それが走行中の列車に落ちたという仮説は時間的に成り立たない。アンデルセンが銃を手にした頃には、列車は遠くへ走り去ってしまっているはずだ。

たった五分だが、その五分の壁がオペラの前に立ちはだかっている。


翌日、オペラは療養院を訪れた。

「うーん、私に聞かれてもねぇ……」

療養院の受付係モルドナ・カーティスは、鬱陶しそうに首を振った。くたびれた容貌の四十前後の女で、受付係にしては愛想が悪い。

「記者やボディガードの話では、クロスパトリック夫人を襲った暴行犯は院内のどこにもいなかったとのことです。暴行犯は衣服を川辺に脱ぎ捨てているので、襲撃後すぐに外へ出たとしか考えられないのですけれど。本当に見ていないのですか?」

「そう言ってるじゃありませんか。私、お昼休みで三時ちょっと前まで外出していたんで、私が戻る前に出てったんじゃないですか」

「あなたが不在の間、誰にも見咎められずに療養院に出入りできるのですか?」

何か問題でも? とでも言いたげな顔でカーティスは頷く。

「なるほど……。三時ちょっと前というのは、具体的に何時でしょうか?」

「二時五十五分よ。三時までに療養院に戻らないといけないことになっているから、いつも戻った時に腕時計を見ることにしているの」

「それでは時間が合いませんわ。夫人が襲撃されたのは二時五十九分ですから。つまりあなたが受付に戻ったとき、暴行犯はまだ院内にいたはずなのです」

「んじゃ、時計がずれていたんじゃないですかね」

「それは……」

オペラは言葉を呑み込む。夫人が襲撃された時刻も、猫がポーチを盗んだ時刻も、路地裏の大時計を基準にしている。確かに、この大時計の時刻が五分ほど進んでいたとしたら、つまり実際の夫人襲撃が二時五十四分、ポーチ強奪が三時四分だとしたら、暴行犯はカーティスが戻る前に療養院から逃げ出せるし、拳銃を通過する列車に投棄できる。どちらもぎりぎりではあるが。

療養院と空き家の間の細い路地に足を踏み入れると、靴の下で小さなガラス片が砕けた。路地に置いてあった大時計が倒れており、文字盤のカバーガラスが砕け散って路地に散乱している。

「まったく、しくじったのう」

オペラの背後で大儀そうにぼやいたのは、機械油まみれのオーバーオールを着た小柄な老人だった。老人の名はアレック・ボイル、ベルガード療養院の向かいに店を構える修理工だった。オペラは事務所開設時に電話機の修理をボイルに依頼したため、彼のことは見知ってはいたが、まさか彼が事件に関わっていたとは予想していなかった。

「驚きましたわ。この大時計がボイルさんのお店の品物だったなんて」

ボイルは唇をへの字に曲げた。

「品物じゃあない。向こうが処分に困ってたから、儂《わし》が金貰って引き取ってやったんだ。近いうちに分解して部品を取り出そうと思ってたんだが、こんなになってしもうて」

ボイルによると、この大時計はもともとソドベリー・クロス駅の中庭に設置され、数十年も時を刻み続けていたのだという。最近になって撤去しようという話が持ち上がり、ボイルが引き取ることになった。事件の二日前にこの路地へ運ばれたのだが、いつの間にか倒壊していたという。

「困りましたわね。これでは、この時計が狂っていたかどうかわかりませんわ」

「狂っていたぁ？」ボイルは小馬鹿にしたように鼻を鳴らす。「オペラ嬢ちゃん、馬鹿にしちゃいかんよ。こいつは年代物だが、中身は高名な時計工房が作った逸品だ。数年かけても一分とずれることたぁない」

オペラとしてははずれてもらわなければ困るのだが、専門家のボイルの言葉を無視することはできない。

「うーん……。ボイルさんが引き取ったとき、時計の時刻は正確でしたか？」

「知らんよ。これからバラす時計の時刻なんて、誰が気にする？」

「うぅ、ごもっとも」

この時計の時刻がずれていたかどうか、オペラは警部に徹底調査を依頼した。警察はソドベリー・クロス駅の駅員に聞き込みを行ったが、今のところ成果はない。というのも、二十年ほど前の駅の改修工事で大時計の周りが壁に囲まれてしまい、貨物室の窓からしか文字盤が見えなくなったという。

「中庭に時計があることを知らない駅員も多かった、と警部は仰っていましたわ」

「ほうか。これだけの時計が、二十年も忘れ去られていたとはなぁ」

ボイルは死者を悼むような目で壊れた時計を見下ろす。

「撤去作業のときも、随分寂しい場所にあるもんだとは思ったが。そうさな……。まぁ、完全に狂っちゃいなかったろうさ。運び出すときちらっと文字盤を見たが、時刻に違和感を感じなかったからな。ずれていたとしても、せいぜいプラスマイナス五分ってところが限度だろう」

うーむ、とオペラは眉間に皺《しわ》を寄せる。この大時計は、審理の上で重要な証拠品になりそうな気配がする。

「ボイルさん。こちらの大時計、一旦市警に引き取らせてもらってもよろしいですか？　詳しく調べる必要があるようですので」

ボイルは快く承諾した。

「丁重に扱ってくれや。ついでにガラス片も片付けといてくれるとありがたいね」

◆

刑務官が面会室の扉を開けると、アンデルセンははっと顔を上げた。刑務官の隣に立っている人物を見て、彼女は深々と安堵の息を吐く。

「あぁ、よかった。私の弁護、引き受けてくれるのか」

よほど緊張状態が続いていたと見え、アンデルセンは椅子の上でへなへなと脱力した。手錠の鎖ががちゃりと音を立てる。

毒羊は刑務官が退室するのを見届けると、椅子の背を引いて腰を下ろした。隣には黒フードで顔を覆ったバッドマも座る。

「確かに小職は貴女の弁護人として名乗りを上げました。黒フード殿たっての依頼となれば、足蹴にするわけにもまいりますまい。しかしながら、正直申しまして、貴女を弁護すべきか否か、小職は未だ決めかねております」

羊は冷然と言葉を突きつける。

「えっ」

アンデルセンの顔色が一気に曇り、バッドマに助けを乞うような目を向ける。

そんな顔をされても困る、とバッドマは思った。彼女自身、アンデルセンを何としても助けたいという強い意志を持っているわけではない。一時とはいえ協力関係にあったよしみで羊に弁護を依頼したが、弁護にどこまで協力すべきか決めかねていた。つまるところ、バッドマはアンデルセンのことを何も知らないのだから。

「そもそも小職は、理不尽な目に遭う魔女を救うことが信条、いやさ存在意義であります」

羊は机に身を乗り出し、アンデルセンの顔を正面から覗き込む。

「アンデルセン・スタニスワフ。貴女は魔女でありますか？」

「違うってば。何度も言ってるだろ」

「では、何者でありますか？」羊の鋭利な眼光は、アンデルセンの内面を探るようにまっすぐ彼女を射貫《いぬ》いていた。「警察は未だ貴女の素性を明らかにできていないご様子。その一風変わったご尊名も、本名ではないのでしょう？」

「そりゃお互い様だろ、毒羊さんよ」

アンデルセンは言い返したが、声からは意気消沈の色が隠せていなかった。短い髪をくしゃくしゃと掻きむしり、力なく項垂れる。

「悪い、あんたに当たっても仕方ないよな。私はさ、肩書ってやつがダメなんだよ」

「ダメ、とは」

アンデルセンは机上の一点を見つめながらぽつぽつと語る。

「自分を定義する言葉が存在することに、どうにも虫唾が走って仕方がないんだ。出身地とか、家柄とか親の職業とか、昔っからそういうプロフィールが息苦しくて仕方がなかった。だから一つ所に一年以上暮らさないようにしていたし、名前も頻繁に変えなくちゃ気が済まない。何者でもない人間でいることに執着してるって言えばいいかな」

羊は机の上で両手を組み合わせ、じっとアンデルセンを観察している。羊の表情は真剣そのもので、法廷におけるおどけた言動は鳴りを潜めていた。

「えぇ」羊は身体の力を抜いた。「人は誰しも何かに執着している。しかし殺人事件の容疑者としては、その執着が致命傷となるやもしれません」

「私は殺してないし、魔女でもない。その事実が法廷で示されればそれでいいんだ」

「左様ならば、ミチル・トリノザカは何故死んだのです？　あの部屋で何があったのでありますか？」

「あぁ、私が見たことを話せばいいんだな。私とバッドマの共同作戦についてはどこまで知っているる？」

「ポーチ強奪計画でありますね」

「そうだ。ちなみに私は、計画の一部始終を法廷で正直に話すつもりだ。勿論バッドマの名前は出さないから安心してくれ」

そこでバッドマが初めて口を開く。

「俺が告白文を書いてやろうか。ポーチを盗んだのは私であり、アンデルセンではありませんと。その程度の協力ならできる」

アンデルセンは少し考え、「いや」と断った。

「気持ちはありがたいが、大して役には立たんだろうな。捏造と言われたらそれまでだ」

会話が途絶え、羊が「続きを」と先を促す。

「あぁ。バッドマをダクトに送り出して、書斎で待っているうちに、私はソファでうとうとしてしまったらしい。目を覚ましたら、ちょうどバッドマがポーチを運んできたところだった。ポーチを受け取ったら、かなり重くて驚いたよ」

「そりゃそうだ。拳銃が入っていたんだから」

アンデルセンは首を振る。

「いや。ポーチの中身はロザリオやら化粧品やらで、拳銃なんてなかったよ」

「えっ？」バッドマは眉を顰める。「どういうことだ？　夫人の拳銃は、ポーチに入ったまま私が書斎に運んだんじゃないのか？」

「私に聞かれても困る。とにかく、ポーチの中身を物色していたら、扉を開けて女が入ってきたんだ。顔はよく見えなかったが、女は何か叫びながらこちらへ拳銃を向けた。私はなんとか相手の腕を摑んで銃口を逸らそうとしたんだが、もみ合ううちに頭を壁にぶつけちまった。次に気が付いたときには警官どもに見下ろされていたって始末だ」

「襲ってきた女が何者か、見当もつかないのか」

「あぁ。書斎は暗かったし、寝起きで頭もぼんやりしていたからな。ただ、警察がすぐに私を殺人容疑で逮捕したってことは、南の扉や外階段の扉から何者かが出入りした可能性はないと判断したのかもな。もしそうなら厄介だ。私は、真犯人の魔女がダクトを通って侵入して、みたいな可能性を検討しないといけなくなる」

「いや、それはない」

「ん？」

「実はお前にポーチを渡した後も、俺はずっとダクトの中にいたんだ。すぐ現場から離れようと思っていたんだが、ちょうど車道に停車していたトラックがダクトの出口を塞いでいて、出ようにも出られなかった。俺はダクトの出口あたりに身を潜めていた。二、三十分経ってから書斎の扉が開く音がして、数人の男の声が聞こえた」

「遺体を見つけた連中か」

バッドマは頷く。

「ダクトを塞いでいたトラックは、遺体を見つけた古書業者の車だった。つまりだな。ダクトを通って現場に出入りできた猫は、俺の他にいないんだよ」

「んー……。それじゃ、真犯人はやっぱり普通に扉から出て行ったのかな」

羊はしばらく何の感情もないような顔で二人のやりとりを見守っていた。会話が途切れたところで質問を挟む。

「女が構えていた拳銃は何色でしたか？　金か、それとも銀か」

「うーん、暗かったからなぁ。ポーチを受け取ったらすぐにカーテンを開けてシュノたちに姿を晒すはずだったんだが、その隙もなく襲われたんだよ」

「警察は貴女を逮捕した理由の一つに、その腕から硝煙反応が検出されたことを挙げておりました。そのことをどのように説明されるおつもりで？　犯人は気絶した貴女の手に銃を握らせ、その腕を支えながらミチルに向けて発砲したとでも？」

「さ、さぁ。もしかしたら、最初の一発で喉を撃ち抜いて殺害した後、私の腕に硝煙反応を残すために、私に拳銃を握らせてミチルの肩を撃たせた、とか……？」

「なるほど。それでも一応、筋は通るようでありますねぇ」

　アンデルセンの顔に怯えが兆す。

「……まさかとは思うが、本気で私を疑ってるわけじゃないよな？　あんたほどの弁護人が」

「小職を過大評価なさいませんよう。前回の裁判で小職が力及ばなかったばかりに依頼人を死なせてしまったこと、どうかお忘れなく」

　羊は過剰に謙遜すると、椅子を引いて立ち上がった。踵を返し、面会室のドアノブに手をかける。

「……少々、考える時間を頂きたく存じます。この事件、どうにも底が知れない。ま、依頼人の言葉を疑うような弁護人にはゆめゆめご期待なさいませんよう」

「ちょっ、おい」

　アンデルセンが呼び止める間もなく、羊は退室してしまった。

「そうがっかりするな」バッドマが慰めるように言う。「ああ言っていたが、羊はしっかり事件の捜査を進めてる。俺も、捜査協力くらいならやってやる。一応、ダレカもな」

　アンデルセンは打ちしおれながらもバッドマに礼を述べた。

◆

どろどろとした感触の泥の海の底に、少女の意識は揺蕩《たゆた》っている。息もできず、何も聞こえず、夢を見ることさえない茫洋《ぼうよう》とした無意識空間の中に、少女は閉じ込められていた。

時折、不意に意識が覚醒へと近づく。だが、水面から顔を出した瞬間に痛覚が戻り、全身が悲鳴を上げる。呼吸をするたびに喉の奥が燃えるように熱く、その熱が禍々《まがまが》しい灼熱《しゃくねつ》の記憶を呼び起こす。目の前で大切な人が炎に包まれていく光景が、彼女が最後に囁いた言葉が、少女の心を蝕《むしば》んでいく。

これほどに苦しいのなら、早くまた泥の中へ戻らなければ。全てを忘れて眠らなければ。

「……か……。……、聞こえ……」

瞼を開けることはできないが、聴覚は生きている。近くで誰かが少女に話しかけている。けれど少女に言葉を返す力は残されていない。

「聞こえるか、エリス……」

少女の名を呼ぶ声は、穏やかで慈愛に満ちていた。聞こえている、私はまだ生きていると返事をしたくとも、身体は言うことを聞かない。

◆

事件から一週間目の朝。

自ら運転してきたコンバーチブルのドアを開け、オペラ・ガストールは大地に降り立った。ソドベリー・クロス駅近くの木立に出現した火刑法廷の前にはいつものように報道陣が集まっていたが、彼らはオペラを冷ややかな視線で出迎えた。

「ガストール審問官。引退という話もありましたが、何故復帰されたのでしょうか？」

「被害者はガストール審問官ととても近しい人物という噂もありますが、公正な審理を行えるのでしょうか？」

「前回の裁判におけるご自身の失態について、反省すべき点はありますでしょうか？」

ずけずけとオペラに質問を投げつけてくる有象無象をあしらいながら、オペラは火刑法廷の門をくぐった。批判は覚悟の上だ。何と言われようと、この事件だけは自分の手で決着をつけなくてはならない。

ミチルの敵を討たなくてはならない。


地下深くの陵墓のような冷気の漂う、白く冷たい石壁の廊下を通り抜けると、不意に靴音の響き方が変わった。法廷に出たのだ。

そこはオペラがこれまで見てきた火刑法廷の中で最も暗く、最も寒い法廷だった。

高い天井は上空でゆるやかにアーチを描いている。ところどころ壁が崩落しており、隅の方には瓦《が》礫《れき》が積み上がっていた。空間の最奥には司祭が説教に使うような祭壇があり、その背後の巨大な窓は白く光り輝いている。窓の前には大きな古い黒板があり、事件のあったベルガード療養院と空き家の見取り図がチョークで描かれていた。ミチルやアンデルセンの倒れていた位置や、クロスパトリック夫人が襲われた位置まで子細に描き込まれている。

祭壇の前には一脚の古い椅子があり、そこにアンデルセン・スタニスワフが座っていた。左右には傍聴人用の長椅子が向かい合わせに並んでいる。いくつかの長椅子は瓦礫に押し潰されており、傍聴人たちが不安げな顔で座れそうな席を探し回っていた。

忘れ去られて荒廃した古い教会。この法廷を目にした者は皆、オペラと同じ印象を抱いたことだろう。

オペラは祭壇に上り、法廷内を一望した。教会でいうところの二階回廊に、等間隔に窓が並んでいることに気付く。数えてみると、左右に六個ずつあった。あの窓が陪審席なのだろう。

アンデルセンは居心地悪そうにきょろきょろ周囲を見回していた。まだ弁護人が姿を現さないため、不安になっているのだろう。開廷時間まであと五分というとき、一人の廷吏が早足で被告人に近づき、書類鞄を手渡した。同時に、傍聴席の最前列に座っていたバイコーン警部がオペラに声をかける。

「審問官。どうやら弁護人は来ないらしい」

「えぇ。いつも通り遅刻して、こちらのペースを崩そうというのでしょう」

「どうかな」警部は被告人席を見やる。「先ほど廷吏が法廷の入り口で、毒羊のものと思われる鞄を見つけた。被告人に渡すようメモが添えてあったそうだ。『調査資料を渡すので、自分で何とかするように。自分は行けたら行く』と」

オペラの反応は「はぁ」だった。一方、そのメモに目を通したアンデルセンはがっくりと脱力する。

尋常の法廷ならいざ知らず、火刑法廷において被告人が自身を弁護した例など聞いたことがない。普通に考えれば審問側に有利だが、それで気を緩めるほどオペラは甘くなかった。今までオペラの背後で陰ながら支えてくれたミチルはもういない。被告人が一人なら、審問官も一人。大切な人の敵討ちとしては、むしろ相応しい構図と言える。

やがて開廷時間となり、オペラは声を張り上げた。

「紳士淑女の皆様、ご傾聴を！　これより、被告人アンデルセン・スタニスワフの火刑法廷を開廷いたします。本審理はわたくし、オペラ・ガストール火刑審問官が執り行います。どうぞご協力をお願い申し上げます」

黒板の平面図

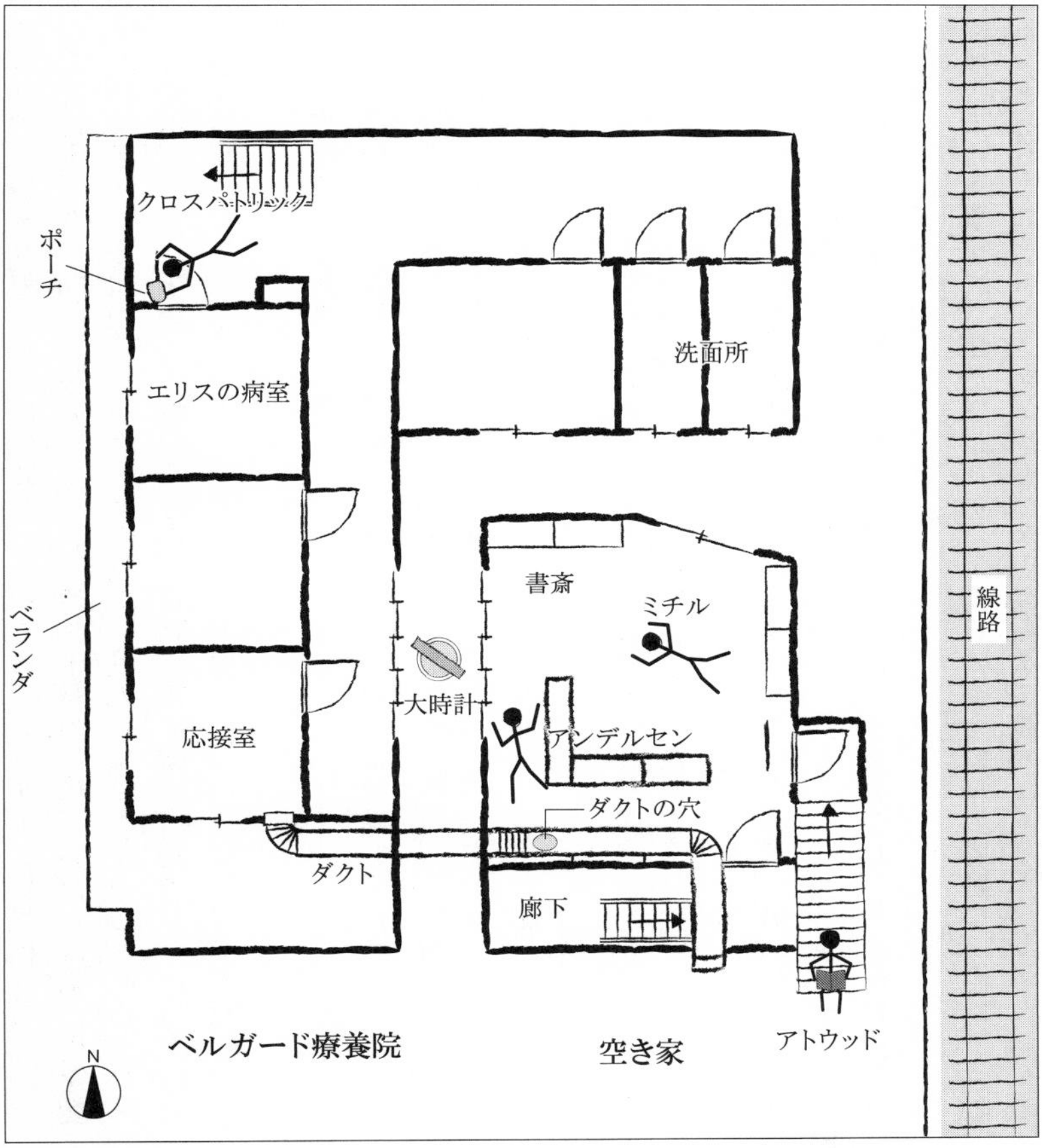
クロスパトリック
ポーチ
エリスの病室
洗面所
書斎
ミチル
ベランダ
大時計
アンデルセン
応接室
ダクトの穴
ダクト
廊下
線路
アトウッド
ベルガード療養院
空き家
N

一呼吸おいて法廷内が静まり返ったのを確認し、オペラはアンデルセンを見据える。

「被告人。あなたは以下の罪に問われています。去る四月十日の午後、あなたは猫に姿を変え、あらかじめ設置しておいたダクトを通ってベルガード療養院へ侵入しました。そこにいたクロスパトリック夫人のポーチを盗み、ダクトを通って隣の空き家へ移動。空き家の書斎でポーチの中に入っていた銃を取り出し、偶然出くわしたミチル・トリノザカを射殺した。以上の事実をお認めになりますか？」

アンデルセンは戸惑いながらも答える。

「認めないって言えばいいんだよな？　悪いな、法廷のしきたりには疎《うと》いんだ」

「無駄口はお控えなさい」ぴしゃりと言い、警部に視線を向ける。「まずはバイコーン警部から、被告人を逮捕した経緯をお話しいただきたく存じます」

この法廷には証人用の椅子や壇がないため、警部は腰を上げると、被告人席近くの何もない場所に立って証言を始めた。

「我々が被告人を魔女と考えた理由は後回しにして、先に被告人が逮捕された経緯を説明したい。突き詰めれば話は単純だ。犯行時、現場となった書斎には被告人と被害者しかいなかった。それだけだ」

警部は遺体発見の経緯を順序立てて説明した。遺体を発見した古書業者の男たちも証人として参席していたが、警部は彼らを呼ぶことなく一人で語り続けた。金色の小さな拳銃を取り出して掲げ、祭壇の上に提出する。その凶器が貨物列車の荷台で発見されたことも説明し、犯人が書斎の窓からそれを列車に投げ入れることが可能だったことを言い添える。

「負傷していた被告人は警察病院へ搬送されたが、その日のうちに殺人容疑で――」

と締めくくろうとしたところで、アンデルセンが声高らかに遮った。

「はいはい、異議《オブジエクシヨン》あり！　そもそも私は襲われた側だし、何が何だかわかってない怪我人に手錠をかけるのは横暴だと思います！」

「被告人！　異議があるなら具体的に筋道立ててお話しなさい！　それと、相手の話は最後まで聞くように」

アンデルセンは「わかってるよ」と肩を竦める。先ほどから人を喰った態度を取っているが、あれはきっと奴なりの強がりなのだろう、とオペラは思った。

「警部の証言が済んだなら、次は私の番だな。あの日、私はちょっとした用で書斎に行っていたんだ。何と言ったらいいか、実に言いにくいんだけど……」

アンデルセンは警察に供述した証言を繰り返した。とある魔女と共謀して、クロスパトリック夫人のポーチを盗む計画を立てていたこと。魔女が首尾よくポーチを盗み出し、アンデルセンに渡したところで突然現れた女に襲い掛かられたこと。もみ合いになって、頭を打って気を失ったこと。

オペラがこの供述内容を書面で読んだときは、いかにも突貫工事のでっちあげのように感じられた。だが実際に彼女の口から聞くと、どこか真に迫っているような気がしてくる。アンデルセンが犯人なら、どこかで演技の修業を積んだのだろうか——ふとそう思い、慌てて考えを打ち消す。彼女が犯人であると確信しているから、自分はここに立っているのではなかったか。

「ポーチを盗んだことは認める。正当に裁いてくれるなら、罪も償う。けど、これだけは言わせてくれ。私は魔女じゃないんだ」

オペラは「そうですか」と冷ややかに言った。

「その共謀した魔女さんとやらは、今どちらに？」

「この街から離れてもらったよ。魔女を火刑法廷に立たせるわけにはいかないからな。とにかく私は魔女じゃないし、誰も殺してない。答えてくれ、審問官。私が気絶している間に真犯人が被害者を撃って、古書業者が来る前に姿をくらました。その可能性は否定できるのか？」

「できますわ」

オペラは言下に断じる。ちょうどいい。もともと、その可能性を否定できる証人を次に呼ぶつもりだったのだ。

「アトウッドさん、証言をお願いできますかしら」

傍聴席から腰を上げたのは、齢の頃七十ほどの老婦人だった。些か活力に欠けるが、いかにも下町のおばあちゃんといった柔和な物腰をしている。

「アトウッドさん、お手を」

そう言って、チェズニー医師がアトウッドに手を差し伸べた。二人の老人は連れ添って前へ歩み出る。

「イヴ・アトウッドと申します。ソドベリー街に住んでおります」

「四月十日の午後三時ごろ、どこで何をしていたかお話しくださいますかしら？」

「え、ええと……」

アトウッドは戸惑い、隣のチェズニー医師に目線で助けを求めた。医師はアトウッドの耳の近くでオペラの質問を繰り返す。

「えぇ、えぇ。ごめんなさい、私、耳が遠いものだから。四月十日でしたかしら。私、ベルガード療養院を訪れましたわ。兄が入院しているもので、毎週お見舞いに行くんです。あの日も正午に療養院に入って、二時半には出ました。ね、先生」

医師は頷き、オペラに問いかける。

「私も証言をしても？」

「えぇ、補足がありましたら」

「では。アトウッドさんはいつも、姪御さんが車で迎えに来るのを外の階段で本を読みながらお待ちになるんです。うちの療養院は手狭で、待合室などないものですから」

「外の階段というのは、これのことですわね？」

オペラは黒板に向き直り、空き家の外階段をこんこんと指で叩いた。それだけで古い黒板はゆらゆらと揺れ、オペラは慌てて倒れないよう支える。

「えぇ、そうです」

老医師は窓の眩しさに目を細めながら頷いた。

「階段に座っている間、この女性が階段を上っていきませんでしたか？」

オペラは引き伸ばしたミチルの顔写真を掲げる。チェズニー医師がアトウッドの耳元で繰り返すと、老女は深々と首肯した。

「何やらひどく怯えた様子でしたねぇ」

「彼女の他に誰か、階段を通った者はいませんでしたか？」

「そうですねぇ」アトウッドはのんびりと首を傾げた。「確か、それからしばらくして、男の人が何人か上がっていきました。そこでちょうど姪の車が来たもので、それからはわかりません」

オペラは古書業者の男たちをアトウッドの前に立たせた。「えぇ、この人たちです」とアトウッドは直ちに認める。

「彼ら以外に階段を通った者はいないのですね？　入った者も、出た者も？」

「はい」

アトウッドは自信ありげに断言した。耳の遠い彼女は銃声には気付かなかったそうだが、耳以外は実にしっかりした老婦人だった。

「ありがとうございます。これではっきりしましたわね。被告人以外に被害者を撃った者がいたとしても、その者は現場から脱出することができなかった。バイコーン警部、念のため確認ですけれど、この外階段を下りる以外に書斎から出る方法はありまして？」

「ないな。廊下に通じる南の扉は施錠されていた上、鍵穴が完全に錆び付いて動かなくなっており、少なくとも数年は開閉された様子がなかった。窓も全て鉄柵で塞がれていて、出入りは不可能だ」

オペラは上機嫌そうに微笑み、アンデルセンに目を向けた。

「この証人について、反対尋問を行いますか？」

「……ん？」

何か思案していたらしいアンデルセンは顔を上げ、あぁ、と気のない返事をした。

「考えていたんだが、これだけ周到に状況証拠が揃っているとなると、犯人は最初から私に罪を被せるつもりで行動しているはずだと思うんだ」

「あなたのポーチ盗難計画を完璧に見抜いて、いいように利用したと？　そんな簡単に計画が漏れるなんて、大した泥棒ですわね」

アンデルセンは舌打ちした。

「真面目に聞いてくれ。私と共犯者の魔女の打合せを盗み聞きしたのかもしれないし、私がダクトを設置しているところを見て計画を予測したのかもしれない。そこはいくらでも説明がつくだろう。説明がつかないのは、殺人犯がどこへ姿をくらませたか、って問題だ」

アンデルセンは老婦人に目を向ける。

「アトウッドさんだっけ。遺体が見つかるまで誰も階段を上ってないし、出てもいないんだよな？」

「えぇ、そうですね」

「うーん……。それじゃ、犯人も魔女なのかな。箒で飛んで逃げた、ってのはさすがにないか。真っ昼間だもんな。アトウッドさん、あんたの隣を猫が通らなかったか？」

チェズニー医師の耳打ちを聞いて、アトウッドはきょとんと目を丸くした。

「いいえ。それほど読書に熱中してもいなかったので、気付かないことはないと思います」

「それじゃ、階段の隙間とかから路地にでも逃げたかな」

「それはないだろう」

警部が割って入る。

「外階段は金網で覆われており、猫が通れるような隙間はない。被告人の言うように真犯人が猫に変身したとしても、階段を通って外へ逃れることはできないだろう。恐らくはダクトの出口から路地裏へと逃れたのだろうな」

「え……」アンデルセンの顔がさっと青くなる。「そ、それじゃ、真犯人はどこに消えたって言うんだよ」

「ですから、そんな真犯人は最初から存在しな……」

オペラは言いかけた言葉を呑み込んだ。

アンデルセンは椅子の上で屈み、じっと考え込んでいた。その表情は真に迫っており、一心不乱に謎に立ち向かっているようにしか見えなかった。まるで、彼女が本当は無実であるかのように。

「どういうことだ……?」

ほとんど聞き取れないほど小さな呟きが、アンデルセンの口から零れる。

暫しの間、廃教会に廃教会らしい静寂が訪れた。

「もう結構ですの?」

オペラが問いかけてもアンデルセンは顔を上げない。オペラは訝しみながらも、次の証人を呼ぶことにした。丸々と肥えた巨漢が傍聴席から立ち上がり、被告人席の横へ歩み出る。

「マイクル・ハボックと申します。《デイリー・バナー》紙の首席記者を任されています」

特徴的なだみ声で自己紹介を済ませると、ハボックは療養院で起きた婦人襲撃事件について証言した。

続いてオペラはクロスパトリック夫人に証言を求めた。祭壇の前に立った夫人は、びくびくと怯えながら証言する。

「金の拳銃を見つけた途端、頭が真っ白になりました。数日前に盗まれた拳銃が、どうして私のポーチに入っているのか。しかも、拳銃には一枚のメモ用紙が添えられていたんです。拳銃所持を公にされたくなければ、二時五十八分に療養院の一階に一人で来るように、と」

夫人は唯々諾々と一人で廊下に出、階段へ向かっているところを、廊下の棚の陰に隠れていた何者かに襲われたという。

この暴行事件は、オペラもまだ腑に落ちていない。わざわざ時間を指定して夫人を孤立させ、院内で襲ったことを考えれば、ただの暴行犯でないことは確実と見ていい。襲われた結果として夫人はポーチを取り落とし、そこを猫に盗まれた。すると、これもアンデルセンの計画の内なのか。

しかし夫人が襲われたとき、アンデルセンは空き家の書斎にいたはずだ。ミチル以外に誰も書斎に出入りしていないのだから、そこは間違いない。となると共犯者を使ったのか。しかし、これだけのことをやって単にポーチを盗むだけというのは腑に落ちない。拳銃のことを知っていたのなら、夫人を強請《ゆす》った方が遥かに金になるだろう。

「暴行犯の件は、本件とは無関係と思われます」

オペラはあえて言い切った。些細な謎に拘泥《こうでい》していては審理が進まない。

「話を先に進めますわ。さて皆様。猫に変身できる者しか凶器を入手できなかった以上、この事件の犯人、すなわちアンデルセン・スタニスワフは魔女ということになるのです。被告人、反論はありまして？」

アンデルセンはすぐには返事せず、最初に受け取った鞄から書類を取り出し、ばさばさと頁を捲った。そのうちの一枚で手を止め、「よし」と顔を上げる。

「さすがに反論の一つくらいは用意してくれてるよな。それじゃ反対尋問といこうか」

アンデルセンは椅子に座ったままハボックに身体を向け、こほんと咳払いした。

「猫が夫人のポーチを奪ったのは何時だ？」

「三時九分です。警部さん、例の写真は？」

警部は猫がポーチをくわえた写真を提示した。窓の外に見える大時計は、もともと駅に設置されていたという話を警部は言い添えた。

「犯行時刻は三時九分より後、ってことになるわけだ。拳銃を運ぶ時間も加味したら、十分以降と言っていい。ところが、この拳銃を持ち去った貨物列車は、三時五分ごろにソドベリー・クロス駅を通過したらしい。警部さん、これって本当か？」

警部はオペラの顔を一瞥し、すぐに頷いた。

「時刻表によれば、確かにその通りだ」

「よし」アンデルセンはしたり顔で指を鳴らした。「おかしいよな、お嬢様。私は一体どうやったら三時十分にミチルを撃った拳銃を、その五分も前に通過した列車に投げ入れられたんだ？　おっと、私の主張にも同じ問題が生じるだなんて言わないでくれよ。私は気を失っていて、書斎で何が起きたのかは知りようがなかったんだから」

アンデルセンは胸を張ったが、オペラは小ゆるぎもしない。

「時刻の食い違いにはわたくしも気付きました。ハボックさんに再度確認しますけれど、現場には大時計以外に時刻を知る手段はなかったそうですわね？」

首席記者は首肯し、応接室の時計が止まっていたことや懐中時計を失くしたことを証言した。

「つまり、仮にこの写真に写っている大時計が五分ほど進んでいて、ポーチが奪われた実際の時刻が三時四分だったとしたら、何ら矛盾は生じませんわね？　この大時計は事件後に倒壊してしまったため、正確に時を刻んでいたのか確認するすべは最早ありません。それはつまり、殺害時刻を三時十分以降と決めつけるのは早計ということでもあるのです」

疑念を含むどよめきが傍聴席に広がった。審問官の主張が支持されていない空気を感じ取ったアンデルセンは勢いづく。

「そりゃないぜ、お嬢様。駅に置いてあった時計なんて、この世で最も正確なはずじゃないか」

「普通はそうですわね。ですから、この時計にお詳しい方をお呼びしてあります。ジャイル・バイソンさん、お話をお聞かせいただけますかしら？」

体格の良い若者が席を立ち、はきはきと名前を名乗った。バイソンは駅員の制服を着ていたため、ソドベリー・クロス駅の駅員であることは名乗る前から明らかだった。

オペラに求められるまま、バイソンは大時計が人目に触れない中庭にあったこと、そのため時刻が正確かどうか覚えている駅員はいないと証言した。

「我が駅のことながら、お恥ずかしい限りです」

プラットホームで乗客に応対するかのような、聞き取りやすく職業的な口調でバイソンは言った。

オペラは続いて小柄な老人を証人として呼んだ。

「アレック・ボイル。療養院の向かいで日がな一日機械をいじっとる、暇な修理工だ」

ボイルは端的に自己紹介を済ませると、駅から大時計を引き取った経緯を説明した。

「もともと儂んとこでスクラップにするつもりだったんだが、ぶっ倒れた後で警察がやってきて、詳しく調べるよう頼まれた。ったく、金も出さねぇでよ」

「ご協力感謝いたしますわ。それで、ボイルさん。あの大時計はどういったものなのでしょうか？」

ちぃ、とボイルは不快そうに舌を鳴らした。

「ちゃっかりしとるの。まぁいい。あの大時計は何十年も前に作られた代物で、もとは発条《ぜんまい》式だったんだが、後から電動で発条を巻く機構が取り付けられたようだ。だから二十年前の改修工事で存在を忘れ去られても、ずーっと時を刻み続けていたんだな」

「逆に言えば、二十年も時刻を合わせる必要がなかったわけですから、時刻がずれていても何もおかしくはない、ということですわね」

ボイルは不満そうに喉を鳴らした。

「極めて精度の高い時計だが、ま、そうだわな。二十年かけて五分程度ずれることは、ありえるかもしれん」

「ちなみに、あなたが引き取った後で誰かが時刻を進めたり遅らせたりした可能性はありますか？」

「壊れた時計を隅々まで調べたが、それはない。時刻の調整には文字盤の裏を鍵で開ける必要があるが、誰かが開けた痕跡はなかったからの」

オペラはにんまりと笑みを浮かべ、聴衆を見回す。

「結構ですわ。最後にモルドナ・カーティスさん。お話をお聞かせくださいますかしら？」

顔色の悪い受付係が前に出て、先日オペラに語った話を繰り返した。クロスパトリック夫人が襲われたのは二時五十九分だが、二時五十五分から受付に座っていたモルドナは暴行犯が療養院から出ていく姿を見ていない。

「暴行犯が証人に見咎められずに療養院から脱出することができたのは、二時五十五分以前ということになります。つまり、夫人襲撃時刻は二時五十五分より前でなくてはなりません。これで皆様にも、大時計がずれていた可能性があることをご納得いただけたかと」

「んなもん、病室の窓から出りゃいい。時計がずれていた証拠にはならない」

「わざわざ扉を開けて病室に入って、窓から道路に飛び降りたと？　一刻も早く現場から立ち去りたいはずの暴行犯が、何故そんなことをしなければならないのです？」

「そりゃ、受付係に姿を見られたくなくて――」

「二階の窓から道路に飛び降りれば、より多くの人に目撃される危険があるのに？　合理的に考えれば、暴行犯は療養院の玄関から出て行ったという結論になるはずですわ」

そのとき頭上でごとごとと物音がした。見上げると、二階の窓が開かれており、その奥にこれまで何度も見た陪審員の評決が掲示されていた。

『アンデルセン・スタニスワフは魔女』は十二枚中六枚。優勢を期待していたオペラにとっては不本意だが、アンデルセンにとっては崖っぷちということでもある。案の定被告人は深刻な面持ちで、必死に思案している様子だった。

ややあって、アンデルセンは重々しく口を開く。

「……なぁ、お嬢様」

「審問官とお呼びなさい」

「すごく変な質問をしてもいいか？」

「反対尋問ならどうぞお好きに」

アンデルセンは証人の方を見ようともしない。

「証人じゃなくて、あんたに聞きたいんだよ。あんた、被害者のことはよく知ってるよな。付き人だもんな」

「それはまぁ、勿論」

「ミチルは最近、何か思いつめたりしてなかったか？」

オペラは眉を顰める。被告人が何を考えてそんな質問をしたのか、全く見当がつかない。

「その質問に何の意味があるのか知りませんけれど、全くそんなことはない、とお答えします」

「うーん、そうか……。それでも、そうとしか考えられないんだよな……」

「はっきり仰ったらどうなのです?」

つまりだな、とアンデルセンはオペラの目をまっすぐ覗き込んで言う。

「ミチルは自殺だったんじゃないかって話だよ」

「は……はぁ!?」

素っ頓狂な声を上げたのはオペラだけで、傍聴人はアンデルセンの言葉を全くのナンセンスと受け止め、これといった反応を示さなかった。

「いや、聞いてくれ。真面目な話なんだ。ずっと考えていたんだよ。何かがおかしいって。私を襲った女がミチルを殺害した殺人犯なら、犯行後に書斎から姿を消さなきゃならない。でもそいつは、たとえ猫に変身したとしてもダクトがふさがっていたから書斎からは出られなかった。となると、そもそも殺人犯なんていなかったと考えるしかない。つまり、私を襲った女は実はミチル本人で、彼女は自分の喉を撃って自殺した……。そうとしか考えられないんだ」

アンデルセンはオペラだけを見据えて語り掛ける。

「審問官。一回だけ審理のことなんて全部うっちゃって、ちゃんと思い返してみてくれないか? ミチルは何らかの理由で、魔女を心の底から恨んでいたりしなかったか?」

ぎくり、とオペラの心が揺れる。法律事務所で最後にミチルと会話したとき、ミチルは自らの生い立ちを明かし、そして魔女裁判にかける思いをオペラに語った。

「な……何を仰っているの? どうしてミチルが魔女を憎む必要があるのです?」

「だってそうだろ。近頃、私は魔女じゃないかと街で噂されていた。どこへ行っても後ろ指さされたもんだよ。そんな私と同じ場所でミチルが命を絶つ理由があるとしたら、今まさにこの状況――私を火刑に追い込むこと以外にないじゃないか。つまりこの事件の実態は、ミチルによる捨て身の魔女狩りだったんだ」

荒唐無稽な暴論だとオペラの理性は即断した。だが一方で、アンデルセンの真剣な顔と声色に、もしかしたら、と聴衆が思い始めた気配がある。

本当にそんなことがあるだろうか。人一倍魔女を憎むミチルが、魔女一人を火刑に処すために、自ら命を……。

「惑わされるな」

バイコーン警部がぴしゃりと言った。

「アンデルセンの説は成立しない。何故なら、ミチルが死亡した後に誰かが金の拳銃を列車に投げ入れる必要があるからだ。アンデルセン、お前は、自らの喉を撃ち抜いたミチルにそんな芸当ができたと本気で言っているのか？　ミチルはほぼ即死だったと見られる上、彼女の遺体は部屋の中央にあったのに？」

ぐっ、とアンデルセンは言葉に詰まる。

「そ……そうですわね」

落ち着きを取り戻したオペラは、ハンカチで額の汗を拭った。考えてみれば当たり前のことだ。たとえミチルが魔女を憎んでいたとしても、自分を撃って無実の魔女に罪を擦《なす》り付けるなど、無茶苦茶にも程がある。

逆に言えば、そう主張せざるを得ないほどアンデルセンは追い詰められているのだ。ここで気を緩めてはならないと、オペラは自らを叱咤《しった》した。

「審問官。私から一つ、証言したいことがあるのだが」

流れを断ち切るように警部が手を挙げる。

「何ですの？」

「ボイル氏に聞きたい。大時計の時刻が一か月の間に五分ほどずれる可能性はあるか？」

「たった一か月じゃ、数秒もずれんよ」

小柄なボイルは長身の警部を馬鹿にするような目で見上げた。

「それなら、一か月前に大時計の時刻が進んでいたことが証明できれば、事件当日も進んでいたことになり、審問官の主張に瑕疵《かし》はなくなるわけだな」

「えっ!?　一か月前？」

警部は落ち着き払って鞄を開け、ごそごそと書類を掻きまわした。

「ここにはないか。いや、そういえば……。審問官、前に君に列車爆破事件の捜査資料を渡しただろう。今も持っているか？」

「あぁ、あの。あれが何か関係があるのですか？」

オペラが祭壇の上に書類を広げて資料を探す間、警部は証言を続ける。

「三月三日の夕刻、シュノが乗る列車が爆破されたことを知らない者はいないだろう。列車はソドベリー・クロス駅で停車し、そこで事件の捜査が行われることになったため、私を含む市警の人員が駅に集まった。我々は駅の貨物室を借りて捜査の拠点とし、乗員乗客の人数確認や爆発物の残骸の回収、実行犯であるロラン・ブルームの取り調べなどを行った」

「貨物室……って、もしかして、窓から中庭の大時計が見えるという、あの？」

「もしかしなくともそうだ。ロラン・ブルームは固く口を閉ざしてしまい、取り調べは長時間に及んだ。私は気まぐれに席を立って、窓辺から中庭を覗き込んだ。暗がりに佇立する大時計がふと気になったのでな。時計の文字盤は夜九時を指していた。もうそんな時間か、と思った途端、窓のすぐ外に何か大きなものが落下してきたんだ」

「大きなもの？」

「駅の外装をメンテナンスするための足場が腐食していて、何かの拍子に崩落したんだ。爆破事件と関係があるとは思えなかったが、調書には記録したはずだ」

「ありましたわ」オペラは書類の海から列車爆破事件の調書を拾い上げた。「『午後九時ちょうど、駅中庭の足場が崩落。爆破事件との関連性は低いと思われる』、と走り書きされていますわね」

「あぁ、そうだった」

警部は傍聴席に向き直り、席に戻っていた若き駅員を見つけ出した。

「証人。バイソン君といったか。三月三日の晩、中庭の足場が崩落したことを覚えているか？」

「はい」バイソンは明瞭な発音で答える。「大事にならなくて幸いでした。夜が明けてから業者の方に調べていただきましたが、足場を支える柱がひどく腐食しており、自然に崩落したのだろうと結論付けられました」

「崩落した時刻を覚えているか？」

バイソンは「いえ、その……」と初めて言い淀む。

「私はそのとき、プラットホームで事件の起きた列車のお客様の誘導にあたっておりまして、足場が落ちたことには気付かなかったのです。後からそのことを聞いて、そういえば何か大きな音がしていたな、とは思いましたが、時刻までは記憶しておりません」

「崩落の音がプラットホームに聞こえていたのなら、正確な時刻を覚えている方もいらっしゃるかもしれませんわね。今から駅に連絡して調べていただくことは可能でしょうか？」

「承知いたしました」

バイソンは敬礼でもしそうな勢いで背筋を伸ばした。

警部が部下に指示を出し、壁際にある外部連絡用の電話をかけるのを、オペラは期待に満ちた眼差しで眺めていた。

「どうだかねぇ」

アンデルセンが冷や水を浴びせる。

「だいたい九時くらいだったって言う奴はいるだろうが、お嬢様が求めてるのは分刻みで何時何分、って証言だろ。一か月も前のことをそんなに細かく思い出せるもんかね」

「駅員の皆様は日々時刻を気にしながらお仕事なさっているのですから、期待しても罰《ばち》は当たりませんわ」

口ではそう言いながらも、オペラはそこまで期待していなかった。それでも調べる価値はあるはずだ。

「すみません。発言をお許し願えますでしょうか」

駅員が折り目正しく手を挙げる。

「何ですの、バイソンさん？」

「審問官殿のお考えでは、大時計は五分進んでいたのですよね？　大時計が九時を指したときに足場が崩落したということは、実際には八時五十五分に崩落したのだと」

「えぇ、そうですわね」

ううむ、とバイソンは腕を組んで唸る。

「差し出口を申すようで恐縮ですが、それは間違いかもしれません」

「え」

「先ほども申しましたが、私はその時刻、プラットホームにおりました。許可が下りるまで列車のお客様をプラットホームにとどめ置くよう、警察の方からご指示があったもので。そんな折、窓の外に何名かお若い女性のお客様がいらっしゃるのに気付いて、お声がけしたのです。『ずーっと待たせられて暇なんだよ、ちょっとは探検してもいいだろぉ』とお客様は仰っておりました」

随分口の悪い客だなとオペラは思った。

「当駅のプラットホームの南壁は、大時計のある中庭に面しております。中庭を基準にすると三階にあたりますので、プラットホームから大時計は見えませんが。中庭に崩落した通路というのは、この南壁の外側に設置されたメンテナンス用の通路なのです。ところがそのお客様方とお話ししている間に、プラットホームに午後九時を告げる鐘が鳴りました。『もう九時じゃんか、いい加減帰らせろっての』とお客様が仰ったので、よく記憶しております」

オペラは振り向いて、駅の見取り図をじっくりと眺めた。バイソンが伝えようとしていることは、要するに……。

「その客は九時に足場に立っていたのだから、八時五十五分に足場が落下したはずがない、と？」

バイソンは「その可能性が生じるのではないかと」と持って回った言い方をした。

「ええと……。午後九時の鐘というのは、正確な時刻ですの？」

「はい。この鐘は列車の発着の合図に用いられますので、毎日時刻合わせをしております」

「う……。その客たちはどんな様子でした？　というか、本当に乗客だったんですの？」

「四名のお連れ様です。私と二言三言お話しした後、早足でプラットホームの端まで回り込み、駅員用の柵扉を乗り越えてプラットホームへ戻っていらっしゃいました。それからは他のお客様と合流して、警察の指示に従っていたようです」

細かいことまでよく覚えている駅員だ、忘れてしまえばよかったのに、とオペラは今しがた駅員たちの記憶に頼ろうとしたことを棚に上げて思った。

「な」それ見たことかと言わんばかりにアンデルセンがにやける。「これではっきりしただろ、お嬢様。大時計はずれてなんかいなかったんだって」

「で、ですけれど、ずれてなくても変ではなくて？　九時に足場は落ちた、九時に足場の上に客がいた。これも変ですわ」

「そうか？　四人の客が不用意に足場の上を歩いたから、老朽化した足場が壊れて落ちてしまった。そう考えれば筋が通る」

なるほど、という納得の気配が廃教会に広がっていく。オペラは祭壇に両手をつき、首《こうべ》を垂れて思考を回転させる。

一体どこで間違えた？　何故自分で持ち出した証拠に、自ら追い詰められている？

法廷は洞窟の中のように寒いのに、オペラの額に汗が滲んだ。動悸《どうき》が激しくなり、息が荒くなる。

たった五分のずれがアンデルセンを守っているのは偶然なのか、それとも誰かの意図によるものか。いや、毒羊はまだ姿を見せていないし、被告人側は仮説を立てることすらできていない。オペラが陥った袋小路は偶然の産物に過ぎないのだから、ちゃんと考えれば突破できるはずだ。

「うぅ……。……うん？」

ふと、列車爆破事件の捜査資料に書かれた一文に目が留まる。

——実行犯ロラン・ブルームは警備員に扮し、最後尾車両に爆発物を仕掛けた。

——爆発が起きる数分前、最後尾車両に三人の少女が入る姿が目撃されている。少女たちは十代中頃で学生服姿。

——爆発が起きる直前、一人の若く美しい女が最後尾車両の方へ駆けていった。

オペラの頭脳が、分断されたいくつもの点を線で結んでいく。

学生服姿の少女たち。若く美しい女。そして、プラットホームでの奇妙な一幕……。

「……うぐっ!?」

鮮烈なひらめきが、オペラの口から奇声となって溢れ出る。思いのほか奇声は大きく、傍聴席が一瞬で静まり返った。

「……バイソンさん」

オペラはぬるりと証人に向き直った。

「ひょっとしてあなたは、その客たちの名前をご存じなのではありませんか？」

バイソンは心底驚き、同時に感心したようだった。

「確かに、その通りです。お客様のことを無暗《むやみ》に吹聴するのは控えるようにしているので伏せていましたが、どうしてお気付きに？」

「そうであればいいというだけの話ですわ。その四名とは、ダレカ・ド・バルザック、バッドマ・スタンダール、エリス・カーソン、そしてアクトン・ベル・カラーですわね？」

瞬間、傍聴席が驚嘆にざわめいた。

「はい。後日新聞を読んで驚きました。あのとき自分が話しかけたお客様が、魔女と噂される少女たちだったとは」

「ええ、さぞ驚いたことでしょう。ですけれど、全ては必然だったのです」

オペラはまず、爆破犯が最後尾車両に入る少女たちを目撃したことを手短に説明した。

「わたくしはこう考えました。三月三日の夕刻、シュノが乗っていた列車に、ダレカたち四人の魔女も乗り合わせていたのではないか、と。少女たちは高名な魔女であるシュノに興味を抱き、直接会いに行ったのではないでしょうか。シュノは気前よく四人を最後尾車両に迎え入れ、そこで爆発が起きた。五人は箒に乗って飛び立ち、難を逃れます。しかしシュノはともかく、魔女であることを隠している少女たちは空を飛んで列車に戻るわけにはいきません。そのまま家に帰るのも憚られた――きっと警察は爆破事件の捜査に伴って乗客一人一人の安否を確認するでしょうから。そこで四人の魔女はシュノと別れ、次の停車駅まで箒で飛んでいき、そこで乗客の中に紛れ込むことにしたのです」

アンデルセンは黙ってオペラの推理を聞いていたが、何かに思い至って愕然とした。

「おいおい、まさか……！」

「えぇ。いくらダレカさんのような素行に問題のある子でも、意味もなく外壁の通路に出たりするとは思えませんわ。バイソンさんが見かけたとき、彼女たちは窓からプラットホームを覗き込み、自然に合流するタイミングを窺っていたのです。先ほど申し上げたように、彼女たちは箒に乗って駅まで飛んできました。既に足場が崩落していようとも、箒で空中に浮いていれば、駅員と言葉を交わすことくらい訳はないのです」

「訳はないって、あのなぁ……。おい、駅員の兄さん」

アンデルセンはバイソンに呼びかけた。

「あんたが窓越しに会話したとき、ダレカたちは箒に乗って飛んでたんだとさ。そんなわけないよな？」

頭ごなしに同意を求めるも、生真面目な駅員は頷かなかった。

「いえ、どうでしょう。窓はそれほど大きくないので、彼女たちの足元は見えませんでした。それに実を申しますと、あのとき少し変だなと思ったのです。会話している間、彼女たち――特にエリスさんやダレカさんの身体が、ゆらゆらと揺れていたのです。まるで綱渡りをしているかのように、バランスを取りながら立っていると申しますか」

「彼女たちが空を飛んでいたと言われても納得できる、と受け取ってよろしいでしょうか、バイソンさん？」

「えぇ。四人とも魔女なら、おかしな話ではないかと」

アンデルセンはそれ以上追及しなかったが、その顔には動揺がありありと浮かんでいた。

がたりと頭上で物音がした。オペラが視線を上げると、十二の窓のうち一つの窓の看板が入れ替えられ、『アンデルセンは魔女』が増えた。これだけ苦労して筋を通しても、一枚増えただけ。仮定に仮定を重ねた立証では、やはり押し切ることはできないのだ。

それでも優勢には違いない。

目標に一歩近づいた実感を噛みしめていたとき、

「えーっ⁉　ちょっと、嘘でしょぉ？」

能天気な甲高い声が響き渡った。

一人の女が、軽やかな足取りで傍聴席から飛び出した。彼女の顔を見て、オペラを含む多くの者が驚きの声を上げる。人々の注目を一身に浴びながら、彼女は色鮮やかな金髪を靡《なび》かせてからからと哄《こう》笑《しょう》する。

「みんな、今の話信じてるの？　そんなわけないじゃない！　私が窓の外に浮いていたなんて！」

「バッドマ・スタンダール……⁉」

オペラに名を呼ばれ、バッドマは楽しげにウィンクを返した。

◆

裁判を目前に控えた、静かな日の夕暮れ。

バッドマは黒フードで顔を隠し、ベルガード療養院の二階ベランダに潜んでいた。病室の中に見舞客がいないことを確認し、窓を開ける。この窓の錠前は、見舞いに来やすいようにバッドマが以前こっそり壊しておいた。

病室に足を踏み入れた途端、がらりと病室の扉が開かれた。扉を開けた少女とバッドマの目が合い、少女が「うぉっ⁉」と飛び跳ねる。

「……なんだよ、バッドマか」

扉を開けたダレカは、胸に手を当てて安堵の息をついた。

二人の魔女はベッドの前に並んで座った。

「容体に変化があったって聞いたから来てみたけど……」

ダレカはエリスの顔を覗き込むが、これといった変化は見て取れなかった。

「……ダレカ。お前、アンデルセンの裁判には出るか？」

ダレカは、え、と口を開けてバッドマを見る。

「何で？　私は奴を助ける義理なんてないし、そもそも一般客の抽選はもう終わってるだろ」

「抽選に当たった新聞記者あたりに〝協力〟をお願いすれば、そこはどうとでもなる」

ダレカはいよいよ怪訝な表情を浮かべる。

「そりゃまぁ、あんたならできるかもしれないけど。なんでそこまでするんだよ。羊に任せときゃいいって」

バッドマは口を閉ざし、椅子から立ち上がった。ダレカに背を向け、窓辺から人気《ひとけ》のない通りを眺める。ダレカの意見は間違っていない。事件に直接関わっているバッドマが法廷に乗り込むなど、カラーの悲劇を顧みれば暴挙と言っていい。それに、バッドマがいたところで審理の趨勢に影響があるとは思えない。

いや……本当にそうだろうか？

バッドマの胸の裡《うち》に、ある種の後ろめたさがじわじわと重みを増していく。この一か月間ずっと彼女を苛んでいた、本当に自分には何もできなかったのかという自責の念が。

「ん？　あれ？」

振り向くと、ダレカは椅子の上で屈んでベッドの下を覗き込んでいた。

「どうした」

「いや、ここに何かあって……」

「下手に触るなよ。医療用のベッドなんだから、いじったらエリスの容体に影響しかねない」

「あぁ、そうだよな。すまん」

ダレカは顔を上げ、バッドマの顔を見上げる。

「とにかく、そう思いつめんなよ。そもそも私たちが法廷に出たところで、裁判には何の影響もないんだしさ」

「どうかな」バッドマは含みのある言い方をする。「俺が法廷にいたら、お前の裁判の結末だって変わっていたかもしれない」

「はぁ？　いやいや、そんなわけ――」

「カラーの裁判のとき、俺は法廷で、ガストール審問官に対してずっと感応の魔法をかけていたんだ」

バッドマの告白に、ダレカは目を瞠《みは》った。

「審問官にとって不利な証拠に直面したとき、焦燥感を煽ってうまく物事を考えられないようにしていたんだ。もっとも、控室に籠られたときはどうしようもなくて、結局真相に迫られてしまったが」

「な……何やってんだよ！」ダレカの大声が静かな療養院に響き渡る。「火刑法廷で魔法を使うなんて、自殺行為じゃんか！」

「感応は心の魔法だ。俺が感応を使ったところで、誰もそれを客観的に証明することはできない。使い得ってわけだ。それなのに前回、俺はわが身可愛さに隠れた。そのせいで、一人の人間が死んだ」

ダレカは返す言葉を探しているようだが、バッドマの決意に満ちた表情を見て口を閉ざした。

いつしかバッドマの肚《はら》は決まっていた。もう二度と悲劇を繰り返させないために、自分にできることをしなくてはならない。

◆

廃教会の法廷に姿を現したバッドマ・スタンダールは、気取った仕草で被告人席の背もたれをぽんぽんと叩いた。

「こんにちは、被告人さん。ここまでよく頑張ったわね」

アンデルセンは信じられないといった目でバッドマを見上げる。

「お前、どうしてここに？　法廷には来ないって……」

「えぇ、そうね。でも先日、入院中の友人をお見舞いしているときに考えが変わったの。火刑法廷の炎にあなたが包まれたら、さすがに寝覚めが悪いかなって。ちょうど知り合いに傍聴の抽選に当たった人がいてラッキーだったわ。でも驚いた。まさか全然関係ない事件の裁判で私の名前が出てくるなんて」

バッドマはひとしきり高らかに笑うと、自信に満ち溢れた表情でオペラを見据えた。

「三月三日のことだったかしら？　えぇ、よく覚えてるわ。その日はロジャーや他の女の子と一緒に遠くの街のお祭りに行ったの。そうしたら帰りの列車で爆発が起こって、もうびっくり。私はちょうど化粧室に入っていたんだけど、パニックになった乗客で通路がいっぱいになっちゃって、席に戻れなかったの。ロジャーと合流できたのは列車がソドベリー・クロス駅に着いてからだったわ。えぇ、確かに駅員さんとは窓越しにお話ししたかもね。ダレカが職員専用の外通路に行くものだから、引き留めるためについていったの。でも、空を飛んでいたなんてとんでもない」

こつこつと踵《かかと》の音を響かせながら、バッドマは祭壇に近寄る。

「ほら、審問官様。貴重な証言をありがとうございますって言いなさいよ。ね？」

「こっ、こら、戻りなさい！　あなたにはアルマジャック事件でダレカの逃亡を幇助《ほうじょ》した疑いがあります。今回も、魔女をかばうために嘘をついているかも——」

「ふぅん」

派手な色のルージュを引いたバッドマの唇が、挑発するように吊り上がる。

「また殺したいのね、オペラ・ガストール」

「……え？」

「大時計が五分進んでいたことを示すことができれば、アンデルセンを火刑にできる。でもその場合、私たち四人も魔女ということになるのよね？　足場は八時五十五分に崩落したのに、九時にその上に立って駅員と普通に会話できる人間なんているわけがないものね？」

そのとき、頭上で再び窓が開閉した。『アンデルセンは魔女』の七枚は変わらずだったが、『バッドマ』『ダレカ』『エリス』の魔女判定が九枚追加されている。

傍聴席のどこかで、聞き覚えのある声が「げっ」と言った。

「あらあら」バッドマは溜息をつく。「魔女の大盤振る舞いね。ほら、ダレカ。観念して出てきたら？　どのみち私たちは、もうこの法廷から逃れられないんだから」

ややあって、傍聴席の最奥の暗がりから、小柄な少女がとぼとぼと姿を現した。バッドマの隣に並び、恨めしげに彼女を見上げる。

「ダレカ・ド・バルザック……」

「ねぇ審問官。私たち、このままだと火炙りにされちゃうみたいだけど、どうにかならない？　あぁでも、あなたには前科があったわね。さすが火刑審問官だわ。魔女を火刑にするためなら、無関係な女の一人や二人殺しても平気なのね。あぁ、恐ろしい」

オペラは絶句した。

この女は、自分たちを人質にとっているのだ。事件とは無関係な人物を火刑に処すことなど、オペラにできるわけがないと承知で。

ぞわりとオペラの背筋が震えた。少女の身体を包み込む灼熱の光景が脳裏に蘇る。

また無関係な人間を火刑にしてしまうかもしれない。そう思った途端、恐怖がオペラの心の中に増幅する。それはあたかも恐怖映像を無理矢理何度も何度も見せられているような、不自然で強制的な感情だった。

蒼白となったオペラの顔を、バッドマは満足げに眺めている。彼女の背後でアンデルセンが苦笑していた。「おぉこわ」とわざとらしく身震いする。

オペラはよろめき、祭壇に肘をついた。全身の発汗が止まらず、息が上がっていく。こんな状態でまともに物事を考えられるはずが……。

「証人。もう良い、傍聴席へ戻れ」

冷徹な声と共に、バイコーン警部がオペラとバッドマの間に立ちはだかった。バッドマの二の腕を掴み、強引にオペラから引き離す。

「ちょ、ちょっとやめてよ！　自分で歩けるから！」

バッドマが傍聴席に消えると、オペラの動悸はいくらか落ち着いた。心の中で警部に感謝を述べながら、深呼吸を繰り返す。

「……証人の仰りたいことはわかりました。勿論、わたくしは被告人以外の何者も魔女と断罪するつもりはありません」

平静を取り戻すため、あえてわかり切ったことを言う。

それにしても、まさかバッドマとダレカが出廷していようとは。アンデルセンも彼女たちの仲間なのだろうか。そうだとしても、まさか火刑に処されるリスクを背負ってまで仲間を助けるほど、魔女たちが固い絆で結ばれていたなんて。

——いや、待て。本当にそうか？

僅かな違和感がオペラの思考にブレーキをかける。

確かにオペラはバッドマたちを巻き添えにする気などない。だがバッドマからすれば、確実にそうとは言い切れないはずだ。バッドマは享楽的で考えの足りない若者を演じているが、実際には理知的で勘定高い人物であることは間違いない。そんな彼女が無謀な賭けに出るだろうか。

バッドマには勝算があるのだ。例えば、そもそも大時計がずれていなかったことを知っているとか……。

「最初から考え直した方がいいのかもしれん。大時計は本当にずれていたのか、そこも含めてな」

警部がぼそりと低い声で言った。

「そうですわね。仮に大時計が正確だとすると、犯行時刻は三時十分以降……。警部、列車がリヴィングストン駅に到着したのが三時半というのは確かですの？」

「あぁ。拳銃発見時の状況は詳しく記録されているから、到着時刻は間違いない」

「その駅に先回りする方法はあるかしら。被告人は被害者を撃った後、外にいる共犯者に窓から拳銃を手渡し、共犯者が拳銃をリヴィングストン駅まで急いで運んだ……。バイソンさん、いかがです？」

「それはありません」あっさりと否定される。「リヴィングストン駅までは線路がまっすぐ延びていて、都合のいい近道はありませんし、午後三時頃でしたら特急列車も走っていないので、他の列車で追いつくことも不可能でしょう」

「うーん。何かこう、列車の他に、列車に追いつける交通手段があったり、とか……？」

バイソンは僅かばかり呆れ顔になった。

「私は存じません。貨物列車の通過時刻がずれていたと言われた方が、まだ現実味があります。貨物列車は客車ほど厳密に時間を守っていない場合がありますので」

「えっ？」

「何？」

オペラと警部が同時に食いつく。

「バイソンさん、それはつまり、空き家の前を通過したのが三時五分より遅かった可能性があると？」

「え、えぇ、まぁ。数分程度の遅れがあっても、運転手が速度を調節することで、リヴィングストン駅までに遅れを取り戻すことは十分可能でしょう」

「数分？　具体的には？　五分ずれていてもよろしくて⁉」

食って掛かる火刑審問官に若干身を引きながら、バイソンはこくこくと頷いた。

「そ……そうですね。五分程度ならぎりぎりあり得るかもしれません。空き家の前を三時十分に通過して、それから速度を上げれば、三時半にリヴィングストン駅に到着した可能性はあると言っていいでしょう」

「なんだ、そうでしたの。あぁよかった」

オペラはほっと胸を撫でおろす。これで時間的矛盾は解消された。オペラの主張は成立し、依然としてアンデルセンの主張には矛盾が含まれる。

再び陪審のパネルが切り替わり、『バッドマ』と『ダレカ』の文字は全て消え去った。ダレカは安堵の息をつき、

「何だったんだよ、今のは……」

ぼやきながらすごすごと自席へ戻っていく。

そのとき、突然法廷内に鐘の音が鳴り響いた。澄み渡った美しい音色だが、この廃教会に鐘は見当たらない。

「二時間経過、ですわね」

オペラは腕時計を見て言った。

法廷の熱が引いていくのをオペラは感じていた。そろそろ休憩が必要かもしれない。

「いいでしょう。本法廷はこれより十分間の休憩とし――」

オペラの言葉は、場違いに明るい声に遮られた。

「いやぁ遅刻遅刻！　なんと二時間も出遅れるとは、一生の不覚であります！」

傍聴席の後ろの方から駆けてきたのは、糊の利いた燕尾服に身を包んだ男装の麗人だった。その人物を見てアンデルセンは歓喜の声を上げ、警部は額を手で押さえ、オペラは苦虫を嚙み潰したような顔になった。

「えー、遅ればせながら」毒羊は帽子の鍔を摘まんだ。「皆様ごきげんよう。小職、名を毒羊と申しまして、この度アンデルセン・スタニスワフ嬢の弁護人を仰せつか……おや？　審問官殿、青筋を立てて如何なさいましたかな」

「もう結構ですわ！　弁護人、あなた今傍聴席の後ろの方から現れましたわね！　さては別人に扮装して、最初から法廷内に紛れ込んでいたのでしょう！」

「ふふん」

羊は素知らぬ顔で帽子を深く被り直す。

「ま、少々思うところがありまして、今回は暫し様子見をさせていただきました。とはいえ、姿を晒したからには一念発起。もしお許しいただけるのであれば、ここからの弁護は小職にお任せいただきたく」

「休憩！　休憩時間にするると聞いたでしょう！　とっとと下がりなさい！」

オペラの怒号と共に、今度こそ審理は中断された。

◆

法廷から廊下に出ると、気温は一段と下がる。廊下の奥にある控室の中は、吐息が白く見えるほど冷え込んでいた。控室は法廷内ほど荒廃してはいなかったが、窓のない陰々とした空間で、ウッドテーブルの上に置かれたランプの明かりが唯一の光源だった。

「うぅー……。こんなに寒いなら、彼に貰ったコートを着てくるんだったわ」

バッドマは二の腕をさすりながら木の椅子に座る。そんな彼女の様子を、対面に座るアンデルセンが物珍しそうに眺めていた。

「……あんた、私たちの前でもその感じを続けるんだな。もしかして、黒フードを被ってる間だけ人格が変わるタイプか？」

「何でもいいでしょ。どちらも私だし、どちらも私じゃないの」

「こういう奴なんだよ。気にするな」

ダレカが言い、

「なんだそりゃ」

アンデルセンが軽く笑った。すぐに笑みを消し、真面目な顔でバッドマに向き直る。

「で？　何で助けてくれたんだ。私は魔女じゃないし、あんたの身内ってわけでもない」

「何よそれ。素直に感謝すればいいじゃない」バッドマは口を尖《とが》らせた。「オペラの推理があまりにも的外れだったから、ちょっと面白くって。これなら名乗り出ても大丈夫だって思ったのよ」

「的外れ？」

「大時計が五分進んでいただの何だのと騒いでいたけど、あの時計はね、本当は五分遅れていたのよ」

「何だって⁉」

バッドマとダレカは一か月前の出来事について語った。魔女同盟が爆発に巻き込まれ、箒に乗って列車を追いかけたことは紛れもない事実だった。プラットホームの壁の外から乗客に合流する機会を窺っていたのもオペラの推理通りだが、彼女たちが駅員と会話したとき、足場はまだ崩落していなかった。

「正確に言うとだな」とダレカ。「最初に私が足場に降りた時にばきっと音がして、足場が壊れかけたんだ。咄嗟に箒に戻ったところで駅員に話しかけられたから、箒に乗りながら会話してたってのは本当。でもそのときはまだ、足場はぐらぐら揺れるだけで、何とか耐えていた。足場が落ちたのはその五分後、つまり九時五分だったんだ」

「ちょうどそのとき、大時計は九時を指していた……。なるほど、確かに五分遅れている。それじゃ、バッドマがポーチを盗んだのは、実際には……ええと……くそっ、ややっこしい！」

「その辺りのことは、羊が調べをつけているんじゃないの？」

壁にもたれて話を聞いていた羊は顔を上げ、こくりと頷いた。

「一通りのことは。しかし我々にとっては、真実はそれほど意味を持ちません。どのような詭弁を弄して裁判を乗り切るか、それだけが肝要であります」

「いや、普通に真相を明らかにすればいいんじゃないのか？」

「真相は貴女のご推察通り――すなわち、ミチル・トリノザカは自殺したのであります」

「自殺ぅ？」ダレカが頓狂な声を上げる。「さっきもアンデルセンがそう言ってたけどさ。自殺だとしたら拳銃を列車に投げ入れることができないって警部さんの主張、割と納得がいったんだけど、どうなんだ？」

羊はすっと目を細め、ゆるゆると首を左右に振った。

「騙されてはなりません。列車に投げ込まれた金の拳銃は、ミチル嬢の命を奪った凶器などではない。真の凶器は、遺体のそばに落ちていた銀の拳銃であります」

「いやいや、銃弾は金の拳銃から撃たれたものだって警察が言ってんだぞ」

「えぇ、警察の捜査能力に疑義を唱える資格など、小職の如《ごと》き若輩者には毛ほどもありません。その警察によりますと、金の拳銃は事件前に夫人の邸宅から盗まれたとのこと。盗みの手口の解明は警察に任せるとして、銃を盗んだのはミチル嬢その人であると、小職は考えます」

「銃を盗んだって……何のために」

「無論、自死の下準備であります。今回の一件は、何から何までミチル嬢によって仕組まれた、極めて手の込んだ自殺劇なのであります。ミチル嬢は事前に金の拳銃を盗み出し、空き家の書斎で本棚に向けて一発撃っておいた。次に彼女は再び夫人の邸宅に忍び込み、メモを添えて拳銃をポーチに返す。事件当日、夫人はポーチを療養院に持ち込みます。彼女が一人孤立したところへ、覆面で顔を隠したミチル嬢が襲い掛かる。夫人を殴打し、拳銃をポーチから抜き取ります」

「あの女が暴行犯だったのか。なんかイメージと違うけど」

「犯人は小柄な女性であります。ミチル嬢ではありえないとする根拠は見当たりませんな」

「じゃあ、バッドマがポーチを掠め取った時、拳銃は入っていなかったのか」

「その通り。夫人襲撃もまた、ミチル嬢が書き上げた自殺劇の一幕であります。大時計は遅れておりました故、夫人襲撃は実際には三時四分の出来事。ミチル嬢は病室の窓から外に出て、人目につかない路地裏で自らの肩に発砲します。川下で弾痕のあるクッションが見つかったそうでありますが、ミチル嬢はこのクッションを肩に押し当てながら撃ったのでしょうな。銃声を抑えると同時に、弾の威力を落として確実に盲管銃創となるように」

アンデルセンは羊の話を素早く咀嚼し、はっと目を見開いた。

「そうか！　ミチルは自分の肩に弾を撃ち込むことで、弾だけを書斎に持ち込んだんだな？」

「ご明察。発砲後すぐ、ミチル嬢は金の拳銃を屋外から貨物列車に投げ入れます。列車は三時五分から十分の間に付近を通過しているので十分間に合いますな。その後、ミチル嬢は銃創を隠しながらアトウッド老嬢の隣を通り、書斎に入ったのであります。書斎にてポーチを受け取った貴女に襲い掛かって昏倒させ、その手に銀の拳銃を握らせて発砲し、硝煙反応を偽装した。仕上げにミチル嬢は銀の拳銃で自らの喉を撃ち抜き、無事に自決を遂げます。銀の拳銃から放たれた二発の弾丸は、北の窓を通って川にでも落下したのでしょう」

バッドマは疑わしげに「んー……」と唸る。

「確かに、筋は通っているみたいだけど。自殺にしたって、なんでそんなことをしなくちゃいけないの？」

「アンデルセン嬢のご推察通り、この状況を作り上げるためであります。どこかで貴女方の窃盗計画を嗅ぎつけて、貴女が魔女犯罪を犯したように見せかける。先ほど『ミチルは魔女を恨んでいなかったか』と貴女に尋ねられた際のオペラ殿の反応からすると、魔女を恨む相応の理由があったのでしょうな」

「いや、だけどさ……」

アンデルセンは俯いて、吐き気を抑えるかのように口元を手で覆った。

「いくら恨んでいたって、自分の命を投げ出してまで魔女を火刑法廷に送り込もうなんて……。それじゃまるで、ダレカを陥れた――」

うっ、とアンデルセンが低く呻き、羊がゆっくりと頷く。

「メイスン父子商会。小職は、ミチル嬢こそがあのメッセージの送り主であったと考えております」

控室に沈黙が訪れる。アンデルセンは白い吐息を繰り返しながら、じっと思案を続けていた。

「……そうか。何となくわかったよ。それが真実だとしたら、確かに審問官の前で大っぴらに主張するわけにはいかないいな」

ダレカは首を傾げる。

「ミチルがメイスンだなんて言ったら、オペラが喚き散らすから？」

「お嬢様はどうせ信じないから、どうでもいいさ。一番の問題は、ミチルの行動に合理性が全くないことだ。人間味がないと言ってもいい」

羊がぱちぱちと手を叩く。

「ご賢察であります。火刑法廷の陪審員は、人間心理の蓋然性をも判断基準に含めます。魔女を処刑するために人を殺し、自らの命を絶つことさえ厭《いと》わない非合理な人間の存在は、陪審員に認められない可能性がある」

「ま、陪審員でなくとも、今の推理を受け入れる人は少ないでしょうね」

羊は壁から背を離し、両袖に付着した霜を払った。

「故に、我々は捏造する必要がある。誰もが納得せざるを得ないほど筋の通った解釈と、動かしがたい物的証拠を」

◆

オペラが控室から戻ると、休憩中にもかかわらず法廷内はしんと静まり返っていた。まるで教会の礼拝の時間のようだった。実際には、雑談する気も起きないほど気温が低いだけなのだが。

祭壇の奥にバイコーン警部が立っていた。警部の前には先ほどまで法廷の隅に置かれていた黒板があり、警部はそこに表を描いていた。

「バイコーン警部、そちらは？」

声をかけると、警部は振り向いてチョークを黒板の粉受に置いた。

「話が込み入ってきたから、整理のために書いておいたんだ」

「それは助かりますわね」

警部はふとオペラの上着のポケットに目を留めた。

「その紙は？」

「あっ、いえっ。何でもありませんわ」

オペラは慌ててポケットに手を突っ込み、はみ出していた小さな紙切れをポケットに押し込んだ。

警部は口を開きかけたが、

「バイコーン警部、報告がありました。やはり時刻を正確に覚えている駅員はいなかったとのことです」

部下の警官が走ってきて報告を始めた。オペラはほっと胸を撫でおろし、ポケットの中で紙切れをくしゃくしゃに握りつぶす。

先ほど、控室でオペラが休んでいるところへ廷吏が来て、一通の封筒を手渡した。火刑法廷事務局に今朝届いたものらしく、オペラに渡すように、とだけ書き添えてあった。

封筒の中身を取り出したオペラは叫びそうになった。それは、メイスン父子商会の社名の入った一枚の便箋だった。

時刻表

大時計の時刻		正しい時刻	
3/3		3/3	
21:00	駅中庭の足場の落下を警部が目撃	21:00	駅員が少女たちと会話
4/10		4/10	
14:59	強盗が夫人を襲撃	14:55	カーティスが受付に戻る
15:09	猫がポーチを奪取	15:05〜10	列車が空き家の前を通過
		15:30	遺体発見

『親愛なるオペラ・ガストール火刑審問官様へ』

メイスンからの手紙は、終始丁寧な筆致で綴られていた。メイスンはオペラの復任を寿《ことほ》ぎ、自分はオペラと志を同じくする者であることを強調した。

『魔女を火刑に処すため、卑賤の身なれどお力添えしたく存じます。つきましては——』

メイスンは、とある人物から証言を得るように進言していた。何故その証言が必要になるかも明記されていたが、オペラは聞き入れる気にはならなかった。警察が血眼になって追っている犯罪者の提言など、真に受けてはならない。

それでも、この手紙を警部に見せることは憚られた。メイスンは犯罪者だが、魔女を火刑にかけようとしているという点では、オペラと目的を同じくしている。ただ一つだけ気にかかるのは、封筒の消印だった。今朝配達されるよう手配されていたのだろうが、消印は事件の前日のものだった。

何故それほど前にメイスンが助言を認《したた》めることができたのか。奴はどこまでこの事件に絡んでいるのか。疑問は尽きなかったが、考えをまとめるには休憩時間は短すぎた。

審理が再開されるや否や、羊はオペラに発言を求めた。

「先の議論での審問官殿のご活躍には大変感服いたしました。僅か五分のずれを巡って、大時計が進んでいただの列車が遅れていただの、実に執念深い論証でありました。いや天晴《あっぱれ》」

普段なら羊の無駄な口上を窘めるところだが、オペラは口を挟まなかった。陪審の『魔女』判定は未だ七枚にとどまっている。優勢とはいえ、羊の攻撃によっては簡単にひっくり返りかねない状況だ。奴の次の一手を、慎重に見極める必要がある。

「それ故に、小職は心を痛めております。もう少し早く参じていれば、審問官殿が徒《いたずら》に苦労することもなかったというのに」

「それは、あなたなら直ちに被告人が魔女でないことを証明できるという意味かしら?」

「いえいえ。小職にできるのは、被告人が誰も殺していないことの証明だけであります。ポーチを盗んだ猫が魔女であったことは否定しがたい。盗まれたのが魚だったならまだしもね。ダクトの先にいたアンデルセン嬢がその魔女でないことを完全に示すのは困難でありましょう。故に小職は真犯人の名を挙げることで、猫に変身したアンデルセン嬢が銃を奪って殺したという御高説の蓋然性の低さをご提示できればと。僭越《せんえつ》ながら、審問官殿の真のお望みは魔女の火刑ではなく、下手人に罰を下すことであるとご推察申し上げますが?」

「……ええ、そうですわね。火刑法廷の存在意義は、犯罪を犯した魔女を罰することにあるのですから」

羊はにこりとすると、懐から折りたたまれた手紙を取り出し、恭しい手つきでそれを開いた。

「こちらに、真犯人の自供文をお持ちしました」

「なっ、何ですって⁉」

感情的に叫んでしまったのはオペラだけではなかった。羊は悠揚たる歩みで祭壇の前に出ると、首を垂れて手紙をオペラに献上した。

『オペラ・ガストール火刑審問官様。並びに市警の皆様、御拝聴くださる全ての方々へ』……」

努めて平静を装いながら、オペラは文面を読み上げる。

『まずは、罪を告解する手段として、姿を見せることもせず文書で済ませなくてはならない非礼をお詫びいたします。しかしながら、本自供文は容易には受け入れがたい内容を含みますので、真偽を冷静にご判断いただくためにも、このような形をとらせていただきたく存じます。ミチル・トリノザカを殺害したのは、私、シュノンソー・ド・ヴィクトゴーに他なりません』……」

誰もが呆気に取られて呼吸を忘れた。シュノが犯人など、出鱈目にも程があると誰もが思ったことだろう。だが、自供文を見ているオペラは違った思いを抱いていた。ほとんど力の入らない手で書いているかのようなか細い文字は、先日新聞各紙に掲載されたシュノの直筆文の筆跡に限りなく似ている。しかし、まさかそんな……。

「審問官殿。続きを」

羊に促され、オペラは動揺を抑えながら読み続ける。

『あの対談の日、私はクロスパトリック夫人のポーチに拳銃が入っていることに気付いておりました。夫人が廊下で暴徒に襲われたとき、私はすぐさま駆け出し、他の者が来る前に素早くポーチから拳銃を抜き取りました。襲撃直後に私が一分ほど姿を消したことを、ハボック記者やチェズニー医師はご記憶かもしれません。あのときは襲撃者を捜していたと言い訳しましたが、本当はその一分の間に、私は洗面所の窓から隣の空き家に向けて銃を撃ったのです。一発目はミチルの肩に命中し、二発目は彼女の首を撃ち抜きました』……」

オペラが言葉を区切ると、

「いや、えっと……マジ？」

アンデルセンが素直な感想を表明した。

「あぁ、そういえば」

特に発言を求められていないハボック記者が、大仰に何度も頷く。

「確かにシュノは夫人が襲われたとき、真っ先に廊下に飛び出していった。そうか、あのときなら確かに銃を撃つ時間も……」

「いやいやいや！」オペラが慌てて遮る。「ポーチから拳銃が抜き取られたら、クロスパトリック夫人が気付くに決まっていますわ！　夫人、どうなのです？」

クロスパトリック夫人は全く話を聞いていなかったと見え、おろおろするだけだった。オペラは辛抱強く説明を繰り返して証言を求めたが、期待した答えは返ってこない。

「さぁ、どうだったか……。あまりにも恐ろしかったものですから、拳銃のことなんて忘れていました。でも、言われてみれば……。ううん、シュノさんがそう仰るなら、もう拳銃は入っていなかったのかもしれませんねぇ」

「えぇ……」オペラはがっくりと肩を落とす。「そ、それじゃあ、シュノはどうやって拳銃を捨てたと言うのです？　列車が通過したのは三時五分で、シュノが姿を消したのは二時五十九分から一分程度。時間的におかしいですわ……よね？」

「ご心配なく」羊が粘っこい口調で言った。「話は単純明快。あの大時計は、実は五分ほど遅れていたのであります。即ち、夫人が襲われたのは実際には三時四分だったのであります。それなら、シュノが洗面所から被害者を撃った後、三時五分に通過する列車に拳銃を投棄することは十分に可能であります」

「はぁ!?　大時計が遅れていただなんて、都合がよすぎますわ！」

「一時間前に自分が何て言ってたか、もう忘れたのかよ」

アンデルセンの正論がオペラを打ちのめした。大時計はプラスマイナス五分ほど時刻がずれている可能性がある。従って、五分遅れていたという羊の主張も受け入れなくてはならない。

「だっ、だとしても、洗面所から書斎にいる人物を射殺するなんて、現実的とは思えませんわ。普通、小型拳銃《デリンジャー》の有効射程はもっと短いのではなくて?」

「ごもっとも」羊は薄ら笑いを浮かべる。「実際、一射目は急所を外して肩に当たり、二射目も通常は狙わない喉を穿っておりますね。ささ、粗探しは一旦措《お》いて、まずは最後までお読みください。動機についても書かれていたかと存じますが?」

「う……。『私が何故このような恐ろしい行為に及んだのか、そう簡単にご納得いただけるとは思いません。特に、審問官様には。私はカラーの訃報に触れ、その悲劇を仕組んだメイスンについて独自調査をしてまいりました。その結果、ミチル・トリノザカこそが黒幕、つまりシシリー・アルマジャック市議を殺害し、メリダ・カーソンを唆してカラーを火刑せしめたメイスンその人であるという事実を掴んだのです。そのミチルが空き家でアンデルセン・スタニスワフに襲い掛かっているのを、私は療養院から見ていました。彼女が何をしようとしていたのか、今となっては知りようもありません。しかし私には、魔女を脅かす存在であるミチルの蛮行を見逃すことは、どうしてもできなかったのです』……だそうですわ」

オペラは口を閉ざし、静かに深呼吸した。どうせこの自供文は嘘っぱちなのだから、シュノの動機などどうでもいい。ミチルを殺人者呼ばわりしたことは許しがたいが、冷静にならなくては。

手紙の続きには、全ての活動から身を引いて海外へ高飛びすること、資産の全額を国庫へ寄贈することなどが綴られていた。全てを読み終えたオペラは、ぎろりと羊を睨みつけた。

「無論、こんなものは弁護人の捏造に決まっていますわ。取り上げる必要すらないものです」

「えぇ、えぇ。オペラ殿がそう仰ること、小職もシュノ氏も当然承知の上」

羊は手袋をした手で金の拳銃を眼前に掲げ、しげしげと眺めている。

「お前っ、いつの間に！」

「まぁまぁ警部殿、ご安心を。ちょいとお借りするだけであります。ふむ。警察は当然この拳銃から指紋を採取し、関係者の指紋と照合したことと思われますが、いかがか？」

「あぁ。検出されたのはクロスパトリック夫人の指紋だけだった」

警部は憮然として答えた。

「別におかしくはありませんわね。被告人は指紋がつかないよう注意しながら拳銃を握ったのでしょう」

羊は、ほう、と愉快げに息をつくと、拳銃の弾倉を取り外して警部に手渡した。

「警部、今一度指紋をお調べいただきたく。いくら警察でも、弾倉の内側まではお調べになっていないのでは？」

「それはそうだが。そんなところを触る者など――」

「そう仰らず、騙されたと思って」

警部は渋々部下に指紋検出の準備を言いつけると、弾倉を引き出して銃弾を取り出していく。その間、羊は悠々と手袋を外しながら語る。

「シュノ氏は、万が一自分以外の者に容疑が向けられた場合に備えて、絶対に偽造できない証拠を残したと小職に教えてくださいました。警部殿、いかがですかな？」

「……ん？」

分解した弾倉の内側を凝視していた警部が眉を寄せる。書類鞄の中から指紋の写真を取り出し、拡大鏡で見比べるうちに、警部の目つきは困惑に染まっていった。

「どうされたのです、警部？　まさか――」

警部は顔を上げ、困惑の目をオペラに向けた。

「確かに、ある。シュノの人差し指の指紋が、弾倉に付着しているんだ」

「なっ⁉」

どういうことだ、まさかそんなことが、と人々が騒ぎ立てる中、羊はこつ、こつと靴音を鳴らしながら、祭壇の周りをゆっくりと歩く。

「さて。吃驚《びっくり》でありますな審問官殿。シュノ氏が犯人でないのなら、どうしてこの拳銃に指紋が残っているのか？　拳銃がリヴィングストン駅に運ばれている最中、シュノ氏は療養院にいたはず。警察に押収された後に拳銃に触れることは言うまでもなく不可能」

「た……例えば、拳銃が事件前に盗まれたときに触れたのではなくて？　どんな事情があったのかはわかりませんけれど」

やれやれ、と羊は憐《あわ》れみの目でオペラを見る。

「オペラ殿ともあろうお方が、シュノ氏が拳銃を盗んだ犯人だなどと本気で仰っておられる？　いいえ、物理的にありえません。拳銃が盗まれたのは事件の三日前。その頃氏はニューヨークの舞台で歌唱を披露しておりました。彼女の華々しいアメリカ興行は、どの街でも大々的に報じられていたと記憶しておりますが、ご存じない？」

羊は指を鳴らし、高らかに勝利宣言を唱える。

「かくして我々は、シュノこそが犯人であり、アンデルセン嬢が無実であることを証明いたしました！　さぁオペラ殿。貴女はそれでも尚、被告人を業火にくべんとお望みでありますか？」

「うっ……」

タイミングよく陪審席の窓が開閉する。『アンデルセンは魔女』は一枚だけ減り、再び均衡が保たれる。

羊はやれやれと首を振る。

「それでも十二分の六は魔女判定でありますか。ま、致し方なし。アンデルセン嬢が猫に変身して、銃の入っていないポーチを盗んだ可能性までは否定のしようがない。しかしながら、審問官殿。恨むべきはシュノ氏であり、この身元の知れない胡乱な女ではないことを、どうかご理解いただきたい」

オペラは口をぱくぱくさせた。何か言わなくてはならない。大スターであるシュノが殺人などありえないと誰もが思っていたのに、法廷内の空気は今や羊に支配されつつある。シュノの指紋に対する警部やオペラの狼狽が、そのままシュノ犯人説に貢献してしまっている。

アンデルセンは無罪なのではないか。

審問官は、また無実の人間を殺すのか。

傍聴席の囁きが、オペラを一歩一歩追い詰めていく。

――それでも、あなたの仕事は尊く、価値のある仕事だと、私は信じています。

不意に、ミチルの声が脳裏に蘇った。

オペラは右手で口を押さえ、そっと目を閉じた。弱気になってはいけない。羊は今回、シュノ犯人説をでっちあげた。ということは、やはりアンデルセンが犯人なのだ。ここで審問官が膝を屈したら、誰が罪人に裁きを下すのだ。

考えろ。羊は、どうやってシュノの指紋を偽装した?

警察の保管方法を信頼するなら、あの拳銃に触れたのはクロスパトリック夫人だけだ。もしかしたら、拳銃を発見したリヴィングストン駅の駅員も触れたかもしれない。しかし彼らにシュノの指紋を残せたはずはない……。

……いや、もう一人いたじゃないか。警察関係者以外で、あの銃に触れた者が。たった今、あの銃を警部に手渡した者が。

もし、その者がシュノと同じ指紋を有していたとしたら。

どくん、とオペラの胸が強く拍を打つ。まさか、そんなことが。

瞼を開け、ゆっくりと視線を上げる。祭壇の前に立つ羊は、憎たらしい含み笑いを浮かべている。

男装の麗人という印象ばかり強かったが、近くで見ると思っていた以上に化粧が厚い。それは最早、変装と呼べるほどの……。

「如何なさいましたか、審問官殿？」

羊はにこやかに微笑みかけた。

まさか、そんなことがあり得るだろうか。

目の前の、この奇矯極まりない化粧の下に、この国で知らぬ者のいない大スター、〈歌う魔女〉の素顔が隠されているだなんて。

◆

あぁ、気付いてしまったか。

毒羊は僅かばかり肩の力を抜いた。こちらの顔をまじまじと凝視するオペラの両目が、驚愕に見開かれていく。高慢で自信過剰で、けれどまっすぐな正義心と高邁な理想を掲げる火刑審問官に、羊は心の中で語りかける。

そうだ。君の推理は正しい。

私の名前は、シュノンソー・ド・ヴィクトゴー。もっとも、それとて芸名だが。

シュノが初めて魔女であると公言したとき、まだこの国に火刑法廷は存在しなかった。

魔女の噂が少しずつ国内に広まっている時期だった。といっても、ほとんどの国民は奇術師か詐欺師の仕掛けた風説としか考えていなかっただろう。魔女が本物の異能者として認知されるようになったのは、シュノの知名度が高まり、その力が本物らしいと認められ始めてからだ。

シュノはそこにある種の責任を感じていた。黙ってさえいれば、魔女は今でも伝説のままだったかもしれない。魔女研究に自らの身を差し出したのは、その責任を果たそうと思ってのことだった。

やがて火刑法廷が始まり、魔女研究の成果が裁判に用いられるようになる。シュノが優雅に舞台の上を飛行する裏で、彼女の研究を根拠に魔女たちが裁かれ、その身を焼かれていく。劇場で酔客に笑顔を振りまきながら、シュノの中の違和感は膨れ上がっていった。

きっかけは、とある魔女裁判だった。

――〈巨石の魔女〉裁判は冤罪だったのではないか。

――彼女は人間だったのかもしれない。事件を再調査すべきだ。

冤罪の可能性の高い〈巨石の魔女〉裁判に対して、人々は揃って批判を口にした。彼らの口ぶりの端々に、シュノは共通する価値観を感じ取った。魔女ならともかく、人間を火刑に処すなどとんでもないという価値観を。

そうか。彼らにとって、魔女は人間ではなかったのか。

人でないのだから、魔女の罪の重さは人のそれとは等しくない。だから人々は、火刑法廷を受け入れているのだ。

一度そのことに気付いてしまうと、シュノの心は不思議と軽くなった。それならば魔女である自分には、火刑法廷を否定する権利がある。自らの浅はかな言動によって醸成された社会との断絶から、この不寛容な世界から、魔女たちを守る義務がある。たとえその魔女が本当に罪を犯していようとも。

――あのー、もしもし？　これ、毒羊弁護士事務所で合ってます？　魔女裁判専門の弁護士とかっていう。

ダレカと名乗る些か無礼な少女から依頼の電話を受けたとき、シュノは自らを鼓舞した。ついに始まったのだ。全ての魔女裁判を否定する、彼女の本当の戦いが。

——今ちょっとですね、うちの街で火刑法廷が開かれるんじゃないかって雰囲気があるんですけど。もしよかったら、魔女を助けてもらえないかなーって。

シュノは受話器の前で大きく息を吸い込んだ。

——えぇ。お安い御用であります。


「ま……まさか、そんな……！」

オペラは真っ青になって羊の顔を凝視している。やはり彼女は聡明だ、と羊は思った。この毒羊の正体を見抜くとは。

廃教会の傍聴人たちは、オペラの狼狽を不思議そうに見守っている。沈黙が長引くのはよくないと思ったか、オペラは無理矢理言葉を捻り出す。

「ええと、その……。た、例えばこんな可能性はいかがです？　この悪徳弁護士はシュノを脅して自供文を書かせた。その際、シュノの人差し指を切断してこの法廷に持ち込み、たった今拳銃に指紋を押し付けた、とか？」

あまりの珍説に、さしものバイコーン警部も顔を顰める。

「確かに、それなら指紋の説明はつかないこともない。そんな素振りは見えなかったが、羊には指先の早業で指紋をすり替えた前科もある。……一応聞いておくが、本気で言っているのか？」

オペラの苦境が、羊には痛いほど理解できた。ここで羊を押さえつけて無理矢理化粧を落とし、シュノであることを証明すれば、指紋の偽証方法を暴くことは可能だろう。単にシュノ本人がこの場で触れただけなのだから。しかしその場合、シュノは確実に火炙りになってしまう。カラーのトラウマを抱えるオペラにできるはずがない。カラーの死は、オペラをどこまでも縛り付ける。

「……考えがあります」

散々思い悩んだ挙句、オペラは意を決したように前を向いて言った。

「わたくしのアンデルセン犯人説は、大時計が正確でなくては成立しません。一方弁護人のシュノ犯人説は、大時計が五分遅れていなければならない。つまり大時計の時刻さえ特定できれば、下手人は決するのです」

「ほう。それで？」

「大時計に関して、途中で止まっていた議論がありました。暴行犯の逃亡方法に関してですわ」

暴行犯は大時計時間で二時五十九分に夫人を襲撃した。ところが、二時五十五分に受付に戻ったモルドナ・カーティスは、玄関を通った者は誰もいないという。

「最初は、大時計が五分進んでいたため、暴行犯は二時五十四分に夫人を襲撃してすぐに玄関から逃げたものと考えていましたが、バッドマさんやバイソンさんの証言からその可能性は否定されました。従って暴行犯はそれ以外の出口から外へ出たのです。チェズニー先生、他にどのような道が考えられますか？」

チェズニー医師は、ふむ、と口髭を撫でた。

「考えてみると妙ですな。受付に人がいたのなら、階段を下りただけで目に留まるはずです。どうかね、カーティス君」

「いいえぇ」受付係は大げさに否《いな》んだ。「そんな怪しい人、見ていませんよ」

「すると、暴行犯は一階に下りてすらいない。二階の病室の窓から出て行ったのですかな」

「襲撃後、ハボックさんたちは暴行犯を捜索したそうですわね。二階の病室も調べたのですか？」

記者が立ち上がり、暴行犯捜索の成り行きを話した。

「エリス・カーソンの病室の錠前が壊れていたから、ここの窓から逃げたのだろうという話に落ち着いたんだ」

「なるほど。玄関は二時五十五分以降は通ることができず、洗面所の窓は大人が通るには狭すぎますから、エリスさんの病室しか出口がなかったことになりますわね」

オペラは再びチェズニー医師に向き直った。

「チェズニー先生。以前エリスさんのお見舞いに伺ったとき、ベッド脇の置時計が三時ちょうどに音楽を奏でました。あの時計は毎日鳴るのでしょうか?」

「えぇ、お薬の時間を知らせるオルゴールですな。もっともエリスさんの場合、投薬の時間はこちらが管理しておりますので、あの時計に特に意味はありませんが」

「いいえ、今はとても大きな意味があるかもしれません。わたくしの主張通り大時計が正しい時刻を刻んでいた場合、暴行犯がエリスさんの病室を通る際にはオルゴールが鳴っていたことになります。つまり、暴行犯が通った前後の数分間、オルゴールの音を聞いたという証言が得られれば、わたくしの主張が正しいことが証明できるはずですわ」

チェズニー医師は難しい顔をして腕を組む。

「しかしですな、ガストールさん。オルゴールの音はとても小さいので、廊下にいた我々にはとても届きませんよ」

「もっと近くで聞いていた人がいるはずですわ」

「……と申しますと?」

「エリスさん本人です」

おや、と羊は意外に思った。オペラがあのことに気付いていたとは。

「何を言っている」と警部。「エリスはこの一か月、ずっと昏睡していたと聞いている。事件の日に偶然意識が戻ったとでも言うのか？」

オペラは確信に満ちた声で「いいえ」と否定する。

「それどころか、エリスさんは身体が一切動かせないだけで、ずっと目覚めていたのではないでしょうか。先生、いかがです？」

チェズニー医師は目を見開き、「これは驚いた」と感心したように言った。

「えぇ、そうです。エリスさんはここ二週間ほど、意識がかなり戻っていました。身体は動かせないものの、瞼だけは動かすことができて、こちらの質問に瞬きの回数を通して答えることもできたのです。ガストールさんにはお話ししていなかったはずですが……」

羊はシュノとして療養院を訪れた際、エリスの覚醒についてチェズニー医師から密かに相談を受けていた。全身麻痺《まひ》状態ながら、ここまで意識が鮮明な例は珍しく、魔女の特性ではないかと医師は考えたらしい。

そのことを医師がオペラに明かしていなかったのは、まだ時期尚早であると判断したためだった。カラーを火刑に追い込んだのはオペラであるとエリスは考えているかもしれない。二人は後見人と被後見人として、これから慎重に関係性を築いていかなくてはならない、と医師は言っていた。

「どうしてお気付きに？」

医師に問われたオペラは「まぁ、その」と口ごもる。

「何度も病室を訪れるうちに、そんな気がしたというか何というか……。とにかく、もし事件当日もエリスさんが覚醒していたのなら、エリスさんの病室を通って暴行犯が逃亡する物音に気付いたはずですわ。そのときオルゴールが鳴っていたかどうか尋ねるだけで、この審理は決着するのです」

羊は慎重に言葉を選ぶ。

時計の進みと魔女判定

	バッドマの主張	オペラの主張	オペラの主張（撤回）
大時計の時刻	遅れていた	正確	進んでいた
魔女判定	（なし）	アンデルセン	アンデルセン ダレカ バッドマ エリス カラー

「なるほど。エリス嬢をここへ連れてきて質問せよ、と仰りたい？」

「そんな！」チェズニー医師が叫んだ。「ありえません。寝たきりの重症人を法廷に引きずり出して尋問するだなんて、とんでもない話だ」

「療養院は法廷のすぐ近くですから、ベッドごと運び入れるのは難しくないでしょう。それに尋問といっても、たった一つの質問をするだけですわ。そして何より、一人の罪人が裁かれるか否かがかかっているのです。先生、どうかお許しいただけないでしょうか」

医師はまだ何か反論しようと口を開いたが、オペラの気迫に圧《お》されるように口を閉ざした。アンデルセンが犯人であると信じるオペラにとっては、この一つの質問に運命が託されている。

「……なぁ、羊」

アンデルセンが椅子の上で振り向き、羊に小声で話しかける。

「あんたの言うことが正しいなら、エリスはオルゴールを聞いていないんだよな？」

羊は無言で頷く。シュノ犯人説でもミチル自殺説でも、時計が五分遅れていたことに変わりはない。エリスはオルゴールを聞いていないと答えるはずで、そうなればオペラはシュノ犯人説を認めざるを得なくなる。

アンデルセンは懇願の眼差しで羊を見上げた。

「その可能性にかけてもらえないか。エリスを再び火刑法廷に入れるなんて、普通ならありえない話だ。けど、そうしなきゃ私は殺されちまう」

チェズニー医師が黙り込んだのを見ると、オペラは羊に向き直った。

「弁護人はどうお考えですか？」

羊は数十秒もの間考え、思い悩み、そして決断した。

「……いいでしょう。小職も、エリス嬢にお尋ねするのが最善かと」

◆

エリスを待つ間、オペラは黒板の時刻表をじっと見つめ、頭の中を整理していた。

この審理では、どこまでいっても大時計の時刻が付きまとう。三つの可能性を検討しなくてはならないため混乱する者も多かっただろうが、エリスの証言で大時計の時刻が定まれば、一気に話が単純化するはずだ。

やがて廊下の奥から門が開く音が聞こえ、廷吏らの手でエリスのベッドが担ぎ込まれる。エリスは相変わらず全身を包帯に覆われた痛々しい姿だった。顔を見ることもできないが、耳元だけは包帯の隙間から露出している。

「今も意識はあるようです」

エリスに付き添いながら様子を見ていたチェズニー医師が、オペラのもとへやってきて報告した。

「体調は落ち着いておるようですが、できるだけ彼女の負担にならないようご配慮をお願いします。質問は一つか二つにとどめていただきたい。ここが火刑法廷であることも、彼女には伏せていただけないでしょうか」

「えぇ、承知いたしましたわ」

この少女を再び法廷へ招くことにオペラの心はざわついたが、最早覚悟を決めるしかない。

これは正義のためなのだ。エリスに質問を一つするだけで、ミチルを殺した者に正義を執行できるのだ。感傷も懺悔《ざんげ》も言い訳も、その後でいい。

とはいえ。

またしてもメイスンの思惑通りに事が運んでいることに、メイスンの囁きに耳を貸してしまったことに、オペラは後ろめたさと不安を覚えずにはいられなかった。


『エリス嬢を証人喚問し、事件当日に何があったかご質問くだされば、この裁判はたちどころに決着します』

先ほど受け取ったメイスンからの便箋には、何もかも見通すような文章が書かれていた。

『エリス嬢は覚醒しています。彼女は病室で何度も感応を使い、オペラ様や皆様にコンタクトを取ろうと試みたはずです』

メイスンの指摘は突飛だったが、オペラには思い当たる節があった。エリスの病室で、何故か突然笑ってしまったことがあった。あれはエリスがオペラに感応の魔法を使い、自らが目覚めていることを伝えようとしていたのだ。

何故そのことをメイスンが知っているのか、メイスンはオペラが思っているより身近にいるのではないか、そんな疑念は尽きなかった。ただ一つ確かなのは、メイスンの目的が魔女の火刑であるということ。メイスンがどんな犯罪者であったとしても、この目的に関してだけはオペラと共通している。

この一回だけ。

アンデルセン裁判に勝利するために、この一回だけメイスンの知恵を借りることを、オペラは自らに許した。

廃教会の中央に置かれたベッドに、全身を包帯で覆われた少女が横たわっている光景は、どこか神聖な様相を呈していた。

「まずは、彼女が目覚めていることを確認します」

チェズニー医師はベッドの横に立ち、エリスの顔にかけられた布をめくった。エリスは右目だけ開いており、医師が彼女の名を呼ぶとゆっくりと瞬きした。オペラは歓心の声を上げたが、エリスは眠るように目を閉じてしまう。

「聴力はおおよそ正常ですが、視力は回復しておりません。瞬きと紛らわしいので、お話しするときは目を閉じていただくのです」

続いて医師は、一週間前にシュノやクロスパトリック夫人が病室を訪れたことを覚えているかと尋ねた。再びエリスが瞬きする。

「肯定なら一回、否定なら二回、瞬きしてもらう。エリスさんとは、こうしてコミュニケーションを取っておるのです。では、ご質問をどうぞ」

オペラはごくりと唾を嚥下した。ベッドに近寄り、目の前の人に話しかける程度の声量で尋ねる。

「お久しぶりですわ、エリスさん。オペラです」

反応はない。

「一週間前、シュノさんたちがあなたの病室を訪れた後、療養院でちょっとした事件がありました。エリスさんの病室の近くで、クロスパトリック夫人が襲撃されたのです。結構な騒ぎになったと思うのですけれど、あなたには聞こえていましたか?」

エリスが一度だけ瞬きし、医師が頷く。

「肯定、ですな」

「その直後、誰かがエリスさんの病室に入ってきて、窓を開けませんでしたか？　あの窓は開ける際に大きな音を立てるので、エリスさんにも聞こえたと思うのですけれど」

沈黙が訪れる。エリスの目は閉ざされたまま、ぴくりとも動かない。

はて、と医師が首を傾げる。エリスの名を何度か呼びかけ、彼女の口元に耳を寄せると、医師は首を横に振った。

「眠ってしまったようです」

「えぇ……？」

オペラはつい不満を表に出してしまった。

「仕方ありません。時折このように突然意識が遠のいてしまうこともあるのです。特に今のような昼下がりには」

「身体を揺すって目覚めさせられないのですか？」

医師は穏やかに、しかし断固として首を横に振る。

「そんなことは許可できません。自然に目覚めるのを待つべきです。大概は一時間程度でまた覚醒しますので、今はそっとしてあげることです」

オペラは歯がゆい思いをこらえて「そうですか」とだけ言った。もし刻限までエリスが覚醒しなかった場合はどうなるだろう。現在のアンデルセンの魔女判定は六枚。このままではぎりぎり無罪放免となってしまう。

そのとき、二度目の鐘の音が法廷内に響き渡った。刻限まで、残り二時間。

オペラは嘆息し、聴衆を見回した。

「仕方ありません。当法廷はこれより十分の休憩とします」

法廷内の張りつめた空気が弛緩する。エリスのベッドにハボックが駆け寄り、彼女の写真を撮影した。いつの間にか被告人席を離れていたアンデルセンも、エリスの枕元に立って小声で語り掛けている。

「こらこら。患者に近づいちゃいかん」

チェズニー医師が語気荒く彼らを追い払ったが、死んだように眠り続ける少女には法廷中の興味が注がれていた。

うっ、と息を呑む声を聞いた気がしてオペラは振り向いた。祭壇の近くに羊が佇んでいた。呆《ほう》けたようにぽかんと口を開け、何かひどく場違いなものでも見つけたような顔で一点を見つめている。その視線の先には、傍聴席でロザリオを握り締めて目を閉じているクロスパトリック夫人の姿があった。

羊はそろそろと夫人に歩み寄り、「失礼」と声をかける。

「クロスパトリック夫人。そのロザリオは、貴女のものでありますか？」

夫人は怪訝そうに羊を見、「えぇ、そうですけど」と頷いた。

「もしや、事件当日も療養院に持参を？」

「それが何か？」

「あ……貴女はロザリオをポーチにしまったと、とある人物が申しておりました。しかしながら、ポーチは証拠品として押収されたはず。警察はロザリオだけ貴女に返却したのでありますか？」

「いいえ。頭を殴られたとき、あまりに恐ろしかったので、ポーチから取り出して握りしめていたんです。それが何か……？」

「いや……」

羊はゆっくりと振り返り、オペラの方を見る。その顔は化粧越しにもはっきりわかるほど青ざめていた。

「オペラ殿」

羊の声が震えていることにオペラは気付いた。

「何です、弁護人。議論なら休憩が終わった後で――」

「いいえ。軽く世間話をば」

羊は、彼女にしては珍しく躊躇いがちに質問をした。

「立ち入ったことをお伺いして恐縮でありますが、貴女とミチル嬢は、本当にそこまで親しかったのでありますか？」

「……は？」

「貴女は職責を果たすためというより、ミチル嬢の敵討ちのためにこの場に臨んでおられるご様子。しかしながら、ミチル・トリノザカは火刑法廷事務局所属の審問官補佐官に過ぎないはず。火刑法廷の期間中はオペラ殿の付き人として侍っておりましたが、それ以外に個人的交流はなかったのではありませんか？」

「それは、そうですけれど……」

確かに、オペラがミチルと初めて会ったのはカラー裁判の当日の朝だった。彼女はあくまで火刑審問官としてのオペラの補佐役に過ぎない。そのため、オペラとミチルの間に交流があったのは火刑法廷の最中に限られる。

「大変不躾な質問ではありますが、その程度の関係性の相手に対して、そこまで復讐心《ふくしゅうしん》を燃やすことができるものでありましょうか？」

「そんなこと、あなたに言われる筋合いではありませんわ。共に過ごした時間の長さと関係の深さは、必ずしも……」

オペラの言葉が萎んでいく。言われてみれば、確かにそうかもしれない。ミチルと過ごした時間はごく僅かだ。ミチルの気弱で控えめな性分もあって、共に過ごす間は主人と使用人のように振舞っていたが、オペラはつい最近まで彼女の本名すら知らなかった。

それなのに、いつの間にこれほど……。

「ふむ。あぁ、なるほど……」

羊は一人頷きながら、オペラに背を向けて立ち去った。彼女はバッドマたちに声をかけ、共に控室の方へと消えて行った。

◆

「なぁ、アンデルセンは呼ばなくていいのか？」

控室に入るなり、ダレカは訝し気に羊に尋ねた。真冬の外気のように肌を刺す冷気の中でも、ダレカは寒がる素振りも見せなかった。

「少々、魔女のお二人だけにお話ししたく……」

話したいと言った割に、羊はそれきり沈黙してしまう。

「なんだか変だわ」

代わりにバッドマが呟く。

「さっきから、審問官があまり迷わなくなっている。私の〝出力〟はかなり上げているはずなのに」

「ん？　感応が効かなくなってるってこと？」

「わからない。何度もかけていたら慣れてしまうのか、単に私が不調なだけかもしれないけど。あるいは、誰かに妨害されている……？　羊、そんなことって可能なの？」

羊は「さて、どうだか」と煮え切らない返事をする。

「あるいは、感応の重ね掛けは不可能なのかも。生憎これまで実証実験の機会がなく、小職としては断言いたしかねますが。ところでバッドマ嬢。話は変わりますが、貴女がポーチをアンデルセン嬢に届けた際、下の様子はいかがでしたか？」

「下って、書斎の様子ってこと？」

「はい。どのように見えたか、と」

奇妙な質問に、バッドマは戸惑いながら答える。

「どのようにって言われても。カーテンが閉じててかなり暗かったし、ダクトの中からだと床とアンデルセンくらいしか見えなかったわ。どうしてそんなことを聞くの？」

「その後すぐにバッドマ嬢はダクトの反対側へ移動し、銃声が聞こえるまで戻っていないのでありますね？」

「えぇ」

羊は「ほう」とだけ言った。壁にもたれて口元を手で覆い、蠟人形のように硬直して沈思黙考する。

「どうしたんだよ、そんな暗い顔して。エリスが質問に答えたら、この裁判は終わるんじゃなかったのか？」

ダレカが不安そうに羊の顔を覗き込んだ。羊は答えず、胡乱な目でダレカを見返す。

「……ダレカ嬢。貴女は手先が器用でありますね？」

「へ？」

「もしも、仮に。貴女が法廷に戻ったときにオペラ殿に近寄り、さりげなくその左腕を引き寄せて、オペラ殿に気付かれることなく腕時計の時刻を一時間進めるよう小職が依頼した場合、貴女は成し遂げられますか？」

今度はダレカが面食らう番だった。

「また時計が遅れてるだの進んでるだのの話か？　もううんざりなんだけど」

「可能か不可能かをお答えいただきたく」

「ん、まぁ、できないことはないんじゃないの。一応、スリの練習もしてんだよな。いざというときのために」

「今がそのときやもしれません。では、そのように」

それだけ言うと、羊はバッドマとダレカに法廷に戻るよう言い渡した。訝りながら控室を後にする二人を見送り、羊は古い椅子に腰を下ろす。

暗い部屋で一人きり、両目を閉じて思考を巡らせる。

今まで、どうしてこの可能性を見落としていた？

羊はこの事件を徹底的に調べ上げ、考え抜いて法廷に臨んだ。メイスンの正体はミチルであり、彼女は自殺した——それ以外の可能性がないことは念入りに確かめた。それなのに今、羊の頭には最悪の別解が浮かんでいた。まだ確信はない。だが、もし羊の懸念が的中しているのなら……。

メイスンはまだ生きていて、この裁判を破滅へと導こうとしている。そこにあるのは単なる陰謀ではない。もっと邪悪で、避けがたく、ほとんど手の施しようのない悪夢だ。

それでも、と羊はゆらりと立ち上がる。そろそろ休憩時間が終わってしまう。

ここから先は、最悪を回避するための戦いだ。メイスンの邪悪に打ち勝つには、これまでの全ての工作を撤回してでも挑まなくてはならない。

そう心を決め、羊はドアノブに手をかけた。

羊は気付いていなかったが、このとき扉の外側のノブには黒い紐が括《くく》り付けてあった。この紐は壁の反対側に貼り付けられた小型爆弾の信管に括り付けられてあり、紐をある程度引くと起爆するよう細工されていた。

だが羊にとっては、彼女の身体を吹き飛ばしたものが爆弾なのか銃撃なのかすらわからなかった。ドアを開けた瞬間、羊の意識はぷつりとブラックアウトした。

次に羊の意識を呼び起こしたのは、誰かの怒鳴り声だった。

「——を！　早く……！」

この声はチェズニー医師か。

先ほどまで姿を見なかった白衣が何人か見える。治療のために外部から人を呼んだか。彼らが皆周りに集まっているのを見ると、他に爆発に巻き込まれた者はいないらしい。

「せ、ん……生……」

口が動き、自分のものとは思えない声が出る。右半身が燃えるように熱い。けれど、これは所詮地上の炎による熱傷だ。これまで多くの魔女の身を滅ぼした炎に比べれば大したことはない。

まだ、こんなところで休むわけにはいかない。

「羊さん、動いちゃいかん！　そこの君、彼女を見ていてくれ」

チェズニー医師は助手らしい白衣にそう言いつけ、審問官の方へ駆け出していった。

その隙に老医師の鞄に左手を伸ばす。不幸中の幸いか、左半身はそれほど損傷を受けていないらしい。手の届くところに医療用のハサミがあったのも、羊にとっては望外の幸運だった。

「いけません、寝ていてください！」

助手が止めるのも聞かず、羊は無理矢理に上体を起こした。ハサミの刃を焼け爛《ただ》れた右手の指にあてがい、躊躇わずに力を込める。

◆

弁護側の控室が爆破されたとき、オペラは祭壇の上で事件の資料を見返していた。地面が揺れて黒板がついに倒れ、どこかでパリンとガラスが割れる。

法廷内にいた人々は突然の爆発音に飛び上がったが、彼らがパニックに陥らなかったのは、爆発がそこまでの威力でなかったことに加え、控室が奥まっているために爆音が低減され、自動車の衝突音のように聞こえたためだった。

それでも警部らが素早く現場に駆け付け、弁護人が謎の爆発に巻き込まれたという事実を伝えると、法廷内は騒然となった。

「審問官様、エリスさんを頼みます」

チェズニー医師はオペラに言いつけると、老齢とは思えない機敏さで駆け出していった。

「おっ、おい審問官！」

混乱の最中、ダレカが怒りの形相でオペラに食って掛かる。

「お前、裁判で勝てないからって、弁護人を暗殺するなんて正気かよ！」

「そんなことするわけないでしょうが！」

ダレカの腕を振りほどき、オペラは傍聴人たちに落ち着くよう繰り返し呼び掛けた。

やがてチェズニー医師とバイコーン警部が法廷に戻ってきた。医師の顔色は、事態の深刻さを物語っていた。

「私の助手が応急処置に当たっております。率直に申しまして、大変危険な状態です。一刻も早く病院へ搬送しなければなりません」

警部がオペラに「どうする」と問いかける。

「どうするも何も、裁判が終わるまでは誰も法廷から出られませんわ」

「だからお前に言っているんだ、審問官」

オペラは返す言葉を失った。

オペラが審理の終結を宣言すれば、今すぐにでも審判が下され、火刑法廷の門は開かれる。羊を病院へ搬送することが可能になる。だが、アンデルセンの魔女判定はまだ過半数に達していない。今ここで審理を終わらせれば、奴を罪に問う機会は永遠に失われる。

あと一枚、魔女判定を得ることができさえすればいいのだ。エリスの証言さえ聞くことができれば、逆転勝訴に手が届くのではないか。しかしそのためには、いつになるかわからないエリスの覚醒を待たなくてはならない……。

「うぅ……」

オペラは理解していた。この爆発が弁護人を狙ったものなら、メイスンの差し金である可能性が極めて高いことを。魔女を火刑に処すためなら殺人さえ厭わないメイスンにとっては、弁護人への攻撃も選択肢の一つに入るのだろう。しかし、そんなことをしても劣勢を覆せるはずがない。むしろ、エリスの証言を聞く機会が失われてしまうだけではないか。

ひょっとして、メイスンはオペラに覚悟を問うているのか。

羊の安否など歯牙にもかけず、アンデルセン有罪説を墨守して裁判を続行するのなら、オペラはメイスンと何も変わらない。前時代の異端審問官のように、オペラの両手も血で染まる。

だからどうした。最初に血で染まったのは、アンデルセンの手ではないか。

オペラの復讐心が俄かに燃え上がり、彼女は大きく息を吸い込んだ。

「――審理を再開します」

数多くの目がオペラに向けられた。彼らの非難の眼差しに射貫かれても、オペラは意に介さなかった。

「待てよ。私の弁護はどうする」

アンデルセンは倒れた黒板を立て直し、手を叩いてチョークの粉を払った。

「ご自分でおやりなさい。こうなっては致し方ありませんわ」

「おいおい、いくらなんでも――」

「チェズニー先生！」ほとんど怒声に近い声でオペラは言った。「なんとかして、エリスさんを目覚めさせてください。たった一言質問するだけで、この審理は終わるのです。審理が終わりさえすれば火刑法廷の門は開かれ、弁護人を病院へ搬送することもできるでしょう」

医師はそれでも頑迷に拒絶した。

「そんな。無理にエリスさんの身体に刺激を与えたら、どんな影響が出るものか。まだ眠りに入ってそれほど時間は経っておりませんし」

そうだっただろうか、とオペラは腕時計を見て、

「あ、あれ？」

と裏返った声を出した。時計の針が、想像以上に進んでいる。

「午後五時五十五分？　そんな馬鹿な、いくらなんでも、刻限まであと五分しかないなんて……」

「何だって？」

アンデルセンがぎょっとして顔を上げた、そのときだった。

「お、おぉっ！　反応がありました！」

医師が大声を上げた。ベッドに目を向けると、確かにエリスの瞼が僅かに開いている。オペラはベ

ッドに駆け寄り、少女の右手に顔を寄せた。

「聞こえていますか、エリスさん。簡単な質問をしてもよろしいですか？」

傍聴人が静まり返る中、医師は穏やかな声でエリスに語り掛ける。

「よさそうです。審問官様、ご質問を」

「えぇ。先ほど、シュノさんたちが療養院を訪れた際、廊下でクロスパトリック夫人が襲われる物音を聞いたと仰いましたわね。その犯人は襲撃直後、エリスさんの病室を通ったはずですわ。このとき、サイドテーブルのオルゴールは鳴っていましたか？」

少し間を置いた後、エリスは二回瞬きした。

「否……のようですな」

「それなら、時計は五分遅れていた、ってことだな？　つまり羊の方が正しいんだな？」

アンデルセンが勢いづく。

「まだですわ！　エリスさん、よく思い出してください。犯人が通ったまさにその瞬間でなくとも、一分前とか、一分後でも構いませんわ。いかがです？」

瞬きは二回。

「う……。で、では、音楽が鳴ったのは、犯人が通った五分ほど後だったと？」

二回。少し間をおいて、さらに二回。

「あ、あれ？　これも違う……？」

オペラは困惑した。大時計の時刻は正確か遅れているか、可能性は二つに一つだったはずだ。そのどちらも違うというのは理屈に合わない。

チェズニー医師が顔を上げた。

「審問官様。質問が間違っているのかもしれません。見当違いの質問をされている場合、エリスさんはこのように否定を繰り返すのです」

「見当違いですって？　もしかして、故障か何かでオルゴールの音楽が聞こえなかったとか？」

二回。音楽が聞こえたことは正しいということか。それでは……。

「例えば、犯人はそもそも病室を通っていないとか？」

アンデルセンの問いかけに、エリスははっきりと一回だけ瞬きした。

「はぁぁ!?」オペラの声が上ずった。「そんなはずはありませんわ！　廊下で夫人が襲撃されて、記者たちが犯人を捜しに病室へ入るまで、誰も病室に来ていないとでも？」

「審問官様、どうか大きな声を上げないように」

医師がオペラを宥める中、エリスはまた一回瞬きする。

「……肯定のようです」

老医師が言い、法廷内にどよめきが広まる。

オペラは開いた口が塞がらなかった。エリスの病室を通っていないなら、暴行犯はどうやって療養院から逃げ出したというのか。どこかで何かを間違えた……？

被告人たるアンデルセンも、この証言には首をひねっている。

「おかしいよな。それなら、やっぱり暴行犯は普通に玄関から逃げ出したことになる。そのとき受付係はまだ戻ってきてなくて……」

「おっ、おい！」傍聴席でダレカが一際よく通る声で叫んだ。「まさかそれって、大時計はやっぱり進んでた……って話じゃないよな？　違うよな？」

「馬鹿っ、黙ってろ！」

隣に座るバッドマが慌ててダレカの口を手で塞いだ。だが、既にその認識は法廷内に広がってしまった。

頭上で窓が開閉し、パネルが切り替わる。『アンデルセン』は六枚のまま変わらなかったが、『ダレカ・ド・バルザックは魔女』『バッドマ・スタンダールは魔女』が十枚も復活した。それらの下には、『エリス・カーソンは魔女』の文字も付随していた。エリスが法廷に運び込まれたことで、彼女もダレカたちと同じように魔女判定の対象に含まれたのだ。

ひえぇと情けないダレカの叫び声が聞こえる。時計が五分進んでいた場合、一か月前のソドベリー・クロス駅の議論によって四人の少女がまとめて魔女になってしまうことを、オペラは忘れていたわけではない。しかし、それはありえないと何度も確認したはずだ。

「エリスさん、エリスさん……？」

チェズニー医師はエリスの名を何度も呼ぶが、ベッドの上の少女はもう何の反応も示さなかった。もうこれ以上証言することなどないとでも言うように。

「おい審問官！　なんてことすんだよ！」

ダレカが飛び出してきてオペラに怒鳴った。

「わ、わたくしにも何が何だか……」

「お前、この法廷の責任者だろ！　てか、もう時間がないんじゃ？　早くなんとかしろよ！」

言われて思い出し、オペラは腕時計を見た。

「……えっ？」

更なる混乱がオペラを襲った。時計の針は既に午後六時を過ぎていた。審理は午後六時まで、刻限が過ぎたら有無を言わさず終了となるはずなのに。

法廷が混乱の極致に至った、そのときだった。

「ご安心を。まだ、間に合う」

オペラのすぐ背後で、ぜえぜえと掠れた声がそう言った。背筋の凍るような、到底人の声とは思えないような声だった。

振り向くと、毒羊がそこに立っていた。無事だったのかとオペラが一瞬錯覚したのは、オペラが羊の右側に立っていたためだった。羊は全く無事ではなかった。よく見れば右半身は熱傷に爛れており、包帯の巻かれた右腕は全く力が入っていないようだった。

「何をしておられるのです！　動いてはなりません！」

チェズニー医師が力の限り叫んだが、羊はゆるゆると首を振った。その焼け縮れた前髪から、汗あるいは血液が滴る。

「小職は、弁護人。……魔女をお救い申し上げる者」

息も絶え絶えといった有様で、羊はゆっくりと祭壇の上に立ち、混乱を極める法廷を睥睨《へいげい》した。

「ご安心を、審問官殿。まだ時間は、ある。貴女の……腕時計は、ダレカ嬢が時刻をずらしたのです。お見事であります、ダレカ嬢、はは。さすがは、天下の不良娘。さて、審問官殿、どうか残りの時間を、小職にお任せくださいませんか。さもなくば、この窮地を脱すること、叶いません。……メイスンの策略通り、罪なき魔女が死ぬ」

羊は緩慢な動きで顔を上げ、窓に並んだ大量の『魔女』の文字を一望した。

「メイスンですって……⁉　いえ、その前にシュノが犯人という話はどうなったのです？」

羊の口元に自嘲の笑みが浮かぶ。

「忘れていただきたい。全て、小職のでっちあげであります」

羊は左手で何かを放った。人の指ほどの大きさのそれは、放物線を描いて祭壇の上に落ちた。

「え……？　ひゃあっ⁉」

それは、焼け焦げて炭化しかけた、人間の指だった。

「審問官殿のご推察通り、小職は審理の直前、シュノ氏の指を切り取って拝借いたしました。拳銃から見つかったシュノ氏の指紋は、小職がその指スタンプによって付着させたもの。黒焦げではありますが、指紋をお確かめいただいても問題ありません」

オペラは絶句しながらも、恐る恐る指を祭壇の上に置いた。

「シュノ氏は小職に仰っておりました。何もしなければ、人が死ぬ。そのような状況において、指の一本や二本、何の価値がありましょう。こうでもしなければ、敵――メイスンの抱える悪意には、抗うこと到底かないません……」

「まっ、待てよ！　メイスンはミチルじゃなかったのか？」

ダレカが狼狽えながら叫んだ。

「いいえ。まったく小職ともあろう者が、これほど見事に騙されてしまう、とは……。いやはや、面目次第もございません。クロスパトリック夫人が、ロザリオを持っているという事実に、もっと早く気付いてさえいれば……」

人々の視線がクロスパトリック夫人に集まる。夫人は何のことかわからないと言った顔で、両手でロザリオを握り締めた。

羊は顔を伏せ、がらがらと掠れた声で続ける。

「事件当日……。クロスパトリック夫人は、ロザリオをポーチにしまった後、何者かに殴り倒されました。恐怖に駆られた夫人は、ポーチからロザリオを取り出し、以降ずっと握りしめていた……。従って、ロザリオがポーチの中にあったのは、夫人が療養院に来てから、暴徒に襲われるまでの間だけ、なのであります。ところが、ところが……。ポーチの中にロザリオがあったと、小職の前ではっきり口にした人物がおりました。その人物がポーチの中を覗いたのは、ポーチが書斎に運ばれた後だった、にもかかわらず。従い、小職はここに断ずるものであります。その者こそ、夫人を殴り倒した襲撃犯であり……」

羊はゆっくりと視線を上げ、

「ポーチから拳銃を抜き取り、その銃でミチル嬢を撃った殺人犯であり……」

被告人席に座るその女を見下ろした。

「魔女を火刑に処すためだけに、この複雑極まる犯罪を練り上げた張本人であると。お見事でありました、メイスン殿」

「……え？」

アンデルセンはぽかんと口を開け、羊の顔を見上げた。

「もう、繕う必要はございません」右半分が傷ついたその顔で、羊は不敵に笑った。「アンデルセン・スタニスワフ。貴女がメイスンでありますねぇ。シシリー・アルマジャックを刺殺し、アクトン・ベル・カラーを謀殺し、ミチル・トリノザカを銃殺し。これだけ殺せば、さぞお疲れでありましょう。どうか、もうお休みください」

「な……。何言ってんだよ。私、ロザリオを見たなんて言ったか？　あぁ、ひょっとして接見の時か。あれは何て言うか、ただの言葉の綾だ。夫人が熱心なカトリック信者だってことは何かで読んで知ってた。だから、ロザリオを持ってるって思い込んで――」

アンデルセンの弁明を最後まで聞かずに、羊は喋り続ける。

「しかし、わからない。一週間も身柄を拘束されていた貴女が、一体、どうやって爆薬を法廷に持ち込んだのでありますか？　あぁいや、そうか……。エリス嬢のベッドでありますね、なるほど。エリス嬢を証人喚問することが、事件前から想定できていれば……逮捕されるより前に、ベッドの裏にでも物を隠すことができたと？　ほほう、うまくやったものであります」

オペラははっとした。先ほどの休憩時間前、アンデルセンはエリスのベッドに近寄っていた。まさか本当に、アンデルセンが……？

「此度《こたび》の裁判。小職には、審問官殿より圧倒的に優位な点がございました。大時計が五分遅れていることを、当初より知っていたことであります。三月三日の夜、ソドベリー・クロス駅にて駅員が少女たちに話しかけたとき、足場はまだ落ちていなかったことを、ダレカ嬢ら本人から直接伺ったのであります。その言葉を疑う理由など、あるはずもなく……」

「で……ですが、時計が五分遅れていたら、エリスさんの証言が……」

羊の鋭利な眼差しがオペラの反論を抑え込む。

「まだ時間はあると申したはず。ご辛抱ください、審問官殿。さて、事件について調べた小職は、当初このように考えました。これはアンデルセン嬢と魔女猫の窃盗計画を嗅ぎつけたミチル嬢による、一種の自殺劇である、と」

ミチルが夫人を襲ってポーチから拳銃を抜き取り、その拳銃で自分の肩を撃ち抜いたという推理を羊は簡潔に披露した。

「無論、この推理は完全な誤り。金の拳銃を盗んだのも、あらかじめ本棚に弾丸を撃ち込んでおいたのも、すべては被告人の所業であります。だのに小職は愚かにも、真犯人の撒き餌《まえ》にまんまと食いついてしまった。もし、弁明の機会を、いただけるなら……ミチル嬢が魔女に強い憎しみを抱いていてもおかしくない身の上だったこと、時計が五分遅れていたという前提では、ミチル嬢以外に犯行可能な人物がいないこと……ま、どうあれ小職の考えの至らなさに付け入られたことに変わりはございませんな。つい先ほど、ようやく真実に思い至ったものの、このような先手を打たれてしまうとは……。……っ！」

羊は苦痛に顔を歪めた。だらりと垂れ下がった右腕の包帯に、黒い染みがじわりと広がっていく。暫くの間、手負いの弁護人は無言で浅い呼吸を繰り返していたが、やがて顔を上げ、再びアンデルセンの顔を睨みつけた。

「しかし、残念でありましたな。小職の身体が思いのほか頑丈で」

「ま、待ってくれよ！」アンデルセンは何が何だかわからないといった顔で叫ぶ。「どんな勘違いをしてるのか知らないが、そもそも今、殺人について話してる余裕があるのか⁉ お嬢様は時間を間違えてたみたいだが、どっちにしろもう時間はない！ 三人も魔女判定が出てるんだぞ！」

羊の静かな笑みは揺るがない。

「承知の上であります。どのみちエリス嬢が沈黙してしまった今、先の証言を取り消すことは不可能。小職にできることは、何が起きたのか皆様にお伝えし、その上で説得することだけであります」

アンデルセンは苛立たしげに声を荒らげた。

「ったく、何を訳のわからんことを……！ とにかく、私がメイスンだなんて馬鹿な考えは一旦捨ててくれ。よく考えれば、そんなことありえないってわかるはずだ。列車が通過したのは三時五分から十分の間、なのにポーチが書斎に運ばれたのは、大時計が五分遅れていたのなら三時十五分だよな？ どうやっても私には拳銃を捨てることができない！」

「貴女が書斎から出られなかったのであれば仰る通り。ところがどっこい。先ほど申し上げた通り、療養院にて夫人を殴り倒したのはアンデルセン嬢、貴女であります。魔女猫がダクトに忍び込んだ後、貴女はすぐさま書斎から出て行った——アトウッド氏が外階段に腰を下ろすよりも前に。扮装して療養院に忍び込んだ貴女は、廊下へ呼び出したクロスパトリック夫人を三時四分に殴打し、そのポーチから拳銃を抜き去った。エリス嬢の病室の窓から逃げ出し、書斎に呼び出したミチル嬢を窓の外から射殺。拳銃は三時五分に通過する列車へ投げ捨てる。なかなかの大立ち回りではありますが、これならば列車に間に合う」

「矛盾あるって！ 頼む、よく考え直してくれよ。遺体が発見されたとき、私は書斎で倒れていたんだ。アトウッドさんは私が書斎に戻る姿を見たのか？ 違うだろ？」

「書斎に戻ることなど児戯にも等しい。アトウッド氏は、古書業者らが来るまで階段を封鎖していただけ。古書業者らが書斎に入った後に何が起きたか、氏は何も知らないのであります。アトウッド氏が立ち去った後、貴女は古書業者の後を追いかけて、急いで階段を駆け上がったのであります。古書業者らが遺体を見つけて驚いている隙に本棚の裏を通り、発見された位置に横たわって気を失ったふりをした。いや、児戯というほど簡単ではありませんな。アトウッド氏の習慣や古書業者が訪れる時間まで綿密に調べ上げなくては、この早業の侵入は成立しない。もしかすると、古書業者の来訪時間を調節したのかもしれませんが、詳細は警察の再捜査に期待するとして」

オペラは改めて書斎の見取り図を確認した。書斎に入ってすぐに遺体を発見した場合、アンデルセンが倒れていた位置は本棚の死角になる。タイミングは非常にシビアだが、確かにアンデルセンが書斎に戻ることは可能だった。

「まったく、巧緻かつ大胆な謀《はかりごと》であります。遺体と同じ部屋で発見されるという最悪の状況に自ら身を置きながら、その実拳銃を投棄できないという鉄壁のアリバイを作り上げる。しかし僭越ながら、この程度の仕掛けならば小職も裁判前に想定しておりました。小職が貴女の無実を信じた——信じ込まされてしまった最大の理由は、ポーチを盗んだ魔女本人から直接話を聞いたことであります。彼女は申しておりました。確かに、書斎にいたアンデルセンにポーチを受け渡した、と。おぉ、素晴らしい！　なんとエレガントな欺きか！」

恍惚《こうこつ》の表情を浮かべて、羊は天を仰いだ。

「魔女猫が通ったダクトは貴女が設えたもの。多少の細工は可能だったはず。貴女は猫が応接室に向かった後、通路を蛇腹部分で折り曲げて、書斎の隣の空間の天井裏に通じるよう細工したのでありますね？　このようにっ！」

羊は黒板消しを手に取り、黒板に描かれた見取り図のダクトを消し去った。その上に荒々しく新たな線を引く。

「貴女は屋外からミチル嬢を射殺した。恐らく、療養院の路地裏にあった梯子を空き家に立てかけ、北の窓から被害者に狙いを定めたのでしょう。その後、空き家の裏口から一階へ入り、階段を上がって書斎の隣の空間に移動したのであります。貴女はそこで魔女猫からポーチを受け取った。かの魔女は申しておりましたよ。書斎は暗く、床とアンデルセンくらいしか見えなかったと。かようにして、貴女は自分が書斎にいたことを魔女に信じ込ませることに成功した。そして、魔女に話を伺った小職もそれを信じた。あとは外に出て、大時計を倒して破壊し、古書業者らが来るのを物陰で待つだけ。なるほど、なるほど……。メイスンらしい、極めて手の込んだ、とびきり奇妙な殺人計画でありますねぇ。真に……」

不意に羊の言葉が途切れた。どうしたのかと人々が訝っていると、羊の身体がよろめき、がくりと祭壇の横に膝をつく。

「ちょ、ちょっと！」

オペラは駆け寄って羊の肩を支える。彼女のあまりの体温の高さにオペラはぞっとした。

「続きを、真実を、明らかにしなくては……」

羊の喉奥から、ごろごろと異音が聞こえてくる。

チェズニー医師が駆け寄ってきて、羊をその場に仰向けに寝かせた。彼女の顔は蒼白で、意識が朦《もう》朧《ろう》としていることは明らかだった。

「大変危険な状態です。審問官様、どうか……！」

チェズニー医師の懇願にオペラは狼狽《うろた》えるばかりだった。

「オ……ペラ、殿……」

羊のひび割れた唇から、か細い言葉が絞り出される。

羊の描き込み

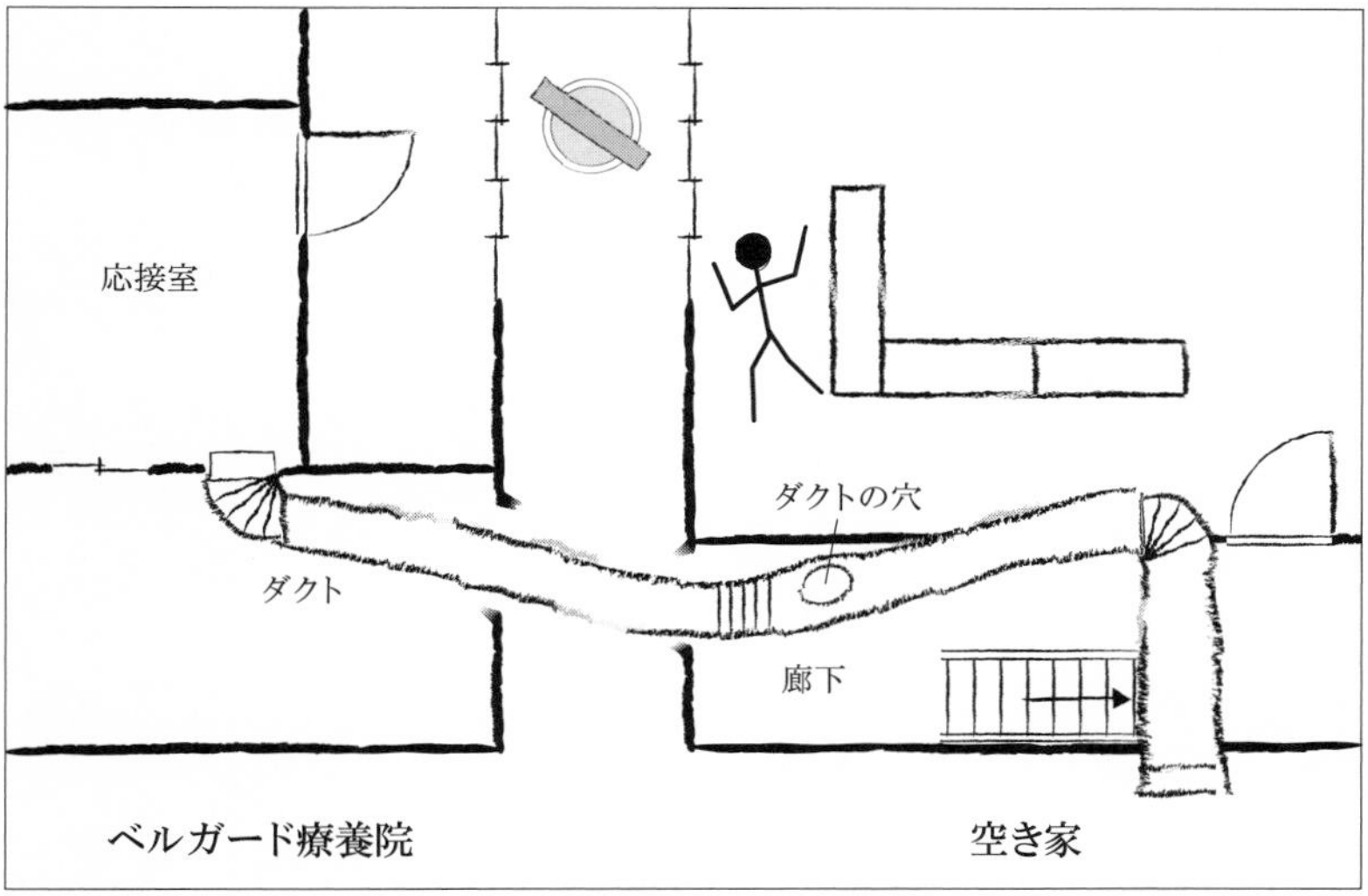

「どう……か……。せ、説得を……。もはや、貴女、しか……」

それきり羊は沈黙した。

オペラは祭壇の前に立ち竦む。羊は先ほども説得という言葉を口にしていた。

説得？　誰を説得しろと？

エリスが目覚めない以上、その証言はもはや覆らない。となれば、暴行犯が玄関も病室も通らずに姿を消した方法を考えなくてはならないのか。

いや、駄目だ。その考え方では絶対に間に合わない。メイスンが羊の命を狙った以上、羊の方が真実に近づいていたと考えるべきだ。羊の方が正しいことにかけるべきだ。

すなわち、黒幕はアンデルセンであり、大時計は五分遅れていた。それでは、エリスの証言はどう解釈すればいい？　羊には何が見えていた？

オペラは腕時計を見る。一時間ずらしたという羊の言が正しければ、本来の残り時間はあと二十分ほど。それでも、たった二十分……。

そういえば、羊はどうして腕時計をずらすようダレカに指示を出したのだろう。その行為がもたらしたものといえば、あと五分しかないとオペラが勘違いして騒いだことくらいだ。その直後にエリスが意識を取り戻し、証言を聞くことができたが、それはただの偶然だ。

もし本当に残り五分だったら、エリスの証言は致命的な一撃となっていた。証言を細かく検証する時間などなく、メイスンの思惑通り魔女たちは火炙りになっていた可能性が高い。

――それを阻止するため……？

いや、そんなはずはない。エリスがいつ意識を取り戻すかなど誰にも予測できないのだ。しかし、それにしてはタイミングが絶妙ではないか。まるで、誰かがエリスの身体を操って目覚めさせたかのように。

操り……。仮にアンデルセンがエリスの瞼を操ることができるのなら、エリスの証言を捏造した可能性はある。残り五分と聞いて潮時と思ったのだろう。しかし、チェズニー医師の目をごまかすことができるだろうか。それに、アンデルセンは残り五分と聞いて驚いていたではないか。そんなはずはないというような顔をして、いや、というよりも何かを恐れて――。

「うっ――！」

オペラの全身が震え上がった。今、ついに指先が真実に触れた――オペラはそんな感触を覚えていた。

もしも。

もしも、エリスの自由意志だとしたら。

オペラのたどり着いたそれは、考えうる限り最悪のシナリオであり、それでいて最も筋の通る解釈だった。

残り五分というのをエリスが真に受けて、自分の意志で証言を再開し、自分の意志で嘘をついたとしたら。

「……エリスさんは……」

震える声で、オペラはベッドの上の少女に問いかける。

「あなたは、死を望んでいるのですか……？」

◆

何もかも忘れて眠り続けることができれば、どんなにかよかったろう。けれど、無意識の泥濘《でいねい》の中からエリスが自我を取り戻したとき、彼女ははっきりと何が起きたのか覚えていた。

ダレカ裁判の結末。この世ならざる炎に包まれるカラー。最後に彼女が囁いた言葉。

空虚な暗闇の中で、エリスは孤独と絶望に怯えた。

それから一日ほどかけて、徐々に痛みが戻ってきた。痛覚とは、身体の損傷を防ぐための警鐘ではなかったのか。死の寸前まで身体を焼かれたエリスにとって、そんな警鐘に何の意味があるのだろう。覚醒と同時に激痛、やがて昏睡。また覚醒、そして激痛。終わることのない繰り返しの中で、エリスの心は削られていく。

耐えがたい苦痛に苛まれるうちに、少しずつ聴覚が戻ってきた。最初に認識したのは、昼夜問わず近くにいるらしい医師の声だった。裁判から数週間が経過しており、自らがベルガード療養院という場所で眠り続けていることをエリスは理解した。回復する見込みが絶望的であることも。

そうか、やはりここは地獄だったのか。

身体は動かせないまま、誰とも意思疎通のできないまま、ただただ激痛に苛まれる時間が無限に続く。これが地獄でなくて何なのか。

やがてエリスは、一日のほとんどの時間を覚醒したまま過ごすようになった。

病室には時折オペラやダレカが見舞いに訪れてくれたが、彼女たちはエリスの置かれた状況にまるで気付かなかった。オペラたちが枕元で語る言葉は独り言に過ぎず、エリスにとっては何の慰めにもならなかった。

気付いたのは、アンデルセンだけだった。

ある日の夕刻。いつものようにオペラが見舞いに来ているところへ、アンデルセンが訪れた。

「さっき廊下でチェズニー先生に会ったんだが、あんたに応接室に来るよう言ってたぜ。行ってきたらどうだ」

「そうですの。ありがとうございます」

アンデルセンはそう言ってオペラを病室の外へ出すと、

「聞こえているか、エリス」

静かな声で語り掛けた。

「意識があるんだろう、エリス。私の声が聞こえているはずだ。いや、無理に反応しようとしなくてもいい。指一本動かせないんだろう」

事実、エリスは何の反応もできなかった。それなのに、アンデルセンはエリスの思いを的確に読み取った。まるで魔法のように、アンデルセンの優しい声色はエリスの心を包み込んでいく。

「辛いよな。苦しいよな。奴らの言葉なんか何の役にも立たないよな。ダレカだってバッドマだって、それぞれの人生がある。いずれはここにも来なくなって、裁判の記憶すら薄れていくだろう。オペラはずっと訪れ続けるかもしれないが、あのお嬢様は自分の後ろめたさに耐えられないだけだ。現に奴は、あんたの現状を何一つ理解しちゃいないだろう」

アンデルセンは、限りなく慈悲深い声で言った。

「私なら、あんたをその苦しみから解き放ってやることができる」

その瞬間、エリスの心は軽くなった。自分でも意識していなかった願望を、アンデルセンは的確に言い当てた。そうだ。エリスが求めていたのは、この苦しみからの解放だったのだ。

けれど、心の奥底の何かがそれを拒絶する。アンデルセンの言葉に耳を貸してはならないと、誰かがエリスに囁いている。

「実はな」アンデルセンはそこで話題を切り替えた。「あんたには話さなくちゃならないことがあったんだ。一番初めのことだよ。ハロルド・ヴェナブルズの墜落死事件についてだ。あの晩、私がマンションの二階にいたことは覚えているよな。そう、例の空き部屋の真下に私はいたんだ。知っての通り、空き部屋の窓は開いていた。空き部屋の中の話し声は、二階の窓辺にいる私にも届いていたんだ。『お前は、シャーロット・リードだな?』。『ウィッチフォードから逃げ出してきたのか。カラーは何か答えたが、声が小さすぎて聞き取れなかった。『ウィッチフォード』大人の男――ハロルドの声が言った。エリスとはどういう関係だ?』。ハロルドは興奮気味にカラーを問い詰めた。ベランダの戸を開ける音が聞こえた――カラーが空へ逃げようとしたんだな。魔女であることを既に知られているなら、箒で飛ぶことを躊躇う必要はない。『待て、写真を撮らせろ!』これがハロルドの最期の言葉だった。なんともはや、って感じだよな。物音から想像することしかできないが、ハロルドは飛び立つカラーの箒を摑んでベランダから身を乗り出し、そのまま落っこちてしまったらしい。これがあの日、空き部屋の中で起きたことの全貌だ」

アンデルセンは教師のような口調で「さて、どう思う?」と問いかけた。たっぷり時間を空け、続きを話す。

「カラーはさ。自分がハロルドを殺したと思っていたんじゃないか。ハロルドの死は、客観的に見れば事故死に違いない。一番悪いのはハロルド自身だって、私なら思う。でも、カラーにとっては違ったんだな。それだけじゃない。カラー――シャーロット・リードについて調べる過程で、私はアクトン・ベルという青年のことを知った。エリスも知っているかもしれないが、アクトン青年は、カラーが地下室から逃げ出したことがきっかけで自ら命を絶った。この事実がカラーにどんな影響を及ぼしたか、想像するに余りある。カラー裁判の最中、カラーはどこか無気力だったろ。あれは、自分は罰せられるべき人間だと思っていたからなんだ。無罪放免となった後も、彼女は罪を雪《すす》ぐ方法をずっと考えていた。だからダレカ裁判の最後で、ああもあっさりと箒に乗ることができたんだ。言っている意味がわかるかい、エリス」

エリスを躊躇わせていた何かが、アンデルセンの言葉によって少しずつ存在感を失っていく。

「カラーが炎に身を投じたのは、エリスを助けるためじゃないんだ。あのときカラーは、ようやく死に場所を見つけたと思って、自ら炎の中に飛び込んでいったんだよ。それがカラーにとっての救いだったんだ。だからエリス。あんたは、カラーに気兼ねする必要なんてない。カラーが救ってくれた命だから無駄にしてはならないだなんて、そんなのは思い込みに過ぎないんだよ。あんたは救われなくちゃならない。カラーがそうであったように」

アンデルセンは言葉を切り、エリスの答えを待つかのように押し黙った。このとき、エリスは瞬きすらできなかった。けれど彼女の心が決まったとき、アンデルセンは確かにそれを見抜いた。

「ありがとう。約束するよ。私なら最後までやり遂げることができる。何故なら――」

アンデルセンが穏やかに微笑む顔が、エリスにも見えたような気がした。

「何故なら私は敬虔《けいけん》だからだ」

◆

オペラの震える言葉が、静まり返った廃教会に響き渡る。

「エリスさん。あなたは……」

ベッドの上に横たわるエリスに、オペラは語り掛ける。羊の言っていた「説得」という言葉の意味が、オペラにもようやく理解できた。

「あなたは、最愛の友人を火刑で喪って……。自らも大怪我を負って、身体がほとんど動かせなくなり……それでも意識だけははっきりしていて、熱傷に苦しみ続けていた。だからあなたは、死を願ってしまったのですか？」

「そんな……」

アンデルセンが悲愴《ひそう》な面持ちで呟く。ごく自然で、見る者の共感を誘う表情だった。だが、オペラは既に確信してしまっている。アンデルセンという人間を構成する全てが嘘偽りであることを。

「だからあなたは、犯人に持ちかけられた取引に応じてしまった。犯人が差し出したのは、苦しみからの解放――つまり、あなたの死。それと引き換えにあなたが差し出すのは、火刑法廷での偽証。犯人が病室の窓から逃げたと知りながら、あなたは誰も病室に来なかったと嘘をついた。この嘘は大時計が五分進んでいたことを確定させ、あなたが魔女であることを示してしまう……」

それだけではない。エリスは感応の魔法を使って、犯人のために少しずつ状況を整えていた。

バッドマは当初、出廷する気はなかったという。しかし、エリスの病室で考えが変わった。

――えぇ、そうね。でも先日、入院中の友人をお見舞いしているときに考えが変わったの。

エリスはバッドマの心に対して、何らかの操作を行ったのではないか。

何より、オペラの不自然な復讐心がある。羊に指摘されたように、オペラとミチルの関係はそこまで深くなかったにもかかわらず、いつの間にかオペラにとってミチルは、どんな手を使ってでも敵を討たなければならないほど大切な存在になっていた。この気持ちすら、エリスの感応によるものだとしたら。

信じたくないと思う一方で、根拠はいくらでも思いつく。いつだったか、事務所で突然ミチルを抱きしめてしまったことがあった。オペラは自らの行動に戸惑っていたではないか。感応は声の届く範囲に作用するという。事務所はエリスの病室の目と鼻の先にある。

今思えば、療養院のすぐ隣に事務所を構えることを勧めたのはアンデルセンだった。あの時から既に、奴はこの裁判を迎えることを知っていたのか。

胸の奥深くに寒気を覚えながら、オペラは口を開く。

「何と……申し開きしていいのか、わかりません。わたくしは何度も病室に足を運んで、何時間もあなたに話しかけました。けれどわたくしは、何も理解していなかった。あなたの苦しみも、悲しみも――絶望も」

オペラの弱々しい懺悔が、廃教会の冷たい空気に響き渡る。

「けれどどうか、もう一度わたくしに機会をください。ダレカさんやバッドマさんをも巻き込むような、このような形で全てを終わらせないで、もう一度あなたの未来についてわたくしに考えさせてください。あなたの治療法だって、世界中を探せばきっと――」

「審問官」アンデルセンの冷然たる声がオペラを遮る。「下手なおためごかしはやめるんだ。生きているのが不思議なくらいだと、チェズニー先生も言っていたじゃないか」

「あなたっ……！」

市議を、ミチルを、カラーを殺したのはお前じゃないか。

突然、アンデルセンに対する憎しみが突沸した。オペラはよろめき、祭壇の前に膝を折った。

「う、うぅ……！」

違う。今更アンデルセンに憎しみをぶつけて何になる。冷静にならなければと思う一方、頭の中が憎しみに侵食されていく。

アンデルセンが憎い。憎い。憎い。憎い。この女を殺さなくてはならない。今すぐ。今すぐ。今すぐ。今すぐに……！

これは自分の感情ではない。エリスがオペラに感応の魔法をかけて、冷静な判断を阻害しているのだ。エリスは今や、積極的に死を望んでいる。ここまで来てしまった人間を思いとどまらせることなど、一体誰にできるのだろう。

それでも。

「エリスさん、エリスさん……！　どうか、話を……！」

残り時間は、あと幾許《いくばく》もない。

◆

オペラが、何度もエリスの名前を呼んでいる。エリスを、苦痛と絶望に満ちたあの世界に引き留めようとしている。

少しずつ、意識が泥沼に沈んでいくのを感じる。あぁ、また眠ってしまう。けれど、もういいだろう。残り時間はあと僅か。判決が出れば、すぐさまエリスの身体は炎に包まれる。

そうなればもう、二度と目覚めることはない。

眼前に、あの日の光景が蘇る。灼熱の炎がカラーの身体を呑み込む様は、まるで無数の赤い虫が体表を這っているかのようだった。

エリスは夢中でカラーのもとに駆け付け、彼女の腕に巻き付いた鎖を引き離そうとする。

「泣かないで、エリス」

轟々《ごうごう》と猛り狂う炎に紛れて、カラーの声がエリスの耳に届いた。泣かないで、とカラーは何度も繰り返す。あの日の自分は、泣いていただろうか。

鎖を握るエリスの手に炎が這い寄る。巨大な蛞蝓《なめくじ》のような火焰《かえん》が肌の上を這いずり回り、皮膚が焼け爛れていく。

「あぁ、ぼくは君を、傷つけたくなんてなかったのに」

人の形を失いながら、カラーはエリスに囁き続ける。

「これは、ぼくの我儘《わがまま》なんだよ、エリス。どうか、泣かないで」

黒煙がエリスの気管に流れ込み、エリスは急速に意識を手放していった。世界は暗転し、エリスは泥の海に深く深く沈んでいく。

けれど、カラーの姿は変わらず目の前にあった。自責と悔恨の籠った悲しい目で、沈みゆくエリスを見つめている。

「あぁ。なんてことをしてしまったんだろう」

上も下もわからない暗黒の泥の中で、カラーはぽつぽつとエリスに語り掛ける。

「あの日、ぼくは最後に余計なことを考えた。ぼくの命はここで終わるけど、君の人生はこれからも続く。でも、ぼくの記憶はきっと君を苦しめるだろう。ぼくが君の身代わりとなって死んだと君が思い続ける限り。そんなことはないんだよ、エリス。でも、僕には釈明する時間が残されていなかった。だからぼくは——君に魔法をかけたんだ」

カラーは一体、何の話をしているのだろう。エリスの思考はぼやけて、あの日、というのがいつのことなのかさえもわからない。

けれど、カラーが何かを悔いていることだけははっきりと理解できた。

「ぼくはなんて浅はかだったんだ。こんなに大切なものを、君から奪ってしまうなんて」

カラーは手を伸ばし、エリスの胸にそっと触れた。

その指先から、温かな何かがエリスの心に流れ込んでくる。欠落した感情が埋まっていく。

「君に、返さなくちゃいけない」

唐突に、エリスの思考を覆っていた靄が晴れ渡る。水面から顔を出して息を吸った瞬間のように、これまでの記憶が鮮明に蘇る。晩餐会の夜、猫に変身して戻れなくなったエリス。ダレカ裁判、魔女と名指しされたカラー。エリスの身代わりとなって、炎に包まれてゆく彼女の身体。

あぁ、そうだったんだ。

エリスはようやく悟った。カラーは最後に、エリスに感応の魔法をかけていたのだ。自分の代わりに友を死なせてしまったとエリスが悔いることのないように、カラーのいない世界でも前を向いて歩いていくことができるように。

カラーは、エリスの罪悪感を封じ込めた。

どうして今まで気付かなかったのか。

どうして私は、ダレカやバッドマまで炎に呑まれてしまうアンデルセンの恐ろしい計画に加担したのか。どうして一かけらの罪の意識も抱かなかったのか。

その答えをエリスに教えるために、カラーはこうして無意識の泥濘の中に戻ってきてくれたのだ。

いや、これはただの夢。カラーはもうこの世にはいなくて、エリスの罪悪感が蘇ったのは、単にカラーの魔法が時間切れを迎えただけのこと。

頭ではそうとわかっていても、エリスは消えていくカラーの残滓《ざんし》に向かって手を延ばさずにはいられなかった。

「あぁ。魔女の力の中に――」

カラーの声が闇の奥へ遠ざかっていく。

「忘却の魔法があればよかったのに」


「ま……て……」

目覚めた瞬間、喉を中心として全身に激痛が走った。

「なんと……！」

頭上で、チェズニー医師が驚愕の声を上げた。無理もない。もう二度と動かないと思われていたエリスの腕が、ゆっくりとだが持ち上がったのだから。

腕で体を支え、どうにか上体を持ち上げると、顔の包帯が垂れ下がった。包帯の隙間から眩《まばゆ》い光が差し込み、一か月ぶりに開いた瞼が軋りを上げる。

「エリ……ス……？」

ぼやけていた視界が次第に像を結び、やがて人の顔となった。アンデルセン・スタニスワフは、起き上がったエリスを見て目を見開いている。その驚愕の表情の裏側に、ほんの少しの無念さと、憐憫《れんびん》のような何かが見えたような気がした。

「ごめん、なさい……」

鈍重な舌を動かし、どうにか言葉を紡ぐ。

「私……私、さっき、嘘を、ついた……」

誰も何も言わず、固唾を呑んでエリスの言葉を待っている。

「その、人は……私の、病室を通って……出て、行き……ました……。オルゴールが、鳴った……五分くらい、後に……。だから、大時計、は……遅れて、いたんです」

頭の上の方で物音がして、人々の目線が上を向いた。陪審員の判決に変化があったのだろう。エリスは陪審席を見上げることができなかったが、ダレカやバッドマの表情からすると、彼女たちの魔女判決は取り下げられたようだ。

「エリスさん……」

オペラがこちらを見て、何かを言おうと口を開いた。だが、彼女は言葉を呑み込み、ただ頷いた。

そうか。決着がついたのか。

アンデルセンは未だに何が何だかわからないといった顔で頭を振っている。彼女の手によって三人もの人間が命を奪われたということが、エリスは未だに信じられなかった。

◆

「これで結審ですわ！」

オペラは高らかに声を張り上げる。

「この法廷に、魔女は一人もいないとわたくしは認めます！　審問官側と弁護側、双方が結審に同意すれば直ちに裁判は終わるはず！　早くこの馬鹿げた法廷の門を開けるのです！」

羊の容体は今も刻一刻と悪化しているかもしれない。今は一分でも早く火刑法廷の門を開放して、彼女に適切な治療を施さなくてはならない。

だが、アンデルセンはへらへらと浮ついた笑みを浮かべる。

「まぁ落ち着けって。ここまで来たら最後までやろうぜ。どっちみち、残り数分で時間切れだ。焦ることはないさ」

「何を余裕ぶっている、アンデルセン」バイコーン警部がドスの利いた声で言う。「この法廷を出たら、我々は直ちにお前を拘束する。シシリー・アルマジャック並びにミチル・トリノザカ殺害容疑、クロスパトリック夫人への暴行についても、警察の威信をかけて必ずや立件して見せる」

「その通りですわ。あなたはこの国が長い歴史と共に育み培ってきた、刑法という名の理《ことわり》によって裁かれるのです。あなたの全ての罪業は白日の下に晒されるでしょう」

オペラは恫喝《どうかつ》とも取れる言葉をぶつけたが、アンデルセンは冷めた笑みを浮かべるだけだった。

「無駄だよ。私は何者でもない女だ。それ以上の情報は、どれだけ調べても出て来やしないさ」

「この期に及んで、まだそんなたわ言を。これだけの罪を犯すに至った動機や主義主張が必ずあるはずですわ」

やれやれ、とアンデルセンは首を振った。教師が生徒に向けるような、物事の道理を教えるような声で語り掛ける。

「逆に聞くが、動機なんてものは本当にあったのか？　私たちはこれまで何千何万という魔女を狩ってきたはずだ。その一つ一つに、明確に言葉にできるような動機があったのか？　いいや、違うね。DEUS VULT《理由なんかない》——ただ魔女がそこにいただけなんだよ。まぁ、あの婆さんには悪いことをしたと思っているけどな」

その言葉に、オペラは違和感を覚えた。「あの婆さん」とはクロスパトリック夫人のことだろうか。市議やミチルを躊躇いなく殺しておきながら、頭を殴っただけのクロスパトリック夫人に対しては罪悪感を覚えるというのか。一体どういうつもりで……。

いや、動機の詮索など後からいくらでもできる。もうすぐ法廷の門は開き、この悪夢は終演を迎えるのだ。オペラは腕時計をちらと見た。アンデルセンがそれに気付き、「あと何分だ？」と聞いてくる。

「もう終わります。残り四十秒ほどですわ」

「良いね。それじゃあ最後に私の話を聞いてもらおうか」

アンデルセンはくるりと踵を返し、よく響く明朗な声を張り上げた。

「私は魔女なんだ」

誰もが耳を疑う言葉が、法廷内に響き渡った。

オペラの全身に鳥肌が立つ。カラーが魔女を自白したあの日の光景が、脳裏にまざまざと蘇る。

いや、そんなはずはない。メイスンは魔女を火刑に処すことを目的とした犯罪者だ。その当人が魔女だなんてありえない。

「三十秒で証明してやろう」

アンデルセンは祭壇に駆け上がり、資料の中から一枚の写真を手に取った。

「これはクロスパトリック夫人が襲われた直後の写真だ。夫人のポーチが、エリスの病室の扉のドアノブのすぐ下に落ちていることがわかるよな」

アンデルセンは黒板を引き寄せ、エリスの病室の扉をこんこんと叩いた。

「見ての通り、この扉は外開きだ。ポーチがこの位置に落ちていたら、私は扉を開けて病室に入ることができないんじゃないか？　ダレカ裁判のアレカヤシの鉢と同じ理屈さ。ところがエリスは、私が病室の窓から逃げて行ったと証言している。私はどうやってエリスの病室に入ったのか？　答えは単純だ。私は夫人を殴り倒した後、猫に姿を変えて棚に飛び乗り、扉の上の開口部《トランザム》をくぐったのさ。それ以外に病室に入る方法はないんだから、私は魔女ってことになるだろ？」

アンデルセンはオペラの手首を摑み、ぐいと引き寄せた。強い力で腕時計の文字盤をオペラに見せつけ、

「反論してみろよ。お嬢様」

耳元でそう囁いた。時計の秒針は、あと十秒で刻限の午後六時に至ろうとしている。

「あ、う」

オペラは口をぱくぱくさせた。刻限ぎりぎりに新たな議論を吹っ掛けるなど、卑劣にもほどがある。だが奴を詰《なじ》っている時間はない。

アンデルセンの主張はあまりに単純明快だった。確かに、ポーチは扉に沿うように落ちている。扉を開ければ必ず動いてしまう位置だ。何故今まで誰も疑問に思わなかったのだろう。

「う」

扉の上部には隙間が空いていた。アンデルセンはポーチを持ったまま病室に入って扉を閉め、開口部からポーチを扉の前に落とした？　いや、ありえない。気絶した夫人の指先がポーチの上に乗っている。

「うぅ……」

そもそも、夫人の悲鳴を聞いたシュノたちが現場に駆けつけるまで十秒もなかったはずだ。その間に現場に細工をするなんて、できるはずが……！

オペラの耳元で、アンデルセンが囁く。

「残念」

長きにわたった魔女裁判の終結を告げる鐘の音が、法廷内に重々しく響き渡る。アンデルセンはオペラの手首を離し、オペラは力なく祭壇にもたれ掛かった。

アンデルセンは陪審席を見上げ、「おや？」と首を傾げる。オペラも恐る恐る顔を上げる。二階の窓には『アンデルセンは魔女』の文字が七枚並んでいた。

「満場一致かと思ったが、意外と手厳しいな。まぁいいか」

バイコーン警部が祭壇にずかずかと近寄り、アンデルセンの胸ぐらを摑んだ。

「汚い真似を。その身が焼かれたところで、罪から逃げられると思うのか」

らしくもなく感情を剝き出しにして凄む警部に、アンデルセンは空虚な笑みを返した。

「やめなよ、警部さん。エリスみたいな目に遭っても知らないぜ」

そのとき、全く何の前触れもなく、アンデルセンの袖口にぽつりと小さな火が灯《とも》った。蠟燭のようにか細い炎は、虫が葉《は》を食むようにアンデルセンの身体に広がっていく。

「くっ……」

警部はぎくりと手を離し、オペラの身体を抱えてアンデルセンから距離を置いた。陪審席の前列に座っていた者たちも、悲鳴を上げながら祭壇から遠ざかる。

ポーチの落ちていた位置

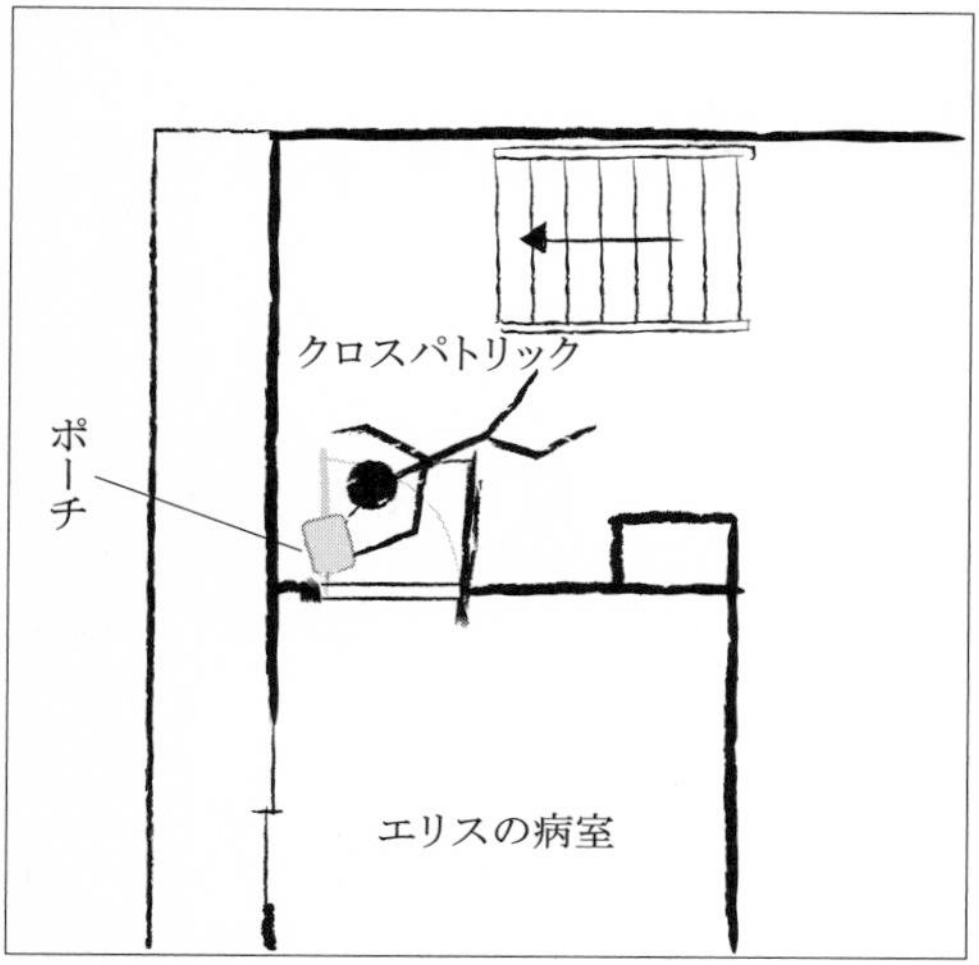

炎を身に纏いながら、アンデルセンは悠長な足取りで祭壇を降りた。顔面を覆わんとしていた炎を手で払い、教会の後方に避難したエリスのベッドに目を向ける。
「それじゃあな、エリス。願いを叶えてやれなくて悪かった。これからも地獄のような苦しみがお前を待っているだろうが、せいぜい幸せに生き続けてくれ」
呪詛《じゅそ》のようなその言葉がエリスに届くのを阻もうとするかのように、オペラは怒声を上げる。
「黙りなさい！　エリスさんのことは、わたくしが――」

言葉の続きは、勢いを増した火焔の熱波にかき消された。

哄笑にも悲鳴にも似た悍《おぞ》ましい断末魔の叫びを上げながら、アンデルセン・スタニスワフの肉体はこの世ならざる灼熱の炎に呑まれていった。

◆

来訪者を告げるベルが鳴り、オペラは書き物の手を止めた。椅子から立ち上がり、机の上に散乱した紙の山を一瞥する。到底人を招き入れる状態ではないが、来訪者とは知らない間柄でもないし、致し方ない。

ガストール法律事務所と書かれた扉を開け、バイコーン警部を迎え入れる。

「開業して二か月足らずとは思えんな」

初めて事務所を訪れた警部は、その散らかりように眉を顰めた。

「仕事が次々と舞い込むものですから、整理する時間がなくて」

オペラは言い訳しつつ警部に椅子をすすめた。確かに事務所への依頼は増えた。だがオペラはそのほとんどを断り、事務所とエリスの入院費を維持するだけの仕事量にとどめていた。

「それで？　捜査の方はいかがです？」

警察は今もアンデルセン・スタニスワフの人物像を暴こうと捜査を続けているという。警部が事務所に立ち寄るというので、捜査の進展を期待していたが、警部は渋い顔をしていた。

「ゼロだ。被疑者死亡の事件捜査に多くの人員を回す余裕がないという事情もあるが、それにしても手ごたえがなさすぎる。まったく幽霊のような女だ。一年ほど前にこの街に現れたこと以外、我々はアンデルセンについて何も摑めていない」

オペラは忸怩たる思いを押し隠して「そうですか」とだけ言った。

世間的には、オペラはアンデルセン裁判において華々しい勝利を収めたことになっている。アンデルセンの殺人が立証され、魔女として火刑に処された——国中を駆け巡ったそのニュースに嘘はない。

だが、あの日法廷に臨席していた者は皆、オペラがアンデルセンに敗北したことを知っていた。アンデルセンは魔女などではない。最後に彼女が披露した魔女の証明は、冷静に考えれば誰でも簡単に見抜くことができるような、あえて顧みる必要もないほどに、単純で姑息なトリックが用いられていた。

「まったく……」

オペラは窓のカーテンを開け、エリスの病室に目を向けた。忌々しげに病室の扉を見つめ、後悔の息を漏らす。あのときオペラが気付いてさえいれば、アンデルセンを炎の中に取り逃がすことはなかったのに。

「ここだけの話だが」警部は遠慮がちに言う。「警察内部でも、殺人犯に自決を許してしまったと君を非難する声と、残り十秒という土壇場で咄嗟に思いつけなくても無理はないと擁護する声とが拮抗《きっこう》している」

「今更、そのような評価には興味がありませんわ」

オペラは吹っ切れたように鼻を鳴らした。

「わたくしが興味を抱くのは、今回の事件が人の悪意によって引き起こされたこと。そしてわたくしが、人の悪行を咎める仕事を選んだということに尽きます」

オペラの決意に満ちたまっすぐな眼差しを、警部は細い目で受け止めた。ふっ、と警部の口元に笑みが浮かび、手が差し伸べられる。

「……何です?」

オペラはきょとんとして差し出された手を見る。警部は呆れたように嘆息し、強引にオペラの手を握った。

「これはな。これからもよろしく頼む、という意味のジェスチャーだ」

◆

療養院に足を踏み入れると、受付係と会話していたチェズニー医師がこちらを向いた。事前に連絡せずに来訪したため、医師はとても驚いている。裁判後に各都市へ熱傷の専門医を手配してくれたおかげで無事に回復できたことを感謝すると、老医師はいつもの安穏な笑顔を浮かべ、お大事に、と言った。

階段を上る間に、毒羊のトレードマークだった帽子を外す。羊に変装する際のメイクはシュノの舞台用のメイクとそう変わらないのだが、この帽子を被るだけで殆どの者が変装とは気付かない。

病室のドアを開けると、ベッド脇に座っていたダレカが飛び上がって驚いた。

「ひっ、羊⁉　いや、今はシュノか？　どこ行ってたんだよ、病院から抜け出して姿をくらましたって……」

「病室で大声を出さないようにね。色々と準備があって、忙しかったの」

ベッドに近寄り、安らかに眠り続けるエリスを見下ろす。

「あれから、一度も意識が戻っていないと聞いたけれど」

「ん、あぁ。もう指も動かないんだってさ。感応を受ける気配もないし、ほんとにずっと眠ってるっぽい」

眠り続けるエリスを挟んで、二人は軽い世間話を交わす。ダレカは卒業後の働き口を探しており、なかなか見舞いに来られないと愚痴を零した。

「で？　あんたはどうすんだよ。シュノは原因不明の失踪ってことになってるけど、そのうち復帰すんの？」

「まさか。さすがにこの身体で舞台に立つわけにはいかないわ」

ダレカはちらりとシュノの右腕に目を向ける。彼女の右腕は、未だに自由に動かすことができない。

シュノはくすりと優雅に微笑み、どこか遠くを見つめて言った。

「魔女を探しに行こうと思っているわ。海を越えて、ね。エリスが一時的に回復したことや、私があれだけの重傷を負いながら弁護を続けられたのは、チェズニー先生に言わせれば奇跡に近いそうよ。でも、二例も奇跡が重なったなら、これはもう必然と考えるべきでしょう」

ダレカは、あ、と口を開けた。

「もしかして、魔女だから？」

「そうだったらいい、という程度の話よ」

飛行、変身、感応――魔女の能力は、概ね伝承上の魔女術を再現するかのように発現する。となれば、古来魔女の基本的な能力とされてきた、治癒の力が魔法として使えても決しておかしくはない。

「魔女が現れたのはこの国だけじゃないわ。この世界のどこかには、私たちが使えない魔法を使いこなす魔女がいるかもしれない。そんな希望を持つことは悪いことではないでしょう？」

ダレカは感心したように「はぁー」と腕を組む。

「考えてもみなかった。治癒魔法を使える魔女を探し出して、エリスを治してもらおうってことか。なるほど」

「できれば私の腕もね」

シュノは茶目っぽく言い、帽子を被った。途端に目つきが変わり、表情も羊のそれに変化する。

「そろそろお暇《いとま》をば。ダレカ嬢、エリス嬢、どうかご自愛くださいますよう」

羊とシュノの切り替えの早さに苦笑いしながら、ダレカは「はいはい。お達者で」と軽く手を振った。

病室を後にするとき、羊の胸の奥が不意に温かな気持ちでいっぱいになった。それは漠然として捉えどころのない感情だったが、幾百の言葉よりもまっすぐに、少女の心を羊に伝えていた。

初出
「ジャーロ」85（2022年11月）号、88（2023年5月）号、89（2023年7月）号

榊林銘（さかきばやし・めい）

1989年、愛知県生まれ。名古屋大学卒。2015年「十五秒」が第12回ミステリーズ！新人賞佳作となり、'21年、同作を含む短編集『あと十五秒で死ぬ』でデビュー。

毒《どく》入《い》り火《か》刑《けい》法《ほう》廷《てい》

2024年2月29日　初版1刷発行

著　者　榊林《さかきばやし》　銘《めい》

発行者　三宅貴久

発行所　株式会社 光文社

〒112-8011　東京都文京区音羽1-16-6
電話　編　集　部　03-5395-8254
　　　書籍販売部　03-5395-8116
　　　業　務　部　03-5395-8125
URL　光　文　社　https://www.kobunsha.com/

組　版　萩原印刷

印刷所　新藤慶昌堂

製本所　国宝社

落丁・乱丁本は業務部へご連絡くだされば、お取り替えいたします。

R ＜日本複製権センター委託出版物＞
本書の無断複写複製（コピー）は著作権法上での例外を除き禁じられています。本書をコピーされる場合は、そのつど事前に、日本複製権センター（☎03-6809-1281、e-mail:jrrc_info@jrrc.or.jp）の許諾を得てください。

本書の電子化は私的使用に限り、著作権法上認められています。ただし代行業者等の第三者による電子データ化及び電子書籍化は、いかなる場合も認められておりません。

©Sakakibayashi Mei 2024 Printed in Japan

ISBN978-4-334-10227-2